金牌经纪人

陆白薇 著

河南大学出版社
HENAN UNIVERSITY PRESS

·郑州·

图书在版编目(CIP)数据

金牌经纪人／陆白薇著. -- 郑州：河南大学出版社，2021.4

ISBN 978-7-5649-4615-9

Ⅰ.①金… Ⅱ.①陆… Ⅲ.①长篇小说-中国-当代 Ⅳ.①I247.5

中国版本图书馆 CIP 数据核字(2021)第 065766 号

金牌经纪人（Jinpai Jingjiren）
总 策 划 文建平
策　　划 文艺霏　桓继珠　尹伟峰
责任编辑 侯若愚
责任校对 韩　露
封面设计 闫亚丹
影视版权联系人 文先生（邮箱：jeckwjy@qq.com）

出　版	河南大学出版社
地　址	郑州市郑东新区商务外环中华大厦 2401 号
网　址	hupress.henu.edu.cn
排　版	郑州宁昌印务有限公司
印　刷	河南瑞之光印刷股份有限公司
版　次	2021 年 4 月第 1 版
印　次	2021 年 4 月第 1 次印刷
开　本	787 mm×1092 mm　1/16
印　张	24.5
字　数	372 千字
定　价	65.00 元

本书如有印装质量问题，请与河南大学出版社营销部联系调换

目录

第1章　祸起南嘉 …………………………………… (1)
第2章　病急投医 …………………………………… (39)
第3章　重新出发 …………………………………… (81)
第4章　明日之星 …………………………………… (121)
第5章　如释重负 …………………………………… (167)
第6章　误会重重 …………………………………… (196)
第7章　一拍两散 …………………………………… (252)
第8章　风波四起 …………………………………… (276)
第9章　一场闹剧 …………………………………… (300)
第10章　地震中心 …………………………………… (342)
第11章　尾声 ……………………………………… (368)

第1章　祸起南嘉

（一）

"呸,给脸不要脸,小爷我今儿非给你点儿颜色看看。"一名胡人打扮的男子站在大街上,拉着一名身形婀娜、花容月貌的女子不放。

"蛮夷戎狄也敢在我大唐放肆,看剑!"女子毫无惧色,从腰间抽出一柄长剑,挥向胡人。

这两人,男子着描金的黑衣白靴,女子着彩绸的藕色襦裙,一齐出现在熙熙攘攘的长安市井,很是扎眼,引来了不少老百姓瞧热闹。

不远处,导演邹明坐在椅子上,紧盯监视器。

他朝副导演招手:"跟张力通过气儿了吗?"

"邹导,我办事,您还有什么不放心的吗?"副导演递过来一壶刚泡的热茶,笑得极为谄媚。

摄影机前。

女子受辱,拔剑欲杀胡人,却不料胡人有些功夫在身上。两人缠斗片刻,胡人缴了她的剑,并强抱住她。

"美人儿,我就喜欢你这火辣性子,咱们找个客栈楚馆的,再去切磋切磋?"张力靠近南嘉,呼出的薄薄热气喷在她脖子上。

南嘉一愣,大惊失色,却怎么都挣脱不开。

剧本上没有这一幕呀?怎么回事儿?

邹明朝张力使了个眼色,张力接到暗号,大手抚上南嘉的掌心,暧昧地一掐。南嘉慌乱的神情落在导演眼里,便是最真实不做作的镜头。

"快,镜头跟上。"邹明兴奋地朝摄像师说道。

南嘉被张力擒住,眼前蓦地出现幻象。周遭的一切,变为原始森林,而跟自己演对手戏的男演员张力,则变成一只大猩猩,正面目狰狞地攻击自己。

"不要,不要,你不要过来!"南嘉眼底满是惊恐,既害怕又抗拒,不知道从哪儿生出的力气,挣脱开张力的怀抱,并提剑刺向他腿部。张力猝不及防被刺,痛苦地滚落一边。

南嘉跟失去了理智一般,疯狂地扑向张力,对他拳打脚踢。

这一幕发生得太突然,所有人都来不及反应。片场乱作一团。

"停,停下!"邹明连忙叫停。

张力被紧急送往医院,南嘉则被助理与工作人员扭住,送至酒店房间。

"嘉嘉姐,我们没事了,没事了。"助理大花根本不知道发生了什么,只得一路上不断安抚南嘉。

南嘉手脚乱挥乱舞,极难控制。她又是一线女明星,所有人都得小心伺候着,不能伤着她。跟着工作人员来的一名医务人员,不得已,给她打了一管镇静剂。

在药物的作用下,她沉沉睡过去,所有人才松了口气。

然而,导演那边就没这么轻松了。毕竟,设备是花钱租的,群众演员也是花钱请的,场地虽说不要钱,可后面还有别的剧组排着队。现在南嘉说发疯就发疯,张力也受了伤,戏拍不成了,损失总该有人赔付。

邹明打电话给制片人,制片人正在酒桌上和投资人应酬,将横店发生的事儿听了个大概后,他也没工夫处理,转头又把烂摊子甩给南嘉的经纪人阳明。

"当初,你跟我怎么打包票来着的,说你们家南嘉,人长得美,演技好,不怕吃苦,背台词还快。当时这个戏,可是有好几个一线女星盯着的,你也知道。我信了你的鬼话,同意南嘉来演。结果呢,不肯陪吃陪喝倒也算了,还给我闹这么一出?"制片人说着说着,打了个酒嗝儿。

"对不住,哥,我现在正在赶去横店的路上,把事儿理顺了,肯定给您个交代。"阳明在电话中,不断跟制片人道歉。

第1章 祸起南嘉

挂了电话,阳明面色阴沉,脚步匆匆,边走边在心中骂南嘉是个惹事精。

剧组已经乱作一团。

副导演请示邹明:"导儿,今天的事情怎么处理?剧组内的人倒还好,他们为了饭碗也不会乱说话,可是围观的那些群众、游客什么的就不好说了。"

邹明原本就火气未消,副导演的话犹如烈火烹油,火星子一下子就炸开了花。

"不好说?谁让你把那些游客放进来的?开始前说了多少次,清场清场!你把我的话当耳旁风是不是!"邹明越说越气,直接把手里的茶往副导演脸上泼。

副导演心中窝火,却不敢说什么。

这邹明是有些背景的,自己这种一个人在横店漂了十几年、从底层爬上来的普通男人,实在不敢跟这种北京来的导演硬戗。

但他确实委屈。横店的景点不收场地费,但对游客开放。剧组拍戏时,要是拍内景,还能把门一关,清静一些。可要是拍外景,也就只能拿根绳子圈块地,几个工作人员站在绳子前拦路人。

规矩是死的,人是活的。有些游客有钱,为了看个明星不在乎花多少钱。有些游客来横店就是为了追星,既然是看爱豆,更不在乎花多少钱。所以拦路人的剧组工作人员偶尔收些红包,让几个人进来围观拍戏,是行业潜规则。

《大唐公主》这部戏的演员咖位不低,副导演收过好几次红包,当然了,他也不敢独吞,有些数额大的,他拿来买了好茶叶,孝敬给了邹明。

当初喝茶时,邹明不说什么,现在出了事,全部怪到自己头上。

"在场的工作人员,让他们签个保密协议。群演那儿,你去跟横店群演协会的会长吱一声儿,塞点钱。至于放进来的粉丝,你不是最熟了吗?不想让这部戏黄,影响她们偶像的发展,就都给我闭嘴!"邹明竖着眉毛,指挥副导演。

"是是,还是导儿有办法。"副导演抹了一把脸,赔着笑道。

"赶紧滚,别竖在这里碍眼!"邹明气不打一处来。

副导演赶紧一溜烟儿跑了。

（二）

酒店房间内。

南嘉刚刚醒来，已是日落黄昏了。

"嘉嘉姐，你醒了？想不想吃点儿什么？我给你订酒店的饭，还是下去给你买小吃？"大花看到南嘉睁眼，忙走了过去，关切地询问道。

南嘉费劲儿地起身，感觉身体软绵绵的，大脑也一片空白，愣怔了片刻，才想起来之前发生了什么。

"大花，张力他，是不是被我打得挺严重的？"南嘉抓住大花的胳膊问道。

"嗯，听说被送进医院了。"大花如实回道。

南嘉的脸上出现一丝内疚，紧接着是懊恼。

"不行，我去跟他道歉。"南嘉说着，就要掀被子下床。

大花按住了她："嘉嘉姐，张力他刚从医院回来，可能不是很想见你。医生也吩咐过，让你好好休息。"

"不想见我？我刺他也不是故意的。"南嘉脾气起来了，心道一个二线男艺人猥亵自己，自己做出应激反应也是正常的，她还没喊冤，他反倒矫情起来了。

"不行，我非要去会一会张力！"南嘉吃力地掰开大花的手，说着就要下床。

"嘉嘉姐，现在外面风风雨雨的，你还是待在房间比较好。"大花面露难色，有些着急。

"风风雨雨？"南嘉直眉楞眼，动作缓慢了下来，仿佛在思考着什么事。

大花紧张兮兮地望着她，生怕她又做出什么不理智的举动。这段时日，南嘉情绪不稳定的时候越来越多，只要被人攻击了，就会显出歇斯底里的模样。她的对家和黑粉还不知道这事儿，若是知道了这处软肋，不知道会如何拿捏呢。

"嘉嘉姐?"大花小心翼翼地唤她,"要不然,我下楼去给你买碗酸辣粉?"

横店的食物偏清淡,南嘉一直吃不惯,大花是了解她的口味的。

"买什么酸辣粉,我一定要去找张力把这事儿掰扯明白!"南嘉上挑的眉眼里,露出一丝凌厉。

大花猝不及防,没来得及拉住她,南嘉就裹了件外套,跑到了走廊上。

"哎,嘉嘉姐,你等等我。"大花边追边喊。

刚刚还有气无力的南嘉,不知道哪儿来的力气,一鼓作气跑到男演员房门前。

"张力,张力!你出来!"

酒店的隔音效果一般,门内很快传来一阵窸窣的声响,说明里面的人听到了她的话,但迟迟未见有人开门。

"刺你的事情,是我不对,但那是你掐我手心在前。你的医药费我出了,我们之间算扯平了。"南嘉扯着嗓子喊道。

很快,门被打开一条缝隙,露出半张脸,是张力的助理。

"南嘉姐,求你别喊了。力哥在休息呢,他精神受了点儿刺激,不方便见你。"

"他受了点儿刺激?那他掐我手算怎么回事儿?"南嘉一听就不乐意了,朝着门里继续喊,"我可以赔医药费、精神损失费给你,这是我做错了,也可以向你道歉,但你掐我手心这事儿必须出来说清楚。"

酒店隔音不好,南嘉的嗓门儿又不小,助理有些慌张。

张力再怎么说,也是上升期演员,男演员的演艺生涯,一般都比女演员长些。大家原本都以为是南嘉发疯,刺伤力哥,现在她这么一嚷嚷,估计明天就能有嘴碎的,将这事儿传遍整个剧组,说是力哥性骚扰南嘉在先。要是再被娱记听到点风声,后果不堪设想。

助理想到了这一层,情急之下,要去捂南嘉的嘴。

"你干什么!有什么样的艺人,就有什么样的助理!你再敢碰我们嘉嘉姐试试看!"从身后追上来的大花,一看到这场面,忙厉声制止对方。

那男助理也有些厌,本来嘛,南嘉咖位比力哥高,导致力哥在她面前抬不起头,自己身为力哥的助理,也一直被南嘉的助理压着。连剧组的盒饭,都是大花挑完了,才轮到自己。

"啪!"男助理直接把门关上了。

"哎,哎,你什么意思?把话说清楚!"南嘉不满地拍门,"是不是男人,张力,是个男人就当面聊!"

门内有说话的声音,却始终不见再有人开门。

"嘉嘉姐,我们回去吧,再闹下去——"大花朝其他房间的方向努努嘴,"也不好看呀,到时候就真收不了场了。"

南嘉看了大花几眼,渐渐冷静下来,这时,她的手机响起——

来自经纪人阳明。

刚接起,电话那头,阳明尖酸刻薄的声音就传进南嘉耳里,令她浑身不适。

"你怎么一天天的净惹麻烦,怎么这么事儿妈,一天不惹麻烦就不痛快是不是!你看看自己捅了多大娄子!横店那么多双眼睛,要把这事儿的负面影响完全盖下去,需要花费多大精力你知道吗?我现在就在去横店的路上!"

"所以张力他性骚扰我,我就该忍是不是?"南嘉火冒三丈,声音陡然提高八度。

"嘉嘉姐,咱们回去说。"大花望了眼四周,幸而大家的房门紧闭,她赶紧拉着南嘉的胳膊往回走。

电话里,阳明的声音矮了几分,带着些迟疑:"张力,骚扰你?"

言下之意,张力在坊间的口碑很是不错,他会骚扰你?

南嘉曲解了经纪人的意思,愈加生气,边走边发火:"怎么,你们这些男人都是一路的是不是?我难道会拿这事儿开玩笑?还有,阳明,我病了,被按着打了一针镇静剂,你不会不知道吧?一上来,不关心一下我的病,直接骂我?"

阳明冷笑一声:"南嘉,我不是你男朋友,也不是你的追求者,我没工夫关心你生不生病。你就算病入膏肓了,也得给我把戏拍了!"

"阳明,你还算是个人吗?"南嘉气急败坏地骂道。

两个人就这么在电话里吵了起来。

大花站在一边,一声不吭。南嘉姐是个暴脾气,凡事总要讲道理。可娱乐圈拜高踩低,不是个讲理的地方,所以她的性格在圈内不算讨喜,但有粉丝喜欢。而她的经纪人阳明是个精明、势力,说话阴阳怪气的人。这两人见面谈事情,十有八九会谈崩。

大花早就习以为常,见怪不怪了。

(三)

北京。

天黑得像一团墨,街道上仍是灯火通明。

甲级写字楼国贸三期68层,大娱乐传播集团的办公区内。员工基本已下班,只有艺人经纪部还时不时传出笑声。

一名身穿宝蓝色西装搭A字高腰裙的女人坐在椅子上,边签合同,边跟一旁坐着的男人聊天。

女人五官底子生得出色,鹅蛋脸,杏仁眼,虽然瘦,但身上自带的偏冷气质,也挺能唬人。

这就是大娱乐传播集团经纪部的总监柴若舒,业内大名鼎鼎的金牌经纪人,眼光敏锐,工作勤恳、踏实,曾经带过乔橘、罗宝儿、邓墨明等艺人,这些艺人如今在圈内都稳居一线。

"这大投资人还挺好说话,他不管拍戏的事儿,也不参与选角,都是我说了算。"说话的男人是制片人刘靖,也是柴若舒的老朋友了。

"这投资人挺不错,有很多投资人不懂影视,仗着资本,硬要外行指挥内行。"柴若舒合上钢笔套,抬眼笑道。

"戏里的主角们都定下了,现在还有几个配角,我打算都用你手上的新人。"刘靖说道。

"还是你够意思。"柴若舒将手边的平板电脑拿来,随手点开,推到刘靖面前,"不过说真的,我手里这几个艺人底子真不错,都是科班出身,长得也有辨识度,你看看。"

"还真不错,尤其这个。"刘靖翻了几下,指着其中一个扎马尾的女孩子道。

"你喜欢这样的啊?"柴若舒打趣他,"这孩子是不错,戏剧学院的,刚读大二,脸小,很上镜。"

"那这样,"刘靖眼珠子一转,"我们先去吃饭,你下次带这几个演员来见我,我们当面签合同。"

"这几个孩子都是学生,晚上应该都有空,可以把他们叫上。凯德Mall新开了一家火锅店,我请你吃。"柴若舒巧笑倩兮。

"那敢情好啊。"刘靖笑着应下来,内心颇是佩服柴若舒做事情的效率。

一件事,如果能在当下敲定,她绝不会拖到第二天,免得夜长梦多,就连自己这个老友说的话,她也并不百分百信服。

在办公室了结手上的事儿后,柴若舒打电话喊那几个演员,随后开车,把刘靖带到凯德Mall的火锅店内,要了间包厢。

火锅店生意红火,加上虾滑等菜都是现做的,所以上菜速度很慢,一直到新人们陆陆续续来齐了,菜才上得差不多。

"麦冬啊,你坐刘制片身边去。"柴若舒拱了下马尾辫女孩儿。

"好。"麦冬乖巧应道,在刘靖身边坐下时,朝他打了声招呼,"刘老师好,您之前的《风起长安》我特别喜欢,看了好几遍。"

"是吗?这片子有点厚重了,年轻女孩子很少有真正喜欢的,光顾看帅哥了。"刘靖开玩笑道。

两人就此打开话匣子。

其他几个艺人虽有些妒忌麦冬得了制片人的青眼,但到底没把情绪挂脸上,而是纷纷露出自己活泼有趣的一面,很快插入话题。

柴若舒坐在离门最近的地方,满意地看了眼自己亲手挑的新人们。这帮小孩儿年纪虽小,但会来事儿,有些心机,但不深沉,个个都是适合混娱乐圈的好苗子。

她给自己倒了杯大麦茶,一小口一小口地饮着,边听桌上人说话,边出神。突然,话题不知道怎么的,引到了她的身上。

"我刚认识柴经纪人的时候,她还是个名不见经传的演员呢,就这么几年,她就成为一线经纪人了。所以说,柴经纪人厉害啊,能急流勇退,又能迅速找到适合自己的路子。"刘靖突然开始对着柴若舒吹捧起来。

"咳咳……"柴若舒一口水呛到喉咙里。

身边的姑娘忙帮忙拍抚她的后背,直到她恢复正常。

"也就是碰巧赶上了个好时机,也遇到贵人了,说起来,刘制片就是我的贵人哪。"柴若舒不动声色地把皮球踢了回去。

说到这里,刘靖突然眉飞色舞,对着小一辈的演员们讲起了当年的事儿,关于自己和柴若舒的相遇。

那时候,柴若舒刚离婚,手上虽然分了不少钱,但前途一片迷茫。以前做演员时,她参演过刘靖的一部片子,她的长相气质刚好是刘靖喜欢的类型,所以刘靖想追她,只不过后来被柴若舒的前夫捷足先登了。刘靖这人,算是业内人品不错的男人,没有记恨柴若舒,反而一直对她很友善。后来,她离了婚,他邀请她投资一部品相不错的电视剧,电视剧大爆,柴若舒的资产翻倍,这份底气让她成功转型做了幕后。电视剧里的新人乔橘大放异彩,柴若舒自己不算天资过人的演员,但她明白什么样子的演员能有未来。

乔橘那时候是被家里硬捧出道的,家庭作坊式的管理根本支撑不了她走很远,她极需要一个业内人来帮她。于是,柴若舒就这么成了乔橘的经纪人,并且将她捧到了一线小花的位置。

柴若舒那时候太过相信乔橘了,没有留意到,再单纯的小姑娘也有被光怪陆离的娱乐圈染黑的一天。

刘靖提醒过她,可是她不信。后来,她九死一生,拼尽全力,才恢复昔日荣光。

自那以后,她好像也不单纯了,但仅仅是对人有了戒心。

柴若舒淡笑着,她的目光穿透往事,又回到了烟雾缭绕的火锅桌上。

"好了,辣锅开了,涮羊肉吧。"她起身,打算为大家服务。

一旁的新人非常有眼力见儿地接过盘子和公筷:"柴姐,我来吧。"

柴若舒也不跟她争,刚打算坐下,手机响了,拿起来一看,居然是老同学南嘉的。

"嘉嘉,怎么了?我吃火锅呢。"柴若舒捂着嘴,起身走到包厢角落接电话。

正在跟新人们吹牛的刘靖听到南嘉的名字,眼前一亮。

"嗯?你慢慢说。"柴若舒找了个墙角靠上去,以一种相对舒适的姿态,听南嘉诉说发生在自己身上的事。

听着听着,她的眉头皱成一团:"你这样的情况,怎么不去医院呢?你先不要着急,事情没到不可控的状态,你现在需要静养,别想那么多,记得看医生。"

"嗯嗯,我在吃饭,回聊。"柴若舒挂了电话,回到桌上。

她夹了块毛肚放入油碟中涮了涮,这才发觉大家都看着自己。

"怎么了这是?你们继续聊,继续吃呀。"柴若舒笑道。

"刚刚打电话的,是南嘉?"刘靖开口问道。

新人们眼底也放出光,能跟身为一线女明星的南嘉攀上关系,是他们可望而不可即的事情。

"对,她——工作太累了,身体出了点问题,我叫她去看医生。"柴若舒模棱两可地回道。

她无意说得太多。圈内很多人都知道自己跟南嘉是关系很亲近的同学。女明星和女明星之间,往往因为互相倾轧,或者咖位资历悬殊,导致无法做朋友。但因为自己是经纪人,倒能维持和南嘉的亲密关系。

柴若舒知道太多南嘉的秘密,但一个也不可以说。她拒绝的姿态,直接浇灭了新人们渐起的八卦心。

刘靖眼眸一深,淡笑着谈起一件事:"听说,南嘉和阳明的经纪约快到期了。"

"好像是吧。"柴若舒眼也不抬,又捞出两颗虾滑来吃,仿佛真是饿了。

"阳明的苛刻,在业内是出了名的,既然南嘉身体出了问题,她跟你的关系又那么要好,你为什么不替她寻一个好的下家呢?"刘靖拱起手,意有所指道。

柴若舒一怔,当下反应过来,刘靖这是在暗示自己可以把南嘉签下。

这件事……倒也不是不可以。柴若舒暗暗动了心思。

刘靖打量着她的神色,知道她这是有了想法,便也不多说什么,而是起身,举起杯子:"来,大家一起喝一杯,为了我们更好的将来。"

所有弯弯绕绕的心思和尚未出口的心声,都在这蒸腾的热气与碰撞的酒杯声中,化为欢笑与期盼。

(四)

三日后,横店。

"医生,我是不是挺严重的?"南嘉披着衣服,坐在沙发上,见眼前穿白大褂的男人盯着她填的抑郁自评量表已经好久了,心底不免有些慌张。

医生终于合上那一沓表,严肃地说道:"南小姐,你的问题,可能比我想象的还要严重些。"

"啊?"这是南嘉最不想听到的一句话。

"你最近是否记台词的功力下降,容易走神,反应时间延长,警觉性增高,心情要么低落,要么躁郁?"医生问她道。

"全中。"大花抢答。

南嘉张着嘴,和她两两相望,神情哀伤。

医生叹了口气:"你患有中度抑郁症,并伴有精神分裂,短期内不能再受到外界的刺激了。"

"不是,医生,这样就判定我有病,是不是有些儿戏?"南嘉不能接受。

医生用同情的目光看了她几眼,拿白纸写字:"我给你开些阿立哌唑和阿米替林先吃着,等你这部戏拍完,还是要去医院接受治疗。"

大花跟着医生去拿药,随后又送医生到楼下,回房间时,看到南嘉一个人盘腿坐在沙发上,头发凌乱,表情呆滞。

"嘉嘉姐,你这样会感冒的,咱们回床上躺会儿。"大花走过来,试图扶她去床上。

南嘉甩开她,一动不动,像是在跟谁怄气。

"不去床上,那咱们把袜子穿起来,你这样会感冒的。"大花心疼她,一边跑到开关那儿把室内空调温度调高,一边找袜子。

找到后,她蹲在地上给南嘉穿袜子,这次,南嘉倒是没有拒绝。

"大花,你说我怎么就得抑郁症了呢?我也不想死啊。"南嘉始终想不明白。

大花也不敢乱说什么:"姐,咱们遵照医嘱,好好吃药,好好休息。我听说,也不是每个抑郁症病人都想死的。"

"抑郁症也就算了,居然还有精神病。"南嘉自嘲地冷笑一声。

大花觉得心酸不已。

和旁的女明星不一样,别的女星压力大,或者受了气,就拿助理发泄。助理的人权,在有些明星面前就是个笑话。纵然她们不把自己的自尊脸面当回事儿,也换不回女明星的一点点尊重,助理们的月薪只有区区几千元罢了,还动不动就要被扣。

很多女明星的恶趣味在于,看助理们为了一两百元,朝她们摇尾乞怜。

大花知道南嘉和阳明的经纪约苛刻,分成比例离谱。相对于业内其他女星,南嘉并不算有钱。可纵然如此,南嘉也从来不欺负大花,给她的月薪可谓行业最高。

大花至今记得自己刚入行时,只是一个跟在剧组后头打杂的。

有一次,横店落大雨。

剧组其他工作人员围在一起吃吊锅,指挥大花出去收道具。一把破伞根本撑不住那场大雨,大花被淋成落汤鸡,才做完这些工作。

次日,她因为感冒病倒,不能工作。剧组的统筹说要扣掉她一个月的工资,大花崩溃地大哭。

那时候,南嘉正坐在椅子上,目睹了这一切。

她出面呵斥了统筹一顿,拍了拍大花的头,笑着说:"我的助理辞职了,你愿不愿意跟着我?"

大花泪眼蒙眬间,看南嘉,仿佛是九天仙女一般。

事实上,南嘉确实漂亮。

她不像那些女明星瘦不拉唧的,跟没发育完全的豆芽似的。南嘉身材火辣,气质像牡丹一样雍容,美得不落艳俗。大花最喜欢她的眉眼,往上挑,整张脸有种媚眼如丝的艳丽。

"姐,你只是太累了,好好休息,配合治疗就没事了,我会一直陪着你的。"大花安慰她道。

"是要好好治疗。"南嘉忽然之间坚定了什么信念,"把水拿给我,吃药了。"

大花将刚烧开的热水灌进保温杯里,又兑了些矿泉水,才递给南嘉。南嘉拿着药,看也不看,每样各来一片,抓在手掌心,就着水,囫囵往下吞。

"姐,多喝点水,别噎着。"大花关切道。

"咚咚——"

有人敲门。

大花去开门,看到是剧组统筹,她来给南嘉送近日的场次表。大花随意翻了翻,跟统筹说:"南嘉姐刚吃了药,让她睡会儿吧,跟导演说下,看看这场戏能不能挪到晚上拍?"

"哎哟,大花姐,你这不是为难我嘛。下午的戏,怎么到晚上拍?"统筹阴阳怪气道。

"室内的戏,怎么不能?"大花不悦道。

"光线也不一样啊,如果打光的话,就会不自然,何况,这要加预算的。"统筹摊手。

"你现在可以代表导演说话了是吗?"大花黑了脸,"我找导演去。"

"大花。"背后,南嘉听到了她们俩的谈话,直接叫住了她。

南嘉走到门前:"咱们已经给剧组添麻烦了,所以不能再拖进度了。"

"可是——"大花担心她的身体。

"我可以,没事的。"南嘉把场次表夺了过来,朝统筹粲然一笑,"回去吧,我下午准时到。"

关上房门,大花还要说些什么,南嘉低头看手机,朝她伸出两根手指:"一件好事,一件坏事,先听哪个?"

"什么?"大花没反应过来。

南嘉自顾自说道:"欧阳烨晚上到横店来看我,小住些日子,你跟酒店说,再加间房,挂到我私人名下,别让剧组的人说三道四的。"

"好咧。"这确实是件好事,大花应得欢快。

欧阳烨是南嘉的亲弟弟,姐弟俩因为父母早年离婚,一个跟父亲姓,一个跟母亲姓,但欧阳烨不喜欢父亲新组的家庭,所以还是跟着妈妈和姐姐住。

"那坏事呢?"大花又问。

"阳明来了。"南嘉脸上的笑意全无。

(五)

下午三点。

南嘉准时出现在片场,但吃了药后,昏昏欲睡,精神萎靡的南嘉频频NG(失误),引起导演不满。

"南嘉啊,你要是状态不行,就去旁边休息会儿,不能总让别的演员陪你一遍又一遍地对台词啊,你这样会把别人的状态也搞没的。"邹明拿着喇叭喊道。

他不敢冲着南嘉凶,毕竟人家的咖位摆在那儿,但他言语之中的不满却是奔涌而出,成功引起了其他演员不满的连锁反应。

南嘉自知理亏,只能忍着脾气。

"导演对不起,我去找找状态。"南嘉略低了头,走出镜头。

她脚步虚浮,看眼前的场景似乎都出现重影。南嘉感觉自己快撑不住了,身子变得头重脚轻。

"啊!"有女演员发出惊吓的尖叫声。

南嘉差点儿就要栽到泥地上,说时迟那时快,一双大手赶在大花之前接住了她。

"欧阳烨,你不是晚上才到吗?"大花猛拍胸口,看到那双大手的主人的一刹那,满脸惊喜。

"换了个车次。"欧阳烨一把将南嘉横抱起,往保姆车而去。

众人都看呆住了,有人小声地八卦:"那男的是谁啊,好年轻好帅啊,

第1章 祸起南嘉

南嘉的地下男友吗?"

"南嘉也开始吃嫩草啦,啧。"

大花跟在欧阳烨身后,听到了这些闲话,忍不了,回头说了一句:"那是南嘉姐的弟弟,亲弟弟,来探班的。"

只这一句,所有人都闭了嘴。

"别八卦了,下一幕,来,321,action!"邹明手握喇叭,将所有人的注意力拉了回来。

伴随着场记板的打响,所有人重新回到戏里。

保姆车行驶向酒店的途中,大花就已经联系了医院,并将南嘉今日吃了什么药,做了什么事,昏迷前有什么表现——说给医生听了。

横店的医院离酒店倒是不远,所以欧阳烨抱着南嘉回房间时,医生已经赶到了。

"来,把她放平。"医生吩咐道。

大花替南嘉脱了鞋子和袜子,替她盖好被子。医生翻了下她的眼皮,又测了其他的体征,眉头越皱越深。

"医生,我姐怎么样?"欧阳烨满脸凝重。

"暂时没有出现什么大问题,昏迷是太虚弱导致的,开两瓶葡萄糖和营养液就可以了,只是南嘉她,不能再这么操劳了,必须休息一段时日。"医生说道。

"唉,嘉嘉姐她就是倔。"大花心痛道。

"医生,有没有什么办法可以稳定她的状态,支撑她拍完这部戏?"一道不和谐的男声自后方响起。

大家同时回头,一个个头不高,却穿着考究商务装的男人出现了。

欧阳烨和大花都认识他,这就是南嘉的经纪人阳明。

医生蹙眉道:"恐怕不行,她必须休息。"

"医生,她不能休息,这部戏她是女一,不拍完会赔大几千万的钱。"阳明走近一步,态度强硬。

"钱、钱、钱,我姐这些年给你赚的钱还不够多吗?她人都这样了,你就不能为她着想一次?"欧阳烨紧握拳头,压着嗓子低吼道。

这些话,大花也想说,只是她不敢,叫欧阳烨说出来也好。

阳明仿佛这时才注意到房间内的其他人,他上上下下打量了一眼欧阳烨,轻笑道:"是你啊,欧阳烨,我记得你,又长高了,得有一米八五了吧。"

欧阳烨根本不想搭理他,愤恨地转过头,却听到阳明的声音骤然转冷:"少年意气,可以理解。但在成年人的世界,是不可以用意气来解决问题的。签了合同,就要履行义务。在这个世界一天,就要遵从世界的准则。生病没什么大不了的,没说不给她治,但不是现在。"

"你——"欧阳烨怒火攻心,一时想不到什么话来反驳他。

"医生,我再问一遍,到底有没有办法稳住她的状态?"阳明面向医生道。

"那我也再说一遍,病人需要休息。"医生也有些火了,斩钉截铁地重复自己刚刚的话。

"医生,据我所知,南嘉是吃了你开的药才在片场昏迷的,原本,她的病没这么重,你们医生不治病救人,怎么反而害人啊。"阳明讽刺地笑笑。

"胡说八道,这是抗抑郁药物的副作用。"医生满面通红。

"那我就不知道了。"阳明将西装外套脱下,挂在沙发上,松了松领带道,"南嘉必须拍完这部戏,也必须跟我续约,不然我就把她得精神病的事儿说出去。这年头,捧一个人出来难,毁一个人可太容易了。"

"阳明,你不可以这么对嘉嘉姐!"大花忍不住了,已经顾及不了身份,直接开腔,撑向咄咄逼人的阳明。

欧阳烨忍了又忍,但他可以忍住自己的脾气不动手,却控制不住嘴:"阳明,你还真是一个不男不女、没有心肺的阴阳人。"

阳明耸肩,无所谓地笑了笑:"少年,别以为骂我几句,就能激怒我。有这个工夫,不如照顾好你姐姐,和医生说说,怎么让她把这部戏拍完。"

见欧阳烨满面怒气,整张脸不但没有因为生气而扭曲,反而更俊朗了,阳明眼底露出一丝奇异的精光,仿佛欣赏,又仿佛是迷恋。

欧阳烨觉察出了不对劲儿,想起姐姐曾说过的,有关阳明的一些传闻,不由内心一阵恶心,往后退了几步。

大约是觉得欧阳烨可爱,阳明笑得更开,他拍了拍欧阳烨的肩:"为了堵住片场众人之口,还有将张力受伤的事儿打点妥当,我可花了不少钱,要求你姐姐进行赔偿也是应该的,别这么大火气。"

就在欧阳烨和阳明在南嘉的床前吵得不可开交时,柴若舒骤然出现在门口。

"咚咚咚!"

她反手敲门三下,房间内的人齐齐望向她。

"我好像,来得是时候,也不是时候。"柴若舒淡笑着,目光一一掠过房间内或熟悉或生疏的面孔。

(六)

她的目光掠过欧阳烨时,微微顿住。

这小子,居然也在这里,元旦放假了吗?

而欧阳烨看到柴若舒,先是错愕,随即脸色一黑,将脸别扭地扭向一边,仿佛根本不愿意看见她。

两个人似有过节儿。

"若舒姐,你怎么来了?快来坐。"大花和柴若舒算熟,看到她,像是看到了自己人,忙招呼她进来。

"唉。"柴若舒换上一脸明媚的笑,直接走了进来。

"明哥也在呢,刚刚我看你们吵得热火朝天的,好像很热闹,在吵什么呢?"她目光落到阳明身上,露出半分好奇。

阳明才不信她刚刚站在门外半天没听清内容,故意这么问,无非是想叫自己难堪。

她叫他一声"哥",他可不敢当。

柴若舒虽比他年纪小些,资历也没他深厚,但她的成绩比他亮眼。这么多年,他手上拿得出手的艺人,也就一个南嘉。何况,阳明对于柴若舒背后的大娱乐传播集团有些忌惮,故而选择避其锋芒。

"也没吵什么,只是工作上有些意见不同的地方。我出去抽根烟,你和南嘉是好姐妹,你陪陪她吧。"阳明一副公事公办的态度,拿起外套,转身出了门。

"若舒姐,你坐,我去烧点热水。"大花搬来张软椅,热情地说道。

"好,麻烦你了。"柴若舒笑得得体。

大花去烧水后,医生嘱托了几句也告辞了,南嘉的床前只剩下了柴若舒和欧阳烨两人。气氛凝固,场面一度十分尴尬。

"咳——"欧阳烨清了清嗓子,"你来横店做什么?"

"来看看老同学。"柴若舒面无表情地回道。

"你可真闲啊,看来工作不饱和。"欧阳烨不咸不淡地说道。

柴若舒眼角余光冷冷地瞥他一眼:"你不也一样,元旦放假了,就知道玩儿,整天没个正事。"

欧阳烨最看不惯她一副说教的模样了,冷不丁来了句:"你都这么大年纪了,还准确记得学生元旦放假的时间,看来很关心我啊。"

柴若舒承认自己没那么好的定力,知道欧阳烨是故意激自己,但没法继续气定神闲。

"你这小孩儿,真是自恋呀,年纪小,就能这么厚脸皮是不是?"

欧阳烨见她被惹怒,心底莫名出现一丝诡异的窃喜,面上却绷着不显。

要不是看在他是自己好朋友亲弟弟的分儿上,柴若舒早在数年前就亲手把他了结了,免得他祸害人间。

事情是这样的。

欧阳烨是南嘉的亲弟弟,大约比南嘉小八九岁的样子。柴若舒和南嘉是电影学院表演系的同班同学,还同寝室,两人关系十分要好,那时候认识了欧阳烨。

说实在的,欧阳烨这个小伙子,身高腿长,皮肤白,富有少年气。五官没有侵略感,单眼皮,眼角的泪痣却打破平淡,整个人如画仙一般令人舒服。可惜啊,长了一张破嘴。

那时候,南嘉因相貌美艳,身材火辣,是班花,有许多人追,而柴若舒因身材偏单薄,桃花运就不是太旺,每天看着自己的好友万草丛中过,心中总是有些失落的。

南嘉看出了柴若舒的失落,想出的馊主意竟然是要把自己的亲弟弟介绍给她。

第1章　祸起南嘉

"你疯了吧,你弟才上初中。"柴若舒觉得南嘉简直丧心病狂。

"你可以养成嘛,这样不是更刺激,等他成年了,一举收入囊中。俗话说得好啊,女人只要保养好,男朋友在中考。"南嘉无所谓地说道。

因为南嘉这话说了好几次,终于还是传到了欧阳烨耳中。

才上初中的欧阳烨,身高已经一米七五了。他上上下下地打量柴若舒,万分嫌弃地说了一句:"你这个老女人,可不要打我主意。"

女人最忌讳被别人说老,他这一句话,无疑"平地一声雷",直接把柴若舒惹毛了。

"你放心吧,我对你这种毛都没长齐的小屁孩,一点兴趣都没有!"

"最好是。"欧阳烨淡淡地看了她一眼。

大学毕业后,南嘉的事业直冲而上,而柴若舒只在几部剧中演了几个配角,毫无水花。后来,她遇上了一个姓林的富商,火速结婚,但不知为什么,和丈夫感情不睦。

那时候,柴若舒经常来南嘉家里找她喝酒诉苦,欧阳烨望着两个喝醉酒的懒女人,面上嫌弃得很,却仍旧帮她们收拾滚落一地的酒瓶。

有一次,柴若舒喝大了,摇着瓶子,冲欧阳烨喊:"你们男人一个个都是这副德行,好像谁欠你们了一样,真是讨厌。"

欧阳烨凉凉地瞥了她一眼,边抹桌子边说:"就你这样子,你很快就要离婚了,大概明天吧。"

"去你的,你会不会说话?"南嘉抬头,朝自己弟弟丢过去一个空瓶子,砸碎在墙角。

事实证明,欧阳烨这张乌鸦嘴,说话从来都是好的不灵坏的灵。

次日,柴若舒的丈夫就以柴若舒不顾家、夜不归宿为由,向她提出离婚。柴若舒没说什么,痛快地在离婚协议书上签了字。

事后,她望着人去楼空的房子,心中伤感,突然想起欧阳烨说过的话,牙齿咬得"咯咯"响。

这个梁子,自己算是跟他结下了。

（七）

"你们俩，怎么一见面就吵架？"虚弱的女声传来。

柴若舒和欧阳烨一齐向床上望去，南嘉已经醒了，只是看起来脸色苍白，一副很虚弱的样子。

"姐，我扶你坐起来。"欧阳烨一手将南嘉抱起，一手将枕头塞在她身后。

"咳咳……"南嘉咳嗽起来。

柴若舒眼疾手快地脱下自己的外套，披在南嘉肩上。

触碰到南嘉身体的一刻，柴若舒不禁在内心感叹，南嘉太瘦了。其实从前，南嘉没这么瘦的，她的身材一直是丰腴型的，现实中看着性感，但上镜头却显壮，为此被不少对家黑过，还因此掉了几个跟一线奢侈品牌合作的机会。

后来，南嘉就有意识减肥，最苛刻的时候，一天只吃一顿清水煮青菜，饿了就吃两片全麦饼干。

"若舒姐，热水。"大花递过来一杯水。

柴若舒却把杯子伸到南嘉嘴边："张嘴，你看你嘴皮子都干了。"

南嘉听话地张嘴，小口小口地喝着。

欧阳烨白了柴若舒一眼，小声道："借花献佛，惺惺作态。"

柴若舒还没什么反应呢，南嘉却瞪了他一眼："说什么呢，没大没小。"

"没事儿，我不跟他一般见识。"柴若舒笑得妥帖。

欧阳烨还想反驳她什么，但看了眼姐姐的脸色，没再说话。

"小烨，你和大花先下去买点儿吃的，我和若舒聊聊。"南嘉开始赶人了。

欧阳烨心里有些不舒服，不明白姐姐为何把一个外人看得比自己重要，刚醒来，不跟自己说几句，倒先跟柴若舒聊上了，还想撇开自己。

但他也没说什么，只没好气地问了句："那你们要吃什么？"

"你姐刚醒，你觉得她能吃什么？买点软糯的、清淡的东西上来吧，至于我,都可以,你们吃什么,我吃什么。"柴若舒说道。

"我家小舒子最贴心了。"南嘉笑道。

欧阳烨撇了撇嘴角,腹诽几句,便和大花一起拿了房卡,下了楼。

"现在可以说了吧。"柴若舒道。

南嘉将杯子递还给她,叹了口气,一时不知道从哪儿说起:"我和阳明之间的合约即将到期,我妈跟明阳谈续约时提出想要提高分成比例,明阳觉得我这几年,都是请他帮忙打理经纪业务,离开他肯定活不了,所以对于我妈的建议,表现得很强势,直接拒绝了。现在我病成这样,却不得不继续拍戏。现在剧组里的人估计都对我有点意见,只是敢怒不敢言罢了。也不知道他们的嘴牢不牢,万一传出点风声,媒体和我的对家一定会借着这件事搞死我的。"

南嘉的话,已经将她自己的困境说得很明白了。

柴若舒沉默片刻,似乎在思考解决问题的办法。

"其实,剧组这里你倒是先不着急操心,女主角出了负面新闻,这部剧还想不想上星、想不想大卖了,让全剧组和出品方给你收拾烂摊子吧。至于合约——你如果不续约,阳明会怎么样?"柴若舒眼眸一暗,补充了一句,"我的意思是,你有没有什么把柄在他手上?"

南嘉皱眉,仔细回忆了一番,摇摇头:"应该是没有。"

"那就好谈判了,你先休息,我出去和他聊。"柴若舒有了几分把握,松了口气,便起身出门了。

柴若舒走到楼道,很轻易便找到了阳明。

他不知道抽了几根烟,脚下踩着好几根没抽完就丢掉的烟头。看得出来,这是一个性格急躁的主儿。

"柴经纪人不在里面多陪陪南嘉?"阳明熄灭手中香烟。

"如果南嘉不续约,你会怎么样?或者,我换个问法,南嘉怎么做,你才会同意她解约的要求?"柴若舒抱胸,一步步走近他,然后站定。

阳明眼中有一丝诧异,大概是没想到她这么直接。

"柴经纪人,如果你手里有一棵很好用的摇钱树,你会放弃吗?"他反问她。

"我从不把我的艺人当作摇钱树,我们都是合作共赢,我把他们当合伙人。"柴若舒淡然回道。

阳明盯着她看了几秒,突然笑了:"也是,柴经纪人带过的艺人挺多,也红了好几个,自然不在乎这些。但我这些年,把最好的资源和全部的心血都砸南嘉身上了,你让我现在放弃她?真是异想天开。"

说到最后,他已经是咬牙切齿的姿态。

"我明白你的感受,其实这些年,你对南嘉也还好,虽然一直压榨她,但还算有自己的底线,不让她陪酒,也尽量保护她,已经算做得不错了。"柴若舒有一说一。

"知道就好。"阳明愤恨地接了句。

"只是,南嘉现在身体不好,需要休养。何况,你手上的资源,无法配合她完成转型。南嘉之前接的角色虽然都是女一,但那些剧都是些无脑古偶剧或者现代职场剧,你连一部电影资源都无法为她争取,哪怕是个打酱油的。既然如此,大家好聚好散,为何不放过她?我手里有几个好苗子,你可以挑几个带回去培养,假以时日,未必不能成为第二个、第三个南嘉。"柴若舒说道。

"柴经纪人,大饼谁都会画,培养一个新人多不容易你也知道,何必诓我呢。我不可能放了南嘉,她要是不续约,我就把她得精神病的事情传播出去,到时候,墙倒众人推,都不需要我做什么。我栽的树,如果不是由我来乘凉,我宁可把它连根拔起。"阳明恶狠狠地说道。

"毁了她,你就更赚不到钱了。而且,我也会把真相传播出去,到时候,看哪个新人敢跟你。"柴若舒气定神闲,并没有因此就怕了阳明。

阳明多看了她几眼,似乎在权衡利弊。

半响,他开了口:"你凭什么觉得南嘉就一定不会续约呢?她的家庭那个样子,很需要钱不是吗?我这也是在帮她。"

南嘉出生在殷实的家庭,但父亲的生意在她读大学时失败了,父亲整日酗酒又出轨,母亲和他离了婚。南嘉出道当女明星,一方面人确实漂亮,也算有天分,另一方面是在为父亲还债。这一还,就还了好几年,还没还清。

"这就是我和你的差别。我希望她健康,然后才是富裕。你只想榨干她身上最后一丝价值,随后用过即弃。"柴若舒淡淡地说道。

"无论如何,我不会放过她。"阳明态度依旧强硬。

"那我也会拼尽各方势力,为南嘉争取自由身。"柴若舒寸步不让。

阳明顿了顿,似乎想到了什么,他退后一步,阴影中,他的面部晦暗不明:"八百万。"

"什么?"柴若舒一愣。

"要解约也可以,给我八百万,我就放人,从此桥归桥,路归路。"阳明说道。

"可以。"柴若舒直接答应了。

她明白,谈到这儿,算是到头了,再逼阳明,恐怕适得其反。何况,八百万还行,阳明也不算狮子大开口。

这阳明果然如业内所评价的那样,不算是个良善之人,但到底还有些底线。

(八)

"八百万,他要八百万,就可以和你解约,从此你就解脱了。"柴若舒将阳明的意思传达给南嘉听。

"若舒,我哪儿来的八百万?这些年,我被他压榨得很惨,一个人既要养团队,还要给我爸还债,你知道的。"南嘉皱了眉头。

"我知道,我当然知道。"柴若舒神态自若,"这八百万,我替你想办法,总之,你先把身体养好,别操那么多心。"

南嘉有些狐疑地望向柴若舒,她倒不是不相信好朋友的话,而是她了解柴若舒的财务状况,虽然底子丰厚,但肯定拿不出八百万现金的,三百万都悬。

看到欧阳烨和大花提着吃的喝的进房间,柴若舒朝南嘉一笑:"你先吃点东西垫肚子,我出去打个电话。"

她离开的背影很自信,南嘉莫名地宽心不少。

走廊上。

柴若舒打给自己的老板,也就是大娱乐传播集团的董事长董军辉,将这件事儿简单陈述一番,并表达出自己有意签下南嘉。

"南嘉啊。"董军辉拖着嗓子,似乎在仔细回忆这么个人,"我很看好她的商业价值,这个女人够漂亮,演技在女明星当中也算过得去。"

"她的经纪人要八百万才肯解约,我们能不能替南嘉出了?"柴若舒询问道。

"没问题啊,八百万肯定没问题。解约费我们替她出,刚巧前几天,我和刘导在谈一部民国电影,里面有个舞女的角色很出彩,风骚又爱国,很适合她。她要是签到我们公司,这部片子,就当我送她的见面礼了。"董军辉满口答应。

柴若舒松了口气,她知道,八百万对于董军辉来说不算什么,他肯答应,那就说明这件事儿八九不离十了。

"还有件事儿,南嘉她身体出了点问题,如果签下来,可否让她休整一段时间?"柴若舒又问。

"给她三个月,刘导那部戏,也要下半年才开机呢。"董军辉看似很好说话。

"谢谢老板。"柴若舒语调都轻松了许多。

回到房间后,柴若舒迫不及待将这件事儿告诉了南嘉。

"什么?你要把姐签到你旗下?"欧阳烨第一个跳起来。

"有什么不妥吗?"柴若舒对他的态度很不喜欢。

欧阳烨说不出有什么不妥,姐姐的情形,他大致了解了七八分。他也明白,签到柴若舒手下没什么不好,以柴若舒和姐姐的关系,一定能给姐姐最好的待遇。可是他心里还是不舒服,说到底,可能只是不喜欢有关姐姐的大事小事,柴若舒说的做的比自己这个亲弟弟还管用吧。

"小烨,一边儿去。"南嘉瞪了他一眼,转而对柴若舒说,"你能处处为我考虑,我太感动了,但我还是想等这部戏封镜后再跟你详谈,我不想拖累全剧组。"

"也行,那到时候咱们就请医生给个方案。你的戏份儿,到时候请编剧稍稍删减些,比如说一些吊威亚的武戏就不必有了,尽快封镜,你好尽快配合治疗。"言语间,柴若舒都是在为她考虑。

"这是肯定的,我这个样子,哪里是吊威亚,威亚吊我吧。"病成这样,南嘉还是喜欢开玩笑,说话直来直去。

柴若舒被逗笑,想到了什么,又问:"你要不要多了解一下大娱乐传播集团?我手上暂时没资料,回去发你PDF可以不?"

"咱们俩什么关系,你还能坑我不成?我信任你,所以不用看了。"南嘉笑笑。

欧阳烨看她们俩的眼神,你中有我,我中有你,心中醋意频发,故意把装吃食的塑料袋弄得"哗哗"作响,表达不满。

大花看在眼里,也不戳破,只说了句:"若舒姐,我跟小烨买了些烤串儿,还买了冰粉,不知道你爱不爱吃。"

"烤串儿?烤串儿好呀,我很久没吃烤串儿了。"柴若舒也没客气,直接坐到沙发上,从欧阳烨手中抽走一袋吃食。

一打开塑料袋,烧烤的独有香气把柴若舒的记忆拉回从前。

以前还在电影学院读书时,柴若舒和南嘉就喜欢去学校后门的烧烤店吃串串。一把串儿小火慢烤,烤出油黄色泽,撒上孜然粉,再配上一罐啤酒,所有的烦恼都被这大快朵颐驱散了。

(九)

三周后。

《大唐公主》剧组封镜,南嘉回京,刚下飞机就打电话给柴若舒。

"舒舒子,我回北京了,我们什么时候碰面?"南嘉问。

柴若舒听得出来,回到北京后的南嘉,状态要比在横店自在很多,大概是结束了一桩事情后比较轻松。

"你稍等,我问下老板,你先回家洗个澡,补个觉。"柴若舒笑着回道。

"好咧。"南嘉心安地挂了电话。

闸机口,有十几个身穿红色衣服的粉丝举着灯牌、抱着花束在等她。南嘉纵然戴着棒球帽和大墨镜,粉丝们也能一眼在人群中将她认出。毕竟,他们姐姐的美貌,可是任何装备都遮掩不了的。

"嘉嘉姐,这里这里!"有"站姐"扛着"长枪短炮",冲南嘉喊道。

南嘉笑靥如花地望了过去,还配合地摘除了墨镜,摆了几个走红毯的姿势,让"站姐"拍。他们家的"站姐",拍图技术可以媲美业内一线时尚杂志摄影师,所以有时候,工作室会专门有人盯着"站子"出图,甚至会花钱买"站姐"拍的图。

"天气这么冷,大家辛苦啦。"南嘉冲粉丝们说道,"一会儿让大花给你们买奶茶暖暖手。"

看粉丝们一脸兴奋的模样,南嘉便知圈内无事发生。剧组发生的事儿,大约暂时被压下去了。

南嘉的人设便是"胸大无脑"的傻白甜女星,毫无心机。阳明当初给她设立人设时,考虑到她本人就是直爽火暴又仗义的脾气,所以在原有性格的基础上,放大优点,避开缺点,突出萌点,便有了这个讨人喜欢、不容易崩塌的人设。

被粉丝们簇拥到停车场的南嘉,跟他们一一挥手道别后,才进入保姆车,妈妈和司机在车上,大花则去给粉丝们买奶茶喝了。

这一件事,没几日就会被粉丝发到微博上,当作南嘉宠粉的有力证明。

——晚上七点,国贸三期顶层餐厅,VIP1包厢。

柴若舒发来微信。

——好的,一定准时到。

南嘉很快回道。

现在才下午两点半,她还有挺长时间休息。酒店的床再柔软,哪里比得上家里给她带来的安全感。

"妈,我想吃你做的拔丝芋头。"南嘉将头靠在妈妈肩上,撒娇道。

"好,明天做给你吃。"妈妈笑得温婉。

印象中,妈妈始终是这样温婉的妇人,和南嘉的性格大相径庭。

晚上七点时,南嘉已经出现在了国贸。她穿着简单,一身藏青色毛呢大衣,内里搭了件白色露肩毛衣,毛衣能够掩饰她的大骨架,只突出性感的锁骨。

从她踏门而入的一刻起,就能感觉到,包厢内的所有目光都停驻在她身上，所有的喧闹声也都戛然而止。

"南小姐，快坐快坐。"董军辉第一个反应过来，笑着招呼她。

"多谢董老板。"南嘉收敛自己，笑得拘谨。

她一一和在场的人打过招呼，除了董老板，还有大娱乐传播集团的两三个负责人，以及柴若舒。

性格上，南嘉比柴若舒大气，可是这种场合，柴若舒却比她吃得开。在圈内数年，南嘉很少参加应酬，阳明在这一点上，将她保护得很好。

"南小姐本人比电视上还漂亮，刚进来时，我们都看愣住了。"董军辉起身，边恭维她，边给她斟酒。

倒的是茅台，南嘉一愣。虽然自己能喝些酒，但这一上来就是白酒，恐怕也撑不住啊。

"我自己来就好了，哪能麻烦老板。"南嘉伸手，要去夺酒瓶。

"为美女服务，是我的荣幸。"董军辉一手抓开她的手。

董军辉肥硕的大手碰到南嘉的一刻，令她想起在横店拍戏时，张力抠自己掌心的一幕，她浑身起了鸡皮疙瘩，却极力控制着。

柴若舒坐在一边看着，已经觉察出南嘉的不对劲儿，她起身笑道："好了老板，南嘉她也不是很会喝酒，喝醉了，就谈不了事情了不是？"

"好，好，咱们柴总监发话了，那就这么多。"董军辉收手。

南嘉一看，一整个玻璃杯刚好被斟满，再多一滴就溢出来了。她嘴角微抽，这个董老板，还真是倒酒的一把好手呀。

幸而，接下来，董军辉也没有刻意刁难她，剩下的酒都是桌上其他男人给解决的。

包厢内，大家几杯酒下肚，相谈甚欢。

"我听柴总监说，你身体不太舒服。所以，签了我们公司后，我给你三个月的假期去调养身体，把身体养好了，咱们直接进刘导的组拍戏。至于你那八百万的违约金，我帮你出了，此外，再给你一千二百万，当作签约费用，如何？"董军辉很有诚意地说道。

南嘉自然是对董老板开出的签约条件很满意，一时间，也把刚刚他摸自己手的事儿暂时忘却了。

"董老板开出的条件已经很优厚了，这一杯，我敬你。"南嘉起身，主动为自己斟了半杯白酒,一口闷了,以示诚意。

"慢点喝,慢点。"董军辉摩挲着杯子,目光一瞬不瞬地盯着国色天香的南嘉,生出了些别样的心思。

饭毕。

一群人起身离开。

董军辉绕到南嘉身后:"南小姐怎么回去?"

"我刚给我妈发了消息,她来接我。"南嘉回道。

"别麻烦你妈了,天气这么冷,让她待家里吧,司机在停车场,我送你回家。"董军辉说道。

南嘉想了想,没有拒绝:"那就先谢过董老板了。"

"谢什么呀,我应该谢谢你加入我们大娱乐呀。"董军辉看起来心情十分不错。

"那若舒——"南嘉有点担心柴若舒,这个女人酒量一直没自己好,今天也被灌了不少酒,走路都已经不稳了。

"别担心,我秘书送她。"董军辉回道。

两人走到地下停车场,南嘉先上了车,董军辉望向司机,司机跟了董军辉这么多年,老板一个眼神,就知道什么意思了。

车内开了空调,南嘉昏昏欲睡之际,又觉得热,便将大衣脱了盖在腿上。

董军辉从侧面端看南嘉身体的曲线,嘴唇越发干涩,眼神也随之滚烫。

"师傅,这好像不是去我家的路啊。"车子开了二十分钟,南嘉看着车窗外的路标,才觉察出不对劲儿。

"你不是去长椿街吗？就是这条路啊。"司机脸不红心不跳地瞎掰。

"怎么可能呢,你走的是相反的路。"南嘉可没那么好忽悠,"师傅你掉头,你要是不认识路的话,我给你开个导航。"

司机暂时还未想好怎么回答,保持沉默。

南嘉皱眉,她望向一边的董军辉,原本想要求救,却发现董军辉的双眼正恶狠狠地盯着自己隆起的胸部。

她心中一阵激灵,开始意识到自己当下的境况有多糟糕,酒顿时醒了一大半。

南嘉将大衣重新穿起,拍打着司机的座椅后背:"师傅,路边停车。"

司机紧抿嘴唇,根本不听南嘉的。不管南嘉怎么闹腾,他始终把控着方向盘,将车子往老板家的方向行驶。

"南小姐,别折腾了,这是去顺义的方向。"董军辉抓住南嘉的手腕,笑了笑。

南嘉甩开董军辉的手,整个人往车门处靠,戒备地看着董军辉,问道:"董老板,你到底想做什么?"

董军辉肥硕的手再次伸向南嘉,揽住她的脖子,将她往自己怀中拖。

"不做什么,带你去我的别墅参观参观。"

"我不去,放手,我要在这里下车!"南嘉奋力挣脱,叫喊道。

她越是反抗,董军辉的眼神就越炙热。身体某处,已经微微出现了反应。

"别叫,嘉嘉,你知道你多好看吗?我看过娱乐圈这么多美女,都觉得没你好看,一看到你,我就爱上你了。你从了我,我让你当一姐,公司的资源都让你先挑,怎么样?"董军辉庞大的身体压在南嘉身上,他喷着酒气的嘴在南嘉脖子上胡乱啃着,含混不清地承诺。

南嘉身体僵直,双手拼命抵挡,整个人惊慌失措,犹如惊弓之鸟。

"滚开!别碰我!神经病!你这是猥亵,要坐牢的!"

董军辉一方面被她骂得起了脾气,另一方面又有些兴奋。从饭局上她的表现来看,南嘉不是个经常混迹于各种酒局的人,区区一千多万就能让她对他感恩戴德,说明她被压榨得很厉害,也不曾赚过什么来路不明的脏钱。这样艳丽的主儿,居然这么纯。这个反差真是太刺激了。

"居然咬老子!"董军辉吃痛,一巴掌扇了过去,"进了这个圈子的人,还装什么雏儿!"

董军辉已经等不及到家了,他一手掐住南嘉的脖子,一手去解裤腰带,想要在车内霸王硬上弓。

南嘉呼吸不顺畅,眼前骤然又生出幻觉。这一次,董军辉在她眼底成了一只恐龙,不断攻击自己,试图毁灭自己。

不知哪里生出的力气,南嘉怪叫一声,手脚并用,对着董军辉就是一顿拳打脚踢。

董军辉竟然一时招架不住,狼狈地倒在后座椅上。南嘉依然不放过他,骑到他身上去殴打他。

"停车,给我停车,把这个疯女人放下去!"董军辉喊道。

司机怕出事,慌忙找了个路边紧急停车。

董军辉和司机一起,将张牙舞爪的南嘉丢下车,然后迅速离开。

(十)

夜里十二点。

董军辉站在镜子前,抚摸着自己脸上被挠出的红印,想起自己刚刚偷鸡不成反蚀把米的事儿,不禁恼羞成怒。

当下,他就打电话给柴若舒。

电话反反复复打了四五遍才被接起,董军辉更加生气,对着柴若舒就是一顿破口大骂。

"你在搞什么东西,这么久才接电话,家里死了人呀!还有,你接洽的是什么婊子艺人,老子送她回家,她殴打老子!这种东西也能待在圈内混?老子明天就封杀她,还当自己是盘菜了!"

柴若舒有些蒙,根本不知道发生了什么。

"那个,老板,南嘉她——到底做了什么,惹得你这么生气?"柴若舒酒还没醒,大脑有些迟钝,她依稀记得,晚上在酒桌上,南嘉和老板之间不是聊得很开心嘛。

董军辉越想越气,可这事儿在电话里三言两语也说不清,于是,他压了压气,说道:"明天早上九点来我家,敢迟到一分钟,你试试。"

"好,好。"柴若舒挂了电话,又沉沉睡了过去。

早上六点多,奇妙的生物钟叫醒了她。柴若舒揉着太阳穴,在床上坐了几分钟,突然想起昨晚老板打来的一通电话。

她简单收拾了下,忙开车前往顺义。

开了两个多小时,才到达董军辉家。这时候,董军辉还没起床,柴若舒硬生生在冷风中站了半个多小时,才被放进屋。

董军辉生气时,喜欢迁怒旁人,柴若舒知道这一点,所以也只能受着。

进了门,两人在沙发上相对而坐。

"老板,从富华斋路过,没什么人排队,给你买了些糕点,你当早饭吃。"柴若舒不动声色地将手边的糕点放到茶几上。

"哼。"董军辉哼了一声。

"老板,那你现在可以告诉我,昨晚究竟发生了什么事吗?"柴若舒观察着他的神色,轻声问。

"昨晚不是都说了吗?我送她回家,路上碰了碰她,她就发疯一样地打我抓我,你看我脸上——"董军辉指着脸上的红印,说起来,依旧气不打一处来。

柴若舒想起横店的事儿,心知是南嘉的精神病又犯了,这才冒犯了老板,有些犯难地皱起眉头。

之前,她跟老板提起过南嘉身体出了点儿问题,但没说是哪方面的问题,现在就更不能说了,一说这事儿准黄。

"南嘉她有点单纯,性格又比较暴躁,我代她向老板你道歉,我回去说说她,改天带她登门向你道歉。咱们签下她后,可别放过她,使劲儿给她安排工作,让她给老板你打工赚钱赎罪——"柴若舒的话还没说完,就看到董军辉比了个暂停的手势。

"行了行了,你刚刚说,要带她登门向我道歉是吗?"董军辉眸色一暗。

"是。"柴若舒心中有了不好的预感。

"那可不是说句对不起就能解决的事情啊,我昨晚可被她打得不轻——"董军辉故意拉长语调。

"这——老板你是想让她赔钱?可是她没有钱,不如——"柴若舒的话再次被打断。

"你少装傻了。我明白点儿和你说,想要赔罪,就得有个赔罪的样子。一星期内,你把她送到我床上,这件事就算了,后续该签约签约,该捧就捧。"董军辉摆出一副大人不计小人过的姿态。

柴若舒"噌"地从沙发上站起："这不行。"

"不行？"董军辉冷笑，"那咱们这个签约就此作罢吧，她爱签谁家签谁家，我倒看看有几个冤大头愿意接盘。"

柴若舒又缓缓坐下去，深吸一口气："老板，还有没有别的——"

"没有别的方案。柴总监，你觉得我像是个会被你说服的人吗？你那一套谈判技巧，别用在我身上。要么你按照我说的做，要么拎着你的糕点，赶紧滚。"董军辉已经失去耐心了。

柴若舒被激出了怒意，但她仍是克制住自己，保持谦和的姿态，开口道："老板，你要什么样子的女人没有，为什么不肯放过南嘉？"

"我不放过她？"董军辉仿佛听到什么天大的笑话，"愿意爬我床的女明星多得很，我给她一个走捷径的机会，她还不肯。给脸不要脸，呸！"

柴若舒受不了董军辉这么羞辱自己的朋友，当下一字一顿地反击道："董军辉，和你合作这么久，第一次觉得你很恶心。"

又嫌不足，柴若舒补了一句："当年的穷小子攀上富家女来闯荡娱乐圈，混是混出头了，也丢了初心。糟糠之妻一脚踹开，所有你看得上的女人都要唯你马首是瞻。你真的很恶心。"

大概是被柴若舒说破了自己不愿回首的旧事，董军辉气急败坏，指着她骂道："你是个什么东西，敢这么跟我说话！不想干了是吧，不想干就滚！"

"我会走的，不劳您赶。"柴若舒冷冷地看着他，眼底满是不屑。

走出别墅，柴若舒觉得自己没来由一阵失落，却也轻松。

（十一）

柴若舒拨打南嘉的电话，是她妈妈接的。

"喂，若舒啊。"南嘉妈妈柔和的声音，给刚失业的柴若舒心中送来一股暖意。

"喂，阿姨，南嘉在家吗？"柴若舒装作无事发生，语态轻松地问。

"在的，在挂水。昨天晚上不知道参加个什么聚会，最后给我打电话说自己被扔在马路边上,是我跟小烨去把她接回家的。她回家后就一直哭,问她什么也不说,唉。半夜发高烧说胡话,我赶紧叫了医生来家里。"南嘉妈妈担忧地说道。

"阿姨,我现在过去看看,方便吗?"柴若舒轻声问。

"方便方便,来了后,就在家里吃饭,阿姨中午做拔丝芋头。"南嘉妈妈热情地说道。

"好。"柴若舒满口答应。

柴若舒驱车开往长椿街。

南嘉的家在老小区内,面积不大,也没有电梯,小区内的住户除了老人,便是来京发展的外地白领。

明星们赚了钱,第一件事都是在北京买房子。但南嘉在圈内打拼这么久,也买不起北京的房子,想想也是很讽刺。

"阿姨。"柴若舒亲切地抱了抱南嘉的妈妈。

"小烨,去给若舒倒豆汁儿喝。"南嘉妈妈回头吩咐坐在沙发上打游戏的欧阳烨。

欧阳烨抬头瞟了一眼柴若舒,心不甘情不愿地应了声:"哦。"

"阿姨,我去房间看看南嘉。"柴若舒换完拖鞋,直接进了南嘉的房间,并反锁了房间门。

"你来了。"南嘉气色很差,半坐在床上,有气无力地打招呼道。

柴若舒走过去,坐到床沿上,问她道:"昨天晚上,你从国贸离开后,到底发生了什么,你一五一十告诉我。"

南嘉一愣,原本还算平和的脸,慢慢浮现愤怒的情绪。

"董军辉,他就是个畜生——"

柴若舒听南嘉叙述完昨晚的事情后,沉默了很久。

董军辉说,自己只是碰了南嘉几下,南嘉就发了疯。可是按照南嘉的说法,董军辉的行为已经够得上强奸未遂。

比起自己那个劣迹斑斑的前老板,柴若舒自然是更相信多年的闺密。

"我们不提他了,你从哪里来,大早上的就跑来看我?昨晚喝了那么多酒,不多睡会儿?"南嘉问她。

柴若舒疲惫地笑了笑："从董军辉家里来,我去辞了个职。你说得对,他确实是个畜生,不值得我再为他赚钱。"

"啊?"南嘉神情复杂,有些愧疚,"是因为我的事吗?"

柴若舒替她掖了掖被角:"别多想。"

她没打算把自己跟董军辉的吵架内容告诉南嘉,这个脾气火暴的主儿听了后,不知道会怄气还是发怒,总归,不要刺激她,对病情不利。

"那你接下来怎么办?"南嘉问道。

"接下来?"柴若舒撑住下巴,眼底逐渐露出狠意,"我们要想办法破这个局,不能坐以待毙。"

南嘉打量了几眼她的神情,基于自己对她的了解,一般柴若舒说出这样的话时,心中已经有了主意了。

南嘉正要细问,门外响起敲门声。

正好事情也谈得差不多了,柴若舒就去开门,看到是欧阳烨端了一杯豆汁儿站在门口。

"我妈让我给你的,趁热喝了吧。"欧阳烨面无表情地说道。

柴若舒皱眉看了眼面前那杯浑浊的豆汁儿,其实她很不喜欢喝这玩意儿,但盛情难却,她干脆拿起杯子,"咕噜咕噜"往自己喉咙里灌。

豆汁儿的味道又酸又馊,柴若舒一直觉得,不吃个十斤榨菜再吐出来,都达不到这么冲的味儿。

欧阳烨欣赏着柴若舒一副"英勇就义"的模样,忽然觉得很有趣,唇角不禁弯了起来。

(十二)

柴若舒在南家吃完午饭,出了门,就给华梦公司的老板王西打电话,电话中阐明了南嘉现在所遇到的合约纠纷。

这个王西是个标准的商人,一听到如此好的商机,脑中一盘算,决定不能错过这个捡漏的机会,当下就热情邀约柴若舒面谈。

地点选在了王西朋友开的一间酒窖,比较私密。

第1章　祸起南嘉

"柴总监,来,坐下来尝一尝新酒。"王西给柴若舒倒了小半杯红酒,热忱地邀请她品尝。

说实话,柴若舒前几天在国贸喝酒喝得有点伤,到现在都觉得胃里灼得慌,对酒有些反感,但既然是出来谈事情,她不好扫别人面子。

"好。"她端着杯子,小呷一口,夸赞道,"口感很浓郁。"

"这是波尔多培植的新的葡萄品种,这种葡萄酿出的酒口感更平衡,香气更浓郁,这不刚到,我朋友就邀我来尝尝,回头柴总监走时,我挑一支买了送给你。"王西倒是大方。

柴若舒笑笑,举起杯子,做出"cheers(干杯)"的动作。

"是这样,柴总监,我可以替南嘉出八百万的解约金,并给她成立个人工作室。虽然,我这里给出的条件,和财大气粗的大娱乐比不了,但胜在自由。我把南嘉当作合作伙伴,尊重她的一切。"王西一番话倒是说得诚恳,也分析了利弊。

柴若舒在选王西作为破局关键点的时候,就已经把这些想得很清楚了。她在酒窖里,就直接电话同步给南嘉。

南嘉挺高兴:"王西的条件比较合理,这件事你帮我全权处理吧,我相信你。"

"好,那我就跟他继续谈,有什么新情况,我随时告诉你。"柴若舒挂了电话。

馥郁的葡萄酒香,令柴若舒全身放松不少。她换了个姿势,靠在桌沿上,问王西:"那王总打算何时推进这件事呢?"

"我随时都可以。这几天,柴总监可以带着南嘉来我公司一趟,商量一下合同上的细节,没任何分歧的话,咱们就可以推进了。"王西回道。

"好。"柴若舒碰了碰王西的杯子。

杯壁当啷一声脆响,算作口头协议达成的信号。

过了两天,柴若舒带着南嘉去华梦转了一圈。华梦公司不大,仅仅占地一层,但依托于枝繁叶茂的互联网巨头集团,资源倒是不愁,王西本人在娱乐版块的话语权也很重,基本说什么,就能拍板定下什么。

"还有什么问题吗?如果没有的话,我让律师拟订合同,这可能需要几天时间。"王西态度诚恳地询问。

柴若舒看了南嘉一眼，南嘉说道："暂时没有了，王总想得很周到。"

"这个市场就是这个样子的，你吃肉，得让别人喝到汤，如果你连汤都不让别人喝，谁肯踏踏实实跟着你干活儿？蛋糕这么大，你一口吃不成个大胖子，一定要分给别人吃。那些苛责合作伙伴的人，就是看不透这一点，以为自己占尽便宜，其实又坏又蠢。"王西说完，又补了句，"我们公司的员工很稳定，基本都跟了我好几年，有些从我创业起就跟着我了，我从不亏待他们。"

柴若舒听出了王西的弦外之音，和南嘉相视一笑。

"这个王西以前没打过交道，今天看着，好像比较靠谱，至少，没用色迷迷的眼神盯着我。"南嘉出门时，随口说了一句。

"男人好色是天性，只是把目标圈在合作伙伴身上，那就很蠢了。王西这人，很聪明，知道什么事该做，什么事不该做。"柴若舒的话，似乎意有所指。

南嘉不笨，听出了柴若舒就是在指桑骂槐，不禁一笑。

只是，令踌躇满志的两人没想到的是，她们前脚才夸完王西靠谱，后脚王西那儿就出了事。

"柴总监，真是不好意思，《汴京一梦》这部剧是我们今年的重点剧，现在投资缺了一块，我只能自掏腰包补上。总部那里我申请过了，他们可以批下来八百万，但是走流程的话，需要一个月，你们可以稍微等一下吗？"王西在电话中，声音很愧疚。

柴若舒有些头疼："王总，因为你之前说，这八百万可以在一周内到账，我们才跟阳明那边说一周内解约的。你现在这样——我很难办哪。"

"要不，你们再去跟阳明那儿说说，或者我去说？再者，你想想法子，看能不能借到八百万周转一下。这事儿总部那边都过了，肯定板上钉钉了，只是时间早晚问题。"王西试着提出解决方案。

可是，这些方案在柴若舒听来，说了等于没说。阳明那个人若是个好说话的人，她们何必走到这一步？八百万不是个小数目，找谁能借八百万？

"好，我想想办法，回头联系。"柴若舒稳住心神，回道。

"真对不住啊，柴总监。"王西又道了一句歉。

第1章　祸起南嘉

"不用叫我总监了,我都已经从大娱乐辞职了。"柴若舒揉着太阳穴,声音渐冷。

"叫你一声总监,是对你江湖地位的肯定啊。"王西这时候,还能开得出玩笑。

柴若舒却没有这样的好心情,这事儿很棘手,但她没打算告诉南嘉,打算自己一个人扛。南嘉的状态时好时坏,一直靠吃药维持,因为即将转换工作室,摆脱"阳扒皮"的控制,她这几日心情好了许多,不能再泼她冷水了。

可是八百万从哪儿来呢?

柴若舒试着联系了几个关系还不错的艺人朋友,但他们都委婉回绝,肯借钱的,也只说自己最多借八十万。

为了不叫南嘉签约这事儿黄掉,柴若舒咬咬牙,主动将自己的房产抵押了八百万。

过了两天,南嘉与阳明之间顺利解约。

在王西的办公室内,南嘉和王西面对面坐着签约,律师站在一旁把控。柴若舒也以南嘉经纪人的身份,和王西签了合约。

"南嘉,柴总监,欢迎你俩加入华梦。"王西伸出手,和两个踌躇满志的女人握手。

"以后就麻烦王总了。"南嘉笑道。

"该是我麻烦你才是。"王西状似谦恭地说道,顿了顿,他又补了句,"你有柴总监这样舍身为你考虑的好经纪人,未来一定会走得更好的。"

柴若舒生怕他把自己抵押房产的事情给泄露出来,忙咳嗽两声。王西反应过来,哑然失笑。南嘉觉察出不对劲儿,一直默默留意着柴若舒的神情。

三个人签完合同后,就工作室的选址、人员招募问题,以及宣布南嘉正式加入华梦的新闻发布会聊了聊。

聊完后,王西就亲自将两人送至电梯。

电梯门刚关上,南嘉就憋不住内心的疑问了:"你是不是有事情瞒着我?"

"嗯?没有啊。"柴若舒装作若无其事。

"真没有？"南嘉靠近她，一米七三的身高，也足以对柴若舒一米六五的身高形成压迫了，"那王西为什么说你舍身为我？"

"可能是觉得我这段时间替你奔走牵线比较累吧，你以后可要好好对我，我为了你，都失业了。"柴若舒对上南嘉的双眼，脸不红心不跳地撒谎。

在圈内这么久，柴若舒早就练就了撒谎的功力，见人说人话，见鬼说鬼话，就算面对多年亲密好友，她也能做到望着对方的眼睛，顾左右而言他。

"好吧。"南嘉没从柴若舒眼里看出什么，站直了身体，"那真是辛苦你了。反正等我身体养好了，有我一口吃的，绝对不会饿到你。不对，是只有一口吃的，我饿着肚子，也要给你吃。"

"好，这可是你说的。"柴若舒笑道。

电梯门打开的刹那，刺眼的光芒直射而来。柴若舒伸手去挡光，低头赶路久了，还未察觉，最近的阳光是真的灿烂啊。看到阳光的一刻，她像是看到了她们最光辉的生命。

第2章 病急投医

（一）

"啪!"一只价格不菲的汝窑茶具被摔到地上,碎了一地。

助理不敢去捡,也不敢出声。

老板董军辉得知柴若舒携南嘉转签对手华梦公司,气不打一处来。

"好,真的好,好得很哪。我一定不会放过南嘉这个小婊子和柴若舒这个吃里爬外的东西!"董军辉阴沉沉地说。

那日在国贸吃饭,助理也去了,所以他全程都知道是怎么一回事,再加上跟了老板四五年,老板的行事风格,以及他心里想什么,助理大概都能猜到个七八分。

柴总监的能力有目共睹,老板也不是真的想她离开,只是她那么驳老板的面子,老板自然要给她些教训。其实,只要她按照老板说的做,再低头认个错也就没事了。这些天,老板一直在等她回来找他,却没料到她这么硬气,直接带着南嘉转投对家了。

老板能不气急败坏吗?

在董军辉的眼里,这就叫作背叛。

"阿正,你在干什么？过来!"董军辉突然喊助理。

阿正浑身一哆嗦,忙小跑过去。

"你帮我做一件事——"董军辉俯身,对着阿正的耳朵,声音渐渐低下去。

阿正听完后,不知道老板这么做的目的,但是他也不敢多问,只是点头:"我马上就去布置。"

"回来。"董军辉在背后喊他。

阿正立刻站在原地不动。

"我记得,南嘉有个贴身的助理,长得有些黑的那个。"董军辉眯着眼睛说。

"好像是有个。"阿正回忆道。

"查一下她。"董军辉别有所指地看了眼他。

阿正立刻会意。

"这汝窑茶具是一套,杯子碎了,茶壶就送你吧。"他懒懒地指着桌上的茶壶说。

"谢谢老板。"阿正很感激。

毕竟,他就算再没见识,也能看出这套茶具不是寻常物件儿,就算只是一只茶壶,也可以倒卖个好价钱,够自己老婆孩子花很久。

2月5日,新年前夕,昆仑饭店大厅内,一场盛大的发布会即将开始。

也是见了鬼,原本阳光高照的天气,突然之间就阴沉了下来,颇有山雨欲来风满楼的架势。

就算是要落大雨,许多媒体也不请自来,王西看到这些情况,喜在心头,路上还在和柴若舒边走边闲聊。

"南嘉的号召力比我预想的还要好一点。"他说。

"要不然,你以为微博热搜上的那些话题,都是买来的啊?她的美貌本身就是个永不过时的营销点。前年的电视节颁奖晚会,她仅仅是脱了一件大衣上个台,台下就一阵轰动,镜头对准她拍,因为她够美,就算是在美女如云的娱乐圈,那也是出类拔萃的美。"柴若舒毫不吝啬对南嘉的夸赞。

王西对她的话不置可否,只是一笑:"你这倒是有意思,一般美女都会嫉妒美女的,你这说的,比男人还迷恋她。"

柴若舒耸耸肩:"我俩走的不同的路子,相互扶持比相互妒忌来得重

第 2 章 病急投医

要。经纪人看艺人,就像是看待一件价值连城的艺术品,只想要好好收藏,哪里想要和艺术品比价值呢。何况,我有能力收藏这件艺术品,不就间接说明我的价值了吗?"

王西大笑,学得倒快:"所以我能一举签下你俩,也是我有价值。"

两人在台下说说笑笑,看着工作人员跑前跑后地忙碌。新闻发布会就快开始了。有助理跑过来,将一叠演讲稿递给王西。

主持人在台上致辞后,将话筒递给王西。

王西对这样的场合驾轻就熟,稿子读了一半,干脆扔掉了,开始发表即兴演讲,内容无非是对新加入华梦的柴若舒以及即将出场的南嘉的介绍,与她们未来的合作方式,以及对华梦公司未来的展望。

台下,有工作人员对他比手势。

"话说到这里,我们就请我们今日发布会的主角,也是我未来最重要的合作伙伴——南嘉小姐上台给大家说几句吧。"王西说完后,带头鼓掌。

和在红毯上艳压群芳的造型不同,南嘉今日穿着简单。一件白色衬衫搭配一条高腰阔腿裤,南嘉圆润平滑的肩线、丰满妩媚的胸形以及纤细不盈一握的腰肢,都为这身简单的造型增色不少。

能将这一套衣服穿出一回眸三生盼的感觉的女艺人,大概也只有南嘉一人了。

"今天——"南嘉的话才说出两个字,瞳孔中出现惊慌的神色。

两名便衣警察模样的人手持传唤证上台,不由分说,架起南嘉就走。

"你们干什么?松手,快松手。"南嘉挣扎着,可箍住她的手跟金刚一般,根本挣脱不开。

"先生,是发生什么事了吗?有事情好商量不是?"王西也是一脸蒙,想搞清楚发生了什么事情,但又不敢得罪警察。

两名警察根本不搭话,直接将南嘉架到了外面的警车上。

台下记者在惊呼中,敏感地发觉这是一个爆炸性的新闻,一时间,闪光灯不停。王西和柴若舒一下子都傻了眼。

（二）

三小时不到，"著名影星南嘉在新闻发布会现场被警察带走"的新闻不胫而走，很快成为微博热搜第一，所有人都在议论此事，各种传言都有。

——在现场就被带走了啊，一点面子不给啊，这得是犯大事了。难道是吸毒？

——你不要胡说八道了，吸毒的人一看就看出来了，南嘉哪里像？

——她的生图你看过没？瘦成那副样子，而且看起来很憔悴，真的像瘾君子。

——也说不定是别的什么事儿呢，比如偷税漏税什么的。

——也不可能吧，犯这事儿的不躲去海外避避风头，还这么高调地开新闻发布会？

这些流言在网上有愈演愈烈的趋势，像是一簇火苗，被人浇了一桶油，火势彻底失去了控制。

王西和柴若舒跟着来到派出所，了解了情况后，气不打一处来。

原来，是董军辉报警说南嘉故意伤害自己，还偷走自己一块名表。

"这怎么可能呢？你们也信？"柴若舒当下就失去了理智，怒气冲冲地反驳做案情记录的警官。

警察面无表情地回她道："小姐，请你冷静一些。我们办案讲证据的，怎么可能平白无故乱抓人。报案人身上的伤验过了，是真的。表刚刚也在南小姐的包内找到了，也是真的。现在就差南小姐自己的口供了。"

"这不可能！"柴若舒百分百相信南嘉，她回过头，对着王西重复了一遍，"这绝对不可能。"

王西也是一脸狐疑："对，这太离奇了，南嘉看起来不像是做出这种事的人。"

"我们要跟南嘉见面，是可以申请见面的吧？"王西大脑还算清醒一些，突然想到这一点，问警察道。

第2章 病急投医

警察看了一眼两人,将本子和笔递给他们:"可以,这里填一下资料,跟我来。"

昏暗的拘留室内。

一见到柴若舒和王西,南嘉情绪就有些激动。

"我没有偷过表,我真的没有,这怎么可能呢?你们相信我,他们都不信,说什么铁证如山,我也不知道怎么回事儿。"

"我相信你,我当然相信你。"柴若舒在几近崩溃的南嘉面前,反而冷静多了。

看着抱成一团的两个女人,王西皱起眉头。

"先不说表的事情,说说打人。"

南嘉抬起头:"我确实打过董军辉,因为当时他要猥亵我,我当时——"她迟疑了一下,看了柴若舒一眼,才接着说道:"我当时情绪有些失控,也不知道自己到底将他打得有多严重。"

王西沉默着,不知在想什么。

柴若舒彻底冷静下来后,若有所思:"不可能啊,照理说,他没有伤得多重,是够不上报警的级别的。"

"你是怎么知道的?"王西问她。

"因为第二天一大早,我就去过董军辉家,他也就脸上被挠了几下,怎么会闹到报警的地步呢?何况,就算要报警,怎么不当时报,非要拖到一周后,和名表丢失一起报案,加在一块儿不是很匪夷所思吗?"柴若舒一下子整理出了重点。

王西眼眸晦暗:"这个董军辉的手段一直都很花,有底线的人根本玩不过他。"

"是吗?"柴若舒面上浮起一丝冷笑,她偏偏不信邪。

若是世上所有的正义,都被邪魔压得翻不了身,这世道不是乱了吗?

她当即打电话求助律师朋友,将整件事儿原原本本地叙述了一通,当然,略过了不能说的部分。

律师当下就给出了解决办法:"你们可以要求董军辉再次验伤,同时调发布会后台的所有监控录像。"

"你的意思是——"柴若舒瞳孔放大,语气急促起来,她似乎一下子明白了董军辉在玩什么把戏。

"我也不太确定，你可以先查。"律师回道。

"我知道了，回头再找你，你先忙。"柴若舒仓促地挂了电话。

她对南嘉说道："一个人在这儿不怕吧？你忍一忍，很快就真相大白了。"

"嗯。"南嘉又不蠢，知道是董军辉那个混蛋陷害自己，而且听柴若舒的语气，似乎已经知道是怎么回事了。

柴若舒微微叹气。

南嘉长相张扬，自己长相寡淡。单从长相而言，自己才是楚楚可怜的那一个。但其实，南嘉单纯胆小，自己倒是更能担事儿一些。从前，大学时寝室卧谈，她们讲鬼故事，南嘉怕得要命，就爬到自己床上，非要跟自己挤一张小床睡。

"南嘉，你不要怕，派出所里我会叫人打点一下，没有人会为难你。我和柴总监去找线索救你出来。"王西说的这番场面话，听起来倒也真诚。

两个人直接奔回昆仑饭店，去查后台监控。好巧不巧，后台监控早不坏晚不坏，居然在这时候坏掉了。

柴若舒的脸冷若冰霜，她对着工作人员说道："你以为我会相信你说的话？"

"监控坏了，总不能赖我们吧。"工作人员也是一脸委屈。

这名工作人员是华梦的，于是王西站出来解围道："柴总监，你太急了，监控坏了就去修，我们有更急的事情要做。"

"嗯？"柴若舒抬眉。

"发布会去了那么多记者，他们会怎么写南嘉？这一步慢了，后面可就没法挽救了。还有，我们要去申请，让董军辉再次验伤。"王西说道。

柴若舒定了定神，认为这种时候，冷静的王西比急躁的自己更有主意些："你说得对，我们分头行动吧。"

王西在司法机关里有些关系，他施了些压力，把董军辉重新拖进司法程序之中，让他被迫再次接受验伤。而柴若舒和诸多媒体熟悉，维护南嘉名誉的事儿，就落在了她的头上。但很明显，这件事更加棘手。

第2章 病急投医

今天去发布会现场的媒体一共十九家,涵盖电视台、平面媒体和网络媒体,几乎层层相叠。

从傍晚到深夜,柴若舒一直在忙着打电话、托关系,想要压下今天的重磅新闻,可是效果甚微。

樱桃台和奇库算是跟她关系不错的媒体平台了,也仅仅是承诺不第一时间出新闻,在真相没有浮出水面之前,客观报道事件,而不添油加醋,引导网友乱想。

也是,这个圈子里,永远都是利益第一,情义不过是风平浪静时用来衬托场面的修饰品罢了,不值几个钱。

用别人的料来抵,又或者拿钱来买料,都行不通。首先,柴若舒手上没有比南嘉被抓进局子里更劲爆的料;其次,她也没有足够多的钱,能打动这些媒体;再者,柴若舒从心底看不上这些手段。

(三)

董军辉从派出所出来后,直接上了一台黑色的商务车。而他的脸色,比车的颜色还黑。

"老板,怎么样?"阿正为董军辉递上一瓶拧开的矿泉水,关切地问道。

"他大爷的,那两个娘们儿还敢让我再次去验伤!"董军辉低声骂了一句,后又想到了什么,"能这么快疏通派出所的关系,应该是王西干的。"

"老板要收拾他吗?"阿正小心翼翼地问。

"收拾谁?王西?"董军辉斜了他一眼,"王西背靠大树,暂时动不得。但那两个小娘们儿,倒是真的欠收拾。"

"老板,我们接下来怎么做?"阿正主动问。

董军辉换了个舒服的姿势,躺倒在座椅上,眯着眼睛回道:"把南嘉偷我表的事情说出去,或者编个故事,就说她勾引我,和我上床时,趁我不注意偷走我的表,怎么样?"

他不大的眼睛,骤然射出一道精光,似乎对自己编的故事很满意。

"很合理,反正她本来是要签约咱们公司的,就说是她爬床才换来的结果,咱原本看不上她的。"阿正顺着董军辉的馊主意,做了补充。

董军辉哈哈大笑,拍了下阿正的后脑勺,心情大好:"你也不笨嘛。"

这个香艳的故事传出,仿佛是对南嘉被警察带走一事做了个合理的注解。一夜之间,所有人都对这个故事津津乐道。

柴若舒几人知道时,几乎措手不及。

"这事儿一定一定要瞒着南嘉,她受不住这个打击的,我怕她去找董军辉拼命。"这是柴若舒看到新闻后的第一反应。

因为董军辉再次验伤,显示被殴打的证据不足,南嘉便被保释出来,安全回到了家中,可是,这短短一日的拘留,却给南嘉带来无法磨灭的心理阴影。

"饭店监控我派人去看了,应该是被动了手脚,关于后台的那段,被删得精光。"王西声音沉闷。

柴若舒仰头叹了口气。

她跟了董军辉几年,知道些他的手段,自然也明白他是个很难对付的对手。他表面上看起来极好讲话,实则心眼小,报复心重,擅长出阴招,且极难抓到把柄。

"这事儿我已经派人去调查了,昆仑饭店的老板我很熟。"王西说道。

柴若舒没出声,她心知这事儿调查来调查去,也不一定有个结果,很可能不了了之。

"还有一个坏消息。"王西继续开口,说的同时,点燃一根烟。

王西这人,挺看重自己在外的形象,所以在办公室一般不抽烟,这几日烟瘾渐大,愁云写在了脸上。

"你说。"柴若舒的内心跟拴着块石头一样,一直下沉。

"我托了交警队的关系,查看了从国贸到董军辉家路段的监控,视频里什么也看不清,只能看到南嘉主动上车,然后又被丢下车,至于发生了什么,无人知晓。"王西眸色深沉地看了眼柴若舒。

柴若舒知道这眼神意味着什么,掐去过程,只留下头尾,意味着中间的过程可以任人编派。

"我去公关。"柴若舒坐不住了。

"柴总监,你看看这个。"王西将笔记本电脑转向柴若舒。

王西打开的,是微博热搜新闻下面的评论页面,都是针对南嘉的。

南嘉以往的形象都是仗义执言的独立女性,却被爆出这样的惊天黑料,加上被警察在发布会现场当场带走的视频佐证,网友们纷纷骂她。一时之间,舆论哗然,好像已经没了公关的必要。

——女明星赚的也不少吧,怎么还偷人家的表啊。

——听说她家欠了一屁股债,她这些年赚的钱都给家里还债了,看到名表不心动才怪。

——就是说啊,而且有的人有盗窃癖,跟有钱没钱无关的,有个国外女明星不就这样吗?

——会不会是误会啊?

——误会个屁啊,是误会,警察为什么带走她?之前不还说吸毒吗?

——所以说啊,明星表现出来的全是立好的人设,也就骗骗粉丝吧,谁信谁傻。

——之前还装得跟圣女似的,说自己绝对不屈从于潜规则,怎么着,私底下爬床爬得可欢了,在老板面前很风骚的吧。

评论不堪入目,根本没眼再看。

"这事情,陷入胶着了。"王西沉沉地说道。

(四)

北京,某高中。

放学铃一打,所有的学生都收拾东西,以最快的速度冲出教室,没有人想多待一秒。欧阳烨倒是不急,慢吞吞地把书本、卷子往包里塞。

"猴子,去吃关东煮吧?"他问后桌男生。

被叫"猴子"的男生低头看着什么东西,压根没听见欧阳烨在说话。

"猴子?看什么东西呢?"欧阳烨绕到他身后,好奇地问。

猴子这才看到有个人站在自己身边,他扫了一眼四周,把手机从抽屉里拿出来,神秘兮兮地举到欧阳烨眼前:"给你分享一下,我好不容易搞来的资源。"

"什么东西,笑这么淫荡。"欧阳烨被彻底勾起好奇心,却在看清手机播放着的视频后,脸色大变。

视频里,疑似南嘉的女性和一陌生男性正在发生关系。男性背对着镜头,女性的脸虽以长发遮了大半,灯光昏暗,却能明显看出,是和南嘉高度相似的轮廓。

"怎么样?是不是身材很好?我跟你说,没想到南嘉这么骚——"猴子话才说一半,突然被欧阳烨掐住了脖子,惊恐地发不出完整的音节。

"啪"一声,手机被用力砸向地面,直接碎成两半。

猴子心疼自己刚买的手机,面对莫名其妙发怒的哥们儿,他感到害怕,但也奋力反击了,直接抬脚,全力踹开欧阳烨。

"你神经病吧,咳咳,老子快被你掐死了——"猴子大口呼吸新鲜空气,指着摔倒在地的欧阳烨骂道。

欧阳烨爬起来,直接骑到猴子身上,对准他的脸,上来就是两拳。

"谁跟你说那是她的,谁跟你说的!"

猴子的眼镜都被打掉了,看着欧阳烨一张模糊的、愤怒的,又近在咫尺的脸,有些要讨饶的想法。刚刚那一脚,已经用尽力气了。自己看上去就不是欧阳烨的对手。欧阳烨瞧着白净清秀,其实是个能打的主儿。

"兄、兄弟,网上都在传啊。我也,我也不知道你的偶像是南嘉啊,你说你喜欢她,我删了不就行了,干吗打自己人啊。"

"谁跟你是自己人!"欧阳烨上去对着他的脑袋又是一拳重击,"你给我听清楚了,那不是我偶像,那是我姐,我亲姐!"

猴子彻底被打蒙了,欧阳烨的话在他脑中不断回荡,他不知道自己是被打到脑震荡了,还是这句话信息量太大,导致自己的大脑在震荡。

恰巧这时,有个跟欧阳烨一向不对付的同学回教室拿课本,看到他殴打猴子的一幕。这名同学倒退出教室,直接跑去找了教导主任。

第二天一早,教导主任就找了欧阳烨的班主任,将这事儿说了。班主任随即将欧阳烨和猴子喊来办公室。

第2章 病急投医

其实猴子有些惧怕欧阳烨,当得知了南嘉是欧阳烨亲姐姐的秘密后,内心深处也对欧阳烨涌起一丝愧疚,所以没承认是欧阳烨打了自己,只说是同学间起了些争执。但是欧阳烨直接认下了自己殴打同学的罪名。

"为什么?你为什么打他?"班主任觉得莫名其妙。

欧阳烨原本不屑地望向一边的双眼,现出了些心虚,因为他没想好怎么编。

"说啊,打人还有理了是不是?你最近成绩下降得厉害,去把你家人叫到学校来!"班主任是个五十多岁的更年期的妇女,一见到这种满脸写着不服的学生就气不打一处来,比自己那不听话的老公还讨人厌。

但她拿老公没办法,对学生办法还是很多的。

"老师,我们都多大了,还叫家长?我家人很忙的,有事情你跟我说。"欧阳烨面对着班主任,不卑不亢地回道。

但这态度,落在班主任的眼里,就是一种挑衅。

她立刻拿出手机,在微信里找到欧阳烨妈妈,一个语音电话拨过去。

几秒钟后,语音电话被接起。

"欧阳烨妈妈,我是欧阳烨的班主任,欧阳烨这次考试总名次掉得厉害,昨天还在班里殴打同学,你要不来一下学校,我们聊聊?"班主任边说,边望向欧阳烨,以为能震慑住他,让这小兔崽子迅速道歉。

他不低头,自己的面子往哪儿搁?办公室里这么多老师和学生都看着呢。

欧阳烨倒真的有些急了,他知道妈妈这几天一直陪着姐姐,不让姐姐看手机看电视,接触网络,也一直稳定着姐姐的情绪,几乎是半步都不离开。

班主任聊了几句后就挂了语音,转身冲欧阳烨道:"你妈说她很忙,但你别的家人下午就来。"

别的家人?欧阳烨皱了皱眉头。

难道是自己那个躲债躲得多年不见人影的父亲?如果不是,自己哪里还有什么别的家人。

下午,当柴若舒出现在办公室时,欧阳烨惊得五雷轰顶。

"李老师您好,我是欧阳烨的姐姐,不知小烨最近又在学校犯什么错了?"柴若舒站在班主任的桌子前,笑得温婉。

欧阳烨站在一边,听到"又"这个字眼,白眼翻上了天。

"欧阳烨,你对你姐姐也是这个态度吗?给我站直了!"班主任看到他的白眼,训斥了一声。

"这到底是哪门子的姐姐。"欧阳烨极小声地嘀咕一句。

别人没听到,柴若舒倒是都听进耳朵里了。她唇角一抽搐,面上却不显。

如果不是南嘉的妈妈抽不开身,又哀求自己帮这个忙,自己打死也不会跑来学校给欧阳烨这个浑小子善后。

"欧阳烨,你先回教室,我和你姐姐聊聊。"班主任严肃地对欧阳烨说道。

欧阳烨没办法说"不",只能转身离开。他打开办公室的门,发现班里好几个男生趴在窗台和门缝处偷看。欧阳烨一出来,他们立刻作鸟兽散。

猴子默默地跟在欧阳烨身后,小声问了一句:"你到底有几个姐姐呀?这个姐姐也好漂亮。"

欧阳烨双目仿佛爆炸了一般迸着火星,猴子一下子就吓得不敢说话了。

柴若舒从办公室出来后,走向教室,敲了敲门板:"欧阳烨,你出来一下。"

全班立刻起哄,欧阳烨耷拉着脑袋,跟着柴若舒走出教室,一直走到操场,找了个没人的地方坐下。

"干什么啊大忙人,怎么有空来装我家长啊?"欧阳烨瞟了她一眼说道。

今天的柴若舒穿了身长款的豆绿色大衣,衬得她整个人清新脱俗,怪好看的,往学校操场一站,说是学生也没人不信。

只是,欧阳烨眼里有多惊艳,嘴上就有多嫌弃。

"不是你妈求我,你以为我愿意来?"柴若舒没好气地回他。

欧阳烨轻咳两声:"你从我家来啊,我姐怎么样了?"

第2章 病急投医

"还是那样,容易受到刺激,我帮她预约了天坛医院的脑神经科,过几天去看。"柴若舒回他道。

欧阳烨看着地面的影子,不知在想什么,柴若舒又苦口婆心地说道:"你也不省省心,快期末考了,还搞出这事儿来,人家侯辰的家人那是不计较,不然你就要吃处分了。"

大概是反感柴若舒用家长的语气跟自己说话,欧阳烨抬头,直接顶了回去:"到底是我不省心还是你不省心?我姐的事儿不就是你搞出来的吗?这一切的倒霉事儿,都跟你脱不了干系,我姐跟你当闺密,就没遇到过好事。"

说完后,欧阳烨才反应过来自己说了些什么,察觉出过分后,想要找补几句,却已经来不及了。

柴若舒眼里闪闪的,像是在燃烧着什么东西:"欧阳烨,你已经成年了,说话可是要负责任的!当时你姐躺在横店,是谁去看望的她!又是谁,费尽心思帮她跟她的吸血鬼前任经纪人分开!闹成现在这样,说起来,可不是我的锅!"

她刻意压低声音,但愤怒的语句还是像沉雷一般滚动着,在欧阳烨耳边电闪雷鸣。

"你要是不想给家里人添麻烦,好好儿反省自己,把检讨书写了,还有你的成绩,掉了这么多,你还想考大学吗?!"柴若舒吼到最后,声音都在颤抖。

她为了南嘉的未来,把自己的房子都赌上了,所以她接受不了有人来否定自己的付出,尤其这个人还是南嘉的亲弟弟,她就更不能容忍了。

一时之间,雷霆之怒降在了欧阳烨头上。

欧阳烨也知道是自己说了过分的话,但男孩子的倔强和自尊心不允许自己就这么被柴若舒劈头盖脸一顿骂。

为了制止这顿骂,他冷不丁地说了句:"你这么凶,难怪你前夫和你离婚,如果是我,我也一定不会喜欢你。"

柴若舒一愣,清秀的一张脸此刻凶神恶煞,让欧阳烨想起了《聊斋》里的女鬼。

"啪"一记闷响,伴随一阵钝痛,欧阳烨被柴若舒一巴掌打在后背上。是谁说女人打人不疼的？暴怒中的女人，这打人的力气跟吃了菠菜的大力水手一样，呈几何倍数增长。

"欧阳烨，我警告你，你再拿我的私事说笑，我就撕烂你的嘴，你后果自负。"柴若舒一字一顿，咬牙切齿地说道。

这么些年的职场生涯，早已将柴若舒训练得百毒不侵了。可是欧阳烨这个浑小子，总是轻而易举、四两拨千斤地戳到自己的软肋。

此时此刻，柴若舒恨不能暴揍他一顿，但还是忍了又忍。

原本，她把欧阳烨叫到操场来，是想了解一下他为什么出手殴打同学，也听听他未来半年的复习计划。柴若舒觉得，既然来了，就要把答应他家人的事儿做好。

可是，眼下这个状况，她真是一秒钟都不想跟他多待。

"我去给你处理打架的事儿，你喜欢在这儿吹风，就在这儿吧。"柴若舒冷冷地看了他一眼，转身就离开。

欧阳烨看着她的背影，如此形单影只，心中竟涌上股念头，想要追上去，跟她说声抱歉，或者别的什么都好，总之，欧阳烨不想再让他们之间每次的见面都以惹她生气告终。

为什么会有这种改变，欧阳烨似乎也说不出个所以然来。

自己其实并不讨厌柴若舒吧，她其实，是个不错的女人。

（五）

柴若舒在学校帮欧阳烨处理完殴打同学的事儿后，转身去银行，把卡上最后的十万元提出来，马不停蹄地奔赴公关公司。

汉唐公关是业内有名的舆情处理公司，这家公司不光策划经验丰富、出稿快，最重要的是人脉广。有些明星工作室搞不定的事儿，会全权交给他们。有些商业大鳄传出负面新闻，也会交给他们作为中间人去处置。

事前有预约，前台将柴若舒领至一间单独的接待室，由专人接待。

最后，汉唐接下了柴若舒的公关委托案，按照公关难度，收定金九万

第2章 病急投医

八,后续费用待公关效果出来后再进一步确立。

"柴小姐,辟谣的稿子会在今晚八点前出来,任何疑问您尽可以用微信联系我。"接待人将案例接下后,分至各个部门进行工作,然后向柴若舒汇报进度。

"好的,麻烦你们了。"柴若舒纵然内心焦急,面上仍然体面地道了声谢,随即起身离开。

除了辟谣、压制舆论,柴若舒还有更重要的事情要做——亲自上阵找到洗白南嘉的证据。

通过王西的关系,柴若舒跟昆仑饭店的老板搭上线,随后,在老板的默许下,对发布会当天在场的工作人员进行了一轮排查。

当日在场的人,除了饭店的人,便是王西带过来的人。柴若舒查到最后,筋疲力尽,幸而有所获——她发现南嘉的助理大花消失了。

柴若舒先前问过南嘉,南嘉说大花的奶奶生重病,她赶回老家照顾陪伴去了。但柴若舒分明记得,发布会当天,大花是跟来饭店的,之后才请长假回的老家。为什么监控里完全没有大花的身影呢?

"你们确定都见过这个女人对吧?"柴若舒指着手机里大花的照片,问饭店的经理和服务生。

"见过,手脚很麻利的一个女人,跟着我们忙前忙后的,也不嫌累。"一名服务生对大花的印象挺深刻。

"对对,人也蛮好的。"经理跟着说道,似乎也回忆起来了这么个人。

柴若舒松一口气,再问:"她进过后台吗?我的意思是,发布会开始的时候,你们谁见过她进后台?"

经理问大家:"你们谁见过?"

言下之意,自己没见过。

大家你看看我,我看看你,最后站出来一名瘦小的女服务生:"我记得,她好像进去过,当时我在过道,她似乎是进去拿什么东西,和我擦肩而过。"

"拿什么东西?"柴若舒敏锐地抓住了关键词。

女服务生摇摇头。虽然时间隔得不远,但谁会留心一个跟自己无关的人呢,能记起来这些已经不错了。

"好，谢谢大家配合。"柴若舒并未去强迫什么，向大家道过谢后，离开饭店。

她向南嘉要来大花的联系方式，也没有说明原因，而是直接打了过去，对方听到柴若舒的声音直接挂断电话，再打过去时，已是无人接听。

大花反常的行为，更是让柴若舒坚信她有问题。与此同时，柴若舒内心有些恼火，她不明白大花为什么要背叛南嘉。

柴若舒机敏地抓住这些疑点，并将它们一一告诉律师和警察。

几天后，警察在西北一个小县城的火车站抓到大花，大花胆子小，全部招了。原来，大花的奶奶刚被检查出尿毒症，透析和后期的换肾手术需要大量的钱。大花当助理的工资才八九千，怎么都不够的。不知道怎么的，董军辉居然知道了这件事，私底下派人拿钱收买她，让她把一块价值三十多万的百达翡丽手表悄悄地放在南嘉包内，用以栽赃陷害。

听到这些细节陈述，柴若舒无法心平气和。

当初，大花一个县城里面出来的姑娘，没有美貌，没有学历，在横店打工备受欺负，如果没有南嘉，她现在还在底层做着跑腿的工作。这些过去，柴若舒都是知道的。

而大花自己一贯表现出来的样子，也是对南嘉感恩戴德，事事把南嘉的利益和感受放在第一位。南嘉和柴若舒，早将大花当作了自己人。可往往越是自己人，在捅你一刀时，越狠。

柴若舒没有觉得这事儿有多匪夷所思，但仍旧对大花的行为感到愤恨。

"你对得起南嘉吗?！"柴若舒直接一巴掌扇过去。

大花的脸上立刻出现一道鲜红的巴掌印。

所有人都怔住了，大家大概都想不到看起来柔柔弱弱的柴若舒，出手竟然这么狠，反应过来的警察忙把大花拉开了。

"柴小姐，你不可以动手。"警察劝阻道。

"没事儿，我该的。"大花惨笑，一动不动，抬起头看着柴若舒，一副任打任骂的低姿态。

"现在做成这样给谁看呢？南嘉被你害惨了，你知道外面把她说成什么样了吗？捧一个明星多艰难，毁掉她只需要陷害她一次就好。"柴若

第 2 章 病急投医

舒痛心疾首。

"对不起,真的对不起,我真的不想的,可是我需要钱,我再不拿钱回去,医院就不给奶奶治了,我是奶奶带大的,我——"大花内疚得不行,渐渐泣不成声。

"缺钱,你可以直接说啊,为什么要通过背叛的方式?"柴若舒瞪着她,质问她。

"我,我觉得嘉嘉姐够苦了,她也没什么钱,所以我——"大花支支吾吾,不敢说下去了。

"她没什么钱,你就要坑她?她够苦了,这就是你报答她的方式?和她的仇人一起向她捅刀子,你够可以的啊!还真是人不可貌相!"柴若舒始终无法心平气和地说话。

如果不是警察拦着,柴若舒真想再给她一巴掌。

"对不起,我真的是一时鬼迷心窍!"大花突然跪在地上,自己抽自己。

警察要扶她起来,她也不肯,看起来是真的知道错了。

柴若舒冷冷地瞧着她,蹲下身,一字一顿道:"真的知道错了,跟我去开发布会,把事实原原本本说出来,还南嘉一个清白。"

"不不!"大花惊恐地摇头,"他们只给了我一半的钱,还有一半呢,我说了,就什么都没了,我宁愿被拘留,也不能说!"

柴若舒起身,从口袋里掏出一支录音笔,以一种睥睨的姿态看着大花道:"我就知道你不肯,那就别怪我。"

大花愣了愣,这才反应过来柴若舒做了什么,爬起来就要抢夺录音笔,却被警察拦住。

"不行,不可以!没有那笔钱,我奶奶会死的!"大花在背后歇斯底里。

任何人在面对涉及自己利益的问题的时候,或者受到巨大诱惑的时候,吃相往往难看。

柴若舒狠狠心,头也不回地离开派出所。

（六）

汉唐公关处理舆情的手段，如雷霆般迅猛。

先是知名富二代秦问天在微博上转了有关南嘉视频的讨论，说了句：经过本人鉴定，视频里的女人绝对不是南嘉。

一石激起千层浪。

各种有关"视频里的女人到底是不是南嘉"的技术讨论帖层出不穷，最后，所有的讨论终结于一个长相酷似南嘉的网红的出现。

这名网红不知是被逼迫，还是收了钱，又或者只是为了红，主动站出来承认视频里的女主角是自己，那段视频是自己和男朋友的私密视频，不知怎么就被曝了出来，自己也很是困扰。

于是，网络上大部分的声音都及时掉转枪口，开始攻击该网红不知廉耻，又一部分声音开始反驳这种谴责受害者的论调。渐渐地，大家开始将南嘉从这则毁灭性打击的负面新闻中摘除，只余一点儿聪明人猜出，南嘉恐怕是请了高人做了危机公关。

大娱乐传播集团，董事长办公室。

"老板，我查了，确实是汉唐做的，柴若舒拎着现金亲自上门去请他们做的。"阿正向董军辉汇报道。

董军辉大腹便便地坐在椅子内煮茶，听着助理的汇报，脸上没有一丝惊讶的神色。

"看看这个。"他将手机内的一条微信翻出，给阿正瞧。

微信是柴若舒发给老板的，分别是一条长语音、一张图和一句话。长语音按下播放，掺杂着噪音，根本听不清说的什么，只听到一个女人在哭号，嘴里似乎还喊着老板的名字。阿正恍然大悟，这是南嘉身边那个女助理的声音。图上，是录音笔。那句话只有简单几个字：我们做个交易。

"这——"阿正皱眉。

董军辉眼神阴郁，扫了他一眼："这女人很聪明，很难对付啊。"

阿正迟疑了会儿，小心翼翼地问道："她在威胁我们？"

第2章 病急投医

如果老板不肯和她做交易,她大概就要鱼死网破,将录音笔里的内容公开,把矛头指向老板。如果老板同意和她做交易了,还不知道她开出的条件是什么,何况——

阿正偷偷瞄了一眼董军辉,有些胆寒。

何况老板从来不是一个能被人,或者说甘愿被人拿捏的人。

"老板,要不,我去会会她,试探一下她的——"阿正揣测着老板的意图,忙表忠心,却被董军辉打断。

"我来,嘶——"董军辉抿了口茶,似乎烫到舌头,整张脸皱了起来,"对付她容易,但这事儿曝出来,会影响公司股价。男人嘛,能屈能伸,秋后算账,学着点儿。"

"是,是。"阿正赔着笑。

得罪老板的人通常都没有好下场,更别提得罪好几次,那就是在老虎嘴里拔牙,还反复拔了几次。阿正不免替柴若舒捏了把冷汗。

先前,南嘉在车上精神病发作,虽然对老板拳打脚踢,但并未造成实质性伤害。老板把南嘉丢下车后,越想越不甘心,连夜叫来一个貌似南嘉的网红发泄,并拍下视频。老板在床上有些特殊癖好,身上的伤,大概是那名网红造成的。事后,老板直接将视频扩散出去,说视频里的女人就是南嘉。

原本,那网红拿了老板的钱,不敢声张的。这会儿跳出来,应该是汉唐背后的老板出面了,不然,没有人撑着,她哪里敢。

翌日。

柴若舒也没想到,自己再一次踏入大娱乐传播集团的电梯,竟是为了和老板董军辉对峙。她也不曾想到,一个月前还有说有笑的上下级,一转眼间剑拔弩张。

世事难料,关系的转变,似乎不以时间长短衡量,只需要一个尖锐的矛盾,就能把你推向对方的对立面。

"柴总监,好久不见。"董军辉对推门而入的柴若舒说道。

在人前,董军辉一向是"笑面虎",柴若舒早已习惯了。

故而,她面无表情地在他面前坐下,直奔主题道:"董总,您既然邀请我来谈判,想必就是想清楚了。"

董军辉看了她几眼，眼底晦暗，将沏好的第一杯茶，推到了她面前。满到快溢出来的茶水，却一滴未洒。

好像不管处于何种境地，董军辉总能稳若泰山。

"难得来一趟，买卖不成仁义在，别板着一张脸。"

"我的要求只有一个，你以后不再为难南嘉，我就把录音笔给你。"柴若舒不跟他废话，径直说道。

董军辉略诧异地看了柴若舒一眼，似乎在确认她说这话时，到底带着几分真诚。

"就只有这个？"董军辉问了声。

"嗯，只有这个，我都写在合约里了，董总觉得没有问题就签字吧。"柴若舒从包内拿出打印好的合约，递上笔。

柴若舒与人谈事时，会将合约打印好带在身上，她从不信什么回头再聊，为了避免夜长梦多，她总是在饭局上率先将事情敲定，不给对方反悔的机会。因为柴若舒认为，任何事，有了合同的约束，才不会改变。

曾经，这是令自己最为欣赏的特质之一。董军辉复习了一把柴若舒从前工作时的样子，内心有一丝后悔放走她。这是一个老板对优秀员工出走后的惋惜。但转念一想，这样一个不听话的手下留在身边，迟早是个祸害，不但要赶走，最好还要除去。

董军辉拔了笔套，字签一半，忽然抬头，看着录音笔笑着问："这里面的东西，你没有备份吧？"

柴若舒没有直接回答他，讽刺地一笑："我和董总您耍手段，不是以卵击石，自不量力吗？"

董军辉别有深意地看了她一眼，放心地将剩下的一半名字签了。

柴若舒这人，一向识时务，她这样的回答，比她说"没有"更能令董军辉信服。实力和资历，从来都是抵御诡计的压舱石。旁人屈服于他的强大，所以根本不敢轻举妄动。

这一场谈判，看起来很顺利。

柴若舒走出大娱乐传播集团的大楼时，望着四方晴好，终于松了口气，可微微缓过气后，不禁又皱了眉头。

如今，董军辉是暂时不会去做什么不利于南嘉的事情了，一切真相大白,可南嘉的名声已经全毁了,商业价值大不如前。王西那边,早已不如之前热络了,甚至在柴若舒主动打电话联系时,也选择了能避则避。

柴若舒一点也不惊讶,早在她选择和王西合作时,就预料到有这一天。

王西的底色是彻头彻尾的商人,而"商人重利轻别离"。

刘靖或多或少听到了些风声,第一时间给柴若舒打电话:"我现在人在国外,没法回去帮你,你可别瞒我,有困难一定要开口。"

柴若舒心中一暖:"老刘,有你这句话,我很满足了。"

这圈子里知己难交,有一个,就要悉心维护。刘靖出于真心,柴若舒知道,可她哪里好意思真的麻烦他。

"你跟华梦签了合同吧,那你可以私下找他寻求补偿的,脸皮厚一点才不吃亏。"刘靖提醒她。

这些事儿,能私了就私了,闹大了终归不好看。刘靖也是为她好,但她明白,站在王西的角度,他没有做错什么,某种意义上来说,算是仁至义尽,她不想过多为难他。

"我知道了,谢谢老刘。"柴若舒应了下来,不过,并没有真的去做什么。

(七)

屋漏偏逢连夜雨,柴若舒因房产抵押到期,债主给她来了好几个电话。

柴若舒望着那一串的号码,根本没勇气接听,仿佛这一秒接通了,下一秒自己就要流落街头了。

在北京这么久,没存下什么钱,只余这一套房傍身。柴若舒也不知道自己哪里来的底气,拿这唯一的傍身之物去跟市场、跟商人博弈。

她在街上转了一大圈儿,又去南嘉的家里看望后,这才回家。

深夜十一点。

熟悉的巷子,熟悉的小区,却透着一股不寻常的气息。柴若舒心跳渐快,当走到家门口时,这才明白自己刚刚从心底涌现出的直觉到底因为什么。

大门上,被人自上而下泼了红油漆。油漆斑斑点点,沾得楼道里都是,在昏黄的过道灯的灯光下瞧着,像是鲜血。

"哎呀,小柴呀,你是不是得罪了什么人呀？你不要怕,我们陪你去物业调监控,我们可以报警的,现在是法治社会。"对门的老爷爷开了门,看到柴若舒,关切地说道。

对门住着一对北京本地的退休老夫妇,人很热心,之前总是可怜柴若舒一个单身女人早出晚归的,经常给她留热饭热菜。

"没事,不必了,我知道是谁,我自己会处理好的,给你们添麻烦了,抱歉。"柴若舒撑起一个微笑,给老夫妇鞠躬道歉。

"哎哟,孩子,什么麻烦不麻烦的,你是个本分孩子,一定是别人招惹你的。有困难记得找我们啊,我们儿子在体制内,还是认识不少人的。"老奶奶走上前,握住柴若舒的手,担心地叮嘱道。

"我知道的,一定,爷爷奶奶,你们快去睡吧,不早了。"柴若舒温柔地说道。

"唉唉,好。有困难记得找我们啊。"老奶奶关上大门时,重复了一句。

"嗯嗯。"柴若舒笑得用力,笑得勉强。

当楼道内只剩下自己时,柴若舒面上的笑容霎时消失,只余疲倦。她拿出钥匙开门,从卫生间接了一桶水出来,又返回去拿拖把和清洁剂。

柴若舒把清洁剂喷在油漆上,弯下腰,一点一点用力地夫拖洗地面。正当她咬牙干活儿,纤细的胳膊绷得紧直时,口袋里的手机突然振动起来。

又是那串号码——

柴若舒看着自己清理半天,却效果甚微的楼道和墙面,最终还是接听了电话。

"你终于肯接电话了,楼道墙壁都看见了吧？再不还钱,我们就——"电话那头恶狠狠的声音顿了一顿,接着道,"就直接以诈骗罪告你了。柴小姐,你也是有体面工作的人吧,不想闹那么难看的话,趁早还钱。"

法治社会,扫黑除恶,对方倒也不敢真的拿她怎么样,往楼道泼油漆,已经是最恶心的手段了。

当时借钱,银行下贷极慢。柴若舒通过朋友找到一家民间借贷公司借的钱,利息不低,换算起来,柴若舒怎么都还不起,只能拿房子抵了。

"我没钱,你们把房子收了吧。"她说完这句话就没了力气,整个人如同被针刺破的气球一般,蹲坐在地上,将整张脸埋进双膝间。

次日,柴若舒将房子的钥匙和房产证都给了债主后,一个人开着车,漫无目的地在街上瞎转悠。

这么些年,柴若舒独自在外拼搏,家中奉行"断舍离"主义,所以她的个人物品少得可怜,一个后备箱,也就塞满了。

来北京奋斗时,两手空空。奋斗了这么些年,至少还剩下一部车,可以挡风雨,也不算太狼狈。

柴若舒望着天空突然飘下来的雨丝儿和十字路口忽闪的红绿灯发怔。

"干什么呢?! 走啊!"身后有汽车暴躁的鸣笛声,伴随一声谩骂。

柴若舒醒过神来,已经是绿灯了。她习惯性说了声"抱歉",也没人听得见,踩了油门,往前方开去。

手机也在这时响起来,柴若舒按了接听。

蓝牙耳机里,传来南嘉熟悉的声音。

"小舒子,真的很抱歉,我是来跟你道歉的,我撑不下去了——"南嘉开口时还算正常,说到后面,整个人情绪开始不对劲儿起来。

电话似乎被南嘉的妈妈抢了过去:"若舒啊,南嘉她,还是看到了网上那些新闻,抑郁症发展到重度了,精神上也受打击很大,情绪很不稳定。我打算遵从医嘱,带她去日本治疗了,也顺便度个假,远离国内的是是非非,医生说这样对她好。"

"好,这样也好。我也听说,日本那边体系健全,选择适合自己的心理诊所事半功倍。你们什么时候去?我送送你们。"柴若舒回道。

南嘉的妈妈在电话中欲言又止,朝着旁边喊了声:"小烨,过来扶住你姐姐——"顿了顿,又冲电话里说道,"若舒,我去房间和你说。"

电话里传来关门的声音,南嘉的妈妈叹口气说道:"孩子,我知道你为了咱们嘉嘉工作的事儿抵押房子了。"

"阿姨,你是怎么——"柴若舒心头一紧,将车子一刹,停在了马路边上。

"是华西公司的王总告诉我的,他说,你为了嘉嘉付出很多,我们应该要记住这个恩情的。"南嘉妈妈继续说道。

柴若舒在内心责怪王西多管闲事。

"我觉得很歉疚,但是孩子,阿姨手里也没什么钱了,剩下的一点点,还要给嘉嘉看病,这样,阿姨把家里的钥匙给你,你住咱们家里,嘉嘉的房间给你住,想住多久住多久,当自己家里一样。"南嘉妈妈说道。

"阿姨,我其实——"柴若舒觉得哪里怪怪的,说不上来,下意识想要拒绝这番好意。

"若舒啊,阿姨知道你人脉广,但是一个女孩子在北京,是很不容易的,别跟阿姨客气了,这是阿姨能为你做的最后一点事情了。对了,小烨那孩子和你在同一屋檐下,可能会让你有点儿不自在,我已经教训过他了,你放心住。晚上你来阿姨这里,阿姨把钥匙给你。"南嘉妈妈打断柴若舒的话,继续说道。

柴若舒终于知道自己心里怪怪的感觉从何而来了,她倒不是抗拒住进南嘉家里,而是抗拒她家里那个"瘟神"欧阳烨。

可是眼下,南嘉的妈妈都这样说了,自己若是一直推辞,倒显得矫情了。

"那好,谢谢阿姨。"柴若舒应下来,"我今晚就过去。"

(八)

柴若舒带着一整个后备箱的私人物品,到达南嘉家楼下。

楼道里传来松垮的脚步声,欧阳烨套了件驼色大衣内搭深色棒球服,出现在了柴若舒面前。

第2章 病急投医

两人在昏黄的路灯下四目相对,有些难言的尴尬。

"我妈她——"欧阳烨手指楼上,"她在家里做饭,让我下来帮你搬东西。"

"哦,多谢。"柴若舒摸了摸鼻子,客气而疏离地应道。

柴若舒开了后备箱,欧阳烨直接上手,将看起来最重最大的那一袋抱了出来,再手提行李箱,往楼道走去。

"你别拿了,太重了,楼道灯坏了,你帮我开个手电筒就行。"欧阳烨一回头,看到柴若舒正打算抱纸箱,忙拦她道。

"行,好。"柴若舒打开手机,找到手电筒模式,跟在欧阳烨身后,将光朝前方打去。

两人一前一后,没有其余交流,却是多年以来,第一次两人没有吵架,没有互损,平和到不可思议。

"若舒来啦,辛苦了,快去洗个手,吃饭了。"家中灯火明亮,南嘉妈妈从厨房出来,手里捧着一盘香椿炒鸡蛋。

柴若舒是南方人,特别好这一口,看到这盘菜眼睛都直了。

"阿姨,大冬天的,你从哪儿搞到的香椿?"

"我妈惦记着你爱吃,春天的时候买了焯水,拿保鲜袋子装了,放在冰箱里冷冻到现在的。"欧阳烨将柴若舒的东西放进储物室后,出来插了一嘴。

柴若舒内心有些感动,这么些年,因为自己跟南嘉关系亲近,南嘉妈妈也是一直拿自己当亲生女儿的。

自己的父母离自己远,是南嘉一家人给了自己慰藉,当然了,除了那个说话讨人厌的欧阳烨。

"南嘉呢?"柴若舒洗了手出来,问道。

"刚吃了药,睡下了。"南嘉妈妈指了指房间。

"那需要给她留些菜吗?"柴若舒不自觉放低了声音,问道。

"她不吃这些,你吃就行了。"南嘉妈妈回道。

柴若舒没有再说什么,直接坐下吃饭了。这么些天,她没有认认真真吃过一顿饭,所以这顿带着人间烟火气的家常菜,叫她食欲大振,也就顾不得什么吃相了。

要是往常,欧阳烨一定会吐槽她吃没吃相,像只几天没见过饲料的母猪一样。可是今天,欧阳烨只是安安静静地坐在一旁吃饭,还出奇听话。他妈让夹菜,他就给柴若舒夹菜,让倒饮料,他就站起来给柴若舒倒饮料。

"若舒啊,小烨这孩子虽然说话难听了点儿,但还是很会照顾人的,他做菜啊,不比阿姨差,以后你工作忙,回家有口热乎的吃,阿姨就放心了。"南嘉妈妈突然说道。

柴若舒还没开口,欧阳烨便抢先道:"她工作忙什么,她现在是个无业游民,我还有半年就高考了,我还照顾她?"

果然,就不应该对欧阳烨这种人报太大指望。他这张嘴,柴若舒见一次,就想拿针线缝一次。

"说什么呢,若舒这么优秀,还怕找不到工作?再说,人家丢了工作,也是因为你姐姐,你会不会说话?"南嘉妈妈罕见地生气,拿筷子敲了敲碗,又怕自己声音过大,吵醒房间内睡觉的女儿,故而压低了声音。

"没事儿阿姨,小烨说的,其实也是实话,我自己能照顾自己的。"柴若舒皮笑肉不笑,但还是回应得体面。

吃完饭后,柴若舒去房间看望南嘉。南嘉刚好醒了,见到柴若舒,强撑起一个笑容。

"你来了。"南嘉撑起身,声音嘶哑。

应该是吃了药的缘故,南嘉看起来虽然憔悴疲惫,却情绪平静。

"你又瘦了。"柴若舒目光落到她锁骨以下,叹了口气。

"你也瘦了。"南嘉看着她,笑了一笑,"更好看了。"

柴若舒坐到她床边,温婉地打眼瞧她:"去了日本,好好养病,国内的事儿,能忘就忘了吧。"

"我把圈内许多人的微信都删了,看不到他们,心情就好很多。想起去日本,我内心也平静很多。你说,这个季节,北海道应该是白雪皑皑,跟童话世界一样吧?"南嘉望向窗外,脸上露出向往的神情。

南嘉身材火辣,性格火暴,但内心就和小女孩儿一样纯真,喜欢和白雪有关的一切事物,喜欢静谧安宁的空间。

日本,确实适合她疗养。

"等你回来时,大概就冬去春来了。"柴若舒一语双关道。

南嘉一愣,望向柴若舒的目光里颇有不舍:"你会来看我的吧?"

"有时间就去。"柴若舒答得干脆。

南嘉是柴若舒读大学的第一年认识的好友,两人相知相伴,从校园到娱乐圈,一起度过数年。南嘉早已将柴若舒当作家人一般的存在,在柴若舒心中,南嘉也是亲厚到超越自身利益的存在。

成年人之间的离别,都是无声无息的。

柴若舒见惯了离别,心中仍然发涩。但她没有表露太多,而是将最好的祝福留给了南嘉:"等你健康归来时,我们一起回母校看看,看看我们的老师,也看看现在那帮孙子有没有比当年的我们优秀。"

南嘉失笑。柴若舒是南方人,说话一向谨慎婉约,刚来北方时,一直看不惯市井间北方人浑不憷的说话方式。没想到,多年过去,她也早已被同化。

"好,那我们约好了。"南嘉突然手握拳,软绵绵地撞击柴若舒的胳膊,算作两人间的约定。

柴若舒陪南嘉住了一周,两个人同吃同睡,像是回到了大学时。

一周后,南嘉在妈妈的陪同下,飞往札幌。

家中,清清冷冷的,只剩下了柴若舒和欧阳烨两人。柴若舒在这之前,做梦也没想到,自己有一天会跟最讨厌的人正式开启"同居"生活。

只不过,这个"同居"生活,好像没有自己想象中鸡飞狗跳,反而,别有趣味。

(九)

"嗡——"手机一直在振动。

柴若舒在半黑不黑的房间里摸到手机,看到是妈妈的号码。也对,除了妈妈,大概没有人会在早上七点给自己打电话。

"喂——"柴若舒有气无力地按了接听。

"舒舒啊,你过年的票买了没有啊,买不到的话,我让你爸爸去火车站排队给你买。"妈妈说道。

柴若舒一个激灵,一下子清醒了。

怎么都忙忘了,没剩几天就过年了。柴若舒虽然工作繁忙,但每年过年总会回家和家人团聚的。

"今天几号了?"柴若舒看了眼日期,"肯定买不到了,让爸爸去火车站看看吧,不过大概也是买不到的。"

柴若舒的家乡是一座南方小城,来往的火车一天就几个班次,直达的车票特别难买,即便是转车,现在也晚了。

"你说你这个孩子,自己怎么也不看看,往年你不都设个闹钟的吗?你爸非让我打电话问你,我本来都觉得多此一举——"妈妈不断在电话里唠叨着,抱怨着。

"咚咚……"一阵并不友好的敲门声响起。

"早饭在桌上,我去上学了。"是欧阳烨的声音。

"谁啊?怎么还有男人的声音啊?"妈妈先是好奇,随后是惊喜,"舒舒啊,你交男朋友了啊。"

"没有,妈,你听错了。"柴若舒硬着头皮扯谎。

上中学时,自己周末出去和同学玩儿,只要超过晚上九点回家,就会挨骂。大学毕业后,再也没了门禁这一说。离婚后,妈妈巴不得她夜不归宿。

"我听错了?"柴妈妈半信半疑,顿了顿,又回归到最原始的话题,"你自己上心一点儿,今年你姨妈给你找了个相亲对象,人家也是——"

"好好好,我知道了。"柴若舒不想听到任何有关相亲的词,敷衍着挂断了电话。

她披了件外套,蹑着脚打开房门,猜测欧阳烨应该已经去上学了。整个家里静得只能听见暖气片儿"咯噔咯噔"的声音。

餐桌上,有一碗还冒着热气的面。

柴若舒一瞧,漂着油沫星子的汤里浮着细如丝的面条,面条上点缀着几块卤牛肉和几片香椿,红里带绿。牛肉和香椿应当都是南嘉妈妈留下的,再配上南方人常吃的挂面,这一餐像是特地给她做的。

吃了两口,味道还不错。

第 2 章　病急投医

欧阳烨这小子的厨艺,确实有几把刷子,跟自己记忆中的相差不大。

就在柴若舒大口吃面,打算把汤汁儿也喝完时,大门被打开——

欧阳烨穿戴齐整,单肩背了个包,和蓬头垢面的柴若舒四目相对。欧阳烨眼神里现出嫌弃,柴若舒将最后一口面条吸溜进嘴里,满面通红。

"我回来拿东西。"欧阳烨将角落里的篮球抱进怀里,转头就要离开。

他锁门的前一秒,又顿住脚步,回头打量了眼柴若舒:"你真的跟以前一样邋遢。"

这一句话,伤害性不强,侮辱性极高。

从前,她离婚,在南嘉家里喝得烂醉如泥,醒后,他也是这么说的。这个小兔崽子,没大没小,他凭什么这么说自己?

正当柴若舒打算反驳时,一声关门声,将她还未来得及说的话,全部弹回肚子里。

吃完早餐,柴若舒洗漱完毕,又刻意打扫了家里,似乎在有意对抗欧阳烨说自己"邋遢"的污蔑之词。

做完这些,柴若舒打开电脑,开始搜寻哪几个明星工作室正在招聘宣传经纪。

她早就想好了,与其在大公司里带艺人,倒不如直接跟着一线艺人干。自由度是欠缺一些,但能赚钱。

一直住在南嘉家里,跟欧阳烨那个小兔崽子低头不见抬头见也不是办法,还是要尽快赚到钱,好搬出去。暂时买不起房子,也至少能租个安逸的地方居住。

一个下午下来,她圈定了黄宗仁、米歇兰和 RJ boys 的工作室,然后重新制作了简历,开始在微信朋友圈寻找关系,进行内推。

娱乐行业,内推远比社招高效。

柴若舒把简历一一投出去后,眼见着天也黑了,刚寻思着自己是下楼觅食还是点外卖时,欧阳烨回家了。

两人四目相对时,气氛总是尴尬。

柴若舒秉承着需要寄居在这儿蛮久,要跟欧阳烨保持表面和平的想法,没有计较早晨他的冒失,主动开口打了招呼:"你——不在学校吃饭？"

欧阳烨用一副看智障的表情看柴若舒："放学了，为什么要在学校吃饭？"

"你不上晚自修吗？"柴若舒有些奇怪。

"北京市区的高中，基本上都不上晚自修。"欧阳烨眼神里透露出的意思，不止觉得柴若舒智障，还觉得她土鳖。

这可就惹恼了柴若舒。

"那你就这么早回家？不去上个补习班什么的？你成绩这么差，能考得上好大学吗？"

"你不用因为玻璃心受伤害了，就一定要在我身上找补回来。我考不考得上大学，和你有什么关系！"欧阳烨挑衅似的看了她一眼。

"欧！阳！烨！"柴若舒尖着嗓子，形象全无，只想把他大卸八块。

这小兔崽子就是有这样的本事，几句话就能将她早上对他产生的好感撕个粉碎。

欧阳烨听她这样厉声叫自己的名字，内心深处不禁升上一股愉悦感，这种愉悦感简直比他投进一个三分球还强烈。

他面无表情地走过她身边，打开房门，关上房门。

门关上的一瞬间，忍不住笑得轮廓模糊。

（十）

夜里。

柴若舒洗完澡回到房间，看到微信里弹出来好几条未读信息。

她拿起一看，今天下午投递的简历居然都有了回复。但是——看下去，柴若舒的心都看凉了。

黄宗仁、米歇兰和 RJ boys 的工作室全部婉拒了她，理由各不相同。有的说，聘请柴若舒来工作室工作过于屈才；有的说，工作室刚刚聘到合适的人选。

柴若舒手一抖，手机掉落在床上，心情也在这一瞬间跌到谷底。

第2章 病急投医

想她从业几年,成绩傲人,手里带过的艺人都成了一线明星,她被业内称作"金牌经纪人",如今,应聘明星工作室竟然连番遭遇不顺,心里的落差叫她不能接受。

"还真是可笑。"柴若舒讽刺地扯了扯唇角,自言自语道。

都说福无双至,祸不单行。柴若舒找工作不顺利,连觉都睡不踏实。她躺在床上翻来覆去,脑海里总是走马灯般,不断闪现曾给她造成创伤的画面。

柴若舒开了落地灯,从床上爬起来,把窗帘拉严实,又去架子上拿了褪黑素的瓶子,没有水,她就倒下一片,用牙齿咬碎吞下。

回到床上,柴若舒慢慢觉得头重脚轻,有了困意,却仍是睡不着。

"哗——"她一把掀开被子。

客厅的灯大亮。

柴若舒在冰箱内翻腾了许久,也没有找到一瓶酒。

南嘉生病了不喝酒,阿姨年纪大了也不喝酒,欧阳烨这个血气方刚的小伙子,平时也不喝酒的吗?柴若舒回忆了一下,摇摇头。

不应该呀。

"叮——"风铃细细脆脆的一声响,在半夜听来尤为诡异。

"你大半夜不睡觉,在干什么?"欧阳烨站在房门口,双手抱胸,不解地看着柴若舒。

柴若舒看了看他,一个一米八多的大男生,爱穿红色睡衣。再看看他头顶,这个一米八多的大男生,居然喜欢把风铃挂房门口。

大半夜的,真的吓死个人。

柴若舒有些心虚地关上冰箱门:"口渴,找点水喝。"

"哦,我水喝多了,上厕所。"欧阳烨转身进了卫生间。

老房子的隔音效果都不是太好,尤其是在这样夜深人静的环境里,卫生间里"飞流直下三千尺"的声音显得格外清晰。

柴若舒脸红了大半,就算捂住耳朵,羞耻的声音仍然跑进跑出。

"其实——"欧阳烨打开门,看到柴若舒还站在原地,说了句,"想喝酒的话,去电视机下面的柜子里拿就好了。"

柴若舒有些惊讶:他是会读心术吗?怎么就那么精准知道自己心中

所想？

打开电视机柜，柴若舒看到里面排了两列酒，一列红酒，一列啤酒。她伸手掏出两瓶青岛啤酒，突然想起大学时，自己在南嘉家里喝醉了，跟她一起耍酒疯的场景。

"青岛不倒我不倒，雪花不飘我不飘。"南嘉举着酒瓶，踩在沙发上边跳舞边大喊。

有一次，她们俩应该是踢倒了两瓶没喝完的啤酒，搞得沙发、地毯上湿漉漉的一片。绵密跳跃的泡沫成形又破裂，像她们初具雏形的梦想，也像来了又走的爱情。

酒水混杂着记忆，在这样黑得混沌的夜里，流出去很远。

柴若舒坐在原来南嘉最喜欢坐的位置上，开了一瓶啤酒，直接灌下去半瓶。

"叮——"风铃再次发出碰撞的轻响。

欧阳烨跨出房门，几步走到柴若舒身边坐下，将茶几上另一瓶啤酒打开，也直接喝了半瓶。

柴若舒望着他上下滚动的喉结，有些出神。

"你怎么也——"

"快高考了，压力大，睡不着不行啊。"欧阳烨分明是拿话堵她。

他才像是口渴的那个人，又一口气把剩下的半瓶酒喝完，拿手背擦了擦嘴，一副不在意的模样。

"你真不打算找个补习班上上？你这个成绩，考不上什么好大学。"柴若舒回忆起之前看到他试卷时的情景，建议道。

"还有一个学期不到，就算是天王老子下凡来给我补习，我也考不上好学校吧。"欧阳烨耸耸肩。

柴若舒被他的态度气到："就算是这样，你也应该拼一把。很多事情，不是有希望才去坚持，而是坚持了才有希望。"

"柴若舒。"欧阳烨定定地望着她。

当他连名带姓唤她时，她莫名心尖一跳。

"你知道你为什么不讨喜吗？"

欧阳烨的表情很欠揍，可柴若舒居然很想听他说下去。

第 2 章　病急投医

"你过于强势,总想掌控一切。有什么东西、什么人不在你掌控之下,你就要批评他,教育他。可是你为什么要让世界都听你的呢?你就一定是对的吗?"

柴若舒一愣,头一次,她没有反驳欧阳烨的话,并从他的话里,听出了三分道理。

"其实——"柴若舒声音低下来,苦笑一声,已经没了白日的气焰,"我就是没有安全感,像没有根的浮萍,一定要抓住些熟悉的、不会变的东西,才觉得心安。"

欧阳烨沉默地看着她。

"嗨,算了,说了,你这个小孩儿也不会懂的。"柴若舒晃了晃脑袋,从地毯上爬到柜子边上,打算再拿两瓶酒。

欧阳烨也没有反驳她,只在她背后突然问出一句:"你今年过年回家吗?"

柴若舒拿酒的手一顿,回他道:"没买到票,应该不回。再说,也不大想回。"

欧阳烨没有追问她不想回家的原因,而是若无其事地点点头,开启了另外一个话题:"你们南方过年也吃饺子吗?"

"有的吃,有的不吃。其实我也是到了北方后,才发现这里的人对春节吃饺子这件事这么执着的。"柴若舒笑了笑,自然而然把刚拿出的酒,递了一瓶给对方。

两个人难得和平共处,一边喝酒,一边有一搭没一搭地聊天。

柴若舒的酒量差,哪怕是啤酒,两三瓶下肚后,她就两眼昏花,不认识东南西北了。也正是因为喝醉酒,她才敢把内心压抑的事儿毫无顾忌地往外说,也不在乎听她说的人是谁。

"我今天心情很差,投了几份简历,原本以为每个都能进,结果每一家都拒绝了我。你尝试过这种被所有人拒绝的滋味儿吗?太难受了。

"我为了你姐姐,房子没了,工作也没了,现在寄人篱下,还要听你教训我。

"我姨妈又要给我介绍对象了,都是些离过婚、带孩子的老男人,指望我去给他们的孩子当后妈呢,我才不要回家。"

她的倾诉像是一种发泄,力气用尽后,瘫软在桌上,意识不大清醒了。

　　欧阳烨静默着,没有说话。他近距离看着柴若舒,看她纤细精致的眼角,看她清冷疏远的眉头。这个女人身上有种脆弱又倔强的美。

　　再看到她嘴唇时,欧阳烨浑身的血液倒冲,在那一瞬间,他有种很奇怪的感觉,觉得心里多了一重东西,说不清道不明。

　　柴若舒半寐半醒间,看着凝视自己的大男孩儿,忍不住伸出手,想要摸一摸他毛茸茸的脑袋,像摸小狗的头一样。

　　他细长的眉眼里,满是错愕,涌现一股自己看不清的情愫。

　　"真乖啊,真乖。"她胆子大了起来,手上的动作从摸变成了揉。

　　欧阳烨一动不动,任由柴若舒将自己的头发揉得七零八乱。

　　"别人穿红色的都很娘,但你皮肤白,穿红色的真好看啊。"柴若舒咂巴着嘴,笑得像个花痴。

　　欧阳烨突然也笑了:"你还是第一次说我长得好看呢。"

(十一)

　　柴若舒醒过来时,已是中午。

　　她眯起眼,蓦地想起昨夜的情景,霎时觉得没脸见人。

　　是这样,一般人喝醉酒,都会耍耍酒疯,做些离经叛道的事儿。若是喝断片儿了,尴尬的就是旁人。如果宿醉清醒后记得一切,那尴尬的就是自己了。

　　比如,柴若舒非常清晰地记起,自己不但傻呵呵地夸他好看,还抱着他又哭又笑,鼻涕眼泪蹭他一身,最后让他抱自己回房间,哄自己睡觉的场景。

　　车祸现场呀,简直是大型车祸现场!

　　柴若舒拍了拍自己的脑袋,钻进被窝,呼吸不上新鲜空气后,又钻出来。

　　她轻手轻脚走到门前,将耳朵贴在门上,听客厅的动静,确定没人,这才打开房门。

印象中凌乱的客厅早已被收拾整洁。餐桌上摆了一份三明治和一杯牛奶，放三明治的盘子下还压了张字条。

——三明治和牛奶冷了，去微波炉热一下，记得吃早餐。

歪歪扭扭的字，是欧阳烨那小子无疑了。

同样都是给自己做早餐，但今天的他，似乎有些不一样了。具体是哪里不一样了，柴若舒将三明治啃一半时，也没想出个所以然来。

她在洗杯子时，微信上弹出来一条令她振奋的消息，不过在看清消息后，她的那股高兴劲儿就烟消云散了。

——若舒，听说你在找工作，有兴趣来凯力传媒试试吗？我们正缺你这样经验丰富的经纪人。

发消息的，是凯力传媒的副总孙越。

柴若舒跟她并不熟，不知道她从哪儿得知自己找工作的事情。没想到，自己落魄的模样，连凯力的人都瞧见了，圈子还真是小哇。

——没兴趣。

柴若舒毫不客气地回了这三个字，连客气的寒暄都没有。

对方回得极快。

——我知道，你还在为乔橘的事儿生气，但时隔多年，也应该放下了。老板很欣赏你的能力，我们邀请你，是真心的。你考虑后，联系我。

柴若舒冷笑一声，将手机摔到沙发里，自己也一屁股坐下。

时隔多年的那件事儿，每每想起，柴若舒都不能释怀。

初见乔橘时，她是个新人，自己也不过刚转型做幕后，两人一见如故，自己成了她的经纪人。

柴若舒对经纪人的事业一腔热忱和真心，也把这些真心一并用在了乔橘身上。乔橘走红后，曾多次在人前人后感谢柴若舒的付出。

那时候，柴若舒以为自己跟乔橘的合作能一直进行下去，直到——凯力传媒设计挖自己的墙脚。

刘靖曾好几次隐晦地提醒自己，听说乔橘跟凯力的人走得很近，凯力传媒又是圈内出了名的爱挖墙脚，叫自己当心点儿。

那时候，柴若舒根本不当回事，直到，乔橘毫无预兆地跟自己摊牌。

"天下没有不散的宴席。我很感谢这些日子以来,你对我的帮助和爱护。但是我过够单打独斗的生活了,我要的,你已经给不了了,但是凯力能给我。若舒姐,我们好聚好散吧。"乔橘的语气淡漠,似乎只是来通知自己一声儿,而非协商。

娱乐圈人情淡漠,大多人与人之间的关系,似乎除了互相利用,别无其他。许多人也从不把背叛当作什么大事儿。

以利交者,利穷则散。这句话,柴若舒从乔橘那儿得到了最深刻的领悟。

纵然如此,柴若舒还一直保持自己做人的底线,不与大多圈内人同流合污。她从不在人前说乔橘一个字的不好,但在内心,早与乔橘及凯力传媒划清界限了。

想明白这些后,柴若舒重新捡起手机,给孙越回微信:"多谢你们看得起我,但是工作的选择是双向的。你们选择我,我未必就要选择你们。"

按下发送键后,柴若舒长长地呼出一口气,打开电脑,继续投递简历。

为了最快找到工作过渡,柴若舒不再把目光局限于娱乐公司,一些老牌的影视公司,以及一些文化、广告类的传媒公司,也进入了柴若舒的视野。

正在柴若舒忙着修改简历时,一通电话打断了她的忙碌。

"柴小姐,我是阳明,咱们在横店打过交道。"电话里,略显尖细的男音,让柴若舒神色一顿。

见柴若舒沉默,阳明继续说道:"我刚在招聘 APP 上看到你放了你的简历,不知道你有没有兴趣来魅力试试。"

魅力就是南嘉先前签约的公司,是一家中型娱乐公司,阳明占了三分之一的股权。在南嘉出走前,这家公司最大的咖就是南嘉,如今,没什么有水花的艺人撑台面。

原本,这样的公司,根本不在柴若舒的考虑范围内。但是眼下,阳明向自己发出邀约,倒不是非得避开。

原因有二。

第一,阳明这人刻薄,但保有底线。这样的人,不适合当朋友,但可以当合作伙伴。

第二,魅力当下缺少台柱子,柴若舒最擅长的便是带新人。所以,她有理由相信,阳明打电话给自己,是带着诚意,而非因自己一手搅黄他跟南嘉的续约,特意来羞辱落难的自己。

"阳先生的消息够快的。"柴若舒不动声色。

"听别人说你从大娱乐离职了,后来南嘉出事儿,你跟王西那边应该也合作不了了。华梦和我们的需求点不同,我们还是挺欢迎你这样有经验的经纪人的。"阳明直接敞开了天窗说亮话。

"但魅力对于当下的我来说,不是最适合的。"柴若舒缓缓说道。

"柴小姐,你知道为什么你投的工作室,大多拒绝了你吗?这个圈子的人势力又迷信。他们一半认为你得罪了董军辉,大概没好果子吃,对于你的下场持观望态度。另一半,他们觉得你气运不佳,做什么黄什么,根本不敢用你。魅力不是什么大公司,但是我这个人,一不迷信,二在南嘉出事的时候,也没有跳出来踩她一脚,已经算得上人品不错的了。你目前还有什么比我更好的合作人选吗?自己考虑吧。"一通话说下来,阳明已经失去了耐性。

柴若舒两句话便试探到了阳明的心意,这才放下心来:"那阳先生,我们面聊吧。"

"成。"阳明倒也干脆。

(十二)

柴若舒与阳明约的时间,是腊月二十七。

街道拥堵,大街小巷涌动着购置年货的男女老少,人人都大包小包提了满手。路边商店,春联福字贴了满墙。年味儿,一下子就浓郁起来。

所有人都放了假,而柴若舒还奔波在找工作的路上。

一整个下午,柴若舒和阳明的聊天都不算愉快,原因在于魅力向她提出的要求过于苛刻。在工作领域,他们要求她事事请示和汇报;工资方面，他们给她开月薪，前两个月都没有提成。

"也不是一直没有提成，两个月后，我们会按照你带新人的效果来开一个分成比例，这个我们另外签合同。"阳明跟她说。

柴若舒没有当下表达不满，但阳明递给她的试用协议，她也没有签的打算。

"试用"这两个字，对于她来说，是一种侮辱。

或许，他们没有打算侮辱她，只是对她不放心，怕她并不尽心尽力带新人。但无论如何，这都不是柴若舒能够接受的方式。

"我回去考虑一下，你们也考虑一下，还是那句话，我们双向选择。"柴若舒起身，微笑着告别。

桌上的协议没有带走，咖啡也一口没喝。

柴若舒走去电梯时，看到人事部的门口正在排队，人人手上拿着一沓纸。大概都是捧着简历和个人作品来求职的。

在腊月里，公司不放假，还能有这样的招聘盛况，业内也是少见。

她本来都打算走了，可目光掠过那些求职者时，突然发现了一个好久不见的身影。

"周信然？"柴若舒喊道。

队伍中的一名身量高挑的青年抬头，循着声源，看到柴若舒，眼底也露出惊喜，直接走出了队伍。

"柴若舒，真的是你？"周信然走向她。

"你是来求职的？你不是在《佳丽》吗？"柴若舒捂着嘴，压低声音道，"那里可比这里有前途多了。"

周信然往楼道走，似乎要找一个方便说话的地儿，边走边说道："快别提了，《佳丽》那个地方根本不是人待的。一群女的整天钩心斗角，逼着我站队。我不掺和吧，她们就孤立我。这不，我待得不舒服就辞职了。本来想出去旅游一趟，或者提早回老家待着，但年底花销太大了，还是先找工作要紧吧。"

原来如此。

周信然算是柴若舒的老朋友了，虽然不常碰面。他之前在一线时尚杂志《佳丽》任摄影师。圈内的超一线女星，几乎都合作了个遍。

第2章 病急投医

"你呢？不会也是来求职的吧？"周信然问她道。

"嗯，我也是来求职的，但是阳明给我开的条件，我不满意。"柴若舒笑笑，说道。

"我们也很久没见了吧，你身上似乎发生了很多故事。"周信然眼睛发亮，充满兴趣，"我们找个地儿坐坐，喝一杯？"

柴若舒应得干脆："行啊，反正我也没事儿。"

"走。"

两个人一拍即合，就近找了家烤肉店，点了几盘肉和蔬菜，又让店家上了两瓶清酒。

"就这么一段时间没见，居然发生这么多事，也太离奇了。"周信然将一块烤得油滋滋的五花肉塞进口中，含混不清地感慨道。

"人生无常。"柴若舒用四个字总结了自己这段时间的遭遇。

"南嘉她的状态是不是挺差的？"周信然突然问。

"嗯。"柴若舒点头。

面对周信然，她没必要刻意瞒着什么。

"董军辉，没人治得了他是吧！还有那些网友，一个个跟没脑子似的瞎起哄，他们随便一说，给南嘉带来多大心理压力！"周信然喝一口酒，义愤填膺道。

"群体处于低智的状态，往往很容易受到情绪感染。"柴若舒无奈地评论道。

"这帮龟孙子，就是欠骂！"周信然掏出手机，打开微博，给柴若舒看。

柴若舒看到周信然在南嘉微博下，实名撑了好几个说话难听的网友。

"你这性格——"柴若舒一时找不到合适的词形容，"有些是对家买的水军，趁机下场浑水摸鱼呢，不用较真儿的。"

"管他呢，只要伤害到了南嘉，我就和他们没完！"周信然满腔义愤。

柴若舒忽然意识到了什么，失笑道："你这家伙，暗恋南嘉是不是？"

周信然倒也没否认，给柴若舒讲了一件往事。

"我那时候刚从日本回国，也刚入行，跟在老师屁股后头给女明星拍照。那一期的杂志封面是拍南嘉,她那时候已经是大明星了。和别的女明星不同,她没架子,不但配合,拍摄间隙,还跟我们说说笑笑的。我那时候拍的照片,被好几个明星工作室夸过,我老师妒忌我,故意拦我资源,带着我时,要么让我打光,要么不给我合适的镜头,反正故意为难我。南嘉看出来了,当着所有人的面,指名道姓让我拍。你猜这么着,就那一期的封面,我把她拍得特美,跟仙子一样,那一期的杂志大火,我也一战成名,正式留在《佳丽》了。每次想起来吧,都觉得南嘉这人又美又飒,是女神一样的存在。现在有人亵渎我的女神,我当然跟他们没完!"

柴若舒小口小口地喝酒,听周信然讲起往事时,脸上也泛着笑意。

两个人说说笑笑,很快就到了夜里。

清酒的后劲儿大,虽然柴若舒只喝了半瓶,但最后出门时,身体摇摇欲坠,要不是周信然扶了她一把,差点儿磕到桌角。

"你看看你,我喝一瓶半,都比你喝半瓶的走得稳。"周信然笑话她。

"你还是那么能喝,我就不行了。"柴若舒摆摆手笑笑,挣扎着从椅子上爬起来。

另一边。

欧阳烨看了看手机,已经夜里十一点多了,柴若舒居然还没回家。他看到散落一桌的简历和公司资料,知道她大概是出去应聘了,但是这么晚不回家,他内心不免有些担忧,于是开始给她发微信。

——你还回不回家了?

谁知她微信不回,他又开始打电话,打了几遍,她也不接。

欧阳烨第一反应便是,这傻女人该不会出什么事儿了吧?她的职业习惯便是常年攥着手机,夜里睡觉也不关机,生怕工作上出现什么紧急情况,还从没有过这种联系不上的情况。

"这女人,从来不让人省心。"欧阳烨皱眉,嘟囔了一句。

随后,他披上外套,锁上家门,打算出去寻她。

昏黄的路灯下。

柴若舒走路都走不稳,一直靠在周信然身上,状态也是疯疯癫癫的。

"你要是……要是去阳明那里,我们就不当……不当朋友啦。"柴若舒拿手指戳周信然的胸膛,打了个酒嗝儿,整个人形象全无。

第 2 章 病急投医

周信然怕她摔倒,就扶住她肩膀,嬉皮笑脸地回道:"我也没想好要不要去呢。"

这一幕刚好被迎面走来的欧阳烨看到,他的脸立刻黑了一半。

两人撞上欧阳烨,在他面前站住。柴若舒醉眼昏花,却第一时间认出他。

"你,你来啦。"她推开周信然,转而扑向欧阳烨,像小猫似的,抓住欧阳烨的胳膊就往上蹭。

欧阳烨嫌弃地看了眼她,却任由她抓着自己,转而打量起周信然,目光十分不友善。

这人个子很高,比自己还高点儿。头发偏长,扎一个小辫子。眼睛细长,脸瘦削。估计常年健身,故而身材很好,衣品也不错,整个人有艺术家气质。

这女人,竟然喜欢这样的?不知道长这样的,一半是 Gay(同性恋),一半是渣男吗?

欧阳烨内心不屑。

周信然看到欧阳烨,倒是很兴奋:"你是,是南嘉的弟弟吗?若舒和我提过你。"

"是,怎么了?"欧阳烨冷冷地反问。

周信然毫不介意欧阳烨的冷淡,在得到肯定回复后,反而愈加热情,望向欧阳烨的目光里满是迫切。

欧阳烨浑身鸡皮疙瘩掉了一地,不适地往后退了一步。

"那个——"

周信然的话还没说出口,欧阳烨直接打断,他揽住柴若舒的身体,直接转了个弯:"晚上冷,早点回家。"

"哎,哎……"周信然在背后喊了两声。

欧阳烨头也不回,拽着状若疯癫的柴若舒一路疾走,像在躲什么瘟疫一般。

回到家里,欧阳烨将柴若舒丢到沙发上,弯腰替她换了拖鞋。

"那男的谁啊,你第二春?这男的性取向正不正常?别是个 Gay 来骗婚的。"欧阳烨站在她面前,冷言冷语地问道。

"你在关心我呀。"柴若舒脸红得像虾子,声音娇柔,蛊惑人心。

欧阳烨内心深处骤然升起一丝酥痒的感觉。

这个女人,只有在喝醉酒的时候,才稍微有那么一丝丝女人味儿。

"我答应了我姐和我妈照顾你,你要是死在外面了,我怎么向她们交代?"欧阳烨没好气道。

要是平时,柴若舒听到这样的话,早就和欧阳烨杠起来了,可此刻,她只是咻咻发笑。欧阳烨看着她小女孩儿似的模样,竟愣住了。

"你到底在笑什么?"欧阳烨蹙眉。

柴若舒支起身,双目迷离,很快做了一个叫欧阳烨诧异不已的动作。她居然抱着他的脖子,在他脸上亲了一口。

"你真可爱。"亲完后,柴若舒还像安抚狗狗一样,揉了揉他的头发。

欧阳烨的心脏瞬间骤停,随后跳得极快。

"你怎么还有酒后随便乱亲人的毛病?"欧阳烨退后一步,脸也烧起来了。

"嗯?"柴若舒眼睛快睁不开了。

"你也亲过他吗?"欧阳烨想起送她回家的男人,想到两个人靠在一起的画面,莫名有些吃味儿。

"嗯——"柴若舒从鼻腔轻轻哼了一声,似乎进入了梦乡。

欧阳烨的脸从红转黑,他冷嘲热讽道:"你倒是不挑。"

柴若舒转了个身,面朝沙发里面,一脚将靠垫踹下去。欧阳烨看着她蛮横的睡姿,无奈地叹了口气。

"我真是欠你的。"他低声说了一声儿。

接着,他从房间内抱出一床被子,盖在柴若舒身上,又拿来一个清理干净的垃圾桶,放在沙发边上。客厅里只给她开了一盏落地台灯。

他想着,如果她半夜醒了,难受想吐,这样最方便。

第 3 章 重新出发

(一)

翌日。

柴若舒被老居民区的动静惊醒后,便拿起手机去看时间。

刚拿起手机,就看到周信然的来电提醒。

"喂——"

"喂,若舒,你觉不觉得南嘉的弟弟很有当明星的潜质?"周信然兴奋异常,说话的语态像刚烧开的沸腾的水一样,就快溢出来。

柴若舒还没来得及回答他,就看到欧阳烨从厨房出来,端了一碗面放到茶几上。

"醒了就赶紧去洗漱,然后把面吃了。"他微微皱眉,态度冷淡,可做的事情却令人暖心。

柴若舒细细地打量他。欧阳烨的皮肤很白,五官单拎出来看,不算出挑,但是凑在一块儿,怎么看怎么顺眼。尤其是眼角下的那颗泪痣,简直是点睛之笔。和他姐姐南嘉一样,两人的身材都极好。欧阳烨身高腿长,哪怕套个麻袋在身上,也能穿出走T台的时尚感。

认识他好多年,柴若舒一直对他有抵触情绪,从未像现在这一刻一样,用一个经纪人打量艺人的眼光去打量他。

这么一看,欧阳烨确实是块极难得的好料子。

"怎么了？你还没醒酒？"欧阳烨被她看得发毛，有些奇怪地问。

柴若舒脑子里顿生出某种念头，唇角一弯，忽然笑开了，她对着电话说了声："你等我一下，我们下午见面聊。"

欧阳烨手背覆上柴若舒的额头，确定她没有发烧，可她整个人一大早痴痴傻傻，这会儿还盯着自己，笑得像个傻子。

"我去洗漱。"柴若舒掀开被子，以极快的速度冲进洗手间。

洗漱完后，她三下五除二地吃完了茶几上的面。面条不知在锅里煮了多久，软烂入味，倒是很适合自己这个宿醉的人吃，吃完之后，胃里很舒服。

"欧阳烨，我出去一下。"柴若舒略捯饬了一下自己，就急匆匆出门。

"晚上回来吃饭吗？"欧阳烨不知道她要去见谁，但多嘴的话，好像显得自己很在乎她似的，于是别扭地问出一句她回不回来吃饭的话。

柴若舒想了一下，肯定地点了点头："一定回来的。"

听到她的确切回复，欧阳烨感觉舒坦了些。

她晚上回来，就代表她不会再在外面鬼混，也就不会再耍酒疯，自己也就不用再这么辛苦。欧阳烨觉得自己心中的舒坦，一定是这个原因。

柴若舒和周信然约在一家咖啡厅见面。

一见面，还没等周信然开口，柴若舒就抢先道："我知道你想说什么了，你是不是想说，把欧阳烨这个苗子签下来，然后培养成明日之星？"

"对头。"周信然打了个响指。

"可咱俩现在都是无业游民，把他签下来，确定能捧得出来吗？"柴若舒提出自己的第一点质疑。

"咱俩虽然都是无业游民，但要人脉有人脉，要能力有能力，要经验有经验，咱们再拉几个合伙人，直接创业，把他当作咱们公司一哥来打造。"周信然自信满满。

"创业倒是没问题，只是——"柴若舒迟疑，"北京这地方人才济济，市场也快被瓜分完了，咱们需要多大的努力和多好的运气才能平地突起？"

"RJ boys 的公司原先不就是个小作坊？捧红 RJ boys 后，他们公司就签约了一批小男孩儿做练习生，师哥带师弟，都当韭菜割呢。"周信然说道。

"他们的模式不适合咱们。"柴若舒说道,顿了顿,望着周信然又道,"其实,咱们目前最大的难题还不是成立公司,而是欧阳烨本身。"

"他本身怎么了?我看他条件比 RJ boys 那些师弟优秀得多啊。"周信然不解。

"不是条件,而是他愿不愿意进圈发展。"柴若舒摇头,说了一件自己记忆里的往事,"那时候,RJ boys 公司的老板其实找南嘉谈过,希望南嘉把弟弟签给她,她给出的条件是组合出道的 C 位。南嘉找欧阳烨谈过,但他很抗拒,这件事就不了了之了。"

周信然沉默半晌,手中的咖啡冷了大半,他也未察觉。

"这样的话,就有些难了啊。"他已没了刚刚的意气风发。

规划得再好,当事人不配合,那也没辙啊。

"或许,我可以找南嘉和阿姨谈谈。"柴若舒若有所思道。

听到南嘉的名字,周信然蓦地回过神。

"现在南嘉在日本治疗,开销比较大,欧阳烨若能出道,流量男艺人的吸金能力大多强过一般女明星。"柴若舒继续说道。

"南嘉她,钱不够花吗?"周信然关切地问道。

柴若舒望着他,似笑非笑地说道:"现在够,只是不知道她这个病要治多久,她以后如果不复出,也总需要钱做些其他打算吧。"

"哦哦。"周信然垂下脑袋。

此时此刻,他太想拍拍胸口,底气十足地说:"需要多少钱,我来给。我喜欢的女人,还能缺钱吗。"

可是,这也只能是想想。

周信然老家苏南,和柴若舒老家靠得很近,家境不错,要不然也不能送他去日本学摄影这门烧钱的专业。只是,学归学,家里的老人却希望他早日回家帮着打理生意,而不是在北京漂着,就这么日复一日混下去。周信然不肯,他把自由和理想看得很重,于是跟家里闹翻了。

他的钱,只够自己花的,哪里还有多余的,来支撑南嘉看病。

不过,周信然神色黯然也仅仅是片刻的事情,过了会儿,重新恢复了神采。

"那这样,你先回去说动南嘉和阿姨,然后再劝说欧阳烨就容易些。我这几天联络些朋友,咱们年后就把这事儿操办起来。"周信然说道。

"成。"柴若舒应道。

(二)

开车回去的路上,柴若舒越想越觉得这事儿可行。她一拍方向盘,内心涌出一股强烈的想要改变当下的冲动。

把车停在楼下时,她就给南嘉打去了一个语音电话。

"你看上我弟了?"南嘉听了她的打算,总结了这一句。

柴若舒无语凝噎,脸上诡异地浮起两片红,嘴上一本正经:"我是觉得他有做艺人的潜质,嘉嘉你怎么想的呢?以他的成绩,正常参加高考,恐怕考不上什么好学校。下个月电影学院艺考,要不要让他去试试?"

"我和妈妈都没有意见,但是那孩子对娱乐圈很抵触,你要是能劝得动,就劝劝他。"南嘉回道。

"其实,娱乐圈也没那么差。只不过,全国最好看的人都汇集在这里,又惹来一堆最有钱、最有权势的看客,所以显得浮华。而且男明星的处境,要比女明星的处境好些。如果他红得顺利,阴暗面就能见得再少些。"柴若舒说着,顿了顿,又道,"何况,你现在也需要钱。"

"你先跟他谈谈,我晚些时候给他打电话,我只能给建议,不能替他做决定。他的性格,你也是知道的。"南嘉沉默半晌,忽而问,"这些日子到底发生了什么?你以前可没这么关注他。"

南嘉在日本,和在中国的状态完全不同。从说话语气就能听出,她的状态消除了紧张,还多出几分对柴若舒的调侃之意。

只是,南嘉这么一调侃,柴若舒脑海里不禁浮现出欧阳烨照顾自己的画面,一幕一幕,走马灯似的。于是,刚消退下去的两片红,又在她脸上显现出来。

"咳,你还记得周信然吗?给你拍过一期杂志封面的那个摄影师。"柴若舒正色道,"我前几天遇到他了,他也失业了,我俩就琢磨着一起干点儿什么。他送我回家时撞见欧阳烨,觉得是个好苗子,就说服我一起捡起老本行。"

"摄影师的眼光多毒,我顺着他的眼光,越看也越觉得是那么回事儿。"柴若舒补充了一句。

"成,本来你也是因为我才失业的,我帮你劝劝。"南嘉终于应下来。

大约也是觉得对不起她,南嘉弄清楚前因后果后,才想着把亲弟弟卖了,换柴若舒一个舒心。

柴若舒上楼,打开门的一刹那,脚步一顿。

她听到欧阳烨在跟谁打着电话。

"姐,我的性格不适合去娱乐圈发展。你自己待腻了的圈子,为什么非把我塞进去?就因为柴若舒说了几句话?"欧阳烨话里话外全是不满。

南嘉的速度这么快?柴若舒心里一喜,但莫名的,又有些胆怯,不敢往屋里去,只是站在门口。

"不可能,你别说了,好好休息吧,我挂电话了。"欧阳烨的态度充满抗拒。

他挂完电话后,一抬眼,看到了站在门口的柴若舒。

"我回来了。"柴若舒有些心虚,根本不敢看他,打了声招呼后,径直换了拖鞋,转身进房间。

客厅没了动静,静得出奇。

柴若舒在房间待了许久,看到时间已经不早了,欧阳烨也没叫自己出来吃饭,心里不禁有些踌躇。

她开了门,发现餐桌上冷冷清清,除了一壶冷掉的水,什么也没有。

还记得下午出门时,他特地问了一声自己回不回来吃饭。因为自己给南嘉打电话,劝他进圈,所以他生气了吧。

柴若舒歪了歪头,摸了下自己空落落的肚子,转身进了厨房。

她对南嘉家里厨房的构造不熟悉。虽然先前来了许多次,但回回来都是做客。如今住在这里,每日要么就是欧阳烨做饭,要么就是自己点外卖,或者出去吃。

柴若舒摸索半天,才找到锅碗瓢盆、柴米油盐,给自己做了一碗简简单单的蛋炒饭。

她尝了一口,味道有些淡了。在北方待了这么多年,她的口味也跟着重起来。

柴若舒打开冰箱,想把自己前几天从网上买来的辣椒酱翻出来,冰箱门却被一只骨节分明的大手拦住。

"欧阳……欧阳烨。"柴若舒被吓了一跳。

"你为了东山再起,谁都可以利用对吗?"欧阳烨的表情阴晴不定。

柴若舒在他面前一贯理直气壮,仅仅这一次,她心虚胆小,将他攥住冰箱门的手指一根一根掰开,关了冰箱门,然后朝他讨好似的一笑。

"你要不要跟我好好聊聊?"她放低了姿态道。

欧阳烨眼底晦暗莫名,看了她一眼,便去坐在了沙发上。柴若舒心里一震,晃了晃头,将那些杂乱的念头抛除,坐到了他身边。

"欧阳——"

"你知道我家当初为什么破产吗?"欧阳烨直接打断柴若舒的话。

"嗯?你说。"柴若舒做出一副愿闻其详的姿态。

"被女人骗了,是一个娱乐圈四五线的女明星。她说喜欢我爸,我爸就以为自己遇到了真爱,要跟我妈离婚,我妈不同意。后来,我爸被那女人骗去投资,输得倾家荡产,还欠了一屁股债。很长的一段时间里,我姐都在为我爸还钱。"欧阳烨没有说很久,几句话概括了当年发生的故事。

故事太短,以至于有种戛然而止的意味。

"所以,你真的很讨厌这个行业。"柴若舒反应过来后,迅速领悟到欧阳烨要表达的核心意思。

欧阳烨沉默着,空气仿佛凝滞在这一刻。

柴若舒深吸一口气。每每在她打算说服一个人与自己合作前,她总会有这样的举动。吸入的空气,像是注入体内的能量,让她在极短的时间内捋完一套说辞,风樯阵马,沉着而气势磅礴,不知不觉就让对方着了道,思路跟着自己跑了,从而顺利签下合同。

不过,柴若舒不打算这么对付欧阳烨。

"我能明白你的心情。不过,你年纪还小,看事情未免过于片面和武断。任何一个钱权色交织的圈子都是表面浮华,暗里肮脏的。不是这个圈子里的人坏,而是人性本就有坏的一面,只是在利益的巨大诱惑下更加突出了而已。"柴若舒耐着性子,与他剖析他所抵触的行业。

欧阳烨不说话,眼神里有不屑。

"你父亲暴露了人性弱点,就算不是在这个圈内遇上这么个女人,也会在别处遇见。你们家衰落,不应该把原因归结于这个圈子。"柴若舒观察他的神色,冷不丁提高音量,刺了他一下。

果然,欧阳烨坐直身体,面上有些恼火。

"你是说我们活该?"欧阳烨冷冷发问。

"我是说,你姐姐已经背负了太多责任和义务,她本来可以有一个轻松闲适的人生的。现在,你长大了,是不是该承担些东西了呢?不说让你家人搬离这个老小区,住进豪宅里过绝对富裕的生活,至少,该让你姐姐没有心理负担,可以在日本好好治疗,健健康康地回国和你团聚。"柴若舒见已经刺破他的防御墙,立刻又缓和了态度,变得苦口婆心起来。

欧阳烨看她的目光却有些陌生,不禁坐远了些:"柴若舒,我以前只觉得你这人很烦,很强势,老爱说教。现在才发觉,你为了达到自己的目的,真的不管别人意愿,什么都可以算计。不过可惜,我不会上当的。"

他站了起来,高大的身影挡住光亮,在她身上投下一片阴影。

"欧阳烨——"嗓子里仿佛堵了什么东西,柴若舒想解释,却觉得苍白无力。

他没有再看她,径直回了自己房间,"咚"的一声巨大的关门响,地动山摇,显现了他的不满。

柴若舒坐了半响,想起自己的蛋炒饭,去厨房一看,已经冷了大半。她用微波炉加热后,将辣椒酱淋在上面。看起来诱人的一盘蛋炒饭,柴若舒只吃了两口,觉得不如往日有滋味儿了。

她叹了口气,将剩饭倒进垃圾桶。

柴若舒坐回沙发上,给周信然发微信:我们是不是太想当然了?是不是太自私了一些?

周信然倒是回得快:谈判不顺利吗?你别这样想。星探挖掘明星,确实是为了混口饭吃,但也成就了明日之星。讲真的,南嘉她弟真的很上镜。

柴若舒不知道回复什么,将手机丢到一旁,无奈地把整张脸埋进了双手里。

（三）

不知过了多久，小区内忽然响起爆竹声。但仅仅是响了两下，外面又恢复了宁静。

柴若舒蓦地想起，今天是大年三十，本是一家人团聚的日子。

北京很早就禁止了在城区放爆竹烟花，将限放区规划到了五环之外。但还是有些老人，认为过年听不到一点儿声响，便是冷清。所以他们总会趁人不注意，偷偷摸摸地放几炮。这事儿，一般民不举官不究。

柴若舒又抓起手机，刚想给家人打电话问候，妈妈的电话就打了过来，还真是心有灵犀。

"喂，舒舒啊，你吃饭了吗？"妈妈给自己打电话，第一句永远是关心自己吃没吃。

柴若舒想起那盘被倒掉的蛋炒饭，支支吾吾地应了声："嗯，吃了。"

"吃的什么？"妈妈问道。

"吃的饺子。"柴若舒撒谎道。

"自己包的，还是超市的速冻饺子啊？超市卖的吃多了可对身体不好啊。"妈妈继续说道。

在家时，她总是唠唠叨叨。可是离家远了，柴若舒反而享受起她对自己的唠叨。出门在外，人与人之间保持客气而疏离的距离。自由是自由了，但情感上也无枝可依。

面对着万家灯火，柴若舒瞧着，便开始想念万里之外，自己出生的那座南方小城。

"嗯，自己包的，白菜猪肉馅儿的。"柴若舒撒着谎，只为让妈妈放心些。

"这可是你第一次不在家过年，我有些不适应。你还没离婚时，每年都坚持回来的。今年年夜饭，你喜欢吃的红烧猪蹄，烧得挺多的，都便宜你爸了。"妈妈絮絮叨叨的，语气里满是落寞。

"妈——"柴若舒开口想要安慰她。

"其实,你要不想相亲,妈也不勉强你的,你说一声就行,不用躲着咱们。家里人也是希望有个人照顾你。"妈妈又说道。

"嗯,妈,我想说,我年后找个机会回家。"柴若舒声音温柔,颇有些小女儿家撒娇的意味。

"好,好,你好好照顾自己,我们就放心了。"妈妈说道。

两人又絮絮不休地聊了会儿,这才挂了电话。

柴若舒心情舒缓了些,一抬头,看到欧阳烨卧室门上挂着的风铃,心间一动。

她穿好衣服,出门一趟,回来时,手上就多了一个被塞得满满当当的购物袋,里面是从二十四小时便利店买的水饺、调料和啤酒,还有一些"福"字。

上一次,柴若舒记得,家里的啤酒,都被自己喝得七七八八了。

柴若舒再次进了厨房,下了两盘饺子,围裙还没卸下来呢,就端了一盘,去敲欧阳烨的房门。

欧阳烨开了门,先是一脸不耐烦,看到她手里的饺子,神色一愣。

"你也没吃饭吧,先吃点东西吧,新年快乐。"柴若舒极温雅地朝他一笑。

他第一次见她下厨,也从没见过她和自己闹了不愉快后,主动来做些什么哄自己。以至于,欧阳烨看到她这么温柔的笑容,不知该作何反应。

"不吃就冷了。"柴若舒提醒他道。

欧阳烨心中虽不快,但也没有伸手打笑脸人的意思,便闷头闷脑地说了一句:"你放那儿吧,我一会儿出来吃。"

"好。"柴若舒点头。

她将茶几上的杂物清掉,将电视机打开。电视里正在放春晚,柴若舒调了个合适的音量,又把袋子里的"福"字拿出来贴在电视柜和推拉门上。冷冷清清的家里,似乎一下子有了些过节的氛围。

欧阳烨隔了几分钟走出房间,感觉家里哪里不同了,可具体又说不上来。

"来。"柴若舒将一双筷子递给他。

欧阳烨没有拒绝,盘腿坐在地毯上,闷头吃起盘子内的饺子。饺子是酸菜猪肉馅儿的,加了醋和辣椒,是他一贯的口味。

他微微抬头看了眼柴若舒的侧脸,原来不只自己默默记得她的口味偏好,她竟然也记得自己的。

就这么一个细节,打破了欧阳烨对她的抗拒。

"比起歌舞表演,你们北方人是不是更爱看小品?"柴若舒突然问道。

"嗯?"欧阳烨愣了一下,"也不是,年轻人喜欢小品的不多。"

电视里,RJ boys组合正在舞台上表演唱跳。

晚会的舞台布置得中规中矩,追求端庄大气,灯光自然也是一视同仁,不因你地位超然,就给你特殊优待。所以大家都说电视台的镜头是照妖镜,将明星最真实的形象播放出来,力求做到最真实的还原。

RJ boys里的三个男孩儿都年轻,所以扛住了电视台的镜头,不但没有被镜头打回原形,反而在中规中矩的布置里,被衬得清新脱俗。

"这三个小孩儿,也算是我们看着长大的了,能上春晚,说明被上头认可,前途不可限量啊。"柴若舒吃完饺子,又喝一口酒,舒服地眯了眯眼睛。

欧阳烨看着她将脚跷到抱枕上,整个人舒展成一个绝对放松的姿态,不禁心下也落得几分轻松。

"是《昙花》。"他突然放下筷子,一瞬不瞬地盯着电视机屏幕。

柴若舒也放下筷子:"是陈小华的老歌,他们翻唱的,怎么了?"

"我很喜欢陈小华。"欧阳烨淡淡地回道。

柴若舒愣住,她还是第一次听到欧阳烨说自己喜欢谁呢,还是一个香港的老牌歌手。

"你喜欢他什么?"柴若舒饶有兴致地追问。

欧阳烨仰头喝完一罐啤酒,将罐子掐腰一捏,丢进垃圾桶,这才迟缓地回道:"他的身世很苦,从小爸妈离婚都不要他,跟着奶奶一起长大。他后来成名时,奶奶却去世了,他的父母争着要认他,只为了让他替自己还债养孩子。生活给他很多苦,他以音乐报答人间。"

"娱乐圈还是有正能量的。"柴若舒接了一句。

欧阳烨面无表情地打量了她一眼,眼底深藏暗流。他是个心思敏感的人,总认为她话里有话,于是,刚刚卸下的防备衣,再次穿上。

柴若舒也是个敏锐的人,能最快感知他人的情绪,她看到欧阳烨的神色,便猜到他心中所想。

"你是不是快过生日了?"她换了个话题。

"嗯。"欧阳烨闷闷地应了声。

"十二还是十三来着?"柴若舒只记得大概的日期。

"十三。"欧阳烨答道。

"情人节的前一天啊。"柴若舒笑道。

欧阳烨转过脸看着她,总觉得她这一句话意味深长。

"我没什么意思,就是好多年不过情人节了,对这个日子陌生。要不然,总该顺带着记得你的生日。这样吧,你生日我请你吃饭,随便点。"柴若舒一手托腮,笑得大气。

"拉倒吧,你现在——"欧阳烨话说一半,硬生生顿住。

他原本想说,就凭她现在这样,失业,寄人篱下,还要充什么大款。但话到嘴边却忍住了。

"我不过生日的,你不用操心。"欧阳烨语气僵硬地说道。

柴若舒没有多说什么,仿佛所有的祝福都是点到为止,若是掏心掏肺解释清楚,反倒刻意。

两人相对无言,只余电视机里热闹的画面。

忽然,柴若舒的手机在振动。

她拿起一瞧,妈妈给自己打来了视频。

"妈——"柴若舒举高手机,找了个光线亮的角度,声音也跟着明亮起来,"哎,爸,小姑,大侄子——"

欧阳烨在一旁冷冷瞧着她,将桌上最后一罐啤酒喝了,起身收拾桌子。

盘子、碗都洗干净收拾妥当后,欧阳烨一出厨房,看到柴若舒还在和家人视频。他站的角度,刚好看到她整个人落于昏黄的灯光下,手舞足蹈的样子,像被撒了一层金粉似的耀眼。

那一刻,他突然也很想家人。

远在日本的妈妈和姐姐,此时此刻会在做什么?

欧阳烨低头走进房间,给妈妈打语音电话。电话隔了好几秒才被接起,欧阳烨还没来得及酝酿些合适的话来抒发想念,妈妈急促的声音就传来:"小烨,嘉嘉的情况有些不好,我先陪着她,你照顾好自己,明天再说啊。"

这句话说完,电话就被挂断了。

姐姐又受了什么刺激呢?欧阳烨不得而知,他望着手机暗下去的屏幕,心里空落落的。

妈妈操劳,姐姐生病,而他,什么忙也帮不上。

或许,自己是不是应该牺牲一些什么呢?

(四)

欧阳烨生日的这一天。

他从学校回来,就看到家里变了一番模样。十几个颜色各异的气球拼成一句"Happy Birthday",被粘贴在一进门就能看到的墙壁上。

再看从玄关处到客厅的地毯上,隔个一米左右,就放置了一个小玩具,奥特曼或者漫威英雄。经由它们的一路引领,一直到茶几上,摆了一只精雕细刻的木盘,里面摆了四五块品类不同的切片蛋糕。

仔细一看,蛋糕上还有些未化开的冰霜,估摸着从冰箱里拿出来不久。

"生日快乐,小烨。"柴若舒从房间钻出来,不知从哪儿变出一顶纸皇冠,也不管他愿不愿意,直接戴在他头上。

欧阳烨强忍着尴尬,别扭地朝她说了声"谢谢"。

"我的厨艺你是知道的,也只会煮方便面、下饺子什么的了,我点了些烧烤,一会儿就到,将就吃一点吧。"柴若舒笑得真诚。

"都说了我不过生日,你非要这样。"欧阳烨嘟囔着,可声音很小,动作也极配合柴若舒的安排。

第 3 章 重新出发

为什么非要安排这场小型生日宴,柴若舒承认自己有私心。她总想要卸下他的心防,让他接受提议,试试跟自己联手,一起在娱乐圈闯条血路出来,可这个想法只占了行为动机的小半,大半原因是,柴若舒从未见过欧阳烨过生日。

这孩子没有关系特别亲近的朋友,跟家人之间的相处也暗藏沟壑。他嘴上不说,事实上是会关心人的。能够主动去关怀他人的人,心中也渴望他人的关怀吧。

柴若舒不确定欧阳烨不喜欢过生日的原因,但隐隐觉得这么做,一定能够拉近与他的关系。既然有了要合作的想法,柴若舒就彻底摒除了往日对他的偏见。

"咚咚——"有人敲门,与此同时,柴若舒的手机也响了起来。

"大约是外卖到了。"柴若舒要去开门。

"我来。"欧阳烨长腿一迈,冲得比她快。

再回到茶几前时,欧阳烨将手上拎的塑料袋拆了,把里面的外卖盒子打开,放到蛋糕旁边,一时间,麻辣鲜香的烧烤味和蛋糕的甜腻味混杂在一起,填满了屋子的空洞。

"吃吧。"欧阳烨将一次性筷子拆了,递给柴若舒。

柴若舒见他低头时皇冠滑落,他伸手去扶正,并没有嫌麻烦就抓起丢掉的意思。这个小举动令她很满意。

"我给你准备了一个生日礼物。"柴若舒神神秘秘地摇了摇手机。

"怎么还准备了礼物?这些不是吗?"欧阳烨指了指桌上的吃食,他嘴上虽不甚在意,眼睛却暴露了些许期待。

果然还是个孩子呢。柴若舒看在眼里,脸上的笑意愈发浓。

她将电视打开,连接上自己手机的蓝牙,一段剪辑过的小视频出现在屏幕上。

"陈小华!"欧阳烨几乎是惊呼出声。

电视屏幕上,陈小华穿着一件灰色毛衣,背景是自家的别墅客厅。他朝欧阳烨挥手,笑得和煦。

"小烨你好,我是陈小华。祝你生日快乐。往后的人生,愿你能够按照你所想的去过活,也祝愿你所有的梦想都成真。听说你很喜欢《县花》这首歌,我这里也没有伴奏,就给你清唱一段。"

"我叹息它,也羡慕它,短暂辉煌地来,灿烂辉煌地去……"

视频很短,却足以让欧阳烨惊喜好久了。

电视机屏幕暗下来,欧阳烨如梦初醒,从柴若舒手上抢过遥控器,将视频返回到最开始重播。

看了四五遍,欧阳烨才停下来,转过脸,挠挠后脑勺,颇有些不好意思地问柴若舒:"可以把视频发给我吗?"

"当然了,本来就是给你的礼物。"柴若舒说着,低头拿起手机就把视频转给他。

欧阳烨不但将视频存进手机相册,还存进了云盘中,那小心呵护的姿态,像极了小时候将巧克力糖果纸往土里埋的样子。纵然旁人瞧不上它,可在欧阳烨心中,这是秘密宝藏。

做完这些,欧阳烨抬起头,望向给自己这份快乐的女人,真诚地说道:"谢谢你,真的谢谢,我没想到,真的没想到——"

大约还没能从这份惊喜中回过神来,欧阳烨说话有些语无伦次。

"我也没做什么,只是托了几层关系,给你这个小孩儿造了个梦而已。"柴若舒笑道。

欧阳烨望着她清瘦的一张脸,鬓角眉眼的轮廓越看越柔和。不知道为什么,欧阳烨又想起大年三十的晚上,她坐在台灯下和家人视频的场景。和她当家人,是一件很幸运的事情吧。欧阳烨这么想。

他自己大约都没意识到,不知从什么时候开始,那个强势倔强的小女人在自己的印象里,慢慢变了样子。

"你别老说我是小孩儿,我都快上大学了。"欧阳烨微微不满地反抗道。

"嗯,好吧,那么大人,你以后想学什么?"柴若舒往后一靠,双手抱住头,随意一问。

欧阳烨便也放松下来,认真思考起这个问题。可是,这个问题似乎没有答案。

"说实话,我不知道,好像没有什么特别喜欢的。我喜欢打篮球,但是我水平也就随便打打。"欧阳烨眼神有些迷茫,可片刻后,他又释怀了,"算了,考上什么上什么吧,总归有个学校上一下。"

"嗯,随缘也挺好,老天自有安排。"柴若舒点头。

欧阳烨微微诧异,他以为柴若舒会顺着这个问题,劝自己考艺校,继承姐姐的衣钵呢,谁知她一句话也未多说。

他毕竟年纪轻,心底藏不住事儿,便开口问了:"你不劝我进圈了?"

"你是个成年人了,有自己的想法。如果你提出想要试一试,我会用尽全力来辅助你。如果你不想,我越劝你,不是越适得其反吗?"柴若舒答得坦诚。

欧阳烨点点头,柴若舒这样的聊天方式,令他倍感舒适,他也就将这些日子以来自己的想法转变,顺势全部表达出来。

"其实,我也不是多排斥当明星,毕竟,像陈小华那样站在舞台上,接受大家的欢呼簇拥,也挺酷的,可毕竟,不是人人都是陈小华,永远那么正能量。我大概只是不喜欢那个环境吧,从小看着我姐姐在圈内挣扎,遇到的事情桩桩件件都让我恶心,我的脾气还没我姐好。"欧阳烨说出了自己的心里话。

柴若舒迟疑片刻,有些发笑。

在欧阳烨目前的世界观里,人性非黑即白。他容易把人想得过好,也容易想得过坏。

"小烨,你最讨厌的老师是哪个?"柴若舒突然问道。

欧阳烨一愣,不明白柴若舒为什么突然问这个,但还是老实答了:"英语老师吧。"

"为什么讨厌她?"柴若舒继续追问。

"脾气臭,一副更年期提前的样子,在她眼里,成绩不好的学生就不是人。"欧阳烨不假思索道。

"那这个老师就没有一点优点吗?"柴若舒又问道。

"倒也不是。"欧阳烨细细想了想,"她很爱整洁,也还算有同情心吧,有次我们班一个同学急性肠胃炎,是她送去医院的。"

"所以你看,你再讨厌的人,也有优点。相反,你再喜欢的人,也有些你不知道的阴暗面。这个世界不是非黑即白的。我要说的是,不要过分去妖魔化娱乐圈。其实大多数人都在本本分分工作,认认真真生活。只不过,这个圈子过于惹人注目,所以每发生一件事,就会扩大影响,而能够引发全民讨论和关注的事儿,一定得足够恶臭和离奇,这才造就了你的错觉。"柴若舒一字一句地说道。

欧阳烨沉默下来,似乎在思考柴若舒说的话。

他的长腿微屈,顶到了桌面,痛觉让他一下子清醒。

"你能答应我一件事吗?"他突然问道。

"你说。"柴若舒心跳渐快,有种目的快达成的奇妙直觉。

"就算我进了这个圈子,是为了赚钱供养家人,你也不可以强迫我去做我不想做的事情。"欧阳烨说道。

柴若舒唇角一弯:"我如果是那种没有原则的人,又怎么会为了你姐姐,落得现在的下场?"

"行!那我可以试试,我觉得,我也该负起一些责任了。"欧阳烨双目澄澈,语气坚定,"我们第一步该怎么做?"

"参加电影学院艺考。现在报名时间已经过了,但我可以把你送进去直接参加考试。初试时间在三天后。"柴若舒回道。

欧阳烨睁大眼睛,伸出三根手指:"三天后?"

言下之意,是他没有做任何准备,根本没信心应付考试。

"你不必想太多,才艺这东西可以培养,但好的底子不是人人都有。就算整容,可以把四分的路人整成六分的美人,但要整成八分,是几乎不可能的。你和你姐姐拥有得天独厚的优势。"柴若舒淡笑着安慰他,"有些小孩儿,陪同朋友去考试,结果,为考试准备许久的朋友落选,倒是这些相貌精致的小孩儿被面试官留意,顺利通过了艺考。这种无心插柳柳成荫的故事,每年都要发生好几次。"

"你要是想夸我好看就明说,讲这一大堆做什么。"欧阳烨斜眼过去,唇角却不自觉弯起。

柴若舒一愣,一眼看过去,欧阳烨在灯光下笑起来的模样,令她想到了一句诗:天远青山暮。

他确实是好看的,眉目如画那种好看,其干净的气质,在圈内不多见。不过,柴若舒并不想惯着他。

"光好看有什么用,除非你想当绣花枕头,真想成为你偶像陈小华那样的常青树,你要学的东西还多着呢。"柴若舒说道。

欧阳烨并未反驳,只是耸耸肩。

这一天晚上,柴若舒和欧阳烨坐在地毯上聊天,聊过去,聊未来,聊梦想。欧阳烨头一次对柴若舒打开心扉,道出自己的疑惑和迷茫,也对她生出许多认同感、亲近感。

（五）

"我搞定了。"柴若舒一大清早给周信然打电话,语气里满是窃喜。

周信然迷迷糊糊的:"搞定了什么?什么搞定了?"

"欧阳烨呀,我说服他和我们一起干票大的了,他这两天在准备电影学院的艺考呢。"柴若舒说道。

电话中,周信然一听到欧阳烨的名字,睡意顿无。

"怎么做到的?!你太棒了!"周信然高分贝的欢呼声,让电话另一头的柴若舒不禁皱了眉头。

"你呢?你那边怎么样了?"柴若舒问道。

周信然先是一愣,随即反应过来:"你说投资人吗?聊得差不多了。现在有两个朋友确定加入。我们见面详聊,电话里说不清楚的。"

"行,那我们这周末碰个面。"柴若舒说道。

"周末见。"周信然语气里有说不出的明快。

两天后,柴若舒亲自开车送欧阳烨去电影学院参加初试。

"紧张吗?"柴若舒单手转了个方向盘,将车开进停车区域,一转眼,看到欧阳烨坐在副驾上,一直捧着朗读稿。

"本来不紧张,但今天早上有一点儿。"欧阳烨如实说道。

柴若舒笑笑:"你没问题的。初试无非就是读稿子,简单介绍一下自己,你的长相和气质算拔尖儿的,不要给自己太大心理压力。"

"这万一要是被刷下来了,被人知道我是南嘉的弟弟,那该多丢人。"欧阳烨还是没办法完全放松自己。

柴若舒笑出了声,忍不住伸手揉了揉他的头发:"你这样,真的很可爱。"

欧阳烨一转脸,目光略诧异地落向她伸出的手。柴若舒这才反应过来,飞快地抽回手,心里暗恼自己忘乎所以。

大前天的彻夜聊天,已经消除了柴若舒和欧阳烨彼此间的误会,也彻底拉近了两人间的距离。柴若舒将他视作自己人,才有了这样的动作,却忘了,他除了是自己好友的亲弟弟,也是一个血气方刚的异性。

这样的举止,过于暧昧。

不过,欧阳烨看起来并未多想,他低下头,继续默念自己的稿子。

车子停下来后,柴若舒望向外面早已排成长队的人群,朝欧阳烨轻声说了句:"去吧,加油。"

"嗯。"欧阳烨头也不回地往前走去。

他穿了件深色大衣混搭棒球服,修长的身影背对着柴若舒,就这么越走越远。柴若舒有些出神,脑中忽闪而逝一些不着边际的古怪念头,例如,就这么和他待在一处狭小空间内也不错,他头发上的洗发水香味还萦绕在她指尖。

柴若舒使劲儿晃了晃脑袋,才把自己这些莫名其妙的想法给晃没了。

周日。

周信然约了柴若舒及自己的两个朋友,在他常去的一家咖啡馆见面。

柴若舒准时到,周信然的两个朋友则稍迟。

"你那两个朋友什么来头?"柴若舒坐下来后,边点咖啡边问。

"一个富二代,想做点事儿给家里看,另一个,你可能认识。"周信然看了看四周,声音低下来,显得神秘兮兮。

"谁?"柴若舒起了兴趣。

"来了你就知道了。"周信然卖了个关子。

没一会儿,周信然口中的两名合作伙伴就来了。一名二十四五岁的年轻男人,和一名全身上下裹得严实的女人。女人裸露在外的肌肤和她的身形都保养得极好,但柴若舒还是能看出,她已经不年轻了。

"柴小姐,你好。"女人摘下墨镜,先问候起了柴若舒。

柴若舒看到她全脸的那一刻,蓦地记起了她的身份,是柳紫,那个拍陈导的电影《百草枯荣》一炮而红的女明星,嫁人之后就急流勇退,毫无消息了。算起来,她今年该有四十多岁了。

"柳姐,您好。"柴若舒忙站起身来和她打招呼,姿态谦卑。

周信然坐在一旁,看到柴若舒满脸惊讶,不免有些得意。接着,他又给大家介绍起年轻男人:"这是我大学的学弟,吴轩,家里有矿。"

"嗨,你们好,别听他胡吹。"吴轩看起来洒脱不羁,似乎是个极好相处的人。

大家都坐下后,每人点了杯喝的,周信然又进店里拿了些全麦饼干作零食,几个人这才进入了主题。

这四个人里,只有柴若舒做过经纪人,也只有她,明白如何挖掘新人,再将这个名不见经传的新人捧红。再者,他们即将签下的这位新人,是南嘉的亲弟弟,只有柴若舒和他关系亲近,是最了解他的人,理当知道如何栽培他,将他的特质打磨得更加莹润。

所以,一开始,其余三人都在听柴若舒一人说,关于她对欧阳烨未来之路的初步规划。三个人听完后都没有发表过多看法,认为柴若舒的规划已经趋于成熟。但说到组建公司这一块,柴若舒明显就不擅长了,只能听从别人的意见。

"公司涉及影视制作这一块,注册资本最低三百万。我这里可以拿出一百万。"柳紫开门见山道。

"我这里也是一百万。"吴轩紧跟其后。

"那剩下的一百万,咱俩分担。"周信然望向柴若舒,说道。

"嗯。"柴若舒直接应下来。

一百万,由她跟周信然分担的话,就是一人五十万。自己先前抵押了房产,除却还债用的,还剩下差不多五十万。柴若舒心里盘算着,这可是自己最后的资产了,再一次赌上身家,只许赢,不许输。幸而,这一次,她不是一个人。

"我再追加二十万吧,柴小姐做的事情多,就少出一些,法人代表可以写我,股权你们按照资产分配就行。"柳紫又说道。

柴若舒抬头,跟眼眸含笑的柳紫,目光撞了个正着。

她也不确定,柳紫这么做,是看穿自己的窘迫,为自己解围,还是别有目的,但眼下,她没有别的选择。

柳紫目光移开,望向大家,开口道:"营业执照,我去办,我老公那儿有些关系。至于资料——"

"资料我来准备吧。"周信然把这事儿揽到了自己身上,随后,他又指挥吴轩,"你来打配合。"

"行,反正我就是一块砖,哪里需要往哪里搬。"吴轩答应得爽快。

"对了,欧阳烨是去参加电影学院的艺考了吗?"柳紫突然想到了什么,开口问。

"是,这几天就该放榜了。"柴若舒笑着答。

"只参加了电影学院一家的考试吗?戏剧学院没去试试?"柳紫又问。

柴若舒摇摇头。

柳紫先是有些疑惑,后又有些了然于胸:"那看来南嘉这个弟弟,应该跟他姐姐一样出挑了。改天带来让我们见见?我手上正好有几个项目,他如果资质真的不错的话,可以让他上的。"

"柳姐,让大家都见见他是应该的,我会安排的。只是项目的事儿,我认为一开始还是不要给他过多资源,他目前恐怕接不下这些资源。白云台和腾龙平台在筹备一档选秀综艺,叫《中国最青春》,我想让小烨去试试,人气起来了,先赚些钱,后面再从偶像往演员的路子上转。"柴若舒沉思片刻,条理清晰地说道。

柳紫顺着她的思维想了想:"你的安排很稳妥。"

几个人坐着聊了一下午,基本确定了公司的发展方向,以及每个人的责权。

柴若舒和周信然打算借公司的成立,在圈内卷土重来;柳紫手握丈夫给的资本,不甘心做不问世事的富太太,想借这次机会杀回圈内;吴轩则想要借这次机会,向父亲证明自己不是个废物。

一行人怀揣着对未来的憧憬,热火朝天地干起来,并把公司取名为"星烨",意作对欧阳烨的看好。

第3章　重新出发

（六）

过了两天，电影学院放榜了。欧阳烨毫无意外地进入复试。

"读稿子时，我才读了三分钟不到吧，就被叫停了，当时还以为自己没戏了。"欧阳烨回忆起初试的场景，看到现在的结果，还有些微微的诧异。

"初试人多，考官不会浪费那么多时间听你读完的，瞧着资质合适就放过了。"柴若舒见怪不怪，作为过来人，她很有经验。

"接下来我要做什么？"欧阳烨问她。

"我给你请了形体、唱跳和台词的老师，对你进行封闭式训练，复试会刷很多人下来，你认真一点。"柴若舒说。

欧阳烨清亮的瞳孔微微一滞："我这临时抱佛脚，能行吗？"

"能行，你学习能力挺强的。"柴若舒说。

"我完全没有舞蹈基础。"

"你肢体协调力强。"

"我没有健过身，形体也不行。"

"你身材比例好。"

"我唱歌不好听。"

"不走调就行，那些明星也都是靠后期修音。"

"可我走调。"

"走调也没事，我认识百万修音师。"

"我发现——"

"你发现，其实也没那么难对不对？"柴若舒挑眉。

"不，我发现，在你眼里，我身上好像都是优点，一个缺点也没有。"欧阳烨定定地望着她，眼神有些捉摸不定。

柴若舒一愣，终于意识到自己嘴上说的，全是心中所想。

"我这不是在鼓励你吗？仗还没打，就先输了气势，这样可不行。"柴若舒语气沉稳笃定，眼神却力避欧阳烨的视线。

欧阳烨忽而一笑，露出一口糯米似的白牙："我会努力的。"

第二天，欧阳烨就被送到老师身边，开始为期两周的封闭式训练。

"上午形体,下午声乐和舞蹈,晚上台词,中间会给你留一两个小时的休息时间,让你缓一缓。"柴若舒将课程表发给他后,又朝教室内努嘴,"形体课的老师,手底下出过好几个国际名模了,她比较严厉,你好好儿上。"

"行。"欧阳烨倒也没戾,单肩背了个包,朝柴若舒挥挥手,就洒脱地进了教室。

柴若舒始终记着他潇洒俊逸的背影,可这样的印象没两天,就被欧阳烨自己击了个粉碎。

晚上,柴若舒去接欧阳烨下课。

他从坐上车后,一直郁郁寡欢,甚至连系安全带的动作都显得粗鲁,仿佛在抗拒着什么。

"你不开心?"柴若舒问,将买好的饮料递给他。

欧阳烨喜欢喝可乐和气泡水,但柴若舒为了他的嗓子考虑,只给他买了一瓶胡萝卜汁。欧阳烨原本就快快不乐,一看到胡萝卜汁,便更抑郁。

"我感觉自己快撑不住了。"他声音闷闷的,像破旧的风箱,每说一个字,都仿佛漏了气一般。

"是太累了,还是感觉学习压力很大?"柴若舒又问。

"都有,我觉得我高三学习上都没有这么累过。"欧阳烨皱眉,整个人陷进座椅里,失了生机一般。

柴若舒见多了刚入圈不能适应工作节奏的新人,他们总以各种借口逃避责任,不是生病便是受伤,更甚者玩起了消失。在柴若舒看来,欧阳烨所面对的压力,比起出道艺人面对的压力,简直小巫见大巫。

所以,她没打算对欧阳烨手软。

"教形体的老师,一节课四百;声乐老师,一节课五百;舞蹈老师,一节课也是五百;台词老师,没要钱,我豁出去这张脸,拿人情跟人换的,情义无价。"柴若舒说道。

欧阳烨大概算了下,他上一天的课就要一千四,两周的课上下来,需要近两万元,不禁咋舌:"怎么这么贵?"

柴若舒唇角上勾："等你红了,这点钱不能算钱。但你要是中途放弃了,我这笔钱就算扔下水了。"

她自认了解欧阳烨,这个男生从不喜欢欠谁的债。与其苦口婆心劝他认真学习艺能,不如借力打力,再给他增添些压力。

果然,欧阳烨倒抽一口气,整个人气势瘪下去,在回家的路上,他一个字也没有再抱怨。

次日一早,柴若舒刚起床,便发现欧阳烨不但已经出门了还给她做了一份三明治当早餐。

柴若舒笑笑,坐到餐桌前,边吃早餐,边联系周信然。

留给他们的时间已然不多,柴若舒还有很多事情要做,例如,今天本来是跟周信然约好去高碑店的园区为工作室选址,但就在她准备出门时,接到了南嘉的语音电话。

"小舒子,你这几天在忙什么?"听声音,南嘉的精神状态似乎很平稳。

"忙着搭建工作室呢,一会儿出去看看办公室。"柴若舒答道。

她们之间一直是保持联系的,每天有一搭没一搭地聊天。南嘉自然知道她工作室筹备顺利的事情,也知道她成功说服弟弟成为工作室首位签约艺人的事情。

"我过两天回国。"南嘉突然说。

"嗯?"柴若舒感受到一阵惊喜。

"我已经决定隐退去学习了,以前就想学金融,一直没机会,现在倒有这个机会了,我之后会在日本待很长一段时间,这次回北京,我想把手上的团队资源转给小烨,为他的出道做打算。"南嘉坦诚道。

"你要重回校园了?恭喜恭喜。"这声恭喜,柴若舒发自内心。

少时陷溺在校园中,总是渴望长大,在社会中走了一遭后,人人都想重返校园。南嘉当时考入电影学院时,便是当年的文化分第一,柴若舒也一直知道,其实当明星、演员,并不是南嘉的梦想,准确来说,她是被推到了这个位置,不得不做罢了。

至于南嘉原先的团队,要全部转给欧阳烨,柴若舒也是求之不得。那伙人,原先都是阳明一手组建起来的。阳明挑人的眼光很毒,所以团队内的人，业务能力都很不错，大家各司其职，南嘉出道这些年，不管是造型服装，还是对外的新闻通稿，鲜少出过差错。

"那等我回去详细聊。"南嘉说。

"嗯，你把航班信息发给我，到时候我去机场接你。"柴若舒笑着道。

"好咧。"南嘉语态轻松。

（七）

"还好穿的平底鞋，不然非废掉一双脚不可。"柴若舒咬着奶茶的吸管，坐在园区的长椅上，再也不愿意走了。

周信然站在她面前，墨镜下的脸上满是顽劣："还有两家没去看呢，约的两点半，据说采光特别好，有一家跟米歇兰的工作室还是邻居。"

"你自己去吧，我在这儿等你。"柴若舒摆摆手，一副要死不活的模样。

"你这身体，革命还没开始，就要垮台了啊。"周信然撇撇嘴。

柴若舒的手机振了两下，一看，是南嘉发来了航班信息。

"南嘉后天回国，一起去接机不？"柴若舒挑眉。

"南嘉回来了？"周信然反应巨大，两步并作一步，往柴若舒身边一坐，歪过头，就要去看她的手机。

柴若舒按灭屏幕，笑得天真烂漫："去看吧，记得多拍些照片。现在是下午两点二十，三点之前回到这里，不为过吧。"

周信然觉得这女人的笑里简直淬了毒："做人要接地气，但不能接地府啊，你这是道德沦丧！"

"哎呀，二十一了，你不是跟人约的两点半吗？"柴若舒气定神闲。

周信然火烧屁股似的站起来，直往手机导航的方向跑去，很快就没了影子。

自从感知到周信然对南嘉的异样迷恋后，柴若舒就抓住了他的短处，从而占据话语权的高地，指使他做这做那，自己也乐得轻松。

太阳西斜，有美院和艺术学院的学生，陆陆续续地来园区占地摆摊儿，卖些手工艺品或者字画，一方面是赚些零用钱，另一方面是寻找伯乐。

柴若舒看着那群忙碌的学生发呆，忽而手机又响起，这次是音乐人李伯文的助理来电。

"喂，若舒姐，欧阳烨今天下午没来上课，李老师让我问一下是怎么回事儿。"

"他没去上课？"柴若舒脑子一嗡，联想起那天晚上，欧阳烨坐在车上的颓靡姿态。

这小子，该不是逃课了吧。

"他最近上课时有什么异常行为吗？"柴若舒问。

"没什么，一切正常，李老师还夸他嗓音条件优厚，很有天赋来着。"助理回道。

"好的，我知道了，我先回去找找他，这孩子心理有些不成熟，给李老师还有你添麻烦了。"柴若舒又道。

"若舒姐哪里的话。"助理客气地回道。

挂了电话，柴若舒已经没有心思再看学生摆摊儿，或者等周信然跑回来给自己看工作室选址的照片了。她满脑子都是一个问题：欧阳烨到底去哪儿了？

她先是给欧阳烨打电话，接连打了三四个都是无人接听的状态。柴若舒有些恼火，她不认为欧阳烨一个地地道道的北京人，还是男生，能大白天走丢。他就是故意躲自己。

李伯文十年前担任过环亚唱片的音乐总监，当年华语乐坛好几个热门歌手的唱片都由他一手打造。后来，唱片市场没落，李伯文辞职，开了自己的音乐工作室，打造过好几首影视热门单曲。许多偶像出道前，都会拜入李伯文门下练习声乐，好"师出有名"。如果不是柴若舒恰巧能攀上这层关系，欧阳烨是入不了李伯文的门的。

可是现在，他竟然逃课！他在如此重要的前辈面前留下这个印象，日后还怎么混？

——我现在有急事儿，需要走，你回头把照片发我就成。

柴若舒给周信然发了这条微信后，就自顾自离开园区，开车回家。

家中没人,柴若舒就去楼下便利店找,还是没有人,柴若舒又打电话给欧阳烨的班主任,确认了他也不在学校。

这小子还能去哪里呢?

柴若舒站在巷子口,内心又急又躁,以至于周信然打电话来时,语气里的不耐烦跃然而上。

"到底发生什么事了啊?"周信然反复问道。

"欧阳烨人不见了。"柴若舒没好气道。

"啊?他这么大一个人——"

"你没事的话,我挂电话了。"

"你发个定位给我,我陪你一起找。一哥丢了,这可是大事,我们都有责任去找的。"周信然没计较柴若舒的失态,反而将事揽到自己身上。

过了一小时,周信然出现在柴若舒面前。

"你说他还能去哪里呢?"柴若舒蹲在角落,夕阳影影绰绰地打在她身上,将她的无助衬得淋漓尽致。

"同学家里找过了吗?"周信然问。

柴若舒先是点头,后又摇头:"问过一个叫猴子的,经常和他一起玩的,说没联系。我也不知道还有谁跟他关系比较近。"

周信然皱眉想了会儿,问柴若舒:"他平时喜欢做什么?"

"打篮球,玩游戏。"柴若舒答得飞快。

"那么——"

"篮球场!网吧!"柴若舒心领神会。

自己怎么会没留意这些?柴若舒拔脚就走,周信然紧跟在她身后。

柴若舒对这一片儿很熟,知道哪里有篮球场,也知道附近有几处网吧。

天色渐晚,他们两人在球场上没有找到人,转而去了网吧,最后在离家最近的一间网吧里,寻找到了一颗熟悉的脑袋。

欧阳烨戴着耳机,坐在最里面的位置,一边疯狂点鼠标,一边吃泡面。屏幕变幻的光打在他脸上,脸上全是得意猖狂。

柴若舒走过去,叩起手指,敲了一下他的头。

欧阳烨吃痛转头,看到柴若舒和周信然的一刻,面色颓然。

"等我打完这一把。"他低声道。

整个网吧都陷在键盘和鼠标的"噼里啪啦"声里,没人留意周边动静。

"男枪打得不错嘛,上上上,哎呀,差一点三杀!"周信然一激动,一巴掌呼向欧阳烨的后背。

欧阳烨皱眉,不爽地看了他一眼。

"对面打野来了,你退一下,队友来了,上!"周信然抓着欧阳烨的手,使劲儿点,恨不能坐到他腿上,替他打。

柴若舒站在身后,不住摇头。

终于,游戏打完了。欧阳烨跟着柴若舒、周信然走出网吧。

"你,回避一下,我有话跟她说。"欧阳烨面无表情地跟周信然说。

周信然被一个小孩儿这么没礼貌地指挥,倒也没什么火气,大概只因欧阳烨跟南嘉是血亲。他转身往巷子另一头走,走到电线杆子下抽出一根烟,逍遥快活起来。

"说吧。"柴若舒抱胸,语气像极了欧阳烨的班主任。

"我不想去上课了,你的钱还能退回来吗?"欧阳烨直截了当地说。

柴若舒倒抽一口气,并不惊讶,但心口疼得很。

(八)

"你消失了大半天,没有歉意,上来就这么一句话?"柴若舒冷笑,搭在臂弯的手指都在颤抖。

"我没有天分,学得很累。"欧阳烨往墙上一靠,恹恹道。

"李老师说你嗓音条件优越,有天分的。"柴若舒说。

"他跟谁都这么说。"欧阳烨低声道。

因为心虚,他不敢和她对视,眼睛看着地上那两道对峙的影子,谁也不退让。

"欧阳烨。"柴若舒一字一顿地喊他名字。

她心底执着,有一堆道理等着跟他讲。譬如,他不能小孩子心性,因为自己承受不住压力,就让一群人跟着承担后果。再譬如,他如果连眼前的这一点小小压力都不能克服,往后人生中的坎坷该如何渡过?

可是,话到嘴边,柴若舒一句也没说。

"对不起。"欧阳烨先服软。

这是第一次,他在她面前做小伏低。往日的犀利毒舌通通不见了,站在她跟前的,只是一个有些迷惘的少年。

"欧阳烨,我问过你吧,你以后的人生打算怎么办?你说你文化课学不好,但总归有个学校上一上。你后来又说,你愿意负担起养家的责任,去娱乐圈闯一闯。你说你愿意和我并肩作战,现在怎么遇到一点挫折就当逃兵了呢?"境况不同,柴若舒终究无法和那天在家里似的,对他心平气和。

"我没有当逃兵。"欧阳烨嘴犟,"我以前没实践过,以为自己行,现在觉得自己根本不适合。我会赚钱的,但通过别的行业也行。"

"比如呢?"柴若舒逼他,不给他活路。

"比如——"欧阳烨一时说不出来。

"比如打游戏吗?你能打成职业选手吗?"柴若舒语气平平。

欧阳烨抬头,对上她满是冷意的眸子,其间夹杂失望和讥讽。每一道目光,都是锋利的锥子,将他的自信敲击得粉碎。

"你又很了不起吗?"他知道这句话不该讲,可下意识只能这样反击,来维护自己脆弱的自尊心。

说完这句,他撇过头,再次避开她的目光。

"我确实没什么了不起,科班表演系出身,我们班是出了名的明星班,但我在同学里面一点也不起眼——"柴若舒语气平淡。

她在说,欧阳烨也就跟着在听。

"后来大家都去拍戏了,我也有了几部戏约,但是拍来拍去,水花都不大,不过我还是没放弃过。你知道我为什么颈椎腰椎都不好吗?你以前老吐槽我,说我像个老年人,每周都要去做推拿康健治疗,那是以前吊威亚留下的病症。"

柴若舒突然抓起欧阳烨的手,伸向自己的后背。

"摸到了吗?有一块骨头是凸起来的。"

欧阳烨刚触及她的后背，便摸到那块凸起的骨头。他的手指不敢停顿，烫手似的缩了回去。

"二十五岁那一年，我遇见老林，他追我，我就和他结婚了。婚后才发现，这家伙就是找个女人结婚，好分家产。我当时想离婚，他不让。后来，我不想离婚了，这家伙以我不顾家的理由要和我离婚。我签字后，他给了我几百万和一套房子。我拿这些钱，去投资了电视剧，运气好，赚了一笔。再后来，我就给这部戏里的一个新人当经纪人去了，但她联手别人背叛了我，我签对赌协议，输得很惨。我那时候不只怀疑自己适不适合当经纪人，我甚至怀疑自己适不适合当个人，怎么那么失败——"

欧阳烨眉梢一抬，似是有些诧异。

他的眼球滞住，停在了过去的一帧帧画面里。那些画面里的柴若舒或倔强，或倨傲，或强势，欧阳烨总认为是她的问题，却从未想过她经历过什么。

"不过，我没逃。我留在了这个圈子里，重新开始。这些年，我总因为太过相信别人，导致自己吃亏，可生活总会给我绝处逢生的机会。你是我的机会，我承认这件事，没什么可耻的。"

"欧阳烨，我说这么多，只是想告诉你。你要是真的不喜欢，真的厌恶这个圈子，和你从前的观点一样，我无话可说。可是如果你因为遇到挫折而选择逃避，我瞧不起你。你的姐姐南嘉都经历过什么你知道吗？她被性骚扰，忍了。她大冬天生理期泡河水，忍了。她被骂被羞辱，忍了。你只是学点东西，却说你不行。你这辈子只能缩在女人背后，当个孬种！"柴若舒语气越来越急，情绪倾泻而出。

"够了！"欧阳烨红着眼打断。

这女人话里藏刀，总在不经意间，将刀尖朝你递过来，叫你防不胜防。

少年仅剩的自尊心被激怒，他咆哮着制止她，像一头受伤的孤狼。

巷子另一头的周信然听到声音，惊得直回头看。这一会儿工夫，他已经抽了三根烟了。可是柴若舒和南嘉她弟的谈话还没结束。

柴若舒也不知说了些什么，让欧阳烨发这么大火。周信然想上前劝一劝，当个和事佬，转念一想又觉得不合适，便顿在原地，抽出第四根烟来。

"我去！以后你让我做什么，我都照做！"欧阳烨举起双手，做了个投降的姿势。

"我不可能躲在我姐身后一辈子！我要保护她，还有我妈！在这之前，我需要强大起来。你放心吧，我以后不会再当逃兵了。"欧阳烨定定地看着柴若舒，最后一句话，是咬着牙关说的。

"很好。"柴若舒扬起下巴。

今天的话，一半是情绪宣泄，一半是激进的战术。柴若舒根本不忍心用这些策略来对付他，可是她懒得再辗转迂回了。

她也有累的时候。

"走吧，送你去上表演课。"柴若舒自顾自往前走。

两人路过电线杆，周信然猝不及防，忙掐了烟头，紧跟了上来。

"终于聊完啦？"

两人都不说话，把周信然晾在了身后。

上车之后，周信然极有自知之明地坐到了后面，柴若舒坐上驾驶座，刚准备系安全带，被欧阳烨拦住。

"我来开吧。"

柴若舒不解地看着他。

"不是说背部受伤，颈椎腰椎都不好吗？"欧阳烨闷声闷气地说。

僵持了会儿，柴若舒和欧阳烨调换了座位。

欧阳烨关了车门后，就开始脱衣服。他将外套叠成一团，塞到柴若舒背后。

"这样舒服一些。"

柴若舒根本反应不过来。她知道欧阳烨有温暖的一面，但那都是在背地里，这么明显的表示，可还是头一回。

周信然看这一幕，也看愣了。

"都说不是一家人，不进一家门。你姐就是个热心肠，没想到你也是。"

欧阳烨自顾自开车，根本懒得搭理他。

虽然欧阳烨年纪小，但他也是个男人。男人的直觉告诉自己，周信然这家伙对姐姐没安好心。

打小,欧阳烨就对妄图成为自己姐夫的男人没有好感。

所以,他对周信然有天然的敌对情绪。

(九)

这两天,欧阳烨像变了个人似的,不光出门早,回来时还攥着台词反复演练到深夜。一个人背后的发条若拧得太紧,当精神耗尽之时,就是状态坍塌之时。

柴若舒在一边看着,心中怀疑自己是否揠苗助长,将他逼到了另一个极端,总想着还是让他循序渐进比较符合常态。

这一日,南嘉回国。

周信然从早上就缠上了柴若舒,跟八爪鱼似的。柴若舒看他一身骄矜打扮,心中觉得好笑。

两人在南嘉的航班还没落地前,就赶到了机场。

因为是私人行程,并没有粉丝或者记者在这儿蹲点。但南嘉本人气质出挑,纵然打扮朴素,还是能在人群里一眼识别出来。

"嘉嘉!"柴若舒朝她挥手。

周信然也跟在后面,拼命挥舞手中的小红旗。

南嘉远远地看到,朝他们莞尔一笑,加快脚步。

当她走到跟前时,周信然狗腿子似的,直接抢过南嘉的行李箱和手上的包,要替她拿。不知道的,还以为这是南嘉聘的私人助理。

"还记得他吗?"柴若舒唇角含笑。

"这是——"南嘉将墨镜往下一拉,很快认出了他,"《佳丽》的摄影师周信然。"

周信然被女神认出,竟害羞起来,低下头,想笑,又怕给南嘉留下不好的印象。

上车之后,南嘉坐在车后座,和柴若舒有一搭没一搭地说话。周信然从后视镜偷偷打量南嘉,无法抑制内心的狂喜。

比起印象中的南嘉,现在的她清瘦了许多,但鹤立鸡群的美艳丝毫不受影响。

"这就是我们的计划,周信然也觉得挺好的。"柴若舒说完,眼神往前座一瞥,"周信然?"

她陡然升高的语调,叫周信然吓了一跳。

"怎么了?"

"我们的计划,对欧阳烨的包装计划,我说给南嘉听了,我说你也觉得挺好的。"柴若舒重复了一遍自己的话,唇角的笑意越来越明显。

她知道周信然这傻子为什么走神。

"啊对,是挺好的,我们都会尽最大努力,让小烨红的。"周信然小鸡啄米似的点头。

"真的谢谢你们啦,为他操那么多心。就是小烨这孩子,有点叛逆,不太服管教,我会说说他的。"南嘉用词极客气。

柴若舒知道,这是因为周信然在的缘故。

"不啊,我觉得他挺好的,就跟他姐一样。"周信然简直不放过任何一个吹嘘南嘉的机会。

南嘉唇角微勾,笑意极淡,并没有延伸到眼底去。

到了南嘉家楼下时,已近中午,周信然拖拖拉拉的,就是不肯走。

"怎么,舍不得走?要不一起吃个饭?"柴若舒调侃他。

"可以吗?我去买菜,然后给你们露一手。"周信然的心思写在脸上。

柴若舒看向南嘉,南嘉淡淡地点头。这事儿就这么定了。

周信然在国外待了好几年,练就一手好厨艺。花了一个多小时,就做出四菜一汤,且色香味俱全。

只是,南嘉一直保持着女明星的吃饭习惯,每一样吃两口就放下筷子了。倒是柴若舒很给面子,一碗饭吃完,又盛了一碗。

"我这次回来,除了团队人员的安置,还有一件事。"南嘉拿纸巾擦嘴角,说道。

"嗯?"柴若舒也放下碗筷。

"我手上有一套公寓,打算低价卖了,应该能卖个三百万左右,先补一点你那八百万的窟窿,剩下的,我再想办法。"南嘉说。

柴若舒一愣。

南嘉却笑了,眼底有歉意:"我精神状态刚好点儿,我妈就告诉我了。这么大的事,你们居然都瞒着我。"

"南嘉——"柴若舒开口,刚打算一本正经地劝几句,就被她打断。

"我知道你要说什么,小舒子。你很讲义气,也总为别人考虑。但你让我欠你这么大一份情,我心里不好受。这钱,你必须拿着。"南嘉的态度不容拒绝。

"好。"柴若舒不跟她犟,直接应了。

南嘉往椅背上一靠,笑容轻松多了。

周信然从厨房端出一盘水果沙拉,往两人面前一放,两人的目光都聚集到他脸上。

"我可什么都没偷听啊,你们继续。"周信然捂住耳朵,自证清白。

柴若舒笑着耸了耸肩:"我们聊完了。"

南嘉大概也觉得他可爱,笑意写在脸上,还往旁边移了一个位置:"我们开始聊人员配置的事儿了,你不也是合伙人吗?一起聊聊?"

周信然受宠若惊,将手往身上擦了好几遍,才在两人中间落座。

"我回国之前,和原来团队里的人都联系过了,大多自找出路了,只有黄桥和樱子还没下家。黄桥的审美在线,樱子总能有些奇思妙想,擅长借力营销。这两个人本来也是阳明挑来的。我跟她们俩聊过,她们俩还是挺愿意陪小烨打天下的。"南嘉直接说。

柴若舒对南嘉口中的两人都有印象,只是——

"樱子我知道,但是黄桥,在你之前,她也都是跟的女艺人,让她直接跟欧阳烨,我怕水土不服。"柴若舒提出担忧。

南嘉一顿,目光却望向周信然。柴若舒也望向他。

周信然扒拉了两口冷饭,被她们俩的目光盯得起了一身鸡皮疙瘩。

"怎么了?"他问。

"以后欧阳烨的造型就交给你了,你给黄桥打辅助。"柴若舒拍拍他的肩,一副将重任托付给他的样子。

周信然被拍得一脸蒙,他是对造型穿搭有些心得,但毕竟不精。可当着南嘉的面,他一个"不"字都说不出来,这大约就是男人自尊心的另一种呈现方式:逞强。

"没问题。"他满口应下。

正事聊完,柴若舒和南嘉转战至沙发,开始叙旧,以及聊些南嘉在日本发生的事。她们俩想帮周信然打扫饭后战场,周信然不但拒绝了,还给两人一人冲了杯花草茶。

南嘉的那一杯,杯沿上插了片切成心形的柠檬。周信然的心思,毫不掩饰。

(十)

不过四五天,南嘉将手头的事儿处理妥善后,就回了日本。

这一头,柴若舒这伙人的日子如火如荼,一直前进。

欧阳烨复试和三试都过了,且是高分过。柴若舒提前三天,就在蜀锦火锅预定了包间,要给他庆祝。

除了周信然,柴若舒也叫了柳紫和吴轩。

柳紫一身紫貂,贵气十足。吴轩倒穿得很随意,他到得最早,坐下来就喝了一大杯荞麦茶。

"若舒,可以啊,这家火锅据说生意火爆到不接受线上预约。你居然搞定了包间,我对你刮目相看。"周信然一进包间,就对着柴若舒一顿吹。

本来,南嘉回日本后,周信然依依不舍的,颓靡了一阵儿。

这会儿,柴若舒看他精气神不错,语气便也带了三分昂扬,跟他开玩笑:"这店背后的大老板是孔生,孔生和老刘都多少年的合作关系了,我通过这层关系,搞个包间算什么,看你大惊小怪的。"

"咦,刘靖我们也很熟啊。"柳紫抽出根细烟,漫不经心地搭腔。

几个人正说着话,门被推开。

欧阳烨进来,一看这阵势,不自觉挺直腰背。

他穿着灰色卫衣,搭了件薄薄的呢大衣。大衣是藏青色的,鞋子的颜色介于灰色和青色之间。这样的搭配,让欧阳烨看上去少了少年感,多了几分成熟。

这些天密集的课程,也叫他整个人瘦了一圈。但脸部轮廓分明,弯弯的眉眼,混着泪痣,仍旧动人。

柴若舒自己仍未察觉,她看他的目光,已由上镜不上镜的打量,变成了单纯的欣赏。

"小烨,这是柳紫,你一定认识的,算是前辈。这是吴轩,是我们公司的投资人之一。周信然,你见过了。今天组这个局,也是让大家看看你,认识一下。"柴若舒站起来,一一介绍道。

"柳前辈,轩哥。"欧阳烨将手递过去,一一打招呼,轮到周信然时,态度敷衍了许多,也没称呼他什么。

"确实是个好苗子。"柳紫赞赏地说道。

吴轩没有说话,只是用好奇的目光打量欧阳烨的穿搭。男生在同龄人面前,总存有一番比较的心思。

"我去叫服务生开锅上菜。"周信然打开门,走了出去。

剩下的几个人开始闲聊起来,话题还是围绕工作打转。

"白云台和腾龙平台准备做一档选秀综艺,叫《中国最青春》,你看到平台上的宣传了吧。我打算帮你报名。"柴若舒开门见山。

"那个不是做组合吗?"欧阳烨略感疑惑。

"是,男团概念在韩国火了这么多年,国内也把这股文化带起来了。这档选秀背后资本强大,肯定能捧出来一些人,我们商量了一下,觉得确实不能错过这次机会。如果能顺利出道,你的组合约签在平台,但你个人的项目还是我们这边做,不影响什么的。"柳紫替柴若舒做出回答。

"我没有意见,你们做决定就好。"欧阳烨对这些不懂,似乎也没有搞懂的意思,毕竟,声乐、台词这些课程的学习就已经占据他所有的脑细胞了。

菜上得很快。包间内热气腾腾,比过年还热闹。

柴若舒喜欢这种氛围,她不知道未来什么样儿,但大家聚在一起,为了同一件事努力的感觉,让她愿意一次又一次为之粉身碎骨。有的人天生为理想而活,柴若舒认为自己就是这样。

"香菜丸子熟了,快吃。"柴若舒因坐在欧阳烨旁边,又见他消瘦得厉害,便不断给他夹菜。

欧阳烨看着碗里的香菜丸子,愣了一愣。

"鸭血也可以吃了。"滚烫的鸭血也落入他碗中。

欧阳烨的表情一言难尽。

当柴若舒打算将黄喉也夹给欧阳烨时,他的筷子在半空中制止了她的行为。

"你跟我住了这么久,难道不知道我不吃动物内脏和香菜吗?还是,你是故意的?"欧阳烨刻意压低声音,但其恼怒的言语还是传到了四面八方的热气里。

所有人都愣住了。

在场的人当中,除了周信然,其余人都不知道欧阳烨和柴若舒住在一起的事。

孤男寡女,又是年上熟女和年下俊男,仅仅沾上"同居"二字,就能让人脑补一出大戏。

柴若舒起初还没觉得不对劲儿,后来发觉空气变得沉静下来,才意识到哪里不对,她打眼望过去,柳紫轻咳一声,给自己涮了一筷子菠菜,吴轩则满眼八卦,饶有兴致地看着柴若舒和欧阳烨。

周信然突然大笑一声:"南嘉这不是出国了嘛,就把弟弟托付给若舒照顾了,你们别多想。"

他这一解释,大家的表情更加玩味了。

哦,原来是亲姐姐盖过章的关系啊。

"不是你们想的那样啊,我们,我们住得近些,方便我督促他学习。"柴若舒解释得勉强,话音刚落,就后悔自己多此一举。

"是的,我这人学习习惯不好,多亏了柴经纪人的日夜监督,艺考才通过得这么顺利。"欧阳烨冲柴若舒笑得温柔,坐得离她更近了些,显得两人关系亲密。

柴若舒望着他凑近的脸,察觉出他不怀好意时,已经晚了。

成年人,除了擅长脑补,还擅长在句子里找关键词,比如,"日夜"这个词,就惹人联想。

"哦哟——"柳紫拉长尾音,笑得暧昧。

"我当年要是有柴经纪人这么漂亮的姐姐监督我学习,大概就不会整天被我爸指着鼻子骂没出息了。"吴轩开口调侃。

"真不是你们想的那样——"柴若舒辩到最后,像个小女孩儿似的红了脸。

这番诡异的变化,更让大家坚定地认为,柴若舒和欧阳烨恐怕真有什么暧昧。

柴若舒着急地望了欧阳烨一眼,欧阳烨却朝她眨了眨眼。柴若舒确定了,他确实是故意的,原因大概是,报复自己这些日子以来让他这么辛苦。

没想到啊,这小子还有这样腹黑的一面。

(十一)

大家吃了火锅,互相道别。

柴若舒将车开到路边,打算带周信然一程。他却拒绝了。

"你和小烨先走吧,我想自己散散心。"

柴若舒看到他的脸色,在路灯下像是放大的默剧的镜头,表达隐晦的落寞。

他怎么了?刚刚吃饭时不是还好好的吗?

再一抬头,她看到柳紫一行人从火锅店出来。他们也看到了她。

"还没走呀?"

"正要走。"

"注意安全,到家说一声儿。下次见。"

"嗯,下次见。"

柳紫被老公接走,而吴轩也站在路边,等着女友来接他去二场。相较之下,周信然形单影只。

柴若舒觉察出了什么,但没法戳破。

成年人的世界里总有很多难言之隐,一旦揭开一角,难堪的真相暴露出来,体面可就不复存在了。

周信然对南嘉的倾慕,近乎妄想。而柴若舒为何会跟欧阳烨同居,这件事儿宁可被众人误解,也绝对不能将背后的隐秘全盘托出。

车子行驶在暗夜里。

"你对周信然态度好点儿,他也是我们的合伙人之一。"柴若舒冲欧阳烨说道。

"我不喜欢这些臭男人。"欧阳烨将脸撇向一边。

柴若舒觉得好笑,欧阳烨这种骂法,岂不是连他自己也骂进去了?

"你笑什么?"欧阳烨还没觉察出不对。

"没什么。"柴若舒正视他,"周信然他不一样,你不要老带着偏见去看他,他是真的喜欢南嘉。"

"你们女人就是幼稚。"欧阳烨不屑地说。

柴若舒回过头看他,想教训他一顿,却看到他脸上细小的绒毛,在路灯照进车内的光线里清晰透亮。他上扬的眉眼和下垂的嘴角,都透着少年气。

柴若舒莫名其妙地心动了一下。

次日。

欧阳烨照常去上课。下午,柴若舒因空闲,便打算去看望他,顺道跟李伯文打个招呼。毕竟,后面欧阳烨参加比赛,声乐可是很重要的一环。每个团体里,都需要大主唱。唱歌出众的话,很容易在团体内脱颖而出。

李伯文的教室不大,是两层复式居民楼改的。小区门口,如果不能出示李伯文助理的邀约,保安根本不会放闲杂人等入内。

柴若舒提了一箱车厘子和一盒阿胶糕上去,递给了李伯文的夫人。这两件礼物,礼轻情意重,既不会有贿赂的嫌疑,也不至于送不出手。

换了拖鞋,柴若舒往里走,看到欧阳烨正在录音棚里录歌。

李伯文看到她来了,摘下耳机,朝她打了个招呼。

"李老师辛苦了。"柴若舒尊敬地说。

"都是我该做的事情。"李伯文将耳机递给她,"听听?"

柴若舒戴上耳机,耳麦中传来欧阳烨的歌声,他的声音低缓,略带一丝沙哑,让人想起天阴云低的气候,和他本人的气质形成了反差。

欧阳烨还没留意到她的到来,他拿着歌词本,似乎有些忘我。

柴若舒听完 A 面,摘下耳机,小声地对李伯文说:"我认识他这么多年,这还是第一次听他唱歌。"

"他的底子不错,音准也不错,只是欠缺些技巧,这个可以后期慢慢练。"李伯文看着玻璃后的欧阳烨,脸上多了一抹温润的赞许。

"我给他报名了《中国最青春》,如果以组合形式出道的话,您认为他拿下 C 位的可能性大吗?我是说,不考虑后台这些因素的话。"柴若舒问。

"要横向对比其他选手的实力了。"李伯文笑了笑,没把话说死,"不过,他的底子不错,身上也具备话题性,一定不会泯然于众人,这点我可以肯定。"

所谓话题性,应该就是南嘉弟弟这个身份吧。

柴若舒其实没想将这个点用作炒作的话题,话题接连上南嘉,一旦发酵,定会将南嘉好不容易遮过去的新闻再次翻出来,这对南嘉来说,是二次伤害。

欧阳烨一曲唱完,抬头时,终于看到柴若舒。他眼底闪过一抹光亮,又飞速装作若无其事的模样。

打开门,他朝柴若舒点点头:"你来啦。"

"这一版很不错,我让助理简单修个音,跟之前的做个比对。"李伯文朝他说。

"好。"欧阳烨乖巧地点头。

这时,李伯文家中来了其他学生,看模样,似乎比欧阳烨还要小一些。他们俩一进门,除了喊李伯文和他太太,还跟欧阳烨热切地打招呼,彼此之间似乎颇为熟稔。

柴若舒坐着也是坐着,见李夫人要将车厘子拿去清洗,自己忙跑去帮忙。

三个男生坐在沙发上闲谈,柴若舒将车厘子送过去。其中一个男生多看了两眼柴若舒,笑着问:"你也是李老师的学生吗?"

"她不是,她是我经纪人。"欧阳烨抢答,顿了顿,反问男生,"你不认识她吗?柴大经纪人。"

他的语气里满是少年之间的调侃,又带着一些炫耀,柴若舒还没做出反应,就听到男生随口打趣的一句:"看着不像经纪人,倒像是女朋友。"

柴若舒以为欧阳烨要反驳一句"我才没有这么老的女朋友",但他竟然没有,只是岔开了话题。

柴若舒也没什么兴趣站在这里听男生们聊天,只是发自内心觉得,欧阳烨的性格似乎变了,变得明朗了一点。过去的他,并不是一个能在短时间内和同龄人建立亲近关系的人。这样细微的改变,若非刻意留意,很难察觉。

她的唇角一弯,觉得这是一件好事。

柴若舒不知,她的笑意落在欧阳烨眼中,像是对"看着不像经纪人,倒像是女朋友"这句话的回应。

第4章 明日之星

（一）

每年三月，东京的樱花都能从上野公园开到千鸟之渊。满城的娇白粉嫩，半掩半隐在这座气息独特的城市中。

再次穿行于繁华的东京城，周信然生出一种恍如隔世的感觉。上周，他跟柴若舒商量，自己想去日本看望南嘉，柴若舒看出了他的魂不守舍，便答应了。

柴若舒告诉过他，南嘉如今一边接受心理治疗，一边重返校园，在东京大学攻读金融硕士学位。

周信然也不知该去哪里找她，只能买了束花，蹲在大学门口，等下课时，混在进出的学生堆里，溜了进去。

"同学，请问金融系的教室在哪里？"周信然的日语娴熟，随意找了个学生，便摸到教室门口。

运气不错，周信然打眼往教室里一瞧，就看到了南嘉细柳高挑的身影。

她应该是刚上完一节课，正不急不忙地收拾书本。周信然靠在门框上，欣赏这一活色生香的场景。

有人提醒南嘉，门口站着个什么人，似乎在等她。她就抬头望过来，看到周信然的一刻，满眼诧异。

"你怎么在这里？有什么事吗？"南嘉走来，问道。

周信然肾上腺素飙升，头脑发热，手上的动作比言语快了一步。他将花束往南嘉怀里一塞，挠挠头，说了句："没什么事，想来看看你，就来了。"

南嘉一脸莫名其妙。

身后还没离开教室的几个学生看着热闹，已经发出起哄声。

"南嘉，你的男朋友吗？又高又帅呀。"

"真羡慕啊。"

周信然脸涨得通红，他发誓，从前，他不管和什么样的女生相处，都能从容自得。在那些女生眼中，因为他的条件样样过得去，又具备极高的审美，还曾有人误会他是个专骗姑娘感情的渣男。"渣男"在那样的语境里，算是个赞扬他出色的褒义词。

只有在南嘉面前，他像个青涩小男孩儿，总一厢情愿，总忍不住笨拙地靠近。

见惯了大场面的南嘉，倒不会觉得不自在，转身极淡定地用日文和同学说："他不是我男朋友，只是一个普通朋友，来日本玩儿，顺道看看我。"

"啊，是，是，我就是她一个普通朋友。"周信然反应过来，顺着她的话说。

"呀，那就是追求者了。"同学们显然对周信然的身份有了新的解读。

周信然忙摇手："也不是追求者。"

同学们饶有兴致地望向他，他又望向南嘉。可那一张精致小巧的脸上，没有给他任何的提示。

"是我一直单方面地喜欢她。"周信然壮了胆子，直白地说。

同学们起哄的声音比刚刚更大，要把教室屋顶掀翻的感觉。

南嘉诧异地望着他，似是没想到他会这么说。

同学们走后，四周环境骤然安静下来，两个人站在走廊上，气氛有些尴尬。

"去吃饭吗？我知道附近有一家餐厅的烤牛肉很好吃。我们——"

第4章 明日之星

"刚刚为什么那么说?"南嘉问他。

"嗯?"周信然在她面前,反应总是慢半拍,"好像没有更好的说辞。"

"我不喜欢你这么说,烤牛肉你自己去吃吧。"南嘉面色冷淡,将花还给他,转身就走。

周信然又是一个没反应过来,等他醒过神来时,南嘉已经走远。周遭三两成群的学生,都用好奇的目光打量他,周信然没有勇气再追上去。

他想不明白,印象中待人热情的南嘉,怎么今天对自己如此冷漠,难不成自己真的说错了什么?

不明白就要问。

远在北京的柴若舒收到周信然的微信时,她正在白云台一楼的咖啡厅等人。既然要把欧阳烨往节目里送,她必然要先来打招呼,摸清底子。

柴若舒看着周信然的发问,有些哭笑不得。

——她是女明星,内心最反感传绯闻这种事了,不论是主动往她身上靠的,还是公司安排的炒作对象,都反感。不是针对你,她这是习惯性排斥。

柴若舒还要跟周信然说些什么,白云台的友人已经走到她跟前。

"若舒,好久不见。"说话的女人个子不高,短发,一脸精明相。

"高蓠,我不知道你喝什么,就帮你点了杯冰美式。"柴若舒将手机反放在桌面上,笑着和她说道。

"随便喝点什么,主要也是好久不见你了。"高蓠将椅子移到她身侧,方便说话。

高蓠曾和柴若舒共事过。柴若舒对她的印象是,这是一个处事过于精明,不适合交心,但适合成为同事的人。

跟这样的人打交道,不必过多寒暄,单刀直入最好。

"我成立了一个公司,做南嘉的弟弟,想让他通过《中国最青春》的舞台出道。台里,能不能帮我打点一下?"柴若舒边说,边将一个精致的小礼盒从包内拿出,递到她手上。

这个小礼物,是柴若舒挑了又挑的。高蓠如今也不过是个电视台的节目导演,能说上几句话,但薪水有上限,这个礼物,刚刚好能入她的眼。

高蓠看到蒂芙尼的粉蓝盒子,略掂了掂,便知道里面是什么。她将盒子放到桌上，没说收，也没拒绝。

"南嘉的弟弟长什么样儿，能给我看看吗？"她说。

柴若舒早就准备好了照片，都是周信然拍的，现在派上第一个用场。

高蔺翻了几张露出惊艳的神情："原本以为南嘉的底子就够出挑了，没想到她弟弟也这么有料。"

有料的意思，等于有戏。

"他这样的条件，能出道吧？"柴若舒望向高蔺，她这么问的意思，可不是心中对这个问题存在忧虑，而是试探高蔺能帮到哪里。

高蔺这样的老江湖，自然深谙她的意思，略思虑了下，回答她道："这一期的选手里，有十来个都是大公司的练习生，还有几个背后资本雄厚，是提前预定了出道位的。"

"比如？"柴若舒留了个心眼。

高蔺也给她看手机里的照片："这是卢管浩，上海富二代。这是言姜，他爸是个山西煤老板，家里两个矿。"

"出道位一共几个？"柴若舒不再看照片，径直问道。

"九个，目前预定了七个。"高蔺也不再隐瞒，顿了顿，"欧阳烨身上最大的亮点就是身份，他是南嘉的弟弟，南嘉从前可是个话题艺人。如果你同意拿这点来炒作的话，我有把握说服上面的人为欧阳烨留一个出道位，并且给他的人设剧本也会优越些。"

"这件事——"柴若舒拖长尾音，"有待商榷。"

欧阳烨一定不肯拿他姐姐出来炒作话题，而她作为南嘉的好友，也不可能同意拿由南嘉延展开的话题做利益交换。

高蔺看出柴若舒的想法，低低叹了口气："平台要赚钱，电视台要热度。如果你不同意这个方案，那就只能靠欧阳烨自己的本事了。我会多给他几个镜头，如果他够出彩，自然不会被埋没。"

言下之意，也只能帮到这里了。

"好，多谢。"柴若舒笑得体面。

第4章　明日之星

（二）

东京。

周信然手捧鲜花，在等南嘉下课。他没有站在教室门口，而是选择了一条南嘉回宿舍的必经之路。

看到南嘉抱着书本走来，周信然就迎了上去。

"怎么又是你？"南嘉脸色不佳。

"我来给你道歉，之前不该让你因为我，沾染一些绯闻。你出国也是想找个清静地儿学习，是我打扰你了。"周信然一脸愧疚。

南嘉像看怪物一样看他，大约心想：大哥，你现在不还是在打扰我吗？或者说，换个理由打扰我？

"对不起，我并非换个理由打扰你。这花你收着，我先走了。"他怕她反感，于是转身就走。

南嘉抱着花，因他能准确读到自己内心所想而感到诧异。反应过来后，居然生出一丝愧疚，觉得是自己的病，导致自己抗拒和外界亲密接触。周信然是柴若舒的朋友，如今还帮着扶持弟弟出道。他不过是喜欢自己，自己的反应却误伤了他。

已经走出一小段路的周信然突然回头，想起什么似的，又道："你不用对我愧疚，也不用担心会误伤到我。我知道你情况特殊，我能体谅的。我的老师认识很棒的心理诊所，下次引荐给你。"

他的笑容诚挚，阳光为他的脸镀上最温柔的金色。

南嘉更加诧异。为什么自己想什么，他就能猜到什么？难不成他有特异功能？还是，自己与他心有灵犀？

还没等她想明白，周信然已经挥挥手，在她的视野里渐行渐远。

南嘉看着手里的花束发愣，坚硬的内心慢慢柔软了一点。

接下来的一周，周信然每天都以新鲜的面目，买着新鲜的花束，在南嘉必经的小道上等她。

他每一次都只是跟她打声招呼就走，似乎只是来看看她今天过得好不好。

有几次上、下课时,有相熟的同学要跟南嘉同行,南嘉总找借口避开,一个人往小路上走,她不想被人看见自己跟周信然站一起,被当成话题调侃。不过,她要真不想见周信然,换条路走就是了。可是她没有,每天还要拿出化妆镜整理一番,才来到小路上,准时准点赴约。她自己都没留意,每日这样见着见着,就成了丢不掉的习惯。

突然有一天,周信然没来,南嘉跟失了魂一样。

她没有他的联系方式,也不能表现得自己不适应。那个看似讨人厌的周信然消失后,南嘉的内心不免失落。

其实,他一点也不讨厌吧。

四月的东京,樱花已开至荼蘼。四月的北京,中山公园的海棠刚开到鼎盛,一簇一簇的,娇白粉嫩。

欧阳烨参加电影学院考试,最终专业轻松过线。还剩两个月,便要参加文化考试,他拿出了过去十九年都没有的刻苦劲儿,放手一搏。

这边,柴若舒也没闲着。

电视台她来回跑了几趟,次次碰壁。为了替欧阳烨拿到为数不多的出道名额,她把主意打到了平台上。

腾龙平台背靠腾龙资本,但并不受腾龙资本眷顾。他们内部不像电视台,老旧派系复杂,人们爱打官腔,平台的人大多还比较务实。柴若舒找了熟人,疏通了门路,拜了一个总监的码头,这位手握实权的总监看了欧阳烨的资料,暗示柴若舒这事儿给钱就能办。

这可算是指了条明路,但柴若舒囊中羞涩,已经拿不出多余的钱来"孝敬"。

电视台眼看着没戏,平台若是再打点不妥,欧阳烨在这档节目里的出路将变得狭窄,这是肉眼可见的。当然,每档选秀节目,总会出现那么一两匹黑马,这些天选之子,用他们的人格魅力重新定义规则。电视台和平台也不能逆着观众的意思。

但欧阳烨到底是不是这匹黑马,柴若舒心里没底。她不想冒险,她也赌不起。

阳光透进新办公室的窗户,刺得柴若舒眼皮发麻,抬不起来,倦怠得有些神情恍惚。一通电话打进来,是一个陌生号码。

第4章 明日之星

"您好,我是柴若舒,您是哪位?"柴若舒宛如播音腔的声音,回荡在空无一人的办公室。

"柴经纪人,您好,我是信里娱乐的郭珍。"对方的声音甜甜的,叫人心生好感。

柴若舒一愣,她自然知道郭珍。这位年近四十的台湾女人,被奉为娱乐界的偶像剧教母,一手捧红祁茗、明丹尼等一圈偶像艺人。只是,她跟自己素无往来,怎么会找上自己?

"是这样,我手上新开了一部剧,想邀请林志培来客串。听说您和林志培是好友,不知道是否可以请您帮这个忙。我不会让您白忙,如果这事儿能成,我可以给您八十万的中介费作为酬劳。"郭珍态度诚恳。

柴若舒心中一动。

八十万啊!这可是送上门的好事儿。但柴若舒还不至于见钱眼开——

"我能问下,您是如何找到我号码的,又是如何得知我跟林志培的关系的呢?"柴若舒必须搞明白心中疑惑。

她跟林志培的关系,始于四年前的一场拼盘演唱会。这场演唱会不光邀请了知名歌手,还邀请了不少"演而优,优则唱"的演员。林志培在其中,柴若舒当时带的一个上升期演员也在其中。

当时,林志培的手提箱丢了一个,里面装着港台艺人来内地演出的公安批文,还有他的隐私物品———些女人的贴身衣物。林志培有异装癖,这个癖好一旦被揭露,要引起轩然大波。

林志培很急,可他的烂脾气,业内出名。当时,后台的众人秉着不给自己找事的态度,根本没人主动帮忙。柴若舒当时托了董军辉的关系,帮了林志培这个忙,不但重新拿到紧急批文,还找回了被化妆师"不小心"顺走的箱子,并借势堵住了记者的嘴。

林志培其实是个性情中人,经此一事,便和柴若舒成了知己。柴若舒从未拿此事炒作过,所以不知郭珍是从何处听来的消息。

"王西告诉我的。他说你是个善良的人,一定会帮忙。"郭珍笑着说。

王西?柴若舒一愣。她万万没想到是他。

印象里，王西是个多面通吃的能手，到处都有些人脉和生意。他既能认识郭珍，大概也能接触到林志培。他为何不直接介绍，而要通过自己呢？想来，大约是自己当初在南嘉的事情里放了他一马的缘故。

按理说，他毁约在先，南嘉退圈出国在后，他是要进行赔偿的，可自己没纠缠。民不举，官不究，这件事便不了了之。

如此看来，王西这人不坏，应该说，比自己料想的还要好些。或者说，应当感谢自己做人留一线，才得到了这意料之外的回馈。

既弄清了事情的来龙去脉，柴若舒便也不再端着。

"郭女士，您在台湾还是大陆？我们要不见面聊一下？"柴若舒问道。

"我后天飞北京，我们到时候约。"郭珍也是个做事效率极高的人，三两句话，就这么和柴若舒敲定了时间。

过了两天，柴若舒和郭珍约了见面，当面签下协议后，柴若舒回到办公室，立刻打电话给林志培，提及此事。柴若舒与林志培在电话中沟通得很愉快。柴若舒不但搞定了郭珍委托之事，还灵机一动，说服林志培让星烨公司做他大陆演艺事业的商业代理。

"这个也没问题，你带着协议来公司签就好了。"林志培费劲儿又爽快地说着普通话，他的粤语腔令柴若舒忍俊不禁。

"那就说定了，过两天，我去香港拜访你。"柴若舒将椅子转向落地窗，迎向太阳，心情大好。

"哈哈哈——"电话另一头也传来林志培爽气的笑声，"朋友之间，说什么拜访，你来，我叫司机带你吃喝玩乐啦。"

事情进展之顺，均超出柴若舒的意料。所有的不痛快，都在傍晚突如其来的大雨里，被冲刷得一干二净，再也寻不着痕迹。

柴若舒收到郭珍汇来的八十万中介费，对着公司账户上多出的这串数字，感叹打点评委和平台的钱总算有了着落。

她抬头看着窗外的雨，又低头看了看时间，估摸着欧阳烨快下课了。

这小子最近学习刻苦，该奖励他一顿大餐才是。

第4章 明日之星

(三)

大雨一直在毫无节奏地敲打着车窗,雨水交杂的世界,雨刷都不能将它分清。

路上一直堵车,柴若舒开车到欧阳烨学校门口时,已经七点多,离她发消息给他定的时间,整整迟了一个小时。

欧阳烨收了雨伞,坐到车上时,脸都是黑沉沉的。

柴若舒以为他在生气自己迟到,颇亲昵地伸手戳了下他的肩:"想吃什么?我刚网上预约了烤肉、火锅和日料,等咱们到地儿,估计也该排到了。"

欧阳烨不说话,抿着的嘴唇呈一条直线,令柴若舒想起脑电图仪器上的直线,那是一种失了生命力的状态。

"喂,学习学傻了?"她拱了下他。

欧阳烨终于开口,却是冷冰冰的语气:"你是不是托了人找关系去打点电视台和平台了?"

柴若舒一怔,她好奇欧阳烨这小孩儿居然还有脑子思考这些事儿,也好奇到底是谁告诉他的。略一想,那天晚上吃火锅,她早就将他介绍给了公司的其他合伙人,紫姐和吴轩都加了他的微信。公司账户上多出的钱用来干什么,每一位合伙人都心知肚明,想来有人告诉欧阳烨也不奇怪。

"是啊。"柴若舒应道。

"你不相信我?"欧阳烨转过脸,眼底藏着愠怒。

柴若舒终于反应过来,这小子生气的点在哪里。

少年意气,是石缝里拼了命生长的野草,想叫所有人瞧见他们旺盛的生命力,最怕别人看低了他们,或瞧不起。

"我相信你。"柴若舒顿了顿,"只是——"

"你不要说了,你就是不相信我。每次表面上说相信我,却总是背地里做些小动作。你既然这么不相信我,你还签我干什么?"欧阳烨脱口而出的质疑,让柴若舒还没说出口的解释显得苍白。

柴若舒不爱胡搅蛮缠的沟通方式,这种沟通方式能轻松惹怒她。但有了前车之鉴,柴若舒不想再以伤害他自尊,或两相抵触的方式去跟他沟通。

在没有想好该怎么和他沟通时,她也选择了沉默。

"你后悔了吧。"他忽然说。

柴若舒还是沉默,只是聚焦于眼前拥堵的路段。

在一个红绿灯的交叉路口,欧阳烨忽然打开车门,径自下车。他的动作太迅猛干脆,连一个反应的时间都没有留给柴若舒。

"喂,你去哪里?"反应过来后,柴若舒猛按喇叭,对着他的背影狂喊。

然而,再尖锐的声响,也没能换回欧阳烨的转身。柴若舒只能看着他悖逆的身影消失在雨幕里。

北京和东京都在下雨。

周信然再次出现在南嘉面前时,南嘉眼前一亮,窃喜的心理活动快要延伸出她的眉梢,但她还是克制住了。

"你怎么又来了。"南嘉装作嫌恶他。

周信然不在意,这一次,他没有捧花束,而是递给南嘉一张名片。

"这就是我上次和你说的那家心理诊所,已经预约好了时间,就在本周六,你打这上面的电话,先过去做个测试。心理治疗呀,是个漫长的过程,咱慢慢来。"

原来他消失这么久,也是为了她。

南嘉抬头看到雨幕里周信然撑着的那把雨伞伞骨都折了,她毅然将伞高举过他头顶:"到我伞下吧,你这把该退休了。"

她身材高挑,又穿了带鞋跟的皮鞋,所以高举雨伞时,刚好能没过周信然头顶。周信然这辈子都没有被一个女人这么护过,还是自己放在心上这么久的女人,一时之间失了语,也失了神。

南嘉看他的样子,心中生出三分得意,面上却不显。

她是个正常女人,有虚荣心。过去做明星时,被粉丝追捧着,心中困扰却也享受这种荣光。现在不做明星了,嘴上不说,其实心中是有落寞感的。

第4章 明日之星

周信然的出现,填补了这一空缺。何况,南嘉早就看出来,他真心爱慕自己,和从前那些臭男人有着本质区别。

"好,好吧,周六,我可以陪你一起去的。"周信然把伞收了,躲到南嘉的庇护下,又自然而然地接过伞,当起她的护花使者。

气氛恰到好处,一通不合时宜的电话响起,周信然看到是柴若舒,忙接起。

"欧阳烨又玩消失了,我找不到他。"柴若舒声音平静,却透着说不出的疲惫。

周信然知道柴若舒独立且坚强,若非实在扛不住了,是不会打语音电话给远在异国他乡的自己的。她或许需要自己的帮忙,或许需要一个发泄的出口。

"之前我们去过的地方都找了吗?网吧也找了吗?"周信然问。

"嗯,都没有。"柴若舒声音低沉,越来越老态。

周信然顿住,他看到南嘉正一脸狐疑地望着自己,似乎在猜这通电话的内容。他不想叫她跟着担忧,忙摆手,示意没什么。

要不是雨够大,他会跑进雨幕中接电话。可雨够大,他和南嘉又靠得够近。他再摆手,南嘉也似乎从电话的余音里听出了什么。

电话挂断,南嘉便问他:"小烨离家出走了?"

周信然皱眉,想了想,还是如实说了:"之前就离家过一次,被我们从网吧找回来了。这一次,他不在网吧,也不知道在哪里。若舒打电话给我,她那种独立性格的人,想来,也是该找的地方都找遍了。"

"他为什么离家出走?"南嘉问。

"若舒找钱疏通电视台和平台的关系,想给他预留一个出道名额,他知道后,觉得我们都不信任他,背着他做小动作。"周信然回道。

南嘉也皱眉,不说话,似乎在想什么。

周信然小心打量着她的神色,开口道:"小烨有时候,还是太过孩子气了,我们也是为了他——"

南嘉突然开始翻包,动作幅度之大,把周信然的话巴巴地堵回去了。

她拿出手机,给欧阳烨打语音电话,反复三四次,都没人接听。南嘉将手机丢回包内,毅然决然地和周信然说:"我跟你一起回国找他,如果找回来了,我要揍他。"

天使面孔,魔鬼身材,说出的话狠得能叫天使和魔鬼都抖三抖。

周信然原本怕她着急焦虑,再度引发抑郁。可看起来,南嘉的状态已经稳定了很多,人家要回国教训自个儿弟弟,他没理由拦着。

(四)

大概是天助他们。临时买的航班,飞机起飞时没下雨,抵达北京首都机场时,天阴沉沉的,天气预报说一小时后落大雨。

南嘉裹着最普通的针线衫和牛仔裤,整个人全副武装,把明星气场层层盖了下去。周信然穿得比南嘉还低调,在后面拉着两个行李箱。

两个人匆匆走在航站楼里,走在人群里,无人多看他们一眼。

"以前没发觉,你走路挺快。"周信然几步追上前面的南嘉,笑着调侃一句,却发觉墨镜和帽子下的她,面色难看。

"怎么了?"周信然声音温柔下来。

"没什么,一回到北京,心情就很低落,好像把那些事又拉近了。"南嘉自嘲地笑了笑,又加快步伐。

周信然跟上,他当然知道她口中的"那些事"指的什么事,但他没有说话,准确地说,没有组织好合适的、安慰她的话。

他想起自己将南嘉先前的报告发给诊疗所,又将她的情况给医生复述一遍后,医生对他说的话。

"她常年伴有中度抑郁和焦虑症,后来的突发事件不但令她的抑郁变成重度,还诱发精神分裂,会引发自残或意图自杀现象。现下,她的情绪平稳,但注意不要让她接触到过去,这可能会刺激到她。她的情况,需要长期治疗,具体什么时候能彻底恢复正常,现在还不好说。"

周信然很后悔让南嘉回国,但她那时那么坚定,自己是劝阻不了的。

箱轮从地上滑过,发出沉闷的响动。

南嘉在家里,看到柴若舒瘦削且憔悴的模样,心里不是滋味。她从前就瘦,而且一旦心里有事儿,就瘦得更快,纸片人似的。

第4章 明日之星

"我给他打电话不接,妈妈给他打电话也不接,他要上天不成!"南嘉语气里的怒火,怕是要把家都烧了。

"你们俩都喝点水吧,看看你们嘴皮子都干得破了。"周信然刚烧了热水,给南嘉和柴若舒各递了一杯。

"两天了,不去上学,哪里都找不到,也联系不到,我不怕他气性大,或者叛逆,我就怕他出事。"柴若舒端着杯子的手都在发抖。

四月底的天气,她这一句话,说得整个屋子都发凉。

"这浑小子,皮糙肉厚,他能出什么事,他要是回来,我打到他出事。"南嘉发着狠,可其实心里也是怕的。

"实在不行,我们就报警吧。"周信然说。

"不行!"两个女人异口同声拒绝。

"为什么?是怕这件事泄露出去,以后被人当黑料踩吗?我们小心一点行事就行了。"周信然知道她俩害怕什么,可如果所有能试的方法都试了,还是不成,也只能报警了。欧阳烨的安危高于一切。

"我再出去找找。"柴若舒放下杯子,拿起桌上的车钥匙,就要出门。

"外面下雨。"周信然拿了把伞就要追出去,走到门口,又想到什么,回头讨好似的冲南嘉笑,"我给她送把伞,马上就回来。"

看着两人冲出门外,南嘉坐在沙发上,也有些六神无主。

她只是外表看着强势,实则不是个有主见的。自己的亲弟弟,自己没办法出门找,也不能提供任何主意,想到这一点,就有点沮丧。

南嘉起身,走进卫生间,想洗把脸。

熟悉的陈列,熟悉的摆饰,却总觉得缺了什么。

到底是什么呢?南嘉敏感地四处搜寻,目光最终落在镜子上面的木架上。三层的架子,最上面一层满满摆着欧阳烨囤积的洗发水和沐浴露。

他有些堪比女孩子的奇怪癖好,不但每天要洗头,还爱囤积东西,但凡是每天用的,他总要买许多放着。

可是,这洗发水和沐浴露也用得太快了吧?

南嘉垫高脚尖,看到架子上积累的尘埃有移动的痕迹。她想到了什么,立刻返回去,推开欧阳烨的房门。

她一把拉开衣橱，果然空了一块。

这小子回来过，什么时候回来的？他拿走了部分衣服和洗漱用品，这真是打算离家出走？学不上了？前途不要了？

一想到这，南嘉心里就发堵。

手机响起，是柴若舒打来的，她赶忙接起，传来的却是周信然的声音。

"若舒昏倒了，现在在第一医院呢，需要她的身份证。对不起，如果不是很急的话，我也不想让你出现在人前，冒这么大险。"他的声音又急又内疚。

"说什么呢，我马上到。"南嘉打断他。

挂了电话，南嘉将柴若舒的包一拿，怎么回来的，又怎么全副武装出门。她打了个车去第一医院，路上最后一次给欧阳烨发微信：若舒为了找你，昏倒在路边，现在在第一医院，她要是有个三长两短，小兔崽子，我不会放过你。

字不多，却是南嘉用了力，将手机屏幕敲得"噼啪"响打上去的。

三甲医院的人流量，从不因晴天雨天的区分，而减少一点点。

南嘉再次陷入熟悉的人群里、熟悉的语境里，有恍如隔世的感觉，一时间心跳加速。她闪躲着人群，每当有人不小心碰到她时，她的反应都有如惊弓之鸟。

"对不起，对不起。"旁人给她道歉。

她却低着头，快步往前走，生怕被人认出来，但其实，这个点儿来医院的人，不那么关心八卦，对一个二线女明星的敏感度也没那么高。

兜兜转转，南嘉终于找到柴若舒的病房，却在路过楼道时，听到一声砸墙壁的闷响，震得南嘉脚步一顿。

"成年人的世界不是你想的那样。我们把你当合作伙伴，你把我们当什么了？"

"你不要总是跟我眉毛不是眉毛，眼睛不是眼睛的。我如果不是看在你姐的面子上，我会这么任由你欺负我的合伙人？"

是周信然的声音。

不同于平时他在自己面前的唯唯诺诺和傻气，楼道里的他，声音愤

第4章 明日之星

怒而压抑。那么,他骂的人是——

南嘉心跳再次快了起来,她用力推开楼道的铁门,发出"吱呀"的响动。

光影打在那两人的脸上,两人回过头,看到南嘉的一刻,也是一惊。双方都失了言语似的。

南嘉将欧阳烨从上打量到下,他头发凌乱,脚上的白球鞋皱巴巴的,还沾了泥点,看起来是因为跑得太急,才如此狼狈。

周信然看到南嘉,面色尴尬,他扶在楼梯上的手,应该就是刚刚砸在墙上的那一只手,现在红肿得像一块砖。

"姐。"欧阳烨声音倒很平静。

"南嘉,那个——"

"你是不是看在我的面子上,所以宁愿砸墙,都没打他。"南嘉一步一个阶梯往下,气场压住了周遭一切,"那你看好了,其实大可不必。"

她抬起手,自上而下,清脆又利落的一巴掌抽在欧阳烨脸上。

周信然愣在那里,想起了"手起刀落"这个词,而欧阳烨被打了,同样一脸惊讶,因为从小到大,姐姐虽然骂过自己多次,却从未真的动过手。

"南嘉,小烨他知道错了,咱们能动口,不动手啊。"周信然反应过来后,要上前阻拦。

"你让开。"南嘉冷冷一句,女王范儿十足。

周信然一边要保持清醒,安抚双方情绪,一边却不自觉拜倒在南嘉脚下。天哪,为什么这个女人连嚣张跋扈都这么有魅力啊。真是静也是景,动也是景啊。

"柴若舒的家属在吗?病人已经醒了。"护士的喊声传进楼道。

欧阳烨反应极快,拨开周信然,从南嘉的身边擦肩而过,往病房而去。南嘉转身,也要去病房,被周信然轻拉住衣袖——

"病房没别人,让他们俩单独聊聊吧。"

"那咱俩就一直待在楼道里?"南嘉瞪了他一眼。

"你就这么不想跟我待在一处吗?"周信然闷闷地问了一句,也没指望南嘉能回答他什么。

南嘉往下走了几步,背脊靠在了墙壁上。她没说话,行动已经给出回答。

周信然有些窃喜,控制不住一直上扬的嘴角。

"我给他发了微信,他没回复,跑得倒快,居然在我前面到了。"南嘉无视他的傻气,自顾自说道。

楼道里有些沉闷,南嘉也只敢将口罩往下拉了一点点,便于呼吸。

周信然一瞬不瞬地看着她:"他是在乎若舒的,我觉得这种在乎似曾相识。"

"哦?"南嘉挑眉看他。

"就跟我一样。"周信然轻咳两声,埋下头,后面的话,不敢看着南嘉说,"如果你生了病,我翻山越岭也要去看你的。"

她确实生了病,他又何止翻山越岭?

楼道里没有别人,他的话发自肺腑,在南嘉心中掀起一重波浪。

(五)

"你醒了。"欧阳烨看到柴若舒睁眼,又喜又愧疚。

柴若舒看到他,又打量了眼四周,反应过来自己在医院。她挣扎着爬起来,正在挂葡萄糖的手背被针扎了一下,立刻疼得她直皱眉,"嘶——"

"你小心一点。"欧阳烨的心脏也仿佛跟着被扎了一下。

她在睡梦中时,就一直皱着眉头,熨斗都熨不平。此时此刻,她的眉头皱得更深了,都是因为他。

"对不起,我知道现在说这些也没意义。但真的对不起,最后一次,我发誓。"欧阳烨竖起两根手指明誓,表情诚恳。

柴若舒喉咙滚了一下,想要说些什么,最终脱口而出的只是一句:"回来就好。"

她声音沙哑,嘴唇干裂,说话时伴着喉咙和太阳穴深处传来的隐隐痛感。

第4章 明日之星

"你快躺下,医生说你发烧了。待会儿,他们还要来给你换消炎的药水。"欧阳烨不敢看柴若舒的眼睛,有些心虚地问她,"你要喝热水吗?我去倒。"

还不等她回答,他便起了身。

等到他龇牙咧嘴把一杯滚烫的水捧回病房时,护士已经来换吊瓶了。

"你真有福气,男朋友这么帅,还这么会照顾人,你瞧瞧,手都烫红了。"护士手脚麻利地干活儿,还不忘调侃柴若舒。

柴若舒忙否认:"他不是我男朋友,只是我朋友的弟弟而已。"

嘶哑的声音,刻意撇清关系的疏离语气。

不知为什么,欧阳烨顿生出了一种被抛弃的钝痛感。

"哎哟,弟弟也没关系的。"护士看了两人一眼,语气暧昧,暗藏了无限可能,最后,她交代欧阳烨,"病人没事儿,别担心,她把这瓶水挂完,观察一夜,明早就可以出院了,回去后要多休息哦。"

"是,谢谢你。"欧阳烨认真地应下来。

护士刚出门,南嘉和周信然就进了门。

柴若舒看到南嘉,又惊又喜,再次想从床上爬起来,却被南嘉几步上前按住。

"小舒子,抗压能力差,是我们家祖传的,给你添堵了。"南嘉立正,按着欧阳烨的腰,两人一起给病床上的柴若舒正正经经鞠躬道歉。

柴若舒慌忙摆手:"哎哎,不至于的。"

"至于的。"南嘉反手攥住欧阳烨的下颌,将左脸朝向柴若舒,"看见红印没?我打的。你要觉得不够,我还可以再打一次。"

"真不至于啊,回来就好。"柴若舒怕南嘉真开打,虽然嗓子仿佛裂了个口子,被盐撒过似的疼,却还是挣扎着要制止南嘉的"暴行"。

欧阳烨仓皇得像只做错了事的小狗,被亲姐拎着,心里嘀咕着:她还真舍得,看来柴若舒是她家人,自己是外边儿捡来凑数的。

"行,小舒子放过你,我就放过你。再有下一次,我打断你的腿。"南嘉恶狠狠地瞪着他。

欧阳烨脖子一缩。他倒不是怕南嘉,也不是怕柴若舒,只是这两个女人,一个身体有病,一个精神有病,他不敢得罪,也实在心中有愧。

"真的不会再有下一次了,我可以写保证书。"欧阳烨信誓旦旦。

他一脸孩子气,又一脸坦率认真,大家都暂且放过了他。

晚上,周信然和南嘉都回了家,将欧阳烨留在医院,欧阳烨也自愿留下陪护。柴若舒睡在病床上,他人蜷缩在陪护床上,脚跷在椅子上,就这么守了柴若舒一夜。

其实凌晨时,两人都没睡着,各自转身时,从月光里看到对方的眼睛。

"这次真是最后一次了,我就是压力太大,听到你宁愿花钱,也不信我的时候,我就泄气了,我不知道我会连累你生病。"他声音低低的。

"慢慢来吧,负面情绪积累多了,总要发泄出来,不然就会跟你姐一样。我太心急了,忽略了你的接受程度。只是,以后我帮你找寻合适的发泄方式,不许再动不动离家出走了,这一招别人初中的时候就玩过了,你怎么能这么幼稚?"柴若舒声音里有不满,有反思,也有理解,只不过一切淡淡的,她好像失去了情绪。

"嗯,不会再有了。"欧阳烨也不知说什么,只是一再保证。

他收到姐姐微信的那一刻,正游荡在热闹的街头。雨幕将他和行人隔绝开,他的脑中空空,心里也空空的。得知柴若舒为了找自己,昏倒在路边,他直往第一医院的方向奔跑,跑到没力气了,才想起要打个车,路上也一直催促司机快开,这才赶在了姐姐前头。

欧阳烨深刻记得自己当时的感受,他怕得要命,怕她受伤,更怕她痛恨自己。

她不知道吧,其实自己比她,还看不起自己呢。

"回到公司,我会请律师拟合同的补充协议,规范你的一些行为。如果你犯了错,就要接受惩罚,可以接受吗?"柴若舒轻声问。

她先前有意给他自由,没承想,竟是害了他,也害了自己,为避免未来不可控的一切因素,她决定公事公办。

"可以接受。"欧阳烨答得轻快。

"好。"柴若舒转过身,将被子拉过肩头。

四月的北京,晚上还很冷,棉被给予了她不多的温暖。

第4章 明日之星

"其实——"欧阳烨端看着她的后脑勺,声音晦涩不明,"我回去过的,凌晨和早上,回去了两次,怕你不吃早餐,冰箱里给你放了三明治和餐包,还有些水果,不知道你吃了没有。"

柴若舒身形一顿,她这些日子从早忙到晚,回家便是洗澡睡觉,哪有空翻冰箱?

这小子竟然回来过?

柴若舒想了想,大约是自己睡得太沉了,对外界事物的感知度为零吧。

她没有接话,装作睡着了。

其实,躺在床上输液的时间里,柴若舒一直在思考一个问题,该如何定义自己和欧阳烨的关系,又或者该如何维持合理的界限感。

她认识他太久了。

从朋友的弟弟,到同居室友,到合作伙伴,再到如今关系竟难以定义的关系。

南嘉从前总拿自己和欧阳烨开玩笑,说自己最后实在找不着对象,就把弟弟送给自己。从前听着这话也不觉得什么,只是如今——

李伯文的学生以为她是他的女朋友,护士也这么以为,连紫姐和吴轩看两人的眼神也充满暧昧。

是全世界误会了吗?应该是两人的世界真的起了一层不明不白的雾气吧。

她也有罪,不曾阻挡雾气蔓延。她的内心深处,多出的隐秘心思,她多次察觉,却不敢细想。若真想明白了,便令她寝食难安。

柴若舒身体康复后,全力投入了工作,似乎是为了避嫌,她要么晚归,要么干脆睡在办公室。

欧阳烨也回到了学校,白天上课,晚上补课。

两人各司其职,维持着隔阂未消、思念又此消彼长的微妙关系。

例如,冰箱里的三明治已经放到变质,柴若舒把它们丢掉的第二天早上,又看到了新鲜的,并且还是手工做出来的,拿保鲜膜封了,是给她的。

柴若舒将三明治放进包内当午饭,晚上回家时,会买酸奶和水果,做成沙拉后放进冰箱，留作欧阳烨的宵夜。次日醒来时，柴若舒看到，盘子光了，也洗干净了，放在原处。

日子就这么一天天过着，转眼，便来到七月。

（六）

欧阳烨的文化分考得并不高，但达到电影学院的录取线了。

这一年的暑假，注定和往年不同。他不能再吃着冰淇淋，看着漫画，打着球，他得参加比赛，在《中国最青春》数万人聚集的海选里脱颖而出。

这是柴若舒教他的："你本身的条件，一定能过海选。但仅仅过海选还不够，你一定要脱颖而出，鹤立鸡群，只有这样，你才能从最开始就拿到绝对的优势。"

海选分了六个赛区，柴若舒提前打探了内幕，把欧阳烨安排进了竞争最小的赛区里，避开和富二代或者各大娱乐公司种子选手的角逐。

这是柴若舒的策略。因为海选不是直播，剪辑后的节目一定挑最好看的呈现，来吸引第一波观众，从而将话题度引爆。

这是个绝佳的机会，若是成功了，大约连第一波的营销费用都省了。

而欧阳烨也没令众人失望，他挑了首陈小华早年的情歌，坐在那儿边弹吉他，边安安静静地把歌唱完。

他原本就长得干净，又挑了首极干净的歌，灯光再一打，将在场所有人的目光都吸引住了。

节目规定才艺表演只给每位选手两分钟的时间，可到了欧阳烨这儿就特殊了起来。三位评委都听他唱完了整首歌，一共三分二十一秒。

"你帮他挑的歌吗？"镜头后，高蔼轻声问柴若舒，并朝她竖起大拇指。

"不是，是——"柴若舒刚想说是李伯文帮挑的，反应过来自己在录制现场，身旁问这个问题的人，也并非和自己多交心，忙话锋一转，"是他自己，他有他的主见。"

第4章 明日之星

"我听得出来,他的声线不错,但技巧缺一些,但是他很聪明,挑了首自己能把控的,这首歌节奏轻快,不会暴露太多气息问题。"高蔼似乎对声乐颇有研究。

"参加比赛,自然要扬长避短的。"柴若舒有一搭没一搭地回答她,注意力全在欧阳烨和评委及现场观众的反应上。

一阵不合时宜的手机铃声响起,是高蔼的电话。

高蔼看到来电显示,便躲去一边接了。

"嗯,好,怎么会这样?我马上就来。"

转过身,她不好意思地冲柴若舒笑道:"领导找我有事儿,我去一下,待会儿午饭不能陪你吃了。"

"没事儿,你忙你的。"柴若舒笑得善解人意,心中却觉奇怪。

高蔼在职场上也算老江湖了,领导的什么事儿能叫她慌成这样?

不过柴若舒也没细想,毕竟和她无关。她目前最重要的事儿,便是陪着欧阳烨在比赛里杀出重围。

很快,欧阳烨顺利晋级,并且不出柴若舒所料,他的样貌气质和临场反应,受到官方关注,他的镜头被重点剪辑,画面被用在了节目前期的宣传上。

网上已经开始有人讨论起欧阳烨。柴若舒在微博或者豆瓣小组打出关键词,能搜到一两页的讨论——

"姐妹们都看《中国最青春》了没?那个穿白T恤,戴鸭舌帽,弹吉他的男生好帅呀。"

"注意到了,注意到了,好奇怪,我觉得他五官明明长得一般啊,但挤在一起,就超好看!"

"他是复姓哎,姓欧阳,名烨。"

"给欧阳烨疯狂打call!"

柴若舒一条条翻看着网友的讨论,唇角泛起微笑。她想要的前期效果已经达到了。

公司内。

"樱子,你写的营销策略我看过了。'欧阳烨一滴泪,天上一颗星'这个话题可以炒,正好他脸上有颗泪痣。但这个话题不适合现在,前期

141

太过火,后面蓄力不足就彻底崩了。"

"黄桥,最近日本有一个男模在 Ins 上很火,叫原田仓介,你关注一下他的穿搭。他和欧阳烨的身形很像,到时候咱们也能营销一波,只是注意区分,不能让别人觉得咱们在故意碰瓷。"

柴若舒双手撑在圆桌上,望着大家,思路清晰地指挥团队做事儿。

"若舒姐,我看了下节目,帅哥还不少呢,咱们目前不做侧重点营销的话,是否也应该加深一下大家对欧阳烨外貌的印象呢?"樱子提出自己的观点。

"你说得对。"柴若舒肯定了她,转过头,冲周信然说道,"信然,这两天给欧阳烨拍一套时尚大片,咱们发通稿营销。"

"行。"周信然记下,顿了顿又问,"风格的话,主打少年感吗?"

"大家喜欢什么,咱们就拍什么。"柴若舒笑了笑。

"那就是少年感了。"周信然了然一笑。

办公室的气氛轻松愉快。

柳紫一般只参与一些重大的决策会议,而吴轩也只负责投钱,很少来公司。公司在创业初期,也没有招人。日常就是柴若舒、周信然,以及南嘉原来团队的两个姑娘,大家一起在办公室拼搏。

"这段时间,辛苦大家了,往后还得更辛苦。我给大家点了奶茶和甜点,大家吃完再干活儿!"柴若舒给大家做出一个打气的动作。

"哇,若舒姐,我在减肥哎。"黄桥半捂着脸,一副求生无门的模样。

"吃完再减。"柴若舒冲她抛了一记"你懂的"的眼神后,走回自己的桌旁,拿起包,就要出门。

"你不和大家一起吃点儿?"周信然替她拉门,关切地问了声。

"不了,去一趟电视台。"柴若舒拍拍他的肩,意思是,办公室内的事情就交给他了,刚走出几步,忽然想起什么,"欧阳烨刚发了微信,说待会儿要过来,你把我们开会说的事情,也跟他说一下,让他心里有个数。"

"这些你不在家里和他说?"周信然忽然笑意暧昧。

柴若舒轻捶了一下他的肩,也没说话,转身往停车场走去。

周信然笑意减淡。欧阳烨出走事件已经过去两个多月,欧阳烨和柴若舒之间的关系仍旧没有修复,多出的这层隔阂,旁人看不出什么,他却是清清楚楚的。

欧阳烨总想弥补,总想靠近。柴若舒公事公办,故意躲闪。

周信然是个男人,大约能看出自己的小舅子对柴若舒生出了不一般的情愫,而柴若舒的心思,他便看不透了。

毕竟,女人心,海底针。

他要是能看透女人,就不至于在南嘉那儿吃多次闭门羹也无果了。若非自己脸皮厚,是不可能挣得如今的局面的——南嘉终于将他当成亲近的朋友了。

周信然想让身边的一切都圆满,为此,他愿意付诸所有热血。可是身边人弯弯绕绕的感情,是他没法插手的。

很多事儿看在眼里,也只能暗叹一声。

(七)

深夜。

电视台的新大楼里,大概三四层都亮着光,看这架势,大约要彻夜亮着。

高蔼和柴若舒说,可以带她提前看看小组赛的录制现场。高蔼今晚的节目要录到十二点半,所以柴若舒是吃了饭,做了个 SPA(水疗),又在楼下喝了一小时咖啡,掐准时间才上楼的。

电梯里只有她一个人,所以上得特别快。

到了高蔼所在的那一层,楼道居然黑漆漆一片,根本不像刚结束一档节目录制的样子。

"Hello?有人吗?"柴若舒只能听到自己的鞋跟在地板上"嗒嗒"行走的声音,心里不免发毛。

她打开手机的手电筒,照着前方的路,凭借记忆,摸索着往高蔼的办公室走去。还没走近,柴若舒就看到走道尽头的房间传出微弱的灯光,伴随窸窣的谈话声。

柴若舒发誓,她没有偷听别人说话的癖好,可当下的气氛实在诡异,

金牌经纪人

她没有上前敲门的勇气。

她蹑手蹑脚地走了几步,在距离办公室一米的地方停了下来。

办公室内传出的声音,是一男一女,男的不知道是谁,女的则是高蔚。

"这不行,我会坐牢的。"

"最多三年,出来后,我给你五百万,再给你注册个公司,你也算熬到头了。"

"这真的不行,哥。我妈会打死我的。"

"你先冷静,回家好好想一下你现在的处境。你妈生病了需要钱对吧?你的家境普通,目前就算你再努力,你也不过是个打工的。你帮了我这一次,我一辈子感激你。给你钱,给你公司,你的人生就此改变了。"

柴若舒心跳渐快。

男人的声音,她听出是谁了。准确地说,大多数老百姓都能听出是谁。这是白云台的台柱子,《铿锵玫瑰》的主持人,一哥邹传雄。

"哥,我知道你对我好。可是这件事儿就不能有别的解决方法了吗?一定要有个人顶包吗?"高蔚的声音里隐约带了哭腔。

"我的处境你又不是不知道,咱们跟着老台长混,可是老台长下台了。新台长只信任沐九章,他们要搞我,我能有什么解决办法?"邹传雄急了。

"当时我劝过哥你,咱们干完最后一单就收手,现在——"

"少马后炮了。给你提成时,你不也很高兴,现在出事了,说这些。"

邹传雄在大家的记忆里,一直是个温文尔雅、情商极高的老好人,没承想私底下这样暴躁。

听他们的对话,似乎是两人合力做了什么,如今东窗事发,邹传雄想拿高蔚顶包,但高蔚不同意。

柴若舒觉得接下来的对话,她不适宜再听下去,于是一步步往后退,不承想,地面太滑,她的鞋跟"跐"了一下,发出尖锐又突兀的一声响。

"谁?"邹传雄警觉地问了一声。

柴若舒慌忙逃离现场到电梯边,当黑暗完全笼罩自己时,她才觉得安全。

第4章 明日之星

高蒿探头探脑地往外面看了一眼,似乎已经猜到了什么,转过身却说:"大概是保洁阿姨吧。"

"还没下班?也够较劲儿的。"邹传雄心烦意乱,根本没仔细过脑,这个点儿了,哪还有什么保洁阿姨在台里。

"哥,我考虑一下,明天给你答复可以吗?"高蒿心里七上八下,急于寻求一个缓冲。

"去吧去吧。"邹传雄也想一个人冷静一下。

高蒿轻手轻脚走出办公室,掩上门,走到电梯口,将手机的灯光冷不丁地打到柴若舒脸上:"我就猜到是你。"

"你吓死我了。"柴若舒拍打胸口,压抑着嗓子,刚刚差一点,她就要叫出声了。

"走。"高蒿按下电梯,将柴若舒拖上来。

电梯内光线明亮,高蒿脸上的不安暴露无遗。

"刚刚,你听到多少?"高蒿问她。

柴若舒望着不断下沉的楼层数字,声音也沉闷得很:"听到你和邹传雄在做交易,他拿利益换你给他顶包。至于什么事儿,没听清。"

电梯到达一层,高蒿拉着她往外走:"我们找个地方说。"

咖啡厅早已打烊,高蒿找了一块花圃,拿纸巾垫在屁股底下,扯着柴若舒坐下,指着自己一字一顿道:"我,要坐牢了。"

柴若舒沉默着,接下来的话,高蒿愿意说就说,不愿意说,她也不想知道太多。

高蒿顿了顿,从包里摸出根烟点着,才抽了一口,烟便掉了,她的手一直在抖。大约是憋疯了,急于找一个人倾诉,柴若舒就是这个撞上来的最佳人选。

"邹传雄平日里一直在利用拉广告的机会吃回扣,一开始只是小打小闹,后来干脆在外头开了一家皮包公司,利用自己在台里的地位,以及和台里的特殊关系,从台里高价接单,然后再把这些活儿低价派出去,自己当中间商赚差价。"

"他是老台长一手栽培起来的人,老台长对这些事情睁一只眼闭一只眼。现在新台长上台,想要立威,就要先铲除旧势力。邹传雄的对家把这些事儿告诉了新台长,现在新台长抓住证据,要一查到底。"

"我刚来电视台时,没有背景,没有经验,老被欺负。邹传雄替我说过好话,后来还认我做干妹妹,对我一直挺好的。我替他做事,他给我一些抽成,我也赚了一些钱。现在,他想让我帮他揽下这些事,说给我请最好的律师打官司,最多三年。出来后,房子、车子、钱,都给我,还给我注册公司。"

"若舒,你觉得我值当吗?"

高藅抓住柴若舒,想要寻求一个答案,可柴若舒皱眉,并不吱声。

"你也不想管我这些破事吧,我明白。这档子事儿吧,谁都不想挨。可是我妈生病了,我需要钱,你明白吗?我需要好多钱!"高藅有些抑制不住情绪,提及妈妈时,情绪就更收不住了。

柴若舒终于开口:"你如果是打定主意,为了钱去坐牢,现在纠结这么多,无非想要一个坚定的理由来说服你自己。"

高藅被揭穿想法,有些羞恼:"我不这么做,我也逃脱不开,邹哥会拉着我共存亡,到时候更是什么都得不到。"

柴若舒凉凉地看了她一眼:"对啊,要么死,要么一起死,你就没想过,拼一条活路出来吗?"

高藅脸色一变。

"丢车保帅,弃暗投明。"柴若舒轻声道。

高藅后背起了一层细细密密的鸡皮疙瘩,她望了柴若舒一眼,那样一张与世无争的清秀面庞,原也不过是面具,竟想到了自己没想过的,或者说,根本不敢想的。

"你跟了邹传雄这么多年,手上的证据不少吧,抓紧时间向新台长投诚吧,也许会被人质疑用心,也许会被人鄙视,但这些还重要吗?拿证据换一笔钱,换你自己逃出生天,这样才值当。"柴若舒干脆挑明了说。

"柴若舒,我发现,我好像一直挺不了解你的。"高藅忽然笑了,后来像是想明白什么,"也对,不声不响能在圈内屹立不倒也是本事,你怎么会简单呢?"

这一句是褒奖,在柴若舒听来,却不那么舒服。

其实,按照她的处事原则来说,人不犯我我不犯人。就算人犯了我,不被逼到走投无路,她也习惯于留一线。紧要关头,出卖多年来的"合作伙伴",换荣华富贵,说起来,做法确实令人不齿,但也是"合作伙伴"逼迫在先。蜥蜴尚且懂得断尾求生,人为了自保,这么做也算不上卑鄙。

"我也有自己的考量。"柴若舒凝视着高蔼双眼,仿佛在凝视深渊。

"欧阳烨。"高蔼点破柴若舒所想。

"如果台里能有实质性的帮助,那么看不看舞台布置,也没什么大不了的。"柴若舒若有所思道。

"成,我要是没事儿,你的事情,我帮定了。"高蔼应得干脆。

"时候不早了,我先走了。"柴若舒起身向她道别。

"慢一点儿,我们下次见。"高蔼的声音比刚刚在电梯里要轻松许多,透着一股柳暗花明的愉悦。

柴若舒去取车,停车场的灯不知是不是坏了,一闪一闪的,令人心慌,催生出了柴若舒心中的鬼。

她找到车,坐上去,后背贴到椅背时,才惊觉自己出了一身汗,浑身上下虚透了。

"不声不响能在圈内屹立不倒也是本事,你怎么会简单呢?"耳边又响起高蔼的话。

柴若舒取了身边的水喝了几口,天气炎热,冰块儿早就融化干净了,所以造成中午倒的水,反而现在越喝越多的错觉。定了定神,柴若舒将车驶出。

今夜月黑风高,一颗星星也没有。老人常说,这是大雨将至的信号。

既入了夏日,便要习惯暴风雨常来。

(八)

《中国最青春》小组赛现场,欧阳烨发挥稳定。

陈小华年轻时曾经创作过一首歌,叫作《慕少年》,欧阳烨将浅蓝色衬衫和菱格毛衣叠穿,轻松完成这首歌的演绎,完整复刻二十年前的复古学院风。

小组赛中不乏出挑的人,声线实力出众的音乐科班出身选手,相貌有如雕塑的混血儿,街舞大赛全国总冠军也来凑热闹,偏偏就欧阳烨干干净净的气质出了圈。

"看来,大家吃惯了鸡鸭鱼肉,乍一看到清新小白菜,都很喜欢。"柴若舒在台下,笑着和周信然说。

这段时间,周信然亲自操刀,在办公室为欧阳烨拍了几个系列的时尚大片,一经发稿,引起业界一致好评。

业内外都开始关注欧阳烨这颗冉冉向上的新星了,这是个好苗头。

"就怕大家还是觉得寡淡了。"周信然攥着下巴,细细揣摩着,"给他拍的照片都是一个风格,会不会反而把他的路子限制死了?"

"慢慢来吧,我们可以根据粉丝的喜好做调整,小烨可塑性还是很强的。"柴若舒很自信。

"就怕最后别人说我们媚粉。"周信然调侃地笑道。

"那也是后面的事儿了,首先得有粉可媚。我带过这么多艺人,不怕出事儿,就怕没事儿可出。安静,永远是最吓人的。"柴若舒笑得沉着,气场强大。

周信然端看柴若舒的侧脸,不知是不是近日里连轴转导致她消瘦的原因,她的面部轮廓越发尖锐。若是眼镜起了雾气,朦朦胧胧望过去,还以为是一把刀子。

他早就察觉了,柴若舒与自己的心上人南嘉,拥有完全相反的人格。南嘉看着攻击力十足,实则脆弱透了。柴若舒看着柔柔弱弱,实则顽强如野草。

每每端看柴若舒一次,周信然便对自己的判断更坚定一次。

到了 PK 环节。

小组赛的规则是这样的,场上三十名选手按照编号分为五组,每组六人,每组每人按编号依次进行演唱。每组演唱完毕后,评委进行点评并直接宣布结果,每组至多只有一人可直接晋级二十强,待定、淘汰人数则不限。

剩下的待定选手,按照场外微博粉丝数由高到低排序,最高者任意挑选其他选手中的一位和自己 PK,若是 PK 成功,可由评委宣布进入安全区,PK 失败则直接淘汰。

欧阳烨在的小组有一个关系户,并且是个唱跳能力俱佳的男孩儿,叫卢管浩,上海富二代,高蔺之前给自己看过他的照片。他能直接晋级,柴若舒一点也不意外。

海选时避开了这些种子选手,小组赛提前遇到,那也是命中注定。

目前,欧阳烨的微博粉丝数遥遥领先于其他人,所以他被主持人请到了 PK 台上,要挑选自己的对手。

舞台下。

"打光,快,二号机位。"

几个工作人员扛着机器匆匆跑过。

欧阳烨的脸在镜头里给出了特写。按照常规剧本,他这时应当有一些微表情,忐忑或者纠结。

这个环节是小组赛机制里的最大看点,其实便是放大人性阴暗面。

人人都想晋级,所以优先拿到挑选权的选手想要进入安全区,直接挑一个最弱的下手便是。可是这么做,落在观众眼里,便是太要强、心机太重的表现,反而会激起观众对弱者的怜悯。可若是挑一个和自己实力不相上下的选手,便又是一场恶战。

"你猜他选谁?"周信然突然很好奇柴若舒的判断。

"我猜他会傻不拉唧地选潘一泽。"柴若舒想也没想,直接给出答案。

果不其然,欧阳烨并没有配合节目组表演过多犹豫的镜头,将紧张刺激感拉足,而是非常干脆地做出抉择:"我选七号,潘一泽。"

全场响起欢呼声和口哨声,大约是觉得欧阳烨够种。

"你怎么知道?"周信然惊了。

这两人难不成真是心有灵犀一点通?

柴若舒唇角泛起一丝嘲弄的笑容:"少年意气,有什么难猜的。"

周信然立刻明白了。其实欧阳烨根本没想那么多,比如网友过度解读的关于他要保护队友,所以宁可牺牲自己,找上音乐学院科班出身的去 PK。他单纯年轻好胜,就爱挑战高难度。

"他这样可不行,你可要给他说说,比赛是比赛,不能靠蛮力,要有些技巧。"周信然说道。

"让他吃吃苦头,就能成长了。"柴若舒淡定自若,看也不看,找了个离自己最近的道具箱就坐下了。

"哎哎,女人不能坐这上面。"一个不知从哪儿蹿出来的工作人员拍拍她的肩。

柴若舒看了眼他,反应过来,霎时起身,连说了三声"对不起"。

待他把箱子搬走后,周信然奇怪地问她:"坐个箱子怎么了?里面藏了什么绝世珍宝吗?"

"你在国外待得久,不知道国内圈子里的规矩。道具箱女人不能坐,比较晦气。电视台还好,剧组更忌讳。刚刚那大哥,估计剧组出身。"柴若舒解释道。

"什么晦气不晦气,这帮人也太迷信了吧。"周信然第一次听说这个规矩。

柴若舒笑了笑,她早就习惯了。

从小组赛开始,便是直播了。因为录制不能中断,所以工作人员布置舞台,镜头便也落到了站在一旁等待PK的选手身上,他们的互动和表现落在网友眼里,又是新一轮解读。

众人在台下等得百无聊赖,演播厅外突然传来一声尖叫。

"什么声音?"大家的注意力被吸引过去,但很快,台上一切准备就绪时,观众们又将外头的动静瞬间抛掷脑后。

"你看着,我出去一下。"柴若舒和周信然说道。

"好。"周信然点头。

柴若舒轻手轻脚地走出去,往声音的源头寻摸。刚刚那声尖叫,如果没有听错,是高蓠的。

自从那夜和高蓠达成某种默契后,柴若舒便很关心她的事情。

演播厅的尽头是楼道,昏暗阴沉,除了保洁阿姨和几个抽烟很凶的工作人员,很少有人来这儿。

高蓠捂着脸,蹲在地上哭。

"怎么了?你刚刚叫什么?"柴若舒陪她一起蹲下。

高蓠抬头,柴若舒吓了一跳。

第4章 明日之星

她巴掌大的脸上,半面都是瘀青。再往下看,脖子也是。种种迹象显示,她被人打过。刚刚发出的尖叫,大概是挣扎,或者求救的声音。

柴若舒觉得匪夷所思,谁会胆子那么大,光天化日在电视台打人?她其实想到了是谁,可是又觉得那人不至于抛了脸面做这种事。

可是,在高蓠恐惧惊慌的眼神里,柴若舒找到了答案。

"真是邹传雄?"她压低嗓子问。

高蓠点头。

柴若舒坐下来,怔愣片刻,问她:"他想做什么?"

"和我同归于尽。"高蓠低声道。

柴若舒能感受到她的身体在颤抖,于是握住她的手,试图给她些力量。

"你有他的把柄吧,不管是什么,最好是能给他致命一击的。"柴若舒说道。

高蓠望向她,思索片刻:"我有,不但有他吃回扣的证据,还有他出轨的证据。"

柴若舒眉心一跳。

看来,有关邹传雄的传闻都是真的。看起来,他德艺双馨,同时还是个儿女双全、家庭美满的好爸爸、好丈夫,其实私底下玩得很花,荤素不忌。

"把这些都交给新台长,让他庇护你。但不要一次性交出去,你们之间可以达成一种协议,条件由你来开。"柴若舒说。

"这些我都有想过,但还是觉得不够稳妥。"高蓠声音幽幽的,"我也怕刺激邹传雄,我便也罢了,怕他回头报复我身边的人。"

"怕这怕那,你会两面受夹击。历来一朝天子一朝臣,新台长对台里的旧势力也讨厌得很,你如果能帮他连根拔起,他一定会感谢你。如果是怕他对你有所忌讳,你可以主动把自己的把柄递到他手里,让他高枕无忧。"柴若舒又道。

高蓠望向柴若舒,默默抽回手。

其实,柴若舒说的这些,她都有想过,只是,需要一个人以旁观者的身份再说给她听一遍。

终于，她一甩短发，眼底神色坚定许多。

"台里刚买了《生活的秘境》的版权，正在本土化中。程之道的档期已经敲定，其他艺人也正在谈，到时候还需要两个新人来抬轿。虽然镜头不多，但这档综艺制作精良，启用的演员阵容很豪华，必定能火。这档综艺的导演是我。"

柴若舒听出了高蓠话里的意思，两个聪明女人谈话，一点便透。

"那就先谢过你了。"

"若舒。"高蓠喊住打算起身离开的柴若舒，"以后欧阳烨出道了，也算咱们台的娘家人了，他会站在我这边吧？"

柴若舒一愣，她不太明白高蓠让欧阳烨站在她这一边是什么意思。艺人即便客串主持，也总归不是台里人。欧阳烨正式出道后，会签分约给平台，但也和电视台关联不大。

"我们都支持你。"柴若舒还是很快给出了反应。

她口中的"支持"，也没说支持什么。就像高蓠画了一个大饼，但没给出什么具体承诺一样。

柴若舒只信合同，这是她从业多年来行事的唯一准则。

无意间偷听到一个秘密，一脚踏入深浅未知的沼泽。柴若舒已经想要后退，她并不想沾染一身泥。别到时候好处没捞着，反而自己陷了进去。

柴若舒回到演播厅，周信然拉住她，一脸兴奋："我们小烨赢了！"

"真的？"柴若舒也跟着眉开眼笑。

毕竟，她回来的时候，已经做好欧阳烨被直接淘汰，等待复活赛的心理准备。没想到他居然能赢过潘一泽这样的大主唱。

意料之外，自然万分欣喜。

台下，周信然给柴若舒讲述刚刚比赛的事儿，据说欧阳烨心态很稳，发挥也很稳，一首青春洋溢的歌，让整个演播厅都轻松欢快了起来。相反，潘一泽选了一首难度系数极高的情歌，那首歌高潮部分有七个转音，他没发挥好，竟破了音。

台上，潘一泽落泪，欧阳烨大概是出于安慰的心态去拥抱他，没承想，他面对镜头，哭得更伤心了。大约是没想着自己会发挥失常，也明白凭借自己并不出挑的长相和稀疏的人气,是无法被复活的。

跟舞台告别,下一个机会还不知在哪里。这确实让人伤心。

(九)

这一场小组赛结束后,所有进入二十强的选手必须住在电视台给他们准备好的宿舍里,并接受一天二十四小时的录制。最后,这些珍贵的影像将剪辑成真人秀在腾龙平台播出,或作为插播在节目中间的花絮。

送欧阳烨进宿舍的是周信然。长时间并肩作战,再加上欧阳烨看到了周信然在工作上的专业程度后,对周信然的态度改变不少。

这个男人,似乎有两把刷子,勉勉强强有当自己姐夫的资格吧。

"信然哥。"欧阳烨找了个僻静的角落,伸手问周信然要烟。

"这我可不能给你。第一,这里到处是摄像头,被拍到你抽烟,以后就是个黑点。第二,烟熏坏了你的嗓子,还怎么唱歌呢?"周信然直接拒绝了他。

欧阳烨觉得扫兴,在心底将对他升起的好感又默默扣掉一些。

"她最近很忙吗?"欧阳烨要烟不成,又莫名其妙地问出这一句。

"谁?"周信然脱口反问后,忽然反应过来,笑道,"你说若舒吗?确实很忙。"

"怪不得不来送我。"欧阳烨低声嘀咕道。

周信然一愣。

柴若舒不来送他,恐怕不是因为忙,而是自己内心的疙瘩未完全解开,不想面对他吧。只是,这话不能如实和他说。

"你很想她?"周信然笑道。

欧阳烨蓦地抬头:"谁想她了!"

说完这句,他也意识到自己反应过度,又将脸转向一边的窗子:"她不是我经纪人吗?我们总该聊点工作。"

周信然忽然大笑,暗道,少年就是少年,嘴上说着似是而非的话,心事却全都摆在脸上了。

他看出端倪,却没点破,反而哄着他:"你如果能进入决赛,她就来宿舍看你。"

"真的?她说的?"欧阳烨有些不信,可下一秒又忽然被注入氧气,"那我加油!"

周信然从包里拿出一只手机,递给欧阳烨:"你们的手机会被没收,这只给你发微信、打游戏用,藏好了,别被发现。"

欧阳烨眼前一亮,忙将手机放入口袋。

在他心里,刚刚被扣掉的一些印象分,又默默升了上来。

"哎,你打算什么时候再去看我姐啊?"欧阳烨忽然关心起他来。

"忙过这一阵子,下下周吧。你姐该放暑假了,我想陪她旅行散散心。"周信然提起南嘉,表情变得格外柔软。

"去哪里?"欧阳烨接着问。

"没想好,澳洲?那儿人少,有利于她的病情恢复。我们一起海钓、浮潜,都是不错的选择。当然了,提前是,你姐肯跟我一起去。"周信然很随意地和欧阳烨谈起自己的初步计划。

周信然早将欧阳烨当成自己的小舅子了,而欧阳烨也逐渐放下心防,慢慢接纳周信然。

角落里,白炽灯的灯光昏黄,制造出温情的气氛。

两人分开后,周信然给南嘉发消息,汇报欧阳烨私下里的近况。而欧阳烨也拖着行李箱,往宿舍而去。

因为直播的缘故,电视台给选手安排的宿舍堪比五星酒店,服务设施一应俱全,只是,因为镜头要记录他们的群居生活,所以一个宿舍安排了四个床位,基本和大学宿舍的规模一样。

这也算是提前体验大学生活了。欧阳烨暗道。

他是第三个到的,其他两名选手他都认识,卢管浩和言姜。一个不好好比赛,就要回家继承家业的上海富二代;另一个则是个山西煤老板的儿子,交朋友从来不看有钱没钱,反正都没他有钱。

三个人互相打了招呼。言姜性格活泼些,一上来就勾肩搭背,跟谁都自来熟。卢管浩性格拘谨些,虽然礼貌,但并不喜欢和别人太过亲近。

卢管浩因为有洁癖,选了上铺。言姜直接把行李放在了下铺。欧阳烨也爱干净，便挑了另一张上铺。

三个人将自己的行李收拾大半后，门被推开，宿舍迎来了第四位选手——郑利康。这是一位中法混血儿，在节目中，因其强壮的体魄和雕塑般立体的颜值，吸引了一帮迷妹。

在镜头前，四个人的初次"触电"圆满。

只是，人人都是独立的个体，尤其是这些个人条件出色、被一路捧着长大的男孩子，个个以自我为中心。装友善跟随和，装一天可以，超过三天了，狐狸尾巴就得露出来。

节目组深知人性弱点，所以才将他们安排在同一屋檐下，为的就是捕捉矛盾和冲突，制造话题，赚流量。剪辑上，有些选手不愿意自己的缺点被放大到观众面前，就会请求背后资本下场，或是请后台从中周旋，节目组借此再收割好处，怎么都是稳赚不赔的买卖。

这一天，四个男生去舞蹈室排舞。

因为基础差距大，有现代舞基础的郑利康总能最快记住舞蹈动作，做得也最标准，其次是欧阳烨和言姜，卢管浩因为从未接触过舞蹈，且天生肢体不协调，每次学新的舞蹈，都显得格外费劲儿。

一开始，三个男生还能耐心地安慰卢管浩，陪着他一遍一遍练，可渐渐地，言姜便失去了耐心。

他附在欧阳烨耳边，小声地撺掇他："你去问问老师，我们先学完的，能不能先回去？"

"你自己怎么不去？"欧阳烨反问。

"她最喜欢你嘛。"言姜指了指舞蹈老师。

节目从播出之初就登上热搜，一直到现在，仍居热搜榜前三位。网上关于选手之间的讨论也愈发热烈，掀起了一股全民追星热。

欧阳烨相貌清俊，气质干净，被大家公认为"全民校草"，人气高居不下，连教选手的舞蹈老师，也被人觉察出偏爱欧阳烨多一些。

"我不去，要去你去。"欧阳烨直接拒绝了他。

虽说，欧阳烨情商不太高，但他也知道，选手们的一举一动都在镜头的监视下，无心之举都会被放大为过错，更何况这种抛下队友、我行我素的做法呢！

既然要成团,团队意识很重要。

言姜被果断拒绝后,脸色不太好。他跑到另一边,和郑利康说起了什么。郑利康正在喝水,抬头看了一眼欧阳烨,又转过头继续喝水。

这一幕被镜头记录,次日被完完整整放上平台。平台引导话题,让大家猜测,欧阳烨到底说了什么,言姜才会脸色大变。

网友的反应一开始还算正常,给出了不少有趣的解读。慢慢地,欧阳烨的粉丝下场控评,不但和言姜的粉丝撕成一团,还跟路人也掐起架来。

事情慢慢闹大,竟然上了热搜。

柴若舒注意到了这件事,她给樱子打电话:"欧阳烨现在的粉丝后援会是谁在管理?你去联系一下,最好是能拿过来让我们统一来负责。"

樱子早已看到网上的闹剧,明白老板的一片苦心,她也先于柴若舒联系到了欧阳烨全国粉丝后援会的管理,发现不过是个职业艺术学校的学生,还不满十八岁。

小姑娘爱起一个人来,炙热狂烈,恨不能把心挖出来献给对方。可姑娘年纪小,缺少社会阅历,总觉得真正爱一个人,是要跟全世界为敌的。偏偏姑娘"统领"的粉丝们,年纪比姑娘还小,极其容易被煽动,所以就造成了现在的局面。

她先是将自己知道的告诉柴若舒,然后继续说:"我做了个统计,发现小烨的粉丝群体,年纪在14—20岁的居多。这类粉丝的特点就是热情,但不稳定。还有一点,这些粉丝虽然在网上挺活跃,小烨目前的话题度都是被她们引起来的,但后期小烨的商业代言要看实际购买数据,她们能帮上的忙就不多了。"

虽说现在的小孩儿,手上零用钱都不少,但跟已经工作、经济自由的成年人还是无法相比较。

"你擅长跟这种小女孩儿打交道吗?"柴若舒又问。

樱子知道老板的意思,立刻接话:"我试一试。"

另一边。

欧阳烨受到了集体孤立。

带头孤立他的人,是言姜。他采用的办法也很简单,给郑利康、卢管浩送礼物,直接忽略了欧阳烨。郑利康和卢管浩虽然家里都不缺钱,但面对如此大手笔的礼物,还是心动的。他们俩见言姜不喜欢欧阳烨,慢慢地,也疏远了他。

镜头后,三人成行,总是聚在一起说说笑笑,在欧阳烨进门的刹那,说笑戛然而止。镜头前,虽然要装作一副"兄弟情深"的模样,但关系的亲疏装不出来,眼尖的网友也逐渐看出端倪。

欧阳烨才发觉,言姜这个人,表面上看起来大大咧咧,其实心眼儿很小。你只要得罪过他,他便能记很久。

粉丝们察觉出这三个室友孤立欧阳烨后,原本只是攻击言姜一人,现在开始攻击起整个寝室。

欧阳烨的粉丝群体年纪小,基数大,骂起人来又狠又毒。樱子先前联系了粉丝后援会会长,和那姑娘聊了一个多小时,姑娘就是不同意让出这个会长的位置。樱子又在微博超话中找到一个思维清晰,又有些号召力的大粉,发现该大粉是个家境富裕、自己开花店的熟龄女性,于是鼓动她召集些跟她相同水准的粉丝,形成另一个派别,压一压这些小姑娘,给这件事降降温。

但显然——

效果不明显。

樱子这头忙得焦头烂额,还没想出什么良策时,欧阳烨那头就出事了。

(十)

出事的缘由是,郑利康被挖出学历造假,而一手挖掘这个黑料的,是欧阳烨海外留学的粉丝。郑利康由一个顶着名牌大学光环的天之骄子,一夜之间沦落到人人嘲讽。

这一日。

欧阳烨洗完澡,刚出卫生间,就看到三个男生挤在一起盯着郑利康的手机。

"嘻嘻,我看过,身材真不错。"

"不是说不是南嘉吗?这事澄清过。"

"女明星洗白那一套说辞,你也信?她要是没做亏心事,她退圈干吗?"

欧阳烨大脑"嗡嗡"作响,他已经知道他们在看什么了。虽然,那视频并不是姐姐,但他还是介意别人边看视频,边意淫姐姐。

"你们在干吗?"他将洗漱用品往地上一扔,语气很冲。

三人抬起头来看他。

郑利康摇了摇手机,一脸痞笑:"看点男人应该看的东西啊,要不要一起?"

言姜唇角似笑非笑:"这是他姐姐,从小到大肯定偷看不少。"

卢管浩没说话,但也跟着笑。

柴若舒送自己来比赛时,故意隐瞒了自己是南嘉弟弟这件事儿。可眼下,他们知道了,他们什么都知道了,而且他们现在看这个视频,说这些话,是故意的。

欧阳烨感觉一股血气上涌到头顶。

"把视频删了!"他怒瞪向他们。

"凭什么?你说删就删啊!你怎么不让你那些母狗粉丝把评论删了呢!"郑利康站起来,和欧阳烨对怆,丝毫不落下风。

郑利康先侮辱自己的姐姐,后侮辱自己的粉丝。欧阳烨忍无可忍,冲上去扑打郑利康。卢管浩要劝架,言姜朝他摇了摇头,嘴角往摄像头那里努了努。

摄像头此刻是关着的,言姜悄悄走过去打开了它。

这两人出了事,获利的不就是自己吗?

郑利康看着常年健身,肌肉发达,却是个绣花枕头,根本打不过欧阳烨。当他被欧阳烨骑在身下揍时,原本打算还手,看到言姜打开摄像头后,开始抱头不还手。

于是,从镜头里看到的场景,便是欧阳烨在欺负人。

事后,男生们集体向平台举报,说欧阳烨有暴力倾向。节目组看了视频监控,果真如此。一方面碍于事实,另一方面也迫于这三个男生背后的势力,节目组连夜商讨起处理欧阳烨的办法。

柴若舒从节目组口中得知此事后,立刻赶往现场。

欧阳烨没想到这么些日子以来,再见到柴若舒会是这样的局面。

"你跟我来。"她严肃地将他叫到楼道无人角落。

欧阳烨靠在墙上,不敢和她对视,就只能看着地面。地面刚被保洁打扫过,所以即便之前积了再厚重的尘埃,现在都看不见了。

"怎么回事?"柴若舒靠在拐角扶手上,问他。

"你不是都知道了才来的吗?"欧阳烨低声嘀咕道。

"我要听你的版本。"柴若舒淡淡地说。

之前刚接到节目组的电话时,柴若舒的心情火急火燎,当看到欧阳烨后,她反而气定神闲了许多。

可能是因为路上想开了。这家伙闯过的祸够多了,如果自己想不开,恐怕早被他气死了。

"他们聚在一起看我姐之前流出来的假视频,还侮辱她。我受不了,所以动手了,就这么简单。"欧阳烨说道。

柴若舒倒不感到意外,因为她能感觉出,欧阳烨比之从前,其实成熟了不少,能激到他不顾镜头出手打人的,大概也只能是南嘉的事儿。

"他们怎么知道你姐是南嘉的?"柴若舒又问。

"不知道。"欧阳烨站姿松垮不少,一手挠头,有些不耐烦。

柴若舒想了一想,没有过多纠结这个问题。

"你跟那三个小孩儿,一直都这么不和吗?"她再问。

"刚住进来时还好。后来——"欧阳烨想到了练舞那天发生的事,"有次我们在陪卢管浩练舞,言姜不想等,让我去跟老师说,我直接拒绝了他。后来,他就不大跟我说话了。"

柴若舒心中明镜似的,叹了口气,伸手去拉欧阳烨的胳膊:"走吧。"

两人回去后,柴若舒带着欧阳烨给节目组及郑利康鞠躬道歉。

"给节目组添麻烦了,真是十分抱歉。"

"小烨的脾气不好,说话做事都冲动。你不要跟他一般计较。你今天被打受伤,该赔多少钱,我们和你的公司商议后都会照赔。你如果还不解气,可以打回来。"

柴若舒一把将欧阳烨推到他跟前。

郑利康当着众人的面，肯定不能真的打回来。只是，他心里的气没处撒，于是说话夹枪带棒的。

"他没素质，不代表我没有，我是不可能动手的。这事就这么算了，钱嘛，也不要了，又不是谁都跟你们一样缺钱的。"郑利康不屑的目光打在欧阳烨脸上，这种"原谅"真的比打他一顿还叫他难受。

"谢谢你的不计较。"柴若舒温软地笑着，转身又沉着脸冲欧阳烨道："来给郑利康道歉。"

欧阳烨耷拉着脸，硬着头皮给郑利康道歉："是我不对，你别往心里去。"

虽然欧阳烨的道歉，比之柴若舒来，生硬了许多，但郑利康的面子找补回来了，心里舒坦许多，何况，还有这么多工作人员看着，也不好让大家觉得自己太过小心眼儿，郑利康便也就接受了欧阳烨的道歉，没再说什么难听的话。

事后，柴若舒把欧阳烨带出去吃饭。

她挑了欧阳烨喜欢的一家火锅店，点的也都是欧阳烨喜欢的食材。

"除了别吃太辣的，其他的放肆吃吧，偶尔放肆一下也没什么。"柴若舒拧开一瓶椰汁，给他倒了一杯。

欧阳烨望着柴若舒若无其事的样子，心中郁郁，拿起筷子，将一块已经烫卷了的毛肚涮了又涮。

"你心里不服。"柴若舒吃了一块羊肉，停下来说道。

"我道歉，是不希望你难堪，而不是我真的错了。"欧阳烨倔强地望着她说道。

柴若舒一顿，她心里仿佛有些明白，欧阳烨这浑小子究竟是哪里吸引自己了，应该是他身上有和自己相似的"较真儿"劲儿。

很多时候，她也在很多事情上力求一个真相，讨要一个说法。纵然最后，她被教训得很惨，但仍不改初心。

不过，她不打算让欧阳烨也和自己似的，她想让他少吃些苦头。

"错不错的，有那么重要吗？娱乐圈不是一个讲理的地方，它是一个拜高踩低的地方。在你还没攀上高峰前，要么忍，要么滚。"柴若舒淡淡地说道。

意料之外的,欧阳烨没有顶嘴,也没有说话。他开始大口吃肉,大口喝水,带着一股狠劲儿。

"怎么不说话?"柴若舒似乎不适应这种沉默。

"我好久没见你了,很珍惜和你吃饭的时间,不想吵架。"欧阳烨低声道。

柴若舒一愣。

往后的日子里,欧阳烨一直很沉默,虽然他平日里已经够沉默了。无论那三个男生如何暗地里欺侮他,他都不作声,只是避开他们的锋芒。

因为欧阳烨人气很高,再加上他也做了让步,所以节目组将他打人的视频剪掉了,后期播出来的片段,虽然能看出几个男生之间有矛盾,但也没有证据证实什么。

(十一)

《中国最青春》的决赛环节中,欧阳烨先后将对手PK出局,拿下第三名,得到成团的出道机会。

"不对呀,小烨微博话题榜热度,还有各类粉丝数据都是第一,怎么到了台上成第三了呢?最后的出道名次难道不是按照人气来排吗?"樱子看着平板电脑上的数据,满脸存疑,和一旁的柴若舒说道。

"我看看。"柴若舒拿过电脑,看着看着,面色也凝固了。

她若有所思地看着台上,第一名是白云台新台长的侄子,唱跳俱佳,相貌人品都没得说,虽然人气比欧阳烨略低一点儿,但也实至名归,第二名则是言姜,他的水平就远不如欧阳烨了,这就是妥妥的黑幕。

台上,欧阳烨笑得有些勉强,但还是给言姜及第一名道了喜,并拥抱了他们,最后站在他们身边,沦为陪衬。

"你把这些数据都截图保存,做成PDF发给我。"柴若舒声音沉沉地说。

"好,很快。"樱子应道,手指已飞速在键盘上敲击。

柴若舒望着台上,眉头紧皱,这一刻,没人知道她在想什么。

这些天,关于主持人邹传雄和台里一年轻实习生搂搂抱抱的照片传出,引起轩然大波。第一,邹传雄是已婚身份;第二,他搂抱的实习生是男生;第三,邹传雄的形象一直都是正面阳光的。

随着这些照片的曝光,邹传雄的虚伪面目被一层层扒了下来,"老好人"的形象一夜之间有如冰山崩塌。

目前,他主持的综艺节目没有被撤,但中秋晚会上已经没有他了。据说,是上面的意思,怕影响不好。其实,明眼人都看得出来,这是新台长在背后推波助澜,要不然,谁敢在太岁头上动土?

节目还没录完,樱子这个小快手已经把数据报告交给了柴若舒。

柴若舒拿着这份报告,找上了高蓠。

"哎,我也正打算找你呢,台长想见见你。"高蓠脸上和脖子上被殴打的痕迹就算抹了厚厚的粉底,也不能完全遮盖,但她的精神状态还不错,和前几日萧条困顿的样子比简直判若两人。

那日被当众殴打,她大约一方面觉得委屈害怕,另一方面觉得丢人。如今,始作俑者邹传雄渐渐式微,她有了后台,同事们也慢慢看出端倪,态度由最初背地里说她闲话,到现在开始捧着她。于是,她变得容光焕发。

"那件事解决了?"柴若舒边走边问。

高蓠脚步一顿,不确定柴若舒口中的"那件事"是指的哪件事,不过她还是回道:"他投鼠忌器,不敢惹我。反正我一个小喽啰,光脚的不怕穿鞋的,能跟他这个大佬一起下地狱,也不算白过了。若舒,你说得对,有时候人要赌一把,不能被人牵着鼻子走。"

柴若舒一愣,她最多点拨了她几句,可没说过这句话。高蓠能抽身,乃至于反击,是她自己的造化。

两人聊着聊着,就到了台长的办公室。

新台长姓秦,戴着一副眼镜,比较年轻,看着不过四十来岁。柴若舒也听说了,上头有意让领导班子年轻化,说是能让整个行业更富有朝气,更具有开拓精神。

"秦台长好。"柴若舒规规矩矩地打招呼。

第 4 章　明日之星

"坐。"秦台长讲话斯斯文文的。

泡好的两杯热茶已经在桌上，高蔼和台长助理都悄然离开办公室，并带上门。

秦台长将眼镜摘下，擦了擦上面的雾气，开口道："你和小蔼差不多大，就自己开公司了，现在的女孩子还真是优秀得让人刮目相看。"

"台长过奖了，我只是做些力所能及的事而已，论优秀，北京这个地方比我优秀的人多了去了。"柴若舒不卑不亢，手捧热茶，静静等着他接下来的话。

"你的公司只做艺人经纪这一块吗？还投资影视吗？"他突然问。

"暂时还没有涉及这个版块。"柴若舒如实回道。

"那后面我们可以合作看看。"秦台长慢条斯理地说道。

柴若舒怔了好一会儿，她一开始并不理解秦台长为什么会跟自己一个素未谋面的人谈这么重要的合作。

秦台长似乎看出她的疑虑，开口说："我有一笔钱在境外，用来投资拍电影很好。"

柴若舒并不愚钝，很快就明白过来，自己这是遇上洗钱的了。

这倒也不是什么罕见的事，只是，听说的多，实际碰上的少。一些来路不明的脏钱，在境外的地下钱庄走一走，再投资个境内的电影，名利兼收。

秦台长为什么找上自己，柴若舒这时才想明白了。

高蔼策反，秦台长定然好奇她思维转变的原因，也许高蔼已经将自己出卖了。秦台长大约觉得自己做事不择手段，洗钱一事找上自己也不足为奇了。只是，他的话四两拨千斤，令人捉不到一点错处，大约也只是试探自己一下。如果自己不肯，或者不靠谱，他也能迅速圆回来。

老台长的人私下吃回扣，新台长又瞒着电视台洗钱。还真是天下乌鸦一般黑。柴若舒在内心感慨道。

"那太感谢秦台长了。"柴若舒想了想，顺坡下驴，假装没听明白他的话，顿了顿，直接表明自己的来意，"秦台长，其实我来是有别的事的。"

"你说。"秦台长不慌不忙地喝茶。

柴若舒将平板电脑上早已整理好的数据表递到他面前。"欧阳烨的实力和票数应当稳居第一，是被人动了手脚，才排到第三的。我知道第一名实至名归，但言姜——这事儿说不过去吧。"柴若舒笑了笑，"后面小烨的粉丝大概也要闹。"

秦台长悠悠地放下杯子，看了她一眼："原来，你是来为自己旗下的艺人鸣不平的。"

柴若舒手心微微沁出一层细细密密的汗，她思量着自己该如何说话，既能要些好处，为欧阳烨的前途添一块砖瓦，又能不触怒对方。

别看秦台长斯文有礼，一般来说，越是外表斯文的人，越是内心阴暗，大多记仇，且小心眼儿。

"不敢，台里和平台能这么安排，一定有这么做的理由。我就是想问问，《生活的秘境》这档综艺能不能给我们小烨一个机会，就算是补偿，我也好对粉丝有交代。"柴若舒态度诚恳。

虽然高蔼先前已经给出承诺，但能得到台长的支持，便是板上钉钉了。

"那档综艺可以给你的艺人留名额，甚至《演员的起点》也可以给他留出位置，我很看好欧阳烨这个后生，也很期待和柴总的合作。"秦台长笑得儒雅。

柴若舒听到这个承诺，感到惊喜。

《演员的起点》节目已经做出两期，每期话题度都居高不下。一些早已过气的演员都靠着这档节目再度翻红，接到了比过去高不止一个层次的戏约。每期节目都会邀请一个新人坐在一边观摩，给出自己的看法。新人的看法和评委的专业意见形成有趣的对比，这是节目的一大看点。

这个新人的人选，历来可是各大公司争夺的热门，没想到就这么轻易地落在了自家艺人头上。

"多谢秦台长。"柴若舒起身，恭恭敬敬地向他道谢。

就算吃人嘴软，拿人手短，后面可能会遇到让自己骑虎难下的事。但眼前的便宜，谁不占，谁是王八蛋。

就这样，柴若舒加了秦台长的微信，带着节目的签约合同，回来给欧阳烨开庆功宴。

地点选在北京郊区的一栋临山别墅,这栋别墅里的娱乐设施应有尽有,还有管家服务,平日里就是租给公司团建用的。

工作室的员工和投资人全来了,大家没大没小地在屋里胡闹。吴轩要打麻将,来得很大,樱子说自己没钱,最多四百元"进园子",吴轩不依。

院内的梓树亭亭如盖,遮蔽了烈日,只余星星点点的光线,落在水面上。

柴若舒坐在泳池边,看着屋内的喧闹,喝了口香槟,满足地弯起唇角。

"一个人喝闷酒啊!"周信然夹着酒杯,往柴若舒身边一坐。

光线被遮住大半,柴若舒不满地皱了下眉头。

"你不陪他们打麻将?"柴若舒问。

"我的水平你又不是不知道,打麻将就是当散财童子来了。"周信然喝干杯中酒,眼眸微眯,"我还要留着钱,给我们南嘉治病呢。"

柴若舒笑:"南嘉的近况如何?"

"你们是认识多年的闺密,你还问我啊。"周信然斜睨着她。

"认识再久,也抵不过她重色轻友啊。昨天给她分享关于小烨未来的发展,她说她早就知道,已经和你通过电话了。"柴若舒语气有些酸。

周信然却笑得停不住,半晌后,他才说道:"我打算过几天去日本,陪她看医生,我托人预约了一位很出名的心理医生,该到时候了。"

"去吧。暂时没什么需要操心的了。"柴若舒晃了晃空杯子,"一切按部就班就行。"

"说实话,以前大家都和我说你工作能力很出众,其实我心里不太信,我觉得你最多算努力,但现在信了。一下子拿下两档王牌综艺的位置,了不起。"周信然竖起大拇指,眼神里满是钦佩。

柴若舒白了他一眼,没说话。

其实,柴若舒知道他的想法,也知道所有合伙人的想法。不过是大家一起做一件事儿,做做看,遇到问题解决问题。但自从自己拿下白云台两档王牌综艺后,所有人都发自内心地将她当作领头羊。

欧阳烨也是如此。

男孩子的攀比心,有时比女生还可怕。同在一个组合,成员跟自己有过矛盾,又通过些见不得人的手段,抢了自己的位置,欧阳烨自然不服,又不能在舞台上表现出来。这时,她给了他令人艳羡的资源,欧阳烨看柴若舒的目光里,都多了几分崇拜,这是从未有过的事情。

"这两个资源,对他前期刷脸熟,增加曝光度都大有裨益,他应该也能接得住。"柴若舒说道。

"那小子会被人妒忌的吧?"周信然突然想到这一层。

柴若舒早就想到了:"嗯,所以我事先警告过他,官宣之前千万不要声张,防止发生变故。他倒也听话,到目前为止都是一声不吭的。"

柴若舒望着梓树叶落在水面上映出的点点波光,有些欣慰地补了一句:"他现在倒是沉得住气了。"

"哎呀,人总要成长的。"周信然语态轻松,回身一转,看到屋内仍旧在闹腾,邀柴若舒道,"一起去当散财童子?"

柴若舒大笑:"麻将这东西吧,据说新手有新手运气的,所以,当散财童子的,只有你一个。"

两人将喝空的杯子放回原处,起身进了屋子,和大家闹成一团。

第 5 章 如释重负

（一）

《生活的秘境》和《演员的起点》两档综艺同时官宣嘉宾名单，当大家看到欧阳烨的名字时，无不惊讶，尤其是组合内的成员。

他们的组合取名为 Star T9，意为九颗明日之星。欧阳烨不是组合主推的 C 位，却是粉丝心中当之无愧的 C 位。娱乐圈一向拜高踩低，连组合接受采访时，记者的镜头也是偏向欧阳烨多些的。

他这样好的待遇，原本就够让其他成员妒忌了，如今，又添了这样好的资源，其他成员的眼里就更容不下他了。

尤其是言姜，不但拉拢其他队员一起排挤欧阳烨，还不断试图挑衅他。明的不敢，便暗着来。可经历上次的事情后，欧阳烨仿佛一夜之间开了智，根本不搭理他，只是专注自己的工作。渐渐地，言姜便觉无趣了。

随着欧阳烨的名气越来越大，已经有人找上门来请他代言牛奶。牛奶的牌子家喻户晓，请欧阳烨代言的这款，是该品牌新研发的针对青少年的水果系列。

"我们开会后一致认为，欧阳烨的形象青春阳光，很符合我们对这个系列代言人的要求。"对方开门见山，也极有诚意，来时，将合同都带着了。

柴若舒看在眼里,却不多话。对方这么急,应当是想最先吃到草。但这么急,恐怕价格上就不会高。因为这是欧阳烨第一个代言,他的人气肉眼可见,可这些人气最终能转化为多少购买量,目前没有一个准确参数。

"这是我们这个系列牛奶的一些资料,柴总可以过目。"对方推来平板电脑,上面是罗列清晰的品牌发展史和牛奶的营养成分,甚至连营销渠道及合作方都写得明明白白。

品牌和艺人达成合作契约后,互为背书。艺人在代言产品期间,不能做出任何危害产品形象的行为,而品牌也不能因原则性问题危害艺人的基本立场。

柴若舒细细看了一遍资料,觉得欧阳烨的首个代言接它,是挺不错的选择。

比起艺人们纷纷眼热的高奢品牌,柴若舒倒觉得,接地气一些,提升民众好感度,也未尝不可。何况,牛奶单价低,就算是学生群体,也人人买得起。柴若舒并不担心数据转化,这个代言完全可以开一个好头。

"没什么问题,贵公司的产品,我信得过。说起来,我就是喝你们家牛奶长大的。"柴若舒将电脑推回去,笑意盈盈。

"柴总喜欢喝什么系列的,改明儿我们部门送您一箱。"对方接过了话茬,很快又转回主题,"那么价格方面,我们商议的是一百六十万一年。"

柴若舒见对方态度还有可谈判的空间,便笑而不语。

对方也是职场老狐狸,一见柴若舒的反应,便知她是对价钱不满。

"价格方面,也不是不可以再谈。"

柴若舒这才开了口:"其实能跟贵公司合作,是我们的荣幸。只是小烨刚出道,如果被外界知道他第一次代言的价格是一百六十万,往后的价格可能很长一段时间,都只能维持在这个价格水平。"

对方微微点头,很是善解人意。

"那柴总觉得什么价格合适呢?"

柴若舒想了想,果断开口道:"一百八十万吧,图个数字吉利。"

对方见柴若舒并没有狮子大开口,心中也松了口气:"价格没问题,

第5章 如释重负

不过我们要欧阳烨配合我们做一些宣发,例如定期发微博,参与我们的宣传活动,活动不会特别频繁,就不另外加钱了。"

"可以,这些明细作为合同的附加项,都写上。"柴若舒也答得爽快。

最后,柴若舒和对方谈拢价格,敲定欧阳烨以一百八十万一年的价格,代言该品牌旗下的牛奶系列新品。

对方走后,柴若舒如释重负,她在心里盘算,去掉给欧阳烨的分成之后,星烨公司可算是转为赢利状态了。

大家对柴若舒敲定的这个代言,倒也没有异议。毕竟,高奢代言太多一线艺人盯着,就连个形象大使的头衔,也有一堆小生小花盯着。欧阳烨贸然去争,若是争到了,便得罪一圈同行;若是争不到,会被耻笑不知天高地厚。还不如老老实实代言一个家喻户晓的生活产品,既赚了钱,也在民众心中刷了一圈好感。而且,这类国产老品牌根红苗正的,没出过事,比起动不动就陷入辱华泥淖的奢侈品牌,可谓安全至极。

欧阳烨的行程满满,不光要跟着组合录制新歌、排练舞蹈、参加商演,还要录制综艺,参与牛奶广告商安排的活动,简直忙得不可开交。就连柴若舒这个经纪人,都得见缝插针,才能跟他吃上一顿饭,还是在广告拍摄时的化妆室内。

"点的都是你爱吃的,毛肚、牛肉、鹌鹑蛋,快吃吧。"柴若舒将菜从锅内捞出来,放到欧阳烨碗里。

欧阳烨是真没想到,柴若舒来看自己拍广告,居然还点了火锅外卖。

"别的经纪人都怕自家艺人长胖,你倒好,生怕我不长肉。"欧阳烨看着满满一桌菜,死鸭子嘴硬,脸上却止不住笑意。

柴若舒和他对视,看他白净单薄的一张脸上,却挂着厚重的眼袋,长如旗杆的身体往沙发上一倒,坐没坐相,活像一个刚被人从湖里救上来的溺水者。

"你现在的行程这么满,再不吃点肉,就要倒在舞台上了。"柴若舒白了他一眼,又给他开了盒品牌方送的牛奶。

"唉,又是这个草莓牛奶,我快喝——"

"喂!"柴若舒及时制止他,走到门口,往外看了看,确定四周没人,又将门掩上,低声道,"怎么回事儿?放下碗筷开始骂娘?代言人要有代言人的自觉,知道吗?"

"知道了知道了,你现在又开始对我凶起来了。"欧阳烨嘀咕道。

"不对你凶,你就要乱说话了,谨言慎行啊。"柴若舒态度依旧强硬,语气却软了下来。

"知道了,我也就在你面前放松一下,平时,言姜那小子给我下套我都没理会他,我是不是进步很大?"欧阳烨邀功似的问。

柴若舒看他小孩儿似的,也略放松神情:"嗯,是的,进步很大,但要保持。你这骨子里还是有年轻人血气方刚的劲儿,说不定哪天一冲动,就功亏一篑了。记住啊,水能载舟,亦能覆舟——"

"哎,你是真的啰唆,比大雄还啰唆。"欧阳烨不耐烦地打断她,埋下头吃饭去了。

大雄是柴若舒给他配的生活助理,虎背熊腰一男的,能跑能扛,每天跟欧阳烨待在一起,也不用怕欧阳烨的那些女友粉妒忌。

"你黑眼圈太重,我叫化妆师给你再补补妆。"柴若舒站起来,拉开门,朝外面喊了两声,没人应答,不得不走回来,"奇怪,人都哪儿去了。"

"工作人员也要吃饭呀。"欧阳烨吃完最后一颗牛肉丸就放下碗筷,将脸伸到柴若舒面前,"你帮我补吧。"

"唉。"柴若舒低叹一声,只能从包里拿出粉饼和刷子,半蹲着,要给欧阳烨补妆。

她这姿势根本坚持不了几秒,腿就酸软了。

"你把灯拉过来。"她指挥欧阳烨。

接着,柴若舒将椅子从欧阳烨对面一下拉到他面前。两人相对而坐,柴若舒眼睛里倒映着欧阳烨的脸,清晰可见。

欧阳烨看到她眼里的自己,恍惚了一下,再仔细望向她,灯光在她脸上覆上一层薄薄的亮光,她脸上细细的绒毛尽收眼底,欧阳烨心头微痒,忽然想起很多场景。

"你怎么了?"柴若舒笔刷一顿,敏感地觉察到欧阳烨的不自然。

"没什么。"欧阳烨轻声道,"就是想起,你喝醉酒时候的样子,揉过我的头发,还亲过我。"

柴若舒一愣,脑海中浮现出一些模糊的画面,以为过了挺久,但一想起,她也变得有些不自然起来。

"咳,我以后少喝酒,耽误事儿。"柴若舒避开欧阳烨的眼神,回了一句不相干的。

"你喝醉酒,挺可爱的。"欧阳烨的脑海中,柴若舒的脸和当下的这张脸,慢慢重叠。

柴若舒蓦地缩回身子,欧阳烨瞬间觉得身前温暖的空气被抽离干净,有些错愕。

"好了,现在强光之下也看不出你的黑眼圈了,完美。"柴若舒将笔刷收回包内,又将椅子拉回原处。

"哎,若舒,柴若舒——"欧阳烨的话得不到反馈,有些恼羞成怒地喊她。

他自己都没察觉,他对她下意识的称呼,已经不由自主产生了变化。

"年下不喊姐,心思有点野啊。"从门外进来的化妆师,听到欧阳烨的声音,不禁打趣道。

这名化妆师的江湖地位很高,是品牌方特地请来的,所以和明星开起玩笑来,也是荤素不忌。

欧阳烨不知回应些什么,所以有些尴尬。

"万姐,这里交给你啦。"柴若舒和这名化妆师以前就见过多次,算是相熟。她拍拍对方的肩,然后就走出门。

欧阳烨的目光落到她的后背上,灼热滚烫,她却始终不敢回一下头。

今天,她与他的关系,有点危险。

(二)

公司内部开了一次董事会。

大家除了聊了下公司未来的扩展规划,还对欧阳烨近期的事业发展做了一次探讨。柳紫认为欧阳烨的牛奶品牌代言,不光广告拍得好,代言的过程也谈得顺利,想要乘胜追击,多给他谈几个广告代言,既能增加曝光率,又能快速回笼资金。

此言一出，大家纷纷表示赞同。

"柳姐，我明白你的提议是为了整个公司好。但我暂时不打算给小烨接别的工作了，他还是个学生，还是要以学业为重。为了短暂的赚钱计划，去荒废学业，对整个人生来说，是不值得的。"柴若舒看着柳紫，又缓缓望向大家，试图说服大家。

柳紫眸底多了一层深意："若舒，小烨是我们的合作伙伴，但同时，他是公司艺人，是为我们赚钱的。你这样善良，后面可能会再吃亏。"

一个"再"字惹得柴若舒有些敏感。

柳紫的言下之意，便是嫌她过于宅心仁厚。柴若舒不明白，旁人便也罢了，柳紫转型为资本阔太之前，也是艺人，她居然没一点同理心。过去，柳紫被资本当作商品，如今，柳紫把别人当作商品。

柴若舒明白这是人之常情，只是，在她心底，欧阳烨从不是一件商品，被榨干好处后就失去价值的商品。

"多谢柳姐的提醒，其实，也不是不能接，只是目前递过来的代言里，没什么好的，倒是有一个价钱特别高的，不过是微商品牌的面膜——"

"这不行，三无产品不能要，还是用在脸上的，出了事，十个公关都压不卜这事儿。咱们吃相不能这么难看。"柳紫直接否了。

柴若舒悄悄给周信然递了个眼神儿，周信然偷偷在桌下竖起大拇指，暗示她厉害，四两拨千斤的功夫了得。

"其实，代言再多也不过是吃短期红利，咱们还是要放长线钓大鱼。最近有不少影视公司来打听小烨的影视分约，若舒这几天在筛选呢。"周信然说道。

柴若舒也在只有自己跟周信然能看到的角度，为他竖起大拇指。

"哦？那这事儿是要好好筛选。"柳紫自己曾是演员，对这方面格外看重，却又有些不爽，"若舒啊，虽然小烨是你在带，公司的很多事儿也是你在打理，但你还年轻，这影视上的事情还是要大家一起做决定的。"

柳紫看了一圈儿坐着的人，吴轩在打瞌睡，被她的眼神激醒。

"啊？是啊，若舒姐，大家要一起做决定的。"

柴若舒笑着回道："是有不少公司来打听，我这不是也想好好挑一下，再和你们商量的嘛！"

第 5 章 如释重负

为了展示诚意,柴若舒说了其中几家公司的名字,包括柳紫曾合作过的盘龙公司,让柳紫给些意见,她果然侃侃而谈。

柴若舒偶尔点头,偶尔附和。

周信然坐在一边看着,叹为观止,忽然察觉,其实柴若舒能在圈内沉浮,除了努力、聪明,大约被磨砺出的情商是最主要原因。

会议结束。

周信然把柴若舒拉到茶水间:"你真打算把小烨的影视约签给盘龙啊?"

盘龙就是柳紫曾待过的公司,那段时间,柳紫连续拍了两部质量差、口碑差的商业电影,观众们怒其不争,却不知柳紫原是那盘龙董事长的情人,是董事长哄骗她签下了对赌协议。后来,柳紫嫁了富商,急流勇退,竟还跟盘龙董事长有所牵扯,入了盘龙股份,当起幕后股东。不得不说,柳紫这个女人真是个狠人。

柴若舒看了一眼茶水间外,压低声音道:"我疯了?盘龙是什么地方?拿艺人当洗钱工具,小烨怎么能去那样的公司拍戏,我就是应付一下她,我心中早有盘算,放心吧。"

"那就好。"周信然点头。

柴若舒看了他一眼,明白在星烨,只有他才跟自己真正一条心,毕竟,他是真的喜欢南嘉,也是真心希望欧阳烨这个"小舅子"能前程似锦。

"那我下周去日本陪南嘉看医生,公司的事儿,你能全部搞得定不?"周信然又问。

"去吧去吧。"柴若舒将一杯泡好的咖啡塞到他手里。

接下来的日子,一切工作按部就班即可,也没多少事要忙,大家确实可以放松一下。

周信然买了机票,在机场登机时,刚巧撞上秋天极难一见的雷雨天气,他无奈滞留在机场。望着窗外的天气,周信然拿起手机给南嘉发微信。

——嘉嘉,北京落大雨,飞机不知道晚点到什么时候,你别在机场干等啦。

几分钟后,南嘉回他:我本来也没想去。

周信然失笑。就在半小时前,他刷微信运动时,还刷到南嘉的步数很靠前,猜测大约是她出了学校,去机场接自己的缘故。因为南嘉平日不爱跟老师、同学打交道,喜欢独处,自然也就不怎么出校门,大多数时候,微信步数只有三千多步,但今天却有八千多。

喜欢一个人,便会变得爱关注细枝末节。都说恋爱中的女生,都是福尔摩斯。其实男生也是,当他们的心里住进一个女人时,那粗糙的有如铁杵一般的心,就磨成绣花针了。

整整过了三个小时,飞机才起飞。

周信然在飞机上,听到旁边两名中年男人聊一个日本女星的八卦。那女星原是天才滑雪运动员,十四岁就拿了世界冠军,可惜天妒红颜,有次在赛场上受伤,之后就无缘比赛,最后竟自甘堕落,下海拍起成人动作片。

身为男人,自然都对这样的话题感兴趣,但周信然生性有些清高,看不得男人们一直对一个身世可怜的女人指指点点,这过于油腻,甚至是猥琐了。

于是,他用耳塞塞住耳朵,一直睡到下飞机。

飞机刚落地,还在滑行,他便给南嘉发消息,告知自己到了。

——我在二号出口的咖啡厅。

嘿,这女人真是口是心非,不是说不来接我吗?

周信然心情愉悦地往外走,走到转盘处取行李,又给南嘉发了条消息:稍微再等我一下下,五分钟。

南嘉没有回复他。

周信然取完行李,找到二号出口的咖啡厅。

整个咖啡厅不大,但很安静。有人对着电脑工作,有人低垂着头,在清醒和沉睡之间回旋。

——你在哪儿?我没看到你。

周信然找不到南嘉的身影,又给她发了条消息。

等了五分钟、十分钟,她还是没回,周信然便坐不住了。他打了电话给她,过了许久,电话才被接起。

第 5 章　如释重负

"你在哪里？"周信然的语气很急，强压着担心，却不得不温柔，怕伤了她。

"母婴室。"南嘉吸着鼻子，语气闷闷的，很不对劲。

"你在母婴室做什么？"周信然不得其解。

"我——"南嘉声音低下去，嗫嚅着说了些什么，周信然将耳机戴起来，也听不清一个字。

母婴室似乎有人进来，南嘉的状态变得很慌张，那种慌张通过电话，精准传递给了周信然。

到底发生了什么？

周信然心揪了起来，几乎没有任何思考地冲进母婴室。

耳边，一声女人的尖叫盖过安静。

周信然根本来不及顾及其他人的想法和看法。整个母婴室就这么大，周信然一下子找到了南嘉的藏身之所——最角落的一个隔间。

推开门的一刹那，他看到她蜷缩在地上，赤着脚，双臂圈住膝盖，头埋着。

这个动作，周信然熟。它象征着缺乏安全感。

"你怎么了，嘉嘉？"周信然蹲下身去，他们之间，互道小名，似乎已经自然而然。

南嘉抬起头，双目通红。她本就生得美，这一哭，仿佛一枝被雨打湿的红杏，令人心生怜惜。

"他们在聊的那些，我，我想到了我，想到了以前那些事，我不想面对他们！"南嘉抽泣着说，又将脸埋进双膝间。

周信然愣了一会儿，才从南嘉断断续续、毫无逻辑的话语中，慢慢理出一丝头绪。

下飞机时，机场行走的人也纷纷在低声议论那名滑雪运动员下海拍片的事儿，这在日本，并不隐晦，大家私底下谈起时，画面活色生香。

周信然仅仅是从这些行人身边路过，便听到一些令人脸红心跳的词组。

南嘉本就对女性公众人物突如其来的八卦甚是敏感，尤其这个运动员的事，在某种程度上来说，让她感同身受。

若非伤病，就不会遭遇后来的一系列事情。福无双至，祸不单行。

"你想一直躲在这里吗？待会儿人会越来越多，我们先出去，好不好？"周信然站起身，从外面找到南嘉踩丢了的软皮鞋。

有女人带着穿保安制服的人，来到母婴室。

周信然侧身迅速躲入隔间，将门关上。他给南嘉穿上鞋子后，保安已经找到了他。

"这位先生，有女士说你故意闯入母婴室，看到了她的身体。希望你出来配合我们说明情况，如果你不配合，我们将报警处理。"门外，保安的声音听起来很不友好。

"对不起了，但我会尽快带你出去。"周信然低声对南嘉说了声，随后拉开门，却是将她护在身后的。

"女士，抱歉，我绝非有意。我这里有些麻烦事，请原谅。"周信然态度诚恳地望向保安身旁的女人。

女人仔细打量了眼周信然，见他生得斯文，倒不像个败类，再见他身后藏着的女人，虽看不清面貌，神态却楚楚可怜，心中有了几分猜测。

"我的伴侣，她生病了，我因为着急才冲撞了你，真的抱歉。"周信然再次道歉。

"好了，没事了，大家都是女人，也能理解。"女人不想继续纠缠，自己给孩子吸奶，被陌生男人撞见，也不是多光荣的事。

这件误会解除后，周信然翻开行李箱，找出一件衬衫，盖到南嘉头上，温柔地说："我们走吧。"

南嘉趔趄着起身，用墨镜、衬衫，还有周信然的身体，去抵抗外界的一切有色眼光。

从机场到出租车上，这一段路走来，周信然大脑都是空的。

南嘉靠他很近，她的体温，她的气息，萦绕在周信然的肌肤上，他的每一条纹理都害羞得发烫。

蓦地，周信然又想起在母婴室给她穿鞋时的场景。她的脚踝白嫩纤细，是一只手能握住的大小。想起时，周信然的喉结忍不住滚动，那样的美好，任他再如何描绘都显得贫乏。

如果一直是这样温情脉脉的场景，那就是周信然的幸运。可惜，这样暧昧的氛围只到酒店便结束了。

周信然原本想的是,他先去住的酒店将行李放下,再带南嘉去看医生。可是到了酒店,他发现自己的护照和签证都不见了。

"奇怪,我的证件呢。"周信然把行李箱和自己的衣服上下口袋都找了个遍,确定是找不到了。

"嘉嘉,我的证件丢了。"周信然转过头看她,有些急躁。

南嘉将脸埋得很低,淡淡地回了一句:"你的证件丢了,也不是我造成的吧。"

周信然一愣,那一刻感觉有些心寒:"我没说是你造成的,我只是告诉你它们丢了。"

"你的语气不就是在怪我吗?"南嘉抬起头,语带怒意。

四周的人渐渐看了过来。

南嘉怕引起人关注,往一边儿站了站。周信然愣愣地立在那儿,有些不知所措。这是第一次,他跟南嘉之间出现矛盾。他从未想过,他和南嘉之间会出现裂痕。

"我,我回学校了。"南嘉说着,就往外走。

周信然追上去,怒意自心间起:"我为了你来来回回,为了你求爷爷告奶奶,为了你弄丢证件,我告诉你,不是怪你,是希望你能关心一下我。"

南嘉张了张嘴,似乎想说什么,看到四周望过来的一双双窥私的眼睛,又闭紧了嘴。

"南嘉,你没有心的吗?"周信然内心压抑许久的疲惫、委屈,在这一刻得到宣泄,"就因为我喜欢你,所以你可以肆无忌惮地对我,是吗?"

南嘉的嘴唇抿成一条直线,大大的墨镜下也看不出她的真实情绪。只知道,她长腿一迈,走得比谁都快。

周信然看着她的背影越来越远,心中的不安越来越重。

他一下子清醒过来。在自己和南嘉的感情里,自己本就处于弱势,从一开始就注定了不可能平起平坐,既然不可能放弃她,那么,自己又有什么立场责怪她什么呢。何况,她还是个病人。

周信然追了上去,在街角拽住她的胳膊,不让她继续走。

他深吸一口气:"南嘉,我真的很在乎你。刚刚是我语气不好,你别生气。"

"你有复印件吗?"南嘉开口问。

"什么?"周信然没反应过来。

"护照的复印件。"南嘉说道。

"没复印。"周信然回道。

"我刚打电话去机场了,他们答应找找看。如果实在找不到,我陪你去大使馆补办。"南嘉说道。

"谢谢。"周信然真诚地说道。

他没想过,她能为自己打这个电话。于是,一股脑儿的懊悔再次涌上心头。他刚刚,真不应该那么对她说话。

"周信然,你说得对,我确实不应该肆无忌惮地对你。你不是我的助理,我也早就不是什么女明星了——"南嘉语气平淡。

"不是,嘉嘉——"周信然怕勾起她的伤心事,忙要拦住,却被南嘉阻止了。

"我只是没缓过来,并不是没有心,我不是那样的人。"南嘉一字一顿道,说完,又问周信然,"我们现在就去诊所吧,我想早点好起来,这样被情绪反反复复捉弄的日子,我受够了。"

"好,我现在就给医生打电话。"周信然温柔地说。

出租车上,两人并排坐在后座,周信然靠南嘉很近。汽车突然刹车或绕道时,他的身体会不自觉与她的衣服产生摩擦,甚至是贴到她的肌肤上。

南嘉并无不适,快到诊所时,她忽然说了句:"今天不回宿舍,妈妈在家做了饭,你要和我一起回去吃吗?"

周信然一愣,指着自己:"我吗?"

南嘉的妈妈,他见过。但这是头一次,她邀请自己,陪她回家,跟她的家人一起吃饭。

"嗯。"

"妈妈喜欢吃什么呀?吃不吃章鱼烧?我知道哪里的章鱼烧好吃。"周信然发现自己真是个喜欢蹬鼻子上脸的人,她待自己亲近一步,他就能往前蹭好多步。

周信然在内心感慨,自己也曾是个脸皮薄如纸的青年,如今脸皮能盖城墙,这大概就是爱情的力量吧。

(三)

野花开到荼蘼的秋季里,日子平淡。

周信然在日本陪着南嘉看病。柴若舒在北京和股东们一起挑选公司要签的新人练习生。欧阳烨也忙完了商演和广告拍摄的事儿,终于能一门心思扑在学习上了。

欧阳烨不是个热爱学习的人,却也渐渐习惯了电影学院的学习氛围。表演这门课程,相比文化课,更生动有趣。二十岁上下的男孩子,谁不渴望在舞台上发光,得到掌声,在陌生人心底,留下烙印呢?

米兰·昆德拉的小说《不朽》里提到,能活在陌生人心中,是伟大的不朽。欧阳烨慢慢喜欢上了这种不朽,还未意识到公众人物获得此种不朽的代价究竟是什么。

在电影学院,欧阳烨格外受到女同学的欢迎。毕竟,他长得好看又出名。女同学们都想当他的女朋友,而欧阳烨眼里却看不见她们。

有个姑娘不信邪。她叫叶臻,爸爸是财团老板,公司也涉足影视投资,她是一个名副其实的白富美。

这姑娘对欧阳烨一见钟情,奈何欧阳烨对她始终客客气气,和别的女同学没什么两样。

叶臻是班长,时常假公济私,例如在表演课时,把自己和欧阳烨分到一组,演情侣或夫妻,教表演的老师都看出了端倪。欧阳烨所在的组合公演时,叶臻跑去当粉丝,将 VIP 座席的票包下一整排,惹得粉丝不满。不止如此,叶臻还向自己的父亲推荐欧阳烨,希望能把他的影视分约签到自家门下。

近水楼台先得月,叶臻明白这个亘古不变的道理。

"欧阳烨,这周六来我的别墅玩儿,开个泳池派对。"叶臻将请柬亲自递给欧阳烨。

刚上完理论课的大阶梯教室内,同学们三两成群,都将这一幕看在眼里了。叶大小姐的派对,大家都想去。毕竟,和她搞好关系,未来也就不用愁了。谁都知道,他爸手上捏着好几个影视大项目,连刚刚上映的高票房电影,他爸都是出品人之一。

其他人都主动攀附她,好拿到派对的请柬。唯独欧阳烨的请柬,是叶大小姐亲自奉上的。果然,同人不同命呀。

"你周六过生日吗?"欧阳烨问。

"不是啦,就是大家一起聚一聚。"叶臻笑得烂漫活泼。

其实叶臻生得不错,鹅蛋脸,杏眼,皮肤白皙,脖颈纤细,她的外形轮廓像一只骄傲的白天鹅,也像一个人。

那个人好几天没联系自己了。好像,自己不主动问候她,她就不关心自己。欧阳烨有些恼火。

"好,我会准时去的。谢谢。"欧阳烨接过请柬,心想,既然有人不关心自己,那自己偶尔放飞一下,也不过分吧。

"嗯,穿正式一些来,我把你引荐给爸爸认识。"叶臻踮起脚,附在欧阳烨耳边说。

在旁人看来,两人的关系暧昧极了。

到了周六,欧阳烨按照请柬上的地址,果然到得很早。

他一直不习惯像商务人士似的,穿得西装革履,一本正经的,感觉灵魂都被束缚住了,所以,欧阳烨在西服外搭了件薄长款的风衣,显得嬉皮又年轻。他类似的装扮,在大众面前出场过好几次,每一次都备受好评。

以前,欧阳烨穿衣服偏简单休闲,但现在是明星了,会有人跟拍,得时时刻刻注意形象。他看多了同行的穿搭,再加上黄桥的专业意见,自己的审美就提高了很多。

叶臻看到他,几乎是眼前一亮。

她亲昵地过来挽住他的胳膊,引他入内。欧阳烨微微与她拉开一段距离,淡笑道:"我不太习惯和女孩子这么亲密。"

叶臻一愣,像是想到了什么,低声问他:"你该不是那种性取向吧?"

"哪种?"话刚一问出口,欧阳烨骤然反应过来,忙摇头,"怎么可能?

我是钢铁直男好不好?"

"我想也是,我的眼光不会错的。"叶臻又笑。

两人一前一后步入别墅。

据说,这个别墅在叶臻名下,全是按照叶臻的喜好装修的。一入门,便是一个宽敞的下沉式庭院。庭院中央是一个游泳池,泳池边上被布置成了举办派对的模样。几名工作人员正拿梯子爬树,想要将一串串灯泡挂到树上去。

"爸爸在里面,我们上去。"叶臻说。

"好。"欧阳烨应道。

叶臻的爸爸正坐在书房,抽着一支雪茄,见着女儿来,才拿了剪子切掉雪茄头,起身露出笑容。

"爸,你怎么到我的房子里来还抽烟草,明知道我不喜欢烟味。"叶臻满脸嫌弃地去开窗。

叶总年纪约莫五十上下,身体肥胖,可能是被酒色淘空了身子,整个人脸色蜡黄。但他对女儿却极为疼爱,见女儿不喜欢烟草,忙将雪茄藏到书下面,还报以歉意的笑。

"这就是你的同学——欧阳烨?"叶总上下打量欧阳烨,虽是笑着,眼底却露出商人特有的精光。

"叶总好。"欧阳烨客气地问候。

"爸爸,这就是我和你常提起的同学欧阳烨,他可厉害了,唱歌好,跳舞也好,演技也很出色,还特别上镜,简直全才。"叶臻拉着欧阳烨,一个劲儿猛夸他。

欧阳烨却赶鸭子上架般,满满的抗拒。毕竟,他心知自己远没那么好,唱跳和演戏都是他作为一个偶像必备的技能罢了,根本不值一提。

叶总看出他的无奈,竟开口为他解围:"小臻,你绑着人家做什么,没礼貌。"

叶臻这才松开欧阳烨,但还是黏附着他。

叶总问了欧阳烨几个简单问题,例如是不是柴若舒亲自带他,还有他最喜欢什么电影等,然后便看了眼手表,和女儿说:"你的同学们也该来了,你带着欧阳同学下楼去陪同学玩吧。"

"好咧。"叶臻俏皮应道。

下楼时,叶臻贴近欧阳烨说:"我发现爸爸很喜欢你。"

欧阳烨一愣:"从哪里看出来的?"

"他从不跟小一辈聊这么多,但他和你聊了许多。"叶臻想了想,又补了一句,"相信我的判断。"

"那我很荣幸。"欧阳烨露出浅浅笑意。

叶臻简直迷死欧阳烨的笑容了,他的笑容淡淡的,却很是治愈,一颗精致的泪痣充满感性的味道。

受到邀请的同学都陆陆续续来到,大家不但穿得光鲜亮丽,还很是懂事地带了礼物。欧阳烨这才发觉自己手上空空如也,但叶臻似乎也没跟自己计较。

夜色如磐,灯光四起。

不知是谁拿来音箱,放起舒缓的音乐来。叶臻已经不知何时换上一件墨绿色的低胸燕尾裙,走到欧阳烨面前。

在此之前,欧阳烨正一个人捏着高脚杯,百无聊赖地喝酒,远望那些嬉笑的同学。因他是本届学生中最出名的一个,且是叶臻看上的人,他不融入集体,集体也不敢强行拖他融入,欧阳烨反倒落了个清净。

"要一起跳舞吗?"叶臻向他伸出手,主动邀约。

"华尔兹吗? 我不会。"欧阳烨诚实地说。

"没关系,我教你。简单来说就是,我进你退,然后侧身,然后你进我退,再侧身,你跟着我的节奏来就行。"叶臻热情地充当起老师。

欧阳烨无法拒绝,只能和她跳起舞。

幸而华尔兹不难学,欧阳烨又有些舞蹈底子,掌握起其中的韵律来,也并不费力。渐渐地,同学们都将中央的位置让给了他们俩。

"女财男貌,好般配哦。"有同学起哄。

"什么女财男貌,我们叶大小姐也不差好不好,大美女!"有同学大声反驳。

同学们哄闹的声音此起彼伏,欧阳烨听到耳里,心乱如麻。自己只是想放飞一下,但当下的局面显然不是自己能控制得了的。

一心乱,欧阳烨便踏错脚步,差点儿踩到叶臻的脚。

第5章 如释重负

"对不起。"

"没事儿,你有心事啊。"叶臻语气暧昧,热气喷到欧阳烨的脸上。

欧阳烨近距离看了才发觉,其实叶臻和柴若舒长得不算像。至少,那个女人在没有喝醉酒的情形下,从不会和自己这么亲密地说话,只会说一堆的大道理。

"没心事。"

"那我有。"

"是吗?看不出哎。"

"你都不问问我为什么吗?"叶臻撒娇道。

"为什么?"欧阳烨简直有些招架不住。

不知道是谁切换了曲子,全场的舞步都渐渐快了起来。在加快的旋转中,叶臻突然向欧阳烨告白:"你应该知道我喜欢你,你喜欢我吗?"

欧阳烨大脑空白一片。

叶臻根本不给他思考的机会,步步逼近:"你当我男朋友好吗?我会对你好的。"

她越是逼近,欧阳烨越是后退,没看清后面的路,直接摔进泳池内,砸出一大片水花。同学们的衣服被溅湿,发出一声声尖叫。欧阳烨在水中扑腾的狼狈模样,又让他们再次发出起哄声,甚至,有的同学还拿出手机开始录视频。

叶臻挡住同学的镜头:"干什么呢,不许拍。"

随后,她又叫来管家,带欧阳烨去房间换衣服。欧阳烨换衣服的间隙,也终于想好一套说辞。

他将叶臻约到走廊下,跟她说:"你说你喜欢我,我也认为你很好。漂亮,条件好,又热心真诚,像一个真正的公主。但我当初和经纪公司签合约时,有一条规定是三年内不许谈恋爱。所以我也很为难,真的很抱歉。"

要是从前,欧阳烨根本说不出这种话,但自打在娱乐圈待了短短一段时日后,情商便提升了一大截,撒出这种谎,拿公司挡枪,简直手到擒来,脸不红心不跳。

叶臻果然高兴,她开始将欧阳烨当作自家人,为他出谋划策:"我会跟爸爸商量好,让他将你的影视分约签下来。到时候看在资源的面子上,你的经纪公司也不会说什么的。我们可以小心一点,不被记者拍到就行了。"

欧阳烨被缠得不行,内心有些后悔答应叶臻的邀约。今日,他要是不给个说法,恐怕会不得安宁。

"咱们到时候再说吧,毕竟,我们还是学生,我又是偶像,怕给你造成困扰。"他可不想承诺叶臻什么,言下之意,已然明朗。

但叶臻的脑回路明显不同于常人,她感动地望向欧阳烨:"你这么为我着想,你放心,我一定给你解决这个难题!"

欧阳烨皮笑肉不笑,眼白一翻,差点昏厥。

不过,叶臻可不是随便说说,她是真的这么去做了。

(四)

别墅泳池派对的第二天,叶臻就杀去了星烨,找到柴若舒。

一般来说,没有预约,柴若舒是不见客的。但是对方是叶氏的大小姐,所以柴若舒将手上的事儿推了,和她见了一面。

叶臻不知柴若舒和欧阳烨过往的羁绊,只当对方是欧阳烨的经纪人,所以态度还算恭敬友善。

"柴总,我是欧阳烨的同学,我爸爸很喜欢他,想签下他。"小姑娘直来直去,一点不掩饰。

柴若舒看了她一眼,也直来直去了:"目前想要签小烨影视分约的公司有好几家,叶氏确实也在我的考虑范围内。"

"不用考虑了,还考虑什么呀。别的公司能给多少分成,我们可以给出最高的。他们拿什么资源作为签约礼物,我爸手头有一部献礼剧,可以安排艺人进去。"叶臻迫不及待道出叶氏的优势。

柴若舒心头一动:"是《我们的荣光》这部剧吗?"

她对这部剧早有所耳闻,没想到上头交给叶氏做了。

"如果将小烨的分约签给你们,叶氏可以给小烨一个什么角色呢?"

柴若舒再次试探。

"我爸说，主角目前都定下了，上头定的人，有几个出彩的配角，可以任小烨挑选。"叶臻自信满满。

柴若舒听她的意思，料想这小姑娘已经跟叶总通过气了。柴若舒在心中盘算了一下，小姑娘信誓旦旦地跑来找自己，这事儿肯定经过叶总首肯。但叶总也是在业内能呼风唤雨的人物，对欧阳烨这么宽容，大概都是因为心疼女儿。

再严肃的父亲，都是偏疼女儿一些的。

不过，叶大小姐为什么要对欧阳烨这么上心？柴若舒是女人，有着女人的敏锐直觉，她从叶臻每次提及"欧阳烨"三个字时双眼迸发出的光亮里找到了答案。

她忽然觉得有些不痛快。

这小子才上学几天，就把人家姑娘弄得五迷三道的。他到底是去上学呢，还是去泡妞呢！自己最近一直忙着考察新人，该抽出时间教育教育他才对。

"还有一件事，柴总。"叶臻说。

"你讲。"柴若舒做出洗耳恭听的姿态。

"我其实，其实喜欢欧阳烨啦，是真心的，我也跟爸爸说了，所以爸爸才同意捧他的。我之前和他表白过，他说他也喜欢我，只是你们公司签的艺人三年不许谈恋爱……"

柴若舒耳朵里嗡嗡作响。她没有听到之后的话，只听到了那句"他说他也喜欢我"。

这句话像一把刀子，猝不及防将她的心划开一道口子。

"柴总？柴总？"叶臻唤她。

柴若舒蓦地醒过来："你刚说什么？"

"我说，你们公司不是规定艺人三年不许谈恋爱吗？我不会给你们造成困扰的。就算以后我和欧阳烨在一起被拍了，我负责花钱找人将那些照片买下来。我们偷偷在一起，不给人知道就好。"叶臻笑着道。

"三年不许谈恋爱？"柴若舒刚想否认，话到嘴边，突然反应过来，又问，"这是小烨告诉你的？"

"对呀。"叶臻依旧是笑着。

柴若舒心底那道被切割开的细微伤口，尚未被人发现，又自个儿悄悄愈合。

她忽然心情大好，也朝叶臻笑道："是有这个规定，一是艺人们都年纪轻，怕他们因为恋爱耽误工作，二是他们的粉丝以女友粉居多，万一被发现谈恋爱了，岂不是要出大事？还是不冒风险的好。只是，凡事无绝对。叶小姐刚刚说的，我都记下了，需要考虑一下再答复你。"

"嗯，我等你的答复。"叶臻仍旧是自信满满。

大约在叶臻看来，自己为欧阳烨争取到的资源一骑绝尘，柴若舒所谓的考虑，大约也只是矜持而已。

叶臻离开公司后，柴若舒立刻给欧阳烨发了微信，约他一起吃个晚餐。

另一边。

欧阳烨乍一看到柴若舒发来的消息，心跳突然快了几下。

明明心情愉悦，他偏偏故作姿态，整整等了十多分钟才回她：刚刚在看书呢，晚上不确定有没有空呢，如果有，就一起吃个饭吧。

柴若舒根本不给他矜持的机会，直接回他：别装了，你根本不是个喜欢看书的人，我也没打算给你整什么学霸人设。晚上六点半，车在校门口等你，车牌记得吧？

欧阳烨莫名有些恼火，回她：不记得。

柴若舒并不肯惯着他，又回：那就不去接你了，老地方，吃火锅，包厢号回头发你手机上。

欧阳烨的这股恼火已经掩不住了："这个女人真是——"

他一时竟找不到合适的形容词。

这一回合，欧阳烨甘拜下风，还是乖乖地等了柴若舒来接，毕竟，他要是出去打车，被认出的风险可真的太高了。

晚上六点半，柴若舒准时出现，欧阳烨倒是拖沓了一会儿才上车。

他一上车，柴若舒就闻到一股清雅的香水味，再回头看到他一身新潮打扮，满意地点头："形象管理不错，黄桥功不可没。"

欧阳烨也望向她，她的一双眼睛似小鹿般有灵气。他有时也好奇，

第 5 章 如释重负

都三十岁的女人了,还能保持这样一双清冽灵动的眼睛,好似任凭这世间的尘埃如何翻卷,都不能影响她一分一毫。

"总要进步吧。"欧阳烨难得附和了她一句。

车内氛围还算融洽,汽车在余晖里驶向火锅店。

入了包厢,柴若舒扫了桌角二维码,将手机递给欧阳烨:"你看着点吧,想吃什么都行,别跟我客气。"

"这么大方?看来是有好事和我分享。"欧阳烨一边点菜,一边说。

"确实有好事,还是关于你的。"柴若舒闷头喝了一杯荞麦茶,接着说,"你的同学叶臻来找过我,说希望把你的影视分约签到她爸爸公司旗下,不但可以给出高的比例分成,还给你推了一部正剧资源,当作签约礼,我认为很合适。"

欧阳烨一愣,半晌后,语气显得有些不高兴:"你就这么急着把我签出去?"

"本来也没打算让你这么快涉足影视,电影学院一般来说,也是要学生上到大二,才会放学生出去拍戏的,但你的情况特殊,学校应该也应允。"柴若舒想了想,又道,"主要是有些蛋糕喂到你嘴边了,不吃白不吃,你不吃,以后只能看别人吃。圈内的事,都是过了这个村就没这个店的。"

欧阳烨胸口有些闷:"你知不知道——"

"我知道啊。"柴若舒打断他,"小姑娘喜欢你。"

"你知道还——"欧阳烨气势弱下去。

"社会很现实,血缘至亲都未必肯照拂你,人与人之间的关系,大多是供求关系、利益关系。天上不可能白掉馅儿饼,除非一种情况,凌驾于利益之上,那就是对方喜欢你。"柴若舒和他对视,补道,"喜欢一个人是没有什么道理的,说出来的一堆道理,不过是为了找个借口说服别人和自己罢了。"

欧阳烨心底蓦地生出一丝奇怪的感觉,是一种黏稠的、温热的感觉,他的重心是柴若舒的后半句话:喜欢一个人是没有什么道理的,说出来的一堆道理,不过是为了找个借口说服别人和自己罢了。

他在此刻确定了一件事,便是自己喜欢上了柴若舒,这个自己从中学起就认识的女人。他不愿承认,所以一直找理由说服自己。

那么她呢,她到底如何看待自己呢？不知不觉,欧阳烨脑海中又浮现出她喝醉酒后对自己搂搂抱抱的场景,还有她为了找寻自己累倒在路边的旧事。

她一定也在乎自己,可这种在乎可以算作喜欢吗？

"目前,邀约的公司不少,有七八家,但要么诚意不够,要么体量不足。相对而言,财大气粗的叶氏真是个不错的选择。叶董事长虽然不是做影视出身,对影视不懂,但胜在关系够硬,资本雄厚,是个可靠的靠山。"柴若舒将自己的评估,尽数说给欧阳烨听,"所以,小烨,你要好好处理和叶臻的关系。"

欧阳烨面色冷淡:"她让我和她在一起。"

"你也没同意不是吗？你拿公司的合同当挡箭牌,说我们三年内不许你谈恋爱。"柴若舒轻松地说道。

欧阳烨眉头渐渐舒展。

她是知道了自己一定不会和叶臻在一起,这才让自己和叶臻处理好关系的吧。她还真是自信呢。可就算如此,她把自己往别的女生身边推,就不担心自己假戏真做吗？

虽然,欧阳烨的心情比刚刚好了一些,但还是有一点点别扭。

起初,柴若舒并未留意到欧阳烨的一颗七窍玲珑心,是如何在短时间内百转千回的,她此时此刻满脑子都是对欧阳烨未来的规划,还有公司新签艺人的事儿,却在抬头的一瞬间,看到他眼底的怨念,逐渐反应过来什么。

但是,她不晓得如何面对。

火锅的菜一盘一盘被端上来,两个人在蒸腾的雾气里,默契地选择保持沉默,似乎坚信对方一定会开口说话,事实上,两个人都只是埋头吃饭。

这一顿饭因为没人说话,结束得很快。两人七点半开吃,八点半就结束了。

出门的时候,正是火锅店生意最好的时候,服务员站在桌边,热心地帮客人下菜,但他们可不是真的这么热心,只是为了翻台,为了各自的绩

第5章　如释重负

效而已。

欧阳烨猛然察觉到自己真的跟过去大不相同。

从前,他看到的世界是一纸素描,里面的人物由单线条构成。如今,他看到的世界是一幅彩绘,并不是非黑即白,深思一下,便多出许多色彩。

走着走着,有一个女孩儿撞到欧阳烨身上,两个人同时抬头对视的一刹那,女孩子认出了他,眼看就要惊呼出声,柴若舒挡在了欧阳烨前面,低声道:"别叫,你想要签名、合影都可以。"

女孩子压抑住狂喜,拼命点头。

三个人走到僻静处,欧阳烨依照女孩子的要求,先是在她的外套上签下名,又与她合了影,女孩子这才兴奋地离开。

"幸好我反应快,不然又是一桩事儿。"柴若舒松了一口气。

欧阳烨看着女孩子远去的背影发怔。

"怎么了?"柴若舒看出不对劲儿,问道。

"没什么,你不觉得那个女孩子有点奇怪吗?"欧阳烨说。

"哪里奇怪?"柴若舒脚步顿住。

"她跟我合影的时候,一直故意露出她里面衣服上的Logo,那个Logo我没认出来是什么牌子。"欧阳烨说。

"你想说什么?"柴若舒神色逐渐严肃。

"之前,嘉何跟我说过,坊间有一个工作室,专门堵截各路明星签名,然后高价贩卖给粉丝。因为他们能提供工作室人员和艺人的合照,以证真伪,所以粉丝都心甘情愿花大价钱买他们的签名。他们工作室的员工都会穿着印有工作室Logo的衣服和明星合照,好借着明星的名气打名声。"欧阳烨解释道。

嘉何便是组合名义上的C位,《中国最青春》总决赛第一名,白云台台长的侄子,这个男生算是组合内和欧阳烨关系比较亲近的成员了。

"这种工作室我也听说过,你怀疑那个女孩子是职粉?"柴若舒问。

"感觉像是。"欧阳烨答道。

柴若舒面色微微凝重。

按理说,哪一行都有哪一行的生财之路。粉丝之间的交易,一个愿打一个愿挨,本来也闹不上台面。但前几天微博热搜爆出一个猛料,一个网剧出身,稍微有了点名气,积攒了一波女粉丝的演员,和这类工作室混在一起,拿着签名的玩偶、衣服、帽子,放到粉丝群里竞拍,最后的钱由工作室和演员本人平分。后来,是因为工作室的一名工作人员在工作中受了委屈,选择上网爆料,报复工作室,这件事才得以曝光。

该演员的粉丝掉了一大半,路人们也投以鄙夷的目光。

所以,如果这个女孩子真是职粉,那欧阳烨就有被无辜拖下水的风险。

"如果她真是职粉,怎么会知道你的私人行程呢?"柴若舒狐疑道。

欧阳烨摇头。

"所以,大概是我们草木皆兵了。"柴若舒说。

(五)

日本,关西地区。

天气始终晦暗,这要命的气候直接将阴冷的空气吹到随后接连的几周里。这种天气,还能坚持光腿穿裙子的,除了日本女高中生,便是中国女明星。

周信然没有急着回国,而是陪着南嘉在奈良喂鹿。

南嘉弓着身子,一双腿笔直雪白。周信然坐在长椅上,慢条斯理地感受这种视觉冲击。他时常需要这种冲击,让他时刻感觉到,原来远在天边的人,真的可以近在眼前。

前些日子,他陪她去心理诊所。

一共去了两次,一周一次。医生用自己的专业素养打消南嘉的疑虑后,先是听了她的人生故事,后引导南嘉发泄心中不良情绪。

第一次,周信然坐在外面等着,一等,等了三个多小时。南嘉从房间出来后,脸上挂着泪珠,满是疲惫。

第二次,周信然在外面打手游,突然听到从房间里传来尖叫和怒吼,他不知发生了什么事,活活被吓了一跳。出于对医生的信任,他没有敲门打扰。后来,南嘉出来后,虽是疲惫,神态举止间明显轻松不少。

医生告诉周信然,南嘉因为是女明星,心中委屈不足为外人道,积累久了,早就有了抑郁的先兆,给她一个不用顾忌形象和后果的发泄渠道,她就能好得快一些。

原本,他们俩在的草地没什么人,这会儿却莫名其妙来了几个男人,其中两个还一直往南嘉身上看,眼神不怀好意。

周信然这就不舒服了。

他起身,将风衣脱下,走到南嘉身后,直接系在她腰间,将她一双美腿裹住。

"你做什么?"南嘉回头,不悦地问。

"天气这么冷,不怕将来老寒腿吗?"周信然瞥了一眼她道。

南嘉笑道:"你一个走在审美和时尚前沿的摄影师,'老寒腿'三个字从你嘴里说出来,怎么那么奇怪呢。"

"在我的审美里,不是只有光腿才时尚,才上镜,这些都是男权社会赋予女性的枷锁,偏偏女性还不自知。宁可冻死,都要维持。"周信然正气凛然。

南嘉刚要说什么,看到不远处几个目光鬼鬼祟祟的男性,忽然明白了什么,又是一笑,居然将准备说的话咽下去了。

"行,为了不得老寒腿,我接受你的好意。"南嘉将风衣系得又紧了些,转过身去,继续喂鹿。

见她领情,周信然的醋意渐消,心中还有些得意。

"看镜头,嘉嘉。"周信然退后几步,拿起相机,喊道。

在南嘉回眸的一瞬间,周信然突然"咔咔"几下连拍,捕捉到她最为灵动俏皮的场景。

"对了,手肘往前一点,下巴抬一点。"周信然蹲在地上,不断指挥她找角度。

南嘉倒也配合,她很久没有拍过照片了。在日本的这段时日,她会故意忘却自己曾是个每分每秒都活在镜头里的人。

偶尔,她会怀念那种在镜头前的自信。

妆容姣好,一身华服即战袍,红毯即战场。她一出场,万人追逐,众星捧月。

周信然给了她一个安全的环境,让她重新找回了当初的感觉。

"嘉嘉,你身后——"周信然停了下来,目光迟缓地望向南嘉身后。

南嘉回头,看到一位头戴礼帽、身穿藏青色大衣的中老年男子站在树下,一动不动地看着自己的方向。

她四周张望,确认这位老先生是在看自己。

"请问——"南嘉边走近他,边开口。

这位男子没等她完全靠近,就突然转身离开,且他走得很急,南嘉小跑着追了几步,都没追上。

"哎,这位先生——"

"嘉嘉,算了,别追了。"周信然跟在她后面,以一种保护她的姿态说,"我们回去吧,这地方的人都奇奇怪怪的,免得伤到你。"

"他应该不是想伤害我,我觉得他看我的眼神像是——"南嘉仔细回忆,"像是认识我一样。"

"认识你?你在日本有故友吗?"周信然问。

南嘉摇摇头:"认识几个人,但都不熟。"

见南嘉一直苦思冥想着什么,周信然生怕病情好不容易有了起色的她,又钻牛角尖儿,忙道:"别想了,大约认错人了。我们回去。"

"嗯。"南嘉应道,但神情恍惚,还在想刚刚的事儿。

周信然陪同南嘉来关西地区玩儿,住在同一家酒店的不同房间。

之前,南嘉的妈妈在饭桌上对他颇为友善,得知他要带女儿去旅游散心,也是举双手赞成。

"我这把老骨头了,就不跟着你们年轻人去了,你们玩得开心啊。"南嘉妈妈说。

"那您自己一个人——"周信然有些不放心。

"我不寂寞,你们放心去吧,多拍些照片,就当我也去了。"南嘉妈妈笑着说。

她都这么说了,周信然便也不再勉强,带上南嘉便搭上了去关西的火车。

"外面开始下雨了,窗户关好,有事儿叫我,我就在你隔壁。"周信然

第 5 章　如释重负

将南嘉送到房间门口，温柔地叮嘱她道。

"嗯，晚安。"南嘉说着，将腰间的风衣解开，交还给他，"你的衣服，谢了。明天出门，我会穿裤子的，老是麻烦你的衣服，替我挡风挡雨的，也对它不公平。"

"我的衣服，能为你挡风雨，是它的荣幸。"论耍嘴皮子，周信然还没输给谁过。

南嘉开门入室，脸上挂着的笑意慢慢消散，取而代之的，是疲惫。

她推开窗户，看着外面淅淅沥沥的雨，托腮发呆。

其实，最初退出娱乐圈，来日本，是为了避世。南嘉总觉得，只要时间久些，再久些，她总能将这世间该抛下的抛下，该忘掉的忘掉。

周信然来寻自己，给平淡的日子带来不小的冲击。他那么努力地，试图将自己从沼泽中拖出来。她看在眼里，感恩，也感动，所以一直配合着他的努力。

听说他给自己找的心理医生，在全世界都负有盛名。医生给她做过两次治疗后，她的状态，果然好了很多。这种好转表现在，自己的行为更积极了，想法变得更乐观了。只是，还是容易疲惫和失落。

譬如眼下，被雨水隔开的房间，像是一个与世隔绝的世界。她将身后的门关上，似乎和整个世界都失去联络了。

洗了澡，吹完头发，南嘉吃完一片褪黑素，打算就着雨声入眠。

睡前，她看了一眼手机，打算和妈妈说几句话，却突然看到微信运动里，妈妈的步数和自己的尤为接近。

妈妈今天去哪儿了？

南嘉又打开 Ins，系统向她推荐了几个好友账号，都是手机里存了号码的人，其中就有妈妈。

妈妈还玩 Ins 吗？南嘉好奇地点开妈妈的主页，竟然看到了熟悉的草地和熟悉的鹿，这样的场景，绝对不是东京该有的，因为自己今天才见过。

"砰——"

有什么东西在脑中炸开，南嘉再也睡不着了。

隔壁房间内，周信然刚打开电脑，打算处理一下工作上的事，便听到急促的敲门声。他打开门,看到南嘉睡衣外披了件外套,头发散乱着,皱着眉站在那里。

"怎么了?快进来,别冻着。"周信然忙让了条路,又急着去找遥控器,要开空调。

南嘉坐在椅子上,脸上的表情怪异:"妈妈跟我们来奈良了。"

"啊?"周信然没能理解南嘉的话。

南嘉将手机递给他,周信然看到手机屏幕上,不知是谁的 Ins 主页上,连发好几张奈良公园的照片。

周信然看每一张都觉得眼熟,是因为照片里的一草一木,他跟南嘉下午才看过。

"是我妈妈的账号。"南嘉看着他,"妈妈不跟我们一起来,却自己一个人来了,不是很奇怪吗?还有,你看倒数第二张,这个角度,分明是别人给她拍的。"

"虽然你妈妈的做法是有些离奇,但这些照片还好吧。"周信然压下心头的怪异感,"也许你妈妈来会老朋友,不想告诉你,或者,就是路人给她拍的呢,公园里人可不少。"

"我妈,没有日本的朋友,或者说,在日本的朋友。"南嘉斩钉截铁地说,又忽然想到了什么,"但我家里,我是说,我很小的时候,看到过一些和服,还有一个金色的小铃铛和一块掉了漆的木牌。我问妈妈,妈妈说那是日本神庙里用来祈福的东西。"

"你妈妈既然来过日本,并且对日本很熟悉,那为什么要骗你呢?"周信然百思不得其解。

他之前听南嘉说过,妈妈是第一次来日本,来陪她疗养。

南嘉摇头。

"今天在公园盯着我看的那位大叔也很奇怪。"

"现在时间有些晚,你说,明早我要不要试探一下妈妈?如果她遮遮掩掩,就一定有什么事情瞒着我。"

南嘉太好奇了,她的注意力一直集中于这些想不明白的事情上,没有注意到裹在身上的外套松松垮垮,已经落了下来,露出胸口大片雪白。

周信然呼吸急促,大脑瞬间短路,没法听进去任何话了。

第 5 章 如释重负

"你怎么不说话?周信然?"南嘉望向他,却看到他的目光,一眨不眨地盯着自己的胸口。

低头一看,南嘉瞬间发怒,抬手就是一巴掌,随即扣紧外套。

周信然清醒过来,面色一红,有些懊恼,平时能言善辩,这会儿却一个字也说不出来。

"我回房间了!"南嘉没好气地起身,直接走了。

房间里还残存着南嘉身上留下的香气,那是一种沐浴露、香水混杂的气味,又或者,这种形容不够精准,其实南嘉身上的香气,是她与生俱来的,是一种能勾得住男人魂魄的气味。

周信然在这种气味里缄默,他和南嘉聊天时的片段反复地浮现脑际。

第6章　误会重重

（一）

欧阳烨在学校里，和叶臻关系亲密。他们同吃同行，所有的同学，哪怕是老师，也默认了他们的情侣关系。虽然，欧阳烨从没承认过。

欧阳烨这么干的原因很简单，仅仅为了气柴若舒而已。

可是那个没有心肝的女人，不但毫无反应，还让自己对叶臻再好些，说什么有钱人家的大小姐脾气都差，让着点她。不止如此，她将自己抛到脑后，开始热情地栽培起新人。

他通过吴轩得知，公司刚签了一男一女两名艺人。女生之前是平面模特，向来有"小罗宝儿"之称。柴若舒以前带过罗宝儿，并且和罗宝儿关系维系得还不错，所以罗宝儿不要的一些资源，女生可以捡个漏，倒也容易捧。男生才十八岁，舞蹈学院附中的学生。吴轩开玩笑形容这个男生是：身娇体软易推倒。

欧阳烨听到这个形容，脑海里骤然出现了不该出现的画面。

"这个男生很会讨好人，情商特别高。"吴轩生怕火点不着似的，还拼命浇油。

"柴总应该很高兴吧。"欧阳烨的醋意，就快穿过无线网，飘到吴轩鼻子前了。

"是挺高兴，昨天开会时还夸了呢，说他听话，能省心不少。"吴轩

第6章 误会重重

接道。

欧阳烨捧着手机,还打算说什么,一个语音电话打进来,覆盖了吴轩的消息。欧阳烨一看,竟然是柴若舒。

背后不能说人吗?说曹操,曹操就到。

"欧阳烨,下午课多吗?你来一趟公司。"柴若舒的声音,听不出喜怒,但从她这么官方的称呼来看,应该不是什么好事。

欧阳烨倒也没多问,上完了下午的两节课之后,由大雄开车,将他送去了公司。

柴若舒扎了低马尾,穿了一件灰色厚毛衣,缩在办公室里擤鼻子。她今天应该是不用见外人,所以才穿得这么随意,也应该是感冒了,垃圾桶才从桌子下面移到了她脚下。

"你就坐那边的椅子上吧,别离我太近,回头把感冒传给你。"柴若舒指着靠门边的椅子道。

"什么事?"欧阳烨直接开口问。

他原本是想关心她,却怎么也开不了口,只能借着工作的由头,和她多说几句话了。

"你过来看看这些。"柴若舒将平板电脑递给他。

欧阳烨接过,屏幕上一张一张的,全是他跟叶臻走在一起的照片。从照片中看,两人有说有笑,俨然一对热恋情侣。

但是欧阳烨自己知道,这只是拍照角度问题。他和叶臻之间清清白白,他表面亲近,实则是和她保持一定距离的。

有人在陷害自己。欧阳烨立刻反应过来。

"跟拍的记者跟我有几分交情,所以把照片先交给了我,也不排除他是两面要钱,利益最大化。"柴若舒不冷不热地说道。

"你给钱了?"欧阳烨问。

"给啦。"柴若舒咳嗽一声,又喝了口水,"我是想让你注意些,毕竟,咱们公司目前不止你一个艺人,开销比较大,不能将钱都砸在给你公关绯闻上。"

她不说后面这段话还好,一说完,欧阳烨就联想到吴轩的话,由此气不打一处来。

她拿他赚的钱,去培养别的小鲜肉。就好比一个妻子,拿着丈夫赚的钱,去包养小白脸一样,还理直气壮的。

欧阳烨又不能正大光明地吃醋,可是让他就这么忍着,他也不乐意。

"当初让和叶臻亲近的人是你,现在让注意一些的也是你。"欧阳烨的语调不免有些阴阳怪气。

柴若舒静静地看着他,并未质问他哪里来的一腔怒火。有时候,她对他真的足够宽容。

"小烨,我们是战友,不是敌人。真正的敌人在暗处,等着揪你的小辫子,将你连根拔起。"

欧阳烨顿然醒悟,低下头,语气软了些:"我也不知道,就像你说的,你红了,就是原罪,就挡了别人的路,谁都有可能害你。"

"但知道你和叶臻关系亲近的人不太多,对吧,我想,叶大小姐算半个圈内人,也不是那么不谨慎的人。"柴若舒双手交叉,垫在下巴处,说道。

叶臻虽然行事高调,但确实不是个不谨慎的人。她的父亲,应当早就对她言传身教了。

"是他?又是他!"欧阳烨想到了什么,先是起疑,随后确定。

"你认为是谁?咳咳——"柴若舒捂住嘴,很好奇欧阳烨的答案。

"言姜,肯定是他!"欧阳烨眼底冒出怒火。

"你先冷静一下,你有证据吗?不要因为对方跟你有过节,你就胡乱怀疑他。"柴若舒又擤了一把鼻子。

"才不是,而是有次,我们团参加个校园活动,叶臻私下找我,被其他成员看到了,当时言姜就在身边,还多问了几句。叶臻不知道我跟他之间的过节,就介绍了自己,我也不能拦着不是?"欧阳烨讲清楚了事情原委。

"这么看,倒确实可能是他。"柴若舒摩挲着下巴。

"真是可恶。"欧阳烨做了一个要揍人的姿势。

"你别那么恨他——"柴若舒话说一半,打起喷嚏。

"你是圣人吗?参加比赛时,他怎么对我的,你又不是不知道。"欧阳烨不满。

第6章 误会重重

"我的话还没说完,我说,你恨一个人,不要表现在脸上。他越是针对你,你就越要以德报怨。这样做,一,旁人挑不出你的错;二,他也会自讨没趣,甚至因为看不破你的内心而惧怕你。"柴若舒缓缓说道,"敌人在明,总比在暗好。知道是谁了,就容易防备。这是件好事,别害怕竞争和迫害,你的对手不是他,也会有别人。"

欧阳烨安静了下来,他同过去一样,条件反射般,想要反驳她。但他已经不是过去的自己了,何况,他也想明白了,为何自己那么厌恶她说教。应该是,她在自己心中,从来就不是一个"姐姐"吧。

想明白这一点后,他既惶恐,又瞬间得到了解脱,从一种"喜欢上姐姐"的罪恶感中解脱。

"那我们怎么做?"欧阳烨咨询她的意见。

"按兵不动,我私底下调查一下。另外,你告诉叶臻这件事,这个大靠山,一定不能丢掉。"柴若舒叮嘱他。

欧阳烨心中的不舒服又浮上来,他忍不住问了句:"你就不担心,我真的会喜欢上叶臻吗?毕竟她真的很不错。"

柴若舒一愣,她看到窗外的那株梧桐树,没有风时,树叶纹丝不动。风起时,树叶便有了摇摇欲坠之感。

"你喜欢谁,是你的自由。但身为你的经纪人,我只能劝告你,当下这个阶段,事业为重。"

柴若舒官方的语气,令欧阳烨有些沮丧。

"就算有了喜欢的人,也要压抑住情感,是吗?可人的一辈子不长,令人牵挂的感情,也遇不上几段吧。他们说,越长大就越难。"欧阳烨还是不肯放弃什么,几乎是追着柴若舒问。

"你才多大呀,就谈什么一辈子不一辈子了。我的意思是,你现在的年龄,根本分不清自己喜欢上的,是一个对的人,还是一种冲动。所以不如好好读书和工作。"柴若舒耐心地说道。

"认识很多年了,还是冲动吗?"欧阳烨根本不打算放过她。

柴若舒一怔,她看到了对方眼底的炙热,正不依不饶地追着她讨要一个说法。她眼神有些躲闪,含糊其词道:"你自己想好吧。"

欧阳烨胸口闷闷的,说不出的不痛快,他的情感已经压抑到极致,在快要喷薄的边缘徘徊时,柴若舒接起一个电话,是工作上的来电。她背过身,并朝欧阳烨打出一个请他离开的手势。欧阳烨内心的那股情感,犹如喷泉的水,还没升到最高点,就回落了。

他拉开门,连声招呼也不打,直接离开了。

柴若舒留意到他的离开,精神有那么几秒的恍惚。

"喂,柴总,在听我说话吗?"

"嗯?我在听,您说。"

(二)

柴若舒近日签下一名优秀的公关,是个从传媒大学毕业五年的姑娘。说来也巧,该公关原先服务于大的娱乐公司,只接大单,之所以愿意跳槽来星烨,不过因为她是欧阳烨的粉丝。

原先,柴若舒还担心她的粉丝心态,会处理不好工作。但事实证明,柴若舒想多了。姑娘一来,就将欧阳烨绯闻的事儿处理得漂漂亮亮,将发酵的根直接斩断在泥土里,对家就算得到消息,也根本无从下手。

同时,柴若舒开始调查事情的源头。

调查的结果和欧阳烨预料的分毫不差,确实是他的队友言姜在搞事情。

柴若舒想了想,通过平台认识的人,拿到了言姜的联系方式,打算找他聊一聊。一开始,言姜得知添加自己微信的人,竟然是欧阳烨的经纪人,很是抗拒,所以根本没通过柴若舒的添加请求。

后来,柴若舒通过其他成员,得知他最近天天晚上去一家叫"闹海"的酒吧鬼混,便直接上门堵人了。

这天夜里,言姜喝得醉醺醺的,搂着一名长腿辣妹,正从卫生间往卡座走,直接被柴若舒拦住去路。

"言姜,我们聊聊。你是想在这里聊,还是去一个安静的地方聊?"柴若舒气势迫人。

长腿辣妹不明所以,却被柴若舒的气势镇住,看了她几眼后,知趣地

第6章 误会重重

退到一旁。

言姜定睛一看,有些不耐烦。

"我说柴大经纪人,你不去忙着挣钱,来这里做什么?也想喝一杯吗?"

卡座内,言姜的狐朋狗友们看过来,大约误会柴若舒和言姜有什么情感上的纠葛,故而找来这里,纷纷吹起口哨。

柴若舒皱眉:"言姜,我手里有你陷害欧阳烨的证据,我再问你一遍,你是想在这里聊,还是想换个别的地方聊?"

言姜瞬间酒醒,他狐疑地盯着柴若舒看了几遍,似乎在衡量她手里的底牌,最终还是妥协了。

"酒吧后面有个台球厅,我朋友开的,我们找个房间聊。"他说。

两个人来到台球厅,开了间VIP包间,无人打搅。

"柴经纪人会打台球吗?"言姜问。

"为何不会?"柴若舒接过他递过来的球杆,熟练地涂上巧粉,"打国标还是九球?"

"哟,你还会九球呢。"言姜不屑一顾地笑。

柴若舒不动声色地来到一号球前,姿势极为标准,动作干脆利落,一杆入洞。

"好球技。"言姜这声夸赞,倒是真心的。

"我要是赢了你,放过欧阳烨,不要再跟他作对了。"柴若舒说。

言姜一愣,旋即失笑,姿态高傲:"你该不会真以为,你抓住了我几个把柄,我就会向你妥协吧。柴经纪人,我调查过你。你一个草根出身的经纪人,没资格和我谈条件。"

柴若舒将球杆竖立在桌前,一点没有因为被冒犯而失去风度。

"我能不能问你一个问题,你是不是很看重你在娱乐圈的发展?"

"废话。"言姜毫不客气道。

"那好。"柴若舒浅浅一笑,"你很看重你的发展,你觉得你的资历、背景都比欧阳烨出色,所以不甘心被他压一头,所以妒忌,妒忌让你变成魔鬼。可是你想过没,你们现在是一个组合,几年内你都不会单飞。什么是组合?一荣俱荣,一损俱损。欧阳烨折了,对你一点好处都没有。

可能关注你们的粉丝们会将你们分开看,但对于大多数人来说,欧阳烨要是闹出个什么新闻,大家不会说欧阳烨如何如何,只会说你们这个组合如何如何。"

言姜打球的手势一顿。

九球玩法的不确定性太大,比如,言姜的打球水平其实总体高过柴若舒,可是就算他把前八个球都打进去了,但九号球被对方打进,也算他输。

他,最不喜欢输了。

"我希望你仔细思考一下我说的话。"柴若舒抬起手臂,精准地将九号球打进球洞。

言姜没有说话,双手撑着球桌,低着头,不知道在想什么。

柴若舒将球杆放回原处,似乎很渴,拿起桌上的鲜榨橙汁,一饮而尽。

"谢谢你的饮料。"她礼貌地道谢,随后拿起包,优雅地离开包间,根本不看他一眼。

其实言姜长得不差,骨相比欧阳烨还出色一点。欧阳烨不过是皮相好。最显著的差别就是,欧阳烨在现实里,在视频里都是灵动的,在平面载体上却不出众,照片需要精修。

但,人跟人之间有种莫名的磁场。比如,欧阳烨再叛逆,柴若舒也愿意亲近他,不单单因为他是南嘉弟弟。可是言姜这样的人,柴若舒发自内心厌恶。

从台球厅走到外面的路上,男人们纷纷打量她。

大家都知道他是言少带过来的女人,却不知她和他的关系,毕竟,她似乎不是言少喜欢的那一挂女人。

欧阳烨并不知道柴若舒背后为自己做的,只知道言姜这几日忽然转了性子。

过去,言姜热衷于拉着其他队友孤立自己,私底下也是冷嘲热讽,不断试图激怒自己,暗害自己。可是现在,他仅仅是对自己冷淡,并没有再多说什么,或者做什么了。

日子平淡如水,一往无前。

第 6 章 误会重重

（三）

小年夜，欧阳烨所在的组合接到了某地方台春晚节目组的邀请。

所有人都很高兴，出道才半年的组合，就能上地方台春晚，那明年岂不是能上总台春晚吗？

"低调，低调，让别人看见了，得说我们飘了。"柴若舒做出噤声的动作，其实心底也按捺不住欣喜。

柴若舒带过的艺人大多是演员。演员的生命周期要比偶像长，但偶像短时间内取得的成绩，却叫演员难以望其项背。

欧阳烨跟随组合一起出发去南京彩排，柴若舒没有随行，而是晚了两天才到。

她买了高价机票，将欧阳烨远在日本的妈妈和在辽宁的奶奶接到南京，随后，又为她们办理好和组合同一家酒店的入住手续。

"你们先休息会儿，小烨他们的演出时间接近十二点，回来得凌晨了。"柴若舒将买来的鲜切水果递给她们，说道。

"孩子，你真是有心了。以前一直帮着我们嘉嘉，现在又这么为我们小烨着想。我真是不知道怎么感谢你才好。"欧阳烨的妈妈握住柴若舒的手，一脸感激。

她在日本待了挺长一段时间，几乎日日都陪着女儿，但是小儿子，却是很久没见了。那小兔崽子性格别扭冷淡得很，她不主动问候，他很少打个电话、发条信息来关心一下自己。

"阿姨，这是我的工作呀。何况，我在你们家白吃白喝了这么多年，都是应该的。"柴若舒笑道。

在北京闯荡的这些年里，柴若舒见南嘉家人的次数，远多于见自己父母的次数。

所以她心底，早将南嘉的妈妈当作家人对待。也只有在家人面前，柴若舒的笑，才发自内心。

"你这孩子。"欧阳烨的妈妈笑得眼角的皱纹都攒成了一朵花。

这么多年以来,她也从没将柴若舒当作外人。这个外表柔弱、内心坚强的姑娘,有时候要比自己的女儿懂事和独立,特别招人心疼。

欧阳烨的奶奶年事已高,还有些耳背,但脑子却不糊涂。她听不清柴若舒和儿媳妇的对话,却大概了解了意思,一直冲柴若舒点头。

柴若舒告别了她们后,要赶紧赶去电视台,却在电梯里撞见叶臻。

"柴若舒。"叶臻直呼其名。

虽然听起来很没礼貌,但叶臻的真诚,倒没让柴若舒对她反感。

"你,来看小烨的?"柴若舒问。

"对啊。"叶臻举着手上的帽子和口罩,"怕再被人拍到,所以这次有准备啦。我绝对不给他添麻烦。"

小姑娘说着说着,嘴忽然一扁:"不过,前三排都是领导和他们的家属位,我都没弄到位置,只能在观众席里看了。"

小姑娘拥有特权拥有惯了,乍一失去,就很不习惯。

"我带你在舞台的台口看如何?"柴若舒灵机一动。

"真的可以吗?"

"当然可以。不过这是直播,你不能喊,规规矩矩的,可以不?"柴若舒跟她约法三章。

"必须的,我不是那么没素质的人。"叶臻说。

自己的艺人上台,经纪人站在台口看是常有的事,带个关系户一起,更不是多大的事。但柴若舒就是拿这么小的一件事,收买了叶臻。

两人一起坐车,到了电视台。

鼓楼往新街口方向的车辆一贯多,两个人在车上,被堵得一点脾气没有。幸好,她们俩进演播厅后台时,只是错过了艺人化妆,而没有错过表演。

"来,这里。"柴若舒小声地朝叶臻招手。

两个人和台里人打了招呼,倚在了台口的边角,刚好能清晰地看到舞台。

舞台的光全部打开时特别刺眼,看久了就是白茫茫一片。

"喏。"柴若舒递给叶臻一副墨镜。

"若舒姐,你真周到。"叶臻接过戴上。

第 6 章　误会重重

谢天谢地,这个无法无天的小姑娘终于不再直呼自己大名,能叫自己一声姐了。

"有请 Star T9。"大屏幕上出现组合的名字和照片,与此同时,台下尖叫和欢呼声一片。

除了领导和领导家属,这次的春晚观众招募,是限了年龄的,专门找的能熬夜的三十岁以下年轻人。但这些年轻人的精力有限,比如遇到一些名气大、热度不行的歌手时,如果导演不出来引导,他们的气势就显得低迷。唯独 Star T9,一出场,用不着导演说什么,所有人的热情都在这一刻爆发。

柴若舒倒是挺能理解他们的。

九个青春帅气的男孩儿往台上一站,灯光将他们衬得唇红齿白,一个个儿,都是令人心动的模样。

欧阳烨的站位,是偏向舞台台口的。

两个女人看到他的那一刻,他也看到了她们。

柴若舒是自己的经纪人,来看自己,没什么奇怪。叶臻一直追着自己跑,来看自己,也没什么奇怪。奇怪就奇怪在,她们俩能同时出现,关系还如此和谐。

不过,欧阳烨分不出精神思考太多。今天演出的第一首歌,不是他们组合自己的歌。歌倒是熟,但舞蹈却是前天才排的。

前奏响起,组合成员便都投入到表演中来。

柴若舒看着欧阳烨,有那么一刹那,脑海里冒出一句话:认真的男人最帅气。

男孩的显著特征是:任性,顽皮,天真。

男人的显著特征是:认真,缄默,忍辱负重。

不知从什么时候起,欧阳烨在自己眼中,已经慢慢从男孩进化到男人了。

表演结束后,组合回到后台。叶臻让人抱了九束鲜花来,在后台一一献给 Star T9 的成员。

"你们今天的演出好棒!"她赞叹道。

成员个个知道她的身份特殊,所以心知她只为一人而来,也没有揭穿她,而是配合着她说话,连言姜也是。

那一天,柴若舒找过言姜之后,他突然就想明白了一个问题。欧阳烨倒也罢了,这位叶大小姐有权有势的,摆明了就是喜欢欧阳烨。自己若是得罪了欧阳烨,就是得罪了她。自己家不过是有钱,但还触及不到权力。和欧阳烨表面处好关系,说不定还能蹭些好处,若是完全闹掰了,对自己百害而无一利。

叶臻在后台还算克制,去到保姆车上后,因为都是自己人,她就放飞自我了,坐在欧阳烨身边,问东问西,情绪激动。

"可惜不能录视频,你今天的舞台表现 A(帅)爆了。"

"这舞蹈才练了两天吧,你跳舞也很有天分哎。"

"以后我们在一起了,你也跳舞给我看,好不好?"

欧阳烨不胜其烦,却耐着性子应付叶臻。他的目光时不时望向副驾驶的位置。柴若舒坐在那里,却没跟自己说过一句话,只把后脑勺对着自己。

他心中很是不快,却无法发泄。

最近,他越来越感觉到,这个女人的一颦一笑都能勾起自己的情绪变化,他也一直明白这意味着什么。

到了酒店,叶臻和欧阳烨反复说了很久的话,才肯回房间。欧阳烨转身的一刻,神情疲惫。

"小烨,和我去一个地方。"柴若舒在他身后突然说。

"现在都几点了!"欧阳烨冷淡地说。

柴若舒倒也不在意他此刻的臭脾气:"你不去会后悔哦。"

这一下,倒是勾起欧阳烨的兴趣:"行,我跟你走。"

欧阳烨和叶臻住的楼层都是商务房,柴若舒按下电梯门,将他往下一层的普通标间带。欧阳烨走着走着,觉得不对劲儿,狐疑地开口问:"你说的地方,就是这里?"

"对,快到了,前面826。"柴若舒回道。

欧阳烨突然想到什么,脸色一红,脚步顿住。

"你干什么?怎么不走了?"柴若舒觉得他奇奇怪怪。

"这,不太好吧。都已经一点多了,深更半夜,你把我往你房间带,你

第6章 误会重重

要干吗?"欧阳烨轻咳一声,扭扭捏捏地像个小姑娘。

柴若舒骤然反应过来,上前拧了一把欧阳烨的肩膀:"你想什么呢。"

"我想得不对吗?"欧阳烨一脸蒙。

柴若舒简直气极,不知哪里来的力气,直接拽住欧阳烨的手肘,将他往房间的方向拖。

欧阳烨半推半就,口中一本正经:"哎,你放手,我是第一次哎。我理解女人三十如狼,但是你也不能这么禽兽是不是。实在不行,我们可以先完善交往步骤,我比较喜欢有感情的——"

柴若舒拿门卡刷开房门,将欧阳烨推到房间内。

欧阳烨看到自己的妈妈和奶奶端坐在椅子上,一下子傻了。

"小烨,你刚跟若舒在外面吵什么呢。若舒这么照顾你,你可不能耍小孩子脾气啊。"欧阳烨的妈妈柔声说道。

欧阳烨看看妈妈,再看看柴若舒,整个人脸红脖子粗。

柴若舒站在一边,突然觉得他这样子怪可爱的,不禁捂嘴偷笑。

"不是,妈,你和奶奶怎么来了?"他抓抓后脑勺,"来就来吧,怎么也不提前说一声儿,我好有个准备不是。"

"是若舒说要给你一个惊喜。"欧阳烨的妈妈说道。

"我过年不能回家和家人相聚,希望你能。所以偷偷接她们来南京了。"柴若舒解释道。

"你看若舒多有心。她还订了饺子,还热着呢,你和若舒快过来吃几个,我和你奶奶都吃过了。"欧阳烨的妈妈招呼他俩,并递上筷子,又转过身去倒水。

水壶里的水冒着热气,是刚刚才烧开的。

欧阳烨沉默地坐下来,狼吞虎咽地吃了几个饺子。说实话,他晚上没吃任何东西,熬到现在,早已经饿了。

这饺子不好吃,皮厚肉少,但欧阳烨却吃得津津有味。

他的心里,一股感动喷薄而出。短短的时间里,他的心情由疲惫到冷漠,到羞涩,再到感动,是他始料未及的。

"妈,奶奶,我吃完了,先回房间了,明天我带你们逛逛南京城。"欧阳烨将筷子放下,站了起来。

"好,早点休息吧。"欧阳烨的妈妈仍旧温柔道。

柴若舒和欧阳烨回到走廊,走向电梯的途中,欧阳烨突然问了一句:"南方的小年应该是明天吧?"

柴若舒一愣:"嗯,好像是吧。"

"我们北方吃饺子,你们南方一般吃什么?"欧阳烨又问。

柴若舒想了想:"其实,我们南方对节气没有像北方这么看重,好像也不吃什么,甚至,我的家乡是不流行过小年的,连春节的味儿也越来越淡了。"

"是吗?"欧阳烨声音低下去。

柴若舒按了电梯,察觉到他的失落,有些好笑道:"你可千万不要因为我给了你惊喜,你也要给我来个什么惊喜,我年纪大了,受不住的。"

"谁说要给你惊喜了,真是自恋。"欧阳烨率先一步走进电梯。

电梯抵达商务层,欧阳烨又突然冒出一句:"那如果非要给你惊喜,你会喜欢什么类型的呢?"

柴若舒转过身,认真地看了他一眼,说道:"欧阳烨,我真的不喜欢什么惊喜。对于我这个年纪的人来说,我喜欢稳定。"

"但你做的工作,就注定充满挑战啊。"欧阳烨嗤道。

"是啊,所以在其他方面,我想稳定。包括,有稳定的房子、稳定的交际圈,以及稳定的感情。"柴若舒头一次认真地和欧阳烨说起自己的价值观。

"哦。"欧阳烨点点头。

"去吧,早点睡。晚安。"柴若舒朝他挥手,又突然想起了什么似的,补了一句,"今天的演出真的很精彩。"

欧阳烨站在房门口,望着她潇洒离去的背影,总想要说些什么,可是话到嘴边,又什么都说不出来。

这一夜,他睡得不太踏实。

第 6 章 误会重重

（四）

翌日。

欧阳烨起得挺早,因为要带妈妈和奶奶出去吃早茶,然后和她们一起逛逛南京城。柴若舒和大雄自然也是随行的,一个开车,一个打掩护。

但谁也没料到,一行人刚走到楼下,就看到叶臻站在酒店大堂,举着胸前的单反,笑得一脸灿烂。

"阿姨好,奶奶好。我是欧阳烨的同学,今天的行程我都安排好啦。包括用车,保镖,还有摄影师,车子就在外面,我们上车吧。"

"这——"欧阳烨的妈妈望向柴若舒。

叶臻上前搀扶住奶奶,奶奶也乐呵呵的,似乎很喜欢这个细心活泼的小姑娘。

柴若舒开口道:"叶小姐,我们已经安排好车了。何况,带保镖出去,反而惹人注目。"

"若舒姐,你放心吧,不会惹人瞩目的。"

叶臻击掌三下,从外头进来了三名高矮胖瘦各不同、打扮也极其普通的男子。柴若舒见惯了圈内艺人的保镖体格,一眼就看出这几个男人个个是练家子。

虽然柴若舒心中有种被喧宾夺主的不快,但人家叶臻已经将所有细节都考虑周全,有些地方,甚至比自己这个经纪人做得还到位,自己根本找不出理由拒绝。

"既然叶小姐都准备好了,那我们就别辜负人家的一片好意了。我们出发吧。"柴若舒说道。

"若舒姐——"大雄犹豫地喊了一声。

"你把车开回酒店停车场,在酒店听通知。"柴若舒吩咐道。

"好。"大雄点头。

欧阳烨从头到尾都没说话,一是他一夜没睡好,有些无精打采;二是他实在懒得和叶臻周旋,可又不能得罪她,干脆就不吱声。

叶臻叫过来的车是一辆七座商务车,欧阳烨的家人,加上柴若舒、叶臻几个,坐得很是宽敞。三个保镖驾驶一辆普通大众跟在后头。

一行人打算去一家知名茶楼吃早茶。

"以前一直就听说,南方人比我们北方人会吃,这次也沾了你们的光,可以尝一尝。"欧阳烨的妈妈看着外面的街道,说道。

"是呢,听说南京的小馄饨最好吃,那个什么汪家馄饨。"叶臻显然做过功课,这才能接话接得如此快。

"其实南京的早茶一般,这要是往扬泰地区走,那里才有真正的早茶习俗,大煮干丝、富春包子什么的。"柴若舒开口道。

"若舒怎么知道这么多?你是江苏人吗?"叶臻好奇道。

"她是无锡宜兴人。"一直不说话的欧阳烨插嘴道。

柴若舒有些诧异地转头,连和自己相识多年的南嘉都大概只知道一个无锡,欧阳烨居然能精确到哪一座县城。他是怎么知道的?自己也从没跟他提过呀。

欧阳烨看到柴若舒惊讶的面孔,唇角不自觉弯起,有些得意。

她大概自己都不记得了,有一年,她大冬天喝冷酒,肠胃炎发作,南嘉让他送她去医院。那时候挂急诊,柴若舒掏出身份证的一刻,他就趁机瞄了一眼。只是一眼,也不知道为什么记忆如此深刻。

原来她是无锡人啊,正宗南方人,怪不得骨架小,也怪不得喜欢吃甜食,喜欢吃细细的面呢。那时候,欧阳烨这样想。

叶臻这便插不上话了,她看着欧阳烨和柴若舒说着只有他们自己才听得懂的事情,心中生出一种不安全感,或者说,女性对于感情天生便有先知。这种先知,让她对柴若舒的看法慢慢改变。

到了茶楼,二楼已经被清过场。

欧阳烨的妈妈刚好点餐,叶臻叫来服务生:"麻烦,你们这儿有的,每样都来一份。"

转过头,她又冲欧阳烨妈妈笑道:"阿姨,你都尝尝,如果不好吃咱就不吃了,好吃的话,就再来一份。"

"这——"欧阳烨妈妈表情有些为难。

"太浪费了,还是把菜单拿来吧。"欧阳烨开口,叫回来服务生。

叶臻想要开口,却没再说话。欧阳烨不但深知妈妈和奶奶的喜好,也知道柴若舒的喜好。柴若舒还没开口呢,欧阳烨就替她点了一份长鱼面,特地嘱咐厨子将面下得软烂一些。

"谢啦。"柴若舒轻声道,抬头看见叶臻满脸不高兴,忽而意识到什么,开口道,"这家长鱼面口碑很不错哎,你要不要也尝一下?"

"我才不吃长鱼面呢。"叶臻没好气道。

场面有些尴尬,柴若舒也不再自讨没趣。

"那我来一碗吧。"欧阳烨说。

空气中,有什么东西瞬间结成了冰。

一道道早茶端上桌时,大家都闷头吃起来。柴若舒几次想要打破僵局,可未想到什么好的说辞,她瞄了几眼欧阳烨,他是气氛的毁坏者,倒是吃得心安理得。

热气腾腾的面,将他的脸熏得发红。

蓦地,柴若舒想起昨夜,自己拖着欧阳烨进房间时,他也是满脸通红。这个一直到他进了房门,看见家人后才终止的小误会,让她觉得很有趣,唇角不禁上扬。

"若舒,若舒?"有人喊她。

柴若舒反应过来,发现是欧阳烨的妈妈,她这才察觉到自己一脸傻笑,桌上所有人都饶有深意地看着自己,她忙收敛,一本正经起来。

"阿姨,怎么了?"

"哦,我是问你,一会儿咱们是去中山陵吗?"欧阳烨妈妈重复了一遍自己的话。

"嗯,是。"柴若舒应道。

吃完饭之后,一行人坐上车,来到中山陵。他们选了一条僻静的路走,和大部队的游客保持距离。

"我不喜欢爬山,你们爬吧,我在车内等你们。"叶臻说道。

柴若舒看到她还是一副低气压的模样,自愿留下来:"那我陪会儿叶臻,阿姨,您和小烨照顾奶奶,可以吗?"

"当然可以了,你这孩子,就是太周到了。"欧阳烨的妈妈笑着道。

欧阳烨回过头,反复看了好几眼柴若舒,不明白她为什么要留下来陪叶臻。妈妈叫了自己好几声,他才回身,扶着奶奶一步一个阶梯,慢慢向上前行。

柴若舒目送他们远去,才回到车里。

"叶臻,你有什么不痛快,就直说吧。"

"没什么。"叶臻摆弄着手机上的挂件,头也不抬。

柴若舒失笑:"还记得你第一次来找我时的样子吗?开门见山,有话直说,我俩聊得很畅快。我以为你是个爽快人呢,怎么今天扭扭捏捏了呢。"

柴若舒的激将法用得妙,叶臻果然中招。

她语气起得很急,"噼里啪啦"像鞭炮似的:"我不明白为什么我做了那么多,最后受到称赞的却是你。欧阳烨他知道你喜欢吃什么,但从头到尾都没关心过我喜欢吃什么。"

"就这?"柴若舒觉得好笑,"我们认识很多年了,他姐姐南嘉是我的大学同学,他知道我喜欢吃什么不是很正常?如果你跟他也相处这么久,他也会记住你的喜好的。"

"至于你说的你做了那么多,为什么效果却不如我。你有没有想过,有些付出适可而止,别人会感恩,过了,就会成为一种负担。"

"那我跟他是同班同学,以后也会认识很久的。"小姑娘又忍不住气势汹汹地喧宾夺主。

柴若舒暗叹,太年轻的小女孩儿还是沉不住气。

"其实,还有一件事——"叶臻的气势又瞬间弱下来。

"嗯?"柴若舒做出一副愿闻其详的样子。

"我发现,你和欧阳烨之间的默契无人能及,大概就像你说的,你们认识很多年才会如此。不止这个,我觉得他看你的眼神,不像是看自己经纪人的眼神,也不像看亲姐姐好朋友的眼神,更像是——"

柴若舒心跳忽然快了几拍。

"更像是看心上人的眼神,他总是不自觉地看向你,留意你的小动作,倾听你说的每一句话,哪怕很多时候,你根本不说话。这让我很有危机感,可是我又觉得不可能。倒不是因为你比他大那么多,而是,你们认识得这样早,如果要有什么,早就该有了。"叶臻将心里话说出口。

该倾泻的,都倾泻完了,叶臻的情绪得以平复。

第6章 误会重重

柴若舒的心情却有了起伏，一时半会儿平复不了。她知道欧阳烨那小子对自己，大约是起了不该起的心思，她出于理性的考量，一直忽视，一直压抑，却未承想，有一天竟然会被一个外人看出来。

叶臻顿了顿，又继续说："一直以来，都是别人追着我跑，我还从来没有这样费心思地打探别人的消息，追着别人跑呢。"

柴若舒想到了什么，突然开口问："你是从哪里打探到欧阳烨的私人行程的？我是说，比如这次的南京行程。"

叶臻大概是没料到柴若舒会问这件事，顿时有些支支吾吾。

她越是这样，柴若舒就越觉得有问题。但柴若舒没有说话，只是安静地坐着，手指有意无意地叩击车窗，一下一下，若有似无。

无声的环境很是压抑。很明显，叶臻没有那么高的心理承受力。

"从私生饭那里买的。"

"私生饭？"柴若舒重复了一遍，"我以前和私生饭打过交道，他们一般是通过特殊渠道买艺人的身份证号码，能查到艺人的住所及航班。但是欧阳烨的南京行程，能精准到几点出发，这就不是私生饭有能力知道的了。"

叶臻有些慌。

"叶小姐，我看得出来，你真心喜欢小烨。我认为，喜欢一个人，是要让他变得更好，而不是放任他身边有人害他。"柴若舒继续说。

叶臻瞳孔里有什么东西一闪而过，柴若舒就知道自己猜对了。果然是有内鬼。

"所以，那个人是谁？"柴若舒沉声问。

叶臻原本高昂的气势，一弱再弱。她皱着眉头，似乎在做着什么艰难的思想斗争。最终，她还是开了口："是欧阳烨身边的造型师，我花了钱收买她的。"

"黄桥？"柴若舒脱口而出。

欧阳烨身边的造型师就她一个，不是她，还能是谁？

"嗯。"叶臻微微点头。

柴若舒又联想到一些别的事儿，问她："你只在黄桥这里买消息吗？还见过她把消息卖给别人吗？"

叶臻摇头。

"我知道了。"柴若舒严肃地点头,末了,又对叶臻说,"我下周约了见叶总,谈影视分约的事儿。"

"哪天?"小姑娘的精气神又起来了。

"周三下午。"柴若舒说。

"那天我也去。"叶臻想要参与任何一个关于欧阳烨的决定。

柴若舒笑意淡淡。

欧阳烨一行人从山上下来后,又陆续吃了午饭,逛了夫子庙和颐和路,最后搭乘晚上的航班离开南京。

欧阳烨的妈妈回日本,奶奶回沈阳,欧阳烨则要飞去杭州,参加一档直播卖货节目。若不是叶家人催促,叶臻恐怕还想跟欧阳烨杭州的行程。

但眼下,她却不得不和柴若舒一道回北京了。

航班上。

飞机刚飞到平流层,空姐就找到柴若舒,告诉她有人拿会员积分给她升舱了。柴若舒一猜,就猜到是谁。

她随着空姐走到头等舱,果然看到叶臻笑着朝她招手。

"飞行一路太无聊了,你是想让我陪你说说话吗?"柴若舒在她身旁坐下,开玩笑似的问。

"那倒不是,我是觉得我要爱屋及乌。在我眼里,欧阳烨什么都是最好的,他的经纪人也得样样最好。"叶臻歪着脑袋说道。

柴若舒定定地看了她几眼,不禁在内心感叹,出生在富贵人家的姑娘,大抵像她一样,心思剔透明媚。昨天还敏感得跟什么似的,今天又能不计前嫌,明亮得如太阳。

柴若舒都有些觉得对不住她了。毕竟,比起她的明亮,她的心思就多多了,全是基于欧阳烨前途的算计。

叶臻是抱着成为欧阳烨女朋友的心思,才会花费这么多精力,付出如此多的。可是柴若舒不想看到这一幕。

"你就不担心,我真的会喜欢上叶臻吗?毕竟她真的很不错。"欧阳烨的话不时回荡在耳边。

她怕,她其实怕。可是她不能表现出来。

"若舒姐?"叶臻唤她。

"嗯?这样吧,回了北京,我请你吃饭,想吃什么都可以。"柴若舒笑着道。

"行。"叶臻应得干脆。

(五)

春节长假,周信然出资,邀请爸妈来日本玩儿,他的真实目的,其实是想借着这个机会,让爸妈亲眼看看南嘉,他们未来的儿媳。

虽然,南嘉什么承诺都没给过他,但在周信然心里,她已经是他的人生里不可或缺的一部分了。

日本没有过春节的习俗,周信然怕爸妈觉得冷清,特地在酒店房间内挂了红灯笼,还在房门上贴了春联。

南嘉是不知道周信然爸妈要来的,所以突然看到他们,有些不知所措。

寿司店里。

南嘉看到坐在自己对面的一对中年夫妻,男人五十岁上下,穿了件灰色的短款羽绒服,打扮朴素,眉宇间却有一股浑不愣的范儿。女人四十多,保养得宜,脸若银盘,看上去富态,整个人散发着温和的气质。

他们俩从一坐下来开始,就一直端详着自己。

"嘉嘉,这是我爸我妈,他们放假,我让他们来日本玩儿,正好一起吃个饭,你不介意吧?"周信然非常自然地往南嘉身边一坐。

"爸,妈,你们肯定认识她,南嘉,是我的——朋友。"他开口介绍道。

南嘉在内心翻了个大白眼儿。周信然先斩后奏这招可以呀,都已经这样了,还问自己介意不介意,就算介意,也不能当着长辈的面介意吧。

"叔叔阿姨好。"南嘉笑着点头。

过去的南嘉以美艳著称,走红毯、拍杂志的机会不少,穿的衣服,衣料少之又少,露出绝佳身材,妆容也是考究得让人产生距离感。论正常的审美,镜头下的南嘉一定比此刻坐在餐厅内的南嘉精致。

此刻,南嘉仅仅是裹了件长款纯白羽绒服,长发披在肩上,脸部只打了底妆。近乎素颜的样子,让她笑起来时多了几分温婉,区别于平日里杀伤力极强的美艳。

也许是误打误撞,她松散的姿态,正好能对上长辈的胃口。

"当然认识了,只是没想到南小姐本人这么漂亮,比电视上还漂亮。"周信然妈妈由衷赞叹道。

"阿姨说笑了。"南嘉再次笑道。

明星都是学过表情管理的,南嘉一笑倾人城,再笑倾人国,直把周妈妈的心都给笑融化了。

南嘉自己都未察觉,她故作乖巧,是在下意识取悦周信然的家人。

"我看过你演的电视剧,哎呀,这么漂亮一个小姑娘,怎么说退圈就退圈了呢。"周爸爸一脸叹息。

周信然的反应比南嘉快。自打他充当南嘉的护花使者以来,关于南嘉的闲言碎语,他总是在她受到干扰前,为她挡住。周信然想要凭一己之力,为南嘉建造一间温室。

"爸,人家赚够了钱,不喜欢娱乐圈的风风雨雨,现在想重返校园读书,这样不好吗?"他试图堵住他爸的嘴。

"好啊,我没说不好啊。"周爸爸将目光转向南嘉,"听然然说,你现在在读研?读什么专业?"

"金融。"南嘉规规矩矩地说。

周信然一脸紧张,他生怕他爸说了什么,让南嘉又想起过去不好的事。

"金融?我以为学艺术呢。"周爸爸满脸失望,却仍是笑着。

周信然见爸爸没有恶意,只是单纯想和南嘉聊聊,便放下心,笑着打起圆场来:"我爸爸年轻时是摇滚乐队的主唱呢,看不出来吧。"

南嘉望向周爸爸,其实她看到周爸爸那一刻,就觉得他非凡人,于是开口道:"披头士那样的?"

"你怎么知道?那可是我爸最喜欢的乐队。"周信然道。

"叔叔这个年纪的人,应该都是受披头士乐队影响的。"南嘉笑道。

第 6 章 误会重重

"哎,那个时候哦,他一天天地不归家,搞劳什子乐队,我就跟着受罪,好在现在年纪大了,才踏实了。"周妈妈抱怨,嘴上却是笑着的。

"那时候有好多小姑娘追我呢,我就喜欢你,也没出轨,你还不知足。"周爸爸也笑。

桌上的气氛其乐融融,直到——

"嘉嘉,我听然然说,你妈妈之前跟着你,打理你的衣食住行,你弟弟现在在当明星,那你爸爸是做什么的?"周妈妈忽然问道。

周信然还没反应过来,气氛便骤然下跌。

"怎么了?"周信然望向默不作声的南嘉。他有些慌张,敏感地觉察是妈妈说错了什么,可是又不确定是什么。

"我爸爸——"南嘉顿了顿,脸色有些茫然,"我爸妈在我很小的时候就离婚了,我对他没什么印象。我弟弟可能对他的印象还深一些,他和爸爸同住过一段时间,也是跟爸爸姓的。"

"这样。"周妈妈点点头,"你也是个苦命的孩子。"

她看南嘉的目光里多了几分怜爱。

牛肉被端上来。大厨料理神户牛肉的手法很是娴熟,一整块生牛肉在他的操作下很快变成色泽金黄、整齐划一的小块。

看着牛肉在铁板上"吱吱"冒油,四个人的目光都被吸引住,也就暂时没人聊天了。

周信然先给南嘉夹了一块,南嘉自顾自吃了。

"这里的神户牛肉果真好吃,简直入口即化。"她点评道。

"那是。"周信然一边给父母夹牛肉,一边笑着说,"你看墙上,这家店可是有和牛登记证书的,他们家的和牛血统高贵。"

南嘉又连续吃了好几块。身为曾经的女明星,她一直有维持身材的意识,平日里肉类吃得不多,但牛肉还是可以多吃几块的。

四个人吃完这一顿后,南嘉先走出门,周信然去结账,他的妈妈跟在身边,悄声说道:"这姑娘漂亮是漂亮,但不会照顾人啊,你看她只顾着自己吃,也不管旁人。"

周信然一愣,随后说道:"妈,她当惯了女明星,衣食住行都有专人打理,没有照顾别人的意识。"

"也不是意识吧,妈就是觉得她有点自私。一个女人过于自私,家庭不会幸福的。再说,她长得那么漂亮,肯定很多人追吧,妈也不是不看新闻,之前——"

"好了。"周信然冷着脸,直接打断了妈妈的喋喋不休。

"妈,你对她的第一印象不是还不错吗?怎么就因为几个细节,彻底否认一个人了呢,这样对她不公平。还有,你看到的新闻,全是假的。娱乐圈很复杂的,有人在害她,根本不是你想的那样。"周信然解释道。

"怎么不害别人,就害她呢?她该不会品行不端,所以——"

周信然目光瞬间结冰,让他妈一下子闭了嘴。儿子一向性情温和,从未用这样的眼神看过自己。周妈妈突然明白了这个叫南嘉的女明星在儿子心中的分量。

她既感到吃醋,又无可奈何。

初四的时候,柴若舒终于抽空回了趟无锡宜兴。

她回家的时候,全家都在忙着做熟菜,摆果盘。柴若舒知道,这么大的阵仗并不是为了迎接她这个还不找对象的女儿,而是为了接财神。

"嗯,帮忙看看,如果有想跳槽的,优先选跳槽的。如果没有,从横店挖的也可以试试,先给我看看人——"柴若舒边啃梨,边打电话。

自从知道黄桥背叛团队,贩卖欧阳烨的私人行程后,柴若舒暗地里就一直在寻找能代替她的人。

在此之前,她没有走漏一点风声。

黄桥的业务能力出色,在没有找到合适的人选前,按兵不动最好,毕竟,欧阳烨接下来还有好几场路演,没了她,造型下滑,被对家拍到可是要被群嘲的。

"若舒,若舒——"柴妈妈从厨房钻出头来,"怎么好不容易回一趟家,还一直玩手机,你去买点水果回来。"

"嗯嗯,行,那就这样,我妈催我去做事儿了。"柴若舒跟电话那头的人告别。

她穿好外套和鞋,出门的一刻,依然听到妈妈在唠叨:"这么大的人了,还一直玩手机,也不找对象。"

柴若舒在心中唉声叹气。在妈妈眼中,她只要拿起手机跟人沟通,

第6章 误会重重

就是玩手机。

明明那么期盼自己回家,可是每每回家了,又百般嫌弃,不知是否全天下的父母都是这样子。

柴若舒从市场买了水果往家走,路过南岳寺。

从前的每年大年初一,妈妈都会带自己去寺庙里拜一拜。从求自己学业长进,到求自己找个好老公。这几年,自己很少能在大年初一回家,妈妈也渐渐什么都不求了。

旁人说南岳寺灵验,妈妈还要嗤之以鼻:"灵什么啊灵,拜这么多年了,若舒还不是没个正经对象。"

妈妈判断寺庙是否灵验的唯一标准就是能否庇佑柴若舒找个好对象。

在寺庙门口,有一群以算卦为生的人,他们坐在路边,拉着路人就是一通说,不是说"姑娘,我看你命犯桃花",就是说"小伙子,你印堂发黑,恐有大灾,需不需要化解"。大多数香客根本不理会他们的胡说八道,也有脾气不好的,直接骂回去:"你全家有大灾,再胡说八道,老子揍你!"

不过,倒也有胆小的,会停下来,乖乖交钱,听他们说道说道。算卦先生说的话,他们将信将疑,但总有个花钱消灾的心理安慰。

今天,算卦先生看到自己,眼神一亮,仿佛看到一根新鲜的、待割的韭菜。柴若舒撇过头,加快脚步。

"哎,姑娘,姑娘,别走啊。我看你面相,你最近犯桃花劫啊,不但有人喜欢你,你还会被介绍相亲,前任也会回来找你——"

柴若舒越走越快,几乎是喘着气小跑着逃离,将算命先生的话,远远甩在身后。

说来也奇怪,柴若舒刚提着水果进家门,就看到小姨坐在自己家客厅沙发上,一脸喜庆的模样。

柴若舒不喜欢这个小姨,总觉得她眼神不正经,透着一股算计人的心思,从小到大,妈妈不知被她坑过多少次。

今天是初五,柴若舒琢磨着,该拜的年,不是在初二、初三都拜完了吗?

"若舒回来啦,辛苦了辛苦了,快放下休息会儿。"小姨走过来,接走柴若舒手上的水果。

"若舒啊——"妈妈看起来也是喜气洋洋的,"你小姨想给你介绍一个对象,据说条件很好呢。"

果然,能叫妈妈快乐起来的话题只有这一个。

"若舒啊,这个男的岁数大了一点,但是岁数大会疼人啊,重点是,他特别有钱,有一家工厂,还有十几套房子。你一嫁过去呢,就是少奶奶啦,就不用再当什么经纪人啦,北漂啦,哎哟,一个女人家家的,怪辛苦的。"小姨趁机一通介绍。

"小姨,岁数大了一点,是大了多少啊?"柴若舒一下子抓住重点。

小姨一愣,眼神有些闪躲,还是说了:"比你大个二十岁左右吧。"

"什么?"柴若舒扬眉,她所料没错,小姨一来,果真没好事。

"他的儿子也都读大学了,不需要你操心,你生育自己的孩子就好,不是很好吗?"小姨还在不断安利,并不断望向妈妈那边,试图寻求援助。

还没等妈妈说话,柴若舒便开了口:"他儿子读大学了?那把他儿子介绍给我不挺好?他都这把岁数了,和我爸拜把子多好。"

"你,你这说的什么话!"小姨脸色难看。

"你不乐意就不乐意,怎么跟你小姨说话呢,你小姨也是一片好心。"妈妈将手头的洗菜篮放下,专程跑到柴若舒跟前来指责她。

柴若舒沉默下来,她明白自己刚刚的话有些尖锐了。但若是不这么尖锐,恐怕难以达到一击必中的效果。

"若舒啊——"小姨忽然又苦口婆心起来,"你年纪也不小了——"

柴若舒冷冷的一记眼神扫过去:"小姨,你是不是收了人家的钱,务必要把这桩媒做成?我年纪小不小的,也跟您没关系。有这个闲工夫,您操心操心自个儿女儿吧。"

说完,柴若舒不给小姨和妈妈联合反击自己的机会,直接跑进房间,关上房门,把自己安置在一处安全的、听不见喧嚣的"孤岛"内。

谁知,她刚躺到床上,手机里就多了条短信。

这年头,还有人发短信?柴若舒以为是什么垃圾广告,刚准备点开投诉,却在看到内容的一刻,整个人都怔住了。

她耳边响起算命先生的话:"我看你面相,你最近犯桃花劫啊,不但有人喜欢你,你还会被介绍相亲,前任也会回来找你——"

前任,前任。

这个既陌生又熟悉的名字,柴若舒没想到有一天,自己还能跟他有所纠缠。

(六)

年后。

星烨公司有好几笔款项没有及时收回来,再加上培育新人用了太多钱,公司又一次陷入财荒。

柴若舒头一个发现这件事,并没有声张。她知道大家都过得不算太好。周信然陪着南嘉看病,需要钱。柳紫手头的股票亏得厉害,又跟老公吵架闹分居。吴轩在夜店闹出丑闻,被爸爸冻结了银行卡,从一个富二代变成一个靠朋友接济的穷人。

正因为柴若舒知道这些,所以她想靠自己改变现状。

二月的最后一天,是柴若舒的生日。

公司的所有员工瞒着她,偷偷给她定了一个双层波霸蛋糕,又集体凑了一笔钱,给老板买了一条蒂芙尼的项链。

柴若舒一走进办公室,烟筒彩丝从天而降。

"老板生日快乐。"

员工推着放置蛋糕的小推车,缓缓走向柴若舒,一边走,一边唱起生日歌。

"祝你生日快乐,祝你生日快乐……"

中文的唱完了,还又集体来了遍英文的。柴若舒站在原地,早已反应过来,于是拍着手,情不自禁和员工们一起唱。

黄桥走过来,将一顶用纸做的皇冠戴到柴若舒头上。

柴若舒四肢一僵,看了黄桥一眼。

"老板,你有些紧张哎。"黄桥给人做惯造型,对人体的细微反应总能很快察觉,不过,她把柴若舒肢体的抗拒,当成了紧张。

柴若舒也很快顺着台阶下,及时调整了自己的状态,低声笑道:"头一次被这么对待,怪不好意思的。"

黄桥捂嘴笑。

"老板,吹蜡烛啦,许个愿望。"有员工起哄道。

不知是谁将办公室的墙帘拉上,又将灯全关了。员工们簇拥着柴若舒到蛋糕面前,催促她吹蜡烛。

柴若舒双手合十,闭上眼睛,她原本想许愿家人健康,不要老是催婚,以及公司能顺利渡过难关,却在闭上眼睛的那一刻,脑海里首先出现的,居然是欧阳烨的脸。

她骤然睁开双眼。

"哇,老板许愿好快,许的什么愿望呀?"

"一定是找个又高又帅的男朋友!"

"祝老板找个又高又帅的男朋友!"

…………

柴若舒的生日聚会,结束在一片叫她找男朋友的起哄声中。

欧阳烨在厦门路演,一结束,就买了夜里九点多的航班赶回北京。他心里惦记着柴若舒的生日,还在机场给她精心挑了礼物——一盏芬迪的装饰灯具,很适合放在床头。

他早就向公司里的人打听好了,柴若舒最近工作尤为拼命,就算是生日这一天,她也不放过自己。

欧阳烨让大雄将自己送到公司,然后便让他回去了。

公司漆黑一团,所有人都下班了,只有最里面一间的屋子,发出微弱的昏黄的灯光,那是柴若舒的办公室。

他心跳很快。

为了给她一个惊喜,欧阳烨将灯具紧抱在怀里,轻手轻脚地往亮着灯光的方向走去。

走到门口时,欧阳烨突然听到一道男声。

"你可以仔细思考一下,我是诚心的。"男人的声音低沉,又陌生。

欧阳烨好奇地从门缝中望向门里面,看到一个西装革履的男人,背对自己而坐,柴若舒坐在他的正对面,低着头,看表情似乎是在深思些

第 6 章 误会重重

什么。

桌上,还有一半没吃完的生日蛋糕,已经融化得看不出形状。

"我以为,我们这辈子都不会有交集的。"柴若舒突然抬头说道。

"小舒,其实,我和我现任妻子感情并不好,我们总是吵架。我觉得——"

"我们以前也总是吵架,你忘了吗?"柴若舒眼底有刺痛。

欧阳烨慢慢回过神来,他已经猜到了男人的身份。如果没猜错的话,那就是柴若舒的前夫——林培。

"以前,是我不对。我不应该利用完你,就把你甩在一旁的。我现在知道你的好了,不知道是否还有机会——"

"老林,过去的事儿就过去了。但是放下和原谅是两个概念。当初,我二十五岁嫁给你,你却只为了利用我争家产。争完家产,你说我不顾家,不温柔,随便找了个理由就和我离婚了。我年纪轻轻就背上离婚的名声,你那时候想过我吗?"

欧阳烨心中一震。他一直以为,柴若舒的前夫跟她离婚,真的只是因为她性格不好,两人感情不和。没想到,居然有这样的内幕。那么,过去这些年,自己对她的嘲讽,她心里该有多难过?

欧阳烨不禁感到悔恨不已。

"真的对不起,小舒,我知道我不应该,也没脸请求你的原谅,但是我想弥补这个过错。我知道你的公司最近财务吃紧,我可以投钱进来。"林培苦苦哀求道。

这个男人到底要不要脸?

欧阳烨看到林培一把捉住柴若舒的手不放,而柴若舒不知在想些什么,竟然没有及时甩开。

这一幕令欧阳烨有些吃惊,也有些黯然神伤。

其实,自己好像真的不是很了解她。她和她的前夫之间,应该还是有过感情的吧。那自己这样不明不白,又算什么呢?

欧阳烨失落万分,把礼物丢在门口就直接走了。

灯具被重重放到瓷砖地面上,发出清脆的响声,引起办公室内的两个人注意。

"谁?"柴若舒这才反应过来,烫手似的甩开林培的手,拉开办公室的门,朝外看。

门外什么也没有。

柴若舒狐疑地望了望四周,最后在脚下看到一个被旧报纸包裹着的东西。她弯下腰去捡,发现东西还挺沉。

柴若舒将它拿回办公室内,一层一层拆掉了包装,露出里面一套简约又高级感十足的灯具。

"这是——"柴若舒翻到灯具下面,找出一张卡片,上面用黑色中性笔写了一句"生日快乐",柴若舒一眼便认出了字迹。

他回来了?什么时候回来的?

柴若舒将灯具放在桌上,人直接跑了出去。

"哎,小舒,你去哪里?"林培在她身后追。

柴若舒不理他。穿过办公区域,跑到外面一看,整个园区已经沉睡了。除了远处一两声狗吠,便只有微风轻轻拂过树梢的声音了。

整个场景,像是无人来过。

可明明,他刚刚就在外面。他看到什么了呢?柴若舒忽然很在乎。

"小舒,怎么了?"林培气喘吁吁地跑出来,不解地问。

柴若舒回过头,一字一顿地跟他说:"林培,我考虑过了。星烨确实出现了财务危机,但目前,星烨的业务是蒸蒸日上的,我相信这个坎儿我可以自己跨过去,就不麻烦你了。"

生怕他听不清楚,柴若舒又补充道:"我的意思是,我和你的关系,从你提出离婚那天起,就结束了。不会复合,也不会复婚,更不会在你现存的婚姻关系里当小三。"

这话说得林培脸上白一块红一块的。

"你,你怎么还和当年一样,说话不给人台阶,也不给自己留条后路。"林培有些恼怒地说。

"我无意和你纠缠,是你来找我的。至于你这条后路,我不要也罢。"柴若舒坦荡荡地说道。

"你这个女人还真是——你是不是有新欢了?"林培气恼地问。

柴若舒望到他眼神里的不甘,心下觉得好笑。男人这种生物,占有欲极强。哪怕是和自己已经分了手的女人,在心底,她依旧是自己的女人。他可以不碰,但别的男人若是碰了,就相当于侵占了他的领土。

"是啊。"柴若舒想也不想,答得轻松。

这一刻,她脑海里浮现出的身影,是欧阳烨。

这一天晚上,柴若舒和林培闹得不欢而散。

（七）

翌日。

柴若舒一早到公司,就听到大家在议论陈小华。

"陈小华怎么了?"她问。

"若舒姐,你还不知道吗?陈小华巡回演唱会第一站确定在北京开演了,大家伙儿都在商量着要抢票呢。"樱子抢先回道。

"前辈要开巡回演唱会了?"柴若舒原本还因为睡眠不足而昏昏沉沉的大脑,瞬间清醒过来。

陈小华红于爸爸妈妈那个年代,但他的歌传唱度真的太高了,导致如今的年轻人中,也有一大批他的忠实粉丝。欧阳烨就是其中一个。

陈小华开演唱会的频率不高,传闻是由于年纪大了,体力不支。正因为他曝光不多,演唱会又开得少,所以每场都座无虚席。座席里最便宜的票只有三百元,却被黄牛炒至上千的价格。

"对啊对啊,若舒姐能帮我们搞几张票吗?"新来的员工满眼期待。

"去,去,若舒姐又不是神仙,这陈小华是香港那边的老牌艺人,怎么搞票?咱别为难若舒姐了,还是自己定个闹钟,能抢到就抢,抢不到就算了呗。"樱子开口,试图为柴若舒解围。

但柴若舒分明是想到了什么,神秘一笑道:"说不定,真的可以。"

说完,她就猫进了办公室,开始打起电话。

外间,员工们你看看我,我看看你,一脸莫名,不知发生了什么,但反应过来后,人人都压抑不住欣喜。

柴若舒通过一些关系,拿到了陈小华经纪人田琼的联系方式。

在经过中间人的介绍后,柴若舒拨通了田琼的电话。

"田女士,您好,我是欧阳烨的经纪人柴若舒。是这样,陈小华先生不是要来北京开演唱会吗?我想请问一下,演出嘉宾定了吗?"

"已经定了呀,那可以增加一位吗?"

"我们小烨是陈先生的忠实粉丝,之前,陈先生不是还给小烨录过一段生日 VCR 吗?当时走的是公司的关系,对对。然后他在选秀比赛上唱过陈先生早年的作品《慕少年》,那首歌的演唱视频之前很火,陈先生还在微博上给小烨点过赞呢。"

"我想的是,前辈若能和后生合作一把,一定能将话题度炒到很高,于大家来说,是百利而无一害的事——"

柴若舒慢条斯理、逻辑清晰地阐述陈小华邀请欧阳烨当演唱会嘉宾的种种好处,任是田琼这种老江湖,也不得不在她的陈述下,动了心。

"这件事,我们还需要敲定一下细节。"田琼没有将话说满。

"好,我们小烨这边,可以做任何配合。"柴若舒谦卑地说。

柴若舒早知这一件事应该没有任何悬念,却没料到,它会进展得如此顺利。没过几天,陈小华方就正式发来邀请函,双方皆大欢喜地敲定细节。

只是这件事,柴若舒早在办公室放出风声,却一直是雷声大雨点小的状态。

大家都知道欧阳烨会成为陈小华演唱会的嘉宾之一,再进一步的细节,却没人知晓了。这一天,柴若舒骤然在办公室宣布,欧阳烨三月十五日这一天,会去奥体中心彩排,之后还会在希尔顿酒店和陈小华共进晚餐。

这个突如其来的消息,像是一颗被引爆的炸弹,让整个办公室都沸腾了。

"老板,你也瞒得我们太苦了吧,之前看您不作声,我还以为这件事黄了呢。"

"胡说什么,老板经手的事儿,哪有黄了的。我们快点做准备啦。"

"就是就是。"

如今,办公室人渐渐多了起来,气氛也就变了,由原先的大集体,拆分成了一个个小团体,渐渐有了职场的氛围,有人擅长拆台,就有人擅长溜须拍马,就有人附和。

"你们大家都给我好好工作,到时候我会按照你们的表现,送你们不同座席的演唱会门票。"柴若舒说道。

"耶!老板万岁!"

显然,这句承诺比发季度奖金还叫人振奋。

柴若舒没再说话,只是微微笑了笑,目光掠过他们,落到一个妆容时尚的身影上,唇角的笑意便更深了。

办公室内。

樱子手托笔记本电脑,敲开了门。

"樱子,有事吗?"柴若舒问。

樱子皱着眉,将电脑上的行程表放大给柴若舒看。

"陈小华的演唱会是十八号,咱们十五号就要去彩排吗?可是咱们小烨十五号有个杂志专访和拍摄哎,还是说,等拍摄结束后去?会不会赶不上?"樱子表情有些为难。

"拍摄和采访照常。"柴若舒淡定地说。

"那——"樱子感到不理解。

柴若舒低头打开手机,推了一个微信名片给樱子:"这是咱们以后新合作的造型师,我千辛万苦从东田挖来的,你和她对接一下,以后她负责欧阳烨的造型。"

樱子瞳孔放大,显然这个消息让她吃惊:"那,那黄桥那边——"

"聪明人,是不多话的。"柴若舒双手交叉,垫住下巴,一眨不眨地看着樱子。

樱子后背有些发凉,她有些话想说,却不知要不要说,能不能说。

柴若舒猜出了她的想法,轻声道:"你和黄桥关系不错,公司里只有你跟她是原来就跟着南嘉的老人,我也能理解你现在的这种兔死狐悲的心态。只不过,有些事不是你所看到的那样,过几日,你就明白了。"

樱子点头:"我知道了。"

柴若舒看着她退出办公室的模样,目光又移到桌上,樱子竟慌乱得连电脑都忘记带走了,不禁叹了口气。

她这一招既是引蛇出洞,也在考验人性。

如果樱子将友谊看得比工作上的诚信重要,那么,樱子也会是柴若舒下一步清理门户的对象。

其实,柴若舒明白,人这种生物终究是自私的,经受不住诱惑,将自我利益摆在公众利益之前,也不是不能理解。

只是她每每念及这些,就想起过去的大花,就会为南嘉鸣不平。南嘉过去待她们不薄,她们却一个个儿做了白眼狼。

(八)

三月十五这一日,破天荒的,柴若舒亲自陪着欧阳烨去接受 WQ 杂志专访,且是柴若舒亲自开着车送他过去的。

"是不是太热了?我把空调调低一些。"柴若舒见欧阳烨穿得单薄,才开了暖气,又见他面色被烘得通红,忙又调低温度。

"你其实用不着这样,你这样是因为心虚吗?"欧阳烨开口道。

"心虚?我心虚什么?"柴若舒不明白。

"你和你前夫两个人——"欧阳烨语气有些酸涩,"在办公室勾勾搭搭,我本来是赶回来给你过生日的,正好看见了。"

"勾勾搭搭?!"柴若舒猛地将方向盘朝一侧打,避开了后方超车。

欧阳烨毫无防备,身体也惯性朝一侧倒去,他的耳朵贴到柴若舒的肩,她猝不及防的一声吼,比她骤然地掉转方向还要吓人。

"欧阳烨,别以为你给我买了个灯,我就会听你在这儿污蔑我。"柴若舒一字一顿,咬牙切齿道。

"难道我说错了吗?"欧阳烨反问她。

柴若舒倒吸一口气:"他过来找我,我也没想到。公司账面最近有些入不敷出,我也不知道他从哪儿得来的消息,说来投资我。我请他进来聊聊,谁知道他跟我扯感情。我后来也拒绝他,赶他走了。"

一口气解释完,柴若舒却觉得哪里不对劲。

自己跟他解释那么多做什么?好像很怕他误会似的。

第 6 章 误会重重

欧阳烨低下头,刚刚的戾气消失殆尽,忽然咧开嘴,哧哧笑了起来。

"傻笑什么,真是。一会儿见了 WQ 主编,可别笑得这么傻啊。"柴若舒嫌弃地嘱咐他,可不自觉被这股轻松的氛围感染,唇角也弯成了月牙形状。

"知道了知道了,WQ 主编喜欢高冷挂,黄桥之前跟我说过多次了。"欧阳烨不耐烦地说道。

柴若舒唇角的笑意一点点消失,她看得出来,欧阳烨对黄桥很依赖。事实上,从出道以来,欧阳烨的审美提高了不止一点点,私服打扮也经常上热搜,被路人夸帅,这些都是黄桥的功劳。如果不是黄桥背叛,柴若舒是真的舍不得换人的。

她在想,要不要现在给欧阳烨打一管预防针?还是等证据确凿了再告诉他?

正在柴若舒犹豫的时候,欧阳烨忽然来了一句:"你以后,能不能不见你前夫啊?"

"嗯?"柴若舒一愣。

"那天,你们俩的对话我都听到了。那样一个伤害过你的男人,你以后不要再见了。行不行?好不好?"欧阳烨的语气绝了,既有撒娇卖乖的成分,也有强硬威胁的气势。

柴若舒看他一眼,那满面的少年气,霸道混杂软糯的神态,叫她的目光不敢再停留,哪怕前面是红灯,车子停在斑马线前,她也只是呆呆看着眼前来回穿梭的行人。

"好。"柴若舒也不知道自己哪根筋搭错了,就这么鬼使神差地应了他。

欧阳烨心满意足,他的目光温柔地扫过马路上的行人,轻声道:"我明知道你可能在骗我,你那一天,也许没有让你前夫走。今后,你出于很多缘由,应该还会再见他。但我也很高兴,至少,你愿意骗我,说那么多的话来骗我。你还记不记得,你以前和我说这么多话时,都是在讲大道理。现在,你说这么多话,是为了解释,让我不误会你。说明我在你眼里,已经不是小孩儿了。"

柴若舒被他这一番话,说得心乱如麻。

是从什么时候开始,对他的感觉从细微的萌芽,到再也遮掩不住,破土而出了呢?

大概是,自己累病了,住院的那天晚上,她看到他这么高大的一个人,却蜷缩在一张小小的陪护床上。那天晚上月光很好,他们都从对方眼里,看到了自己的身影,独一无二。

大概是自己跟他、他的家人,还有叶臻一起吃饭时,他准确地说出自己的家乡、自己家乡的饮食偏好。她就在想,小孩子哪里能记得住这么多东西?那么被自己陪伴长大的小孩子,其实早就不是孩子了。他是从什么时候开始关注自己的呢?

又大概是,很早很早以前,她能在他面前喝得酩酊大醉,抱着他说心里话时,潜意识里,是认为他有一双可以依靠的肩膀,小孩子又怎么会拥有如此可靠又宽广的肩膀呢?

幸而,柴若舒的车内只有他们两人,不然,除了欧阳烨,还会有别人发觉她的失神。

车子行驶到 WQ 大厦的停车场,柴若舒将欧阳烨送上去,自己则去楼下的星巴克打包饮品,打算送给在场的所有工作人员。

对上,要展现自己的能力与价值;对下,要拉拢人心。这是柴若舒一贯的处事原则。

她人刚刚走到星巴克门口,就接到大雄的电话。

对,今天大雄没有跟来拍摄。柴若舒交代给他另外一项重要事情——将他安排到了奥体中心门外,去守株待兔。

"若舒姐,你猜得果然没错,好多私生饭现在堵在这里,都是小烨的粉丝。"

"他们认识我,所以我没有上去问,我买通了一个职粉,让她混进去打听,得知他们确实是花钱买的小烨的私人行程。"

"他们有一个自己的微信群,要交五千元的群费才能进去。"

"我给了,给了,然后那个职粉把手机给我看了。那个群的群主,头像是一只穿西装的兔子。朋友圈虽然什么也没有,但是背景图是小烨之前选秀比赛后台的一张试造型的照片,我拍下来了,我现在就发给你。"

柴若舒听着大雄气喘吁吁的声音,忙安抚道:"你辛苦了,现在撤吧。

第6章 误会重重

对了,你跟那个职粉保持联络,多给她一些好处。接下来,这帮花了钱的私生饭蹲不到小烨,有得闹呢。"

"嗯嗯,一有消息,我立马打给你。"大雄挂了电话。

柴若舒盯着微信里大雄发过来的那一张朋友圈背景图的照片,眼眸发紧。

欧阳烨的这个造型,就是黄桥帮做的,其实很好看,突出了欧阳烨的少年气,也不乏时尚气息。只是,这个造型因为过于突出,被平台那边给否了,所以最终没能上得了选秀的舞台。

柴若舒百分之一百肯定,这个微信小号背后的主人,就是黄桥。

她定了定心神,从星巴克提了七八杯咖啡出来,乘电梯到顶楼,将咖啡分发给蹲在地上对稿子、调整设备的工作人员。

采访的部分因为早就准备好了,所以很快就结束了。但是拍摄部分却拖了很久,据说是杂志的签约摄影师因为生病不得不临时请假,导致只能让实习生上场。实习生把控不了大方向,拍了一堆废片出来。

"对不起,对不起,我再找找感觉。"这个戴眼镜的短发女生,急得汗流浃背。

"没事,我接下来没有别的通告,你别急,慢慢找感觉。"欧阳烨微笑着说。

其实,数道强光打在人身上,时间久了,任谁都会觉得热。欧阳烨有些脱妆,化妆师已经前前后后给他补过两次。

在这样的境况下,欧阳烨还能如此体恤新人摄影师,也算是情商很高了。柴若舒递给他一个赞许的眼神。

可不要小看明星们平日里对身边工作人员施舍的小恩小惠,在流年不利、墙倒众人推的境遇下,几个工作人员的话,就能挽回一些路人的好感。

过了一小时,大雄又打来电话。

柴若舒退出摄影棚,去天台上接电话。

"若舒姐,你又猜准了,外面现在闹起来了。她们在奥体没蹲到咱们小烨,正气得跺脚骂人呢。"

"我看她们现在都拿着手机,估计在找群主讨要说法。"

柴若舒望了眼远处阴晴不定的天空:"你没回去?不是让你回去,叫那个职粉盯着的吗?"

"我这不是不放心,想自己帮看着,好第一时间给你打电话嘛。"大雄笑道。

柴若舒微微皱眉:"你可千万不能暴露,快回来。"

"好,哎,我这就回去。"大雄很听柴若舒的话。

"对了——"柴若舒想了想,这件事不宜打持久战,便想赶紧收网,又跟大雄说道,"你通过职粉的嘴,告诉那些粉丝,群主这种行为属于诈骗,敦促群主退还那五千元。"

大雄猜出柴若舒所想,直接说道:"你如果想给那女人一个教训,干吗不直接将她交出去,到时候她名声烂了,我们刚好可以趁机换人。"

大雄对欧阳烨忠心耿耿,最是厌恶这些吃里爬外的小人。

"大雄,做人留一线。何况,有些事,我想亲口听她说。"柴若舒轻声应道。

黄桥能干出这种事儿,必定是缺钱。现在让粉丝们向她讨要钱财,一定会给她造成精神上的无限压力。这样的惩罚,在前期来说,已经够了。

柴若舒回到摄影棚内,摄影师渐入佳境,拍摄进度已然快了不少。

等了一个多小时后,杂志拍摄收尾。

欧阳烨向所有人鞠躬:"大家辛苦啦。"

随后,他呼出一口气,走到镜头外时,整个人顿时松垮了下来,疲惫立刻爬满了他整张脸。

"我们去吃点东西吧,我又累又饿。"欧阳烨站在柴若舒跟前,说道。

柴若舒看了看手机屏幕上的时间,问他:"还能不能坚持?"

欧阳烨眨眨眼:"你觉得我这样子,还能坚持?"

柴若舒细细望了一眼他,光线从侧面打过来,他脸上白色的细小绒毛并着半干的汗水,一览无余。

"陈小华的演唱会定于本月二十二日,我还想着,在你彩排之前,送你去李老师那儿,让他指导指导你呢。但看你现在这样,今天到此为止,我们去吃饭吧。"

第6章 误会重重

"不不,我突然觉得——我还有精力!我们去李老师那儿吧!我也好久没见他了!"欧阳烨听到"陈小华"三个字,动力十足。

"不不,我觉得你今天的样子,也不适合去见李老师。"柴若舒打定主意,要让他先休息一下。

两个人就"去"与"不去"争论半天,最后,欧阳烨敌不过柴若舒,同意先去吃饭。

因为没有事先预约,他们经常去的火锅店和日料店都人满为患,最后,柴若舒临时决定在 APP 上下单买菜,回家做饭。

"那我今天就不回宿舍了,我和宿管说一声儿,回家住几天吧。"欧阳烨拿出手机道。

柴若舒听到这话,莫名其妙紧张了起来。南嘉和妈妈在日本,欧阳烨为了不给人留下话柄,又一直住在学校,自己一个人鸠占鹊巢,自在得很。他一回来,就打破了自己的私密感。

还有一层原因是,过去自己和他同居在一处,只觉得是照顾朋友的弟弟,抑或是被朋友的弟弟照顾。现在的自己,就像他说的,没有再将他当作小孩子了。

孤男寡女,同处一室,场景想想就暧昧。

"你脸红什么?"欧阳烨的话,将她从旖旎的幻想中拉扯出来。

柴若舒看到欧阳烨一张清俊素寡的脸,放大在自己面前,他的眼底满是好奇。

"你离我这么近干吗?"柴若舒恼羞成怒,将他一把推开。

车停靠在小区内,柴若舒下车,去餐柜拿食材,欧阳烨倒是殷勤,直接一把抢过来,替她拿了。

"牛排,意面——你要做西餐啊?你行吗?"欧阳烨狐疑地看看袋子里的食材,再看看她。

"怎么不行?你等着吃就好了。"柴若舒凶巴巴地一把夺过来。

回到家中,欧阳烨打量了几眼好久没回来的家,越打量,越嫌弃。

啧啧,走时还干干净净的家,一眨眼就乱成一团。这个女人,还是个女人吗?每天住在仓库一样的地方,自己也不嫌硌硬得慌?

于是,柴若舒进厨房忙活,欧阳烨也没闲着,开始整理起了家里。

他三下五除二地打扫完家里，累得一身汗，于是打算洗个澡。当他洗完澡出来，没想到，柴若舒的牛排居然还没腌好。

"真的不用帮忙？"欧阳烨绕到她背后，再次问道。

"不用！"柴若舒将他推开。

百无聊赖的欧阳烨从阳台上抽了一条干毛巾，胡乱擦着头发，路过柴若舒房间时，眼角不经意地一瞥，被什么东西吸引住了。

为了看得更真切些，欧阳烨沿着她房间门的缝隙，轻轻推开。那盏芬迪的装饰灯，被她放在床头最显眼的地方。

柴若舒的房间也是乱糟糟一团，连被子也叠不整齐。可是摆放灯具的床头柜上却一尘不染。

"欧阳烨，为了更快吃上饭，你帮我煮个面行吗？"

许久不见回音。

柴若舒从厨房走出来："欧阳烨？欧阳——你进我房间干什么！怎么这么冒失！"

她几步走过去，将房门"咚"一声关起来。

欧阳烨低头看她一副羞恼的模样，心底涌出一股冲动，有一个声音在内心深处叫嚣着，激励着他。

欧阳烨一转身，将她按在墙上，双手滑向她的腰间，将她抱向自己。

他这个姿势，她根本挣脱不得。

柴若舒的鼻间弥漫着他刚洗过澡的淡淡香气，他的身体紧贴着她的。这一切专属男人的气息，强烈到，令柴若舒心慌不已。

"欧阳烨，你是疯了吗？"她妄图做最后的挣扎。

"我没有把你当姐姐，你知道的吧？"欧阳烨说话的间隙，热气喷洒在柴若舒脖颈上、脸上，那种酥痒彻底击垮她的理智。

她任由他抱着。

这种乖巧令欧阳烨生出一种想要欺负她的恶趣味。

他低下头，离她越来越近，两个人仿佛都能感觉到彼此的呼吸，一种旖旎的气氛在两人之间徘徊，周旋。

蓦地，柴若舒清醒过来，她转过头，喊道："牛排再煮，就该老了。"

欧阳烨唇角一弯，松开她，她像只受惊的小鹿般跑回厨房，还顺势将厨房的门拉上,好似这样就能将自己隔离在一座安全的岛上。

他们之间,不仅仅是旧相识的关系了。

他们之间,应该更进一步。

不光是欧阳烨这么想,柴若舒晚上躺在床上,辗转反侧时,也一直在想这件事。她和欧阳烨之间的关系,发生了质的变化。可是,她不能由着自己的直觉去挑选对象。

她是他的经纪人,他是新晋流量艺人,他们之间要是擦出一点火花,被外人知晓了,那天就该塌了。

所以,一定要控制自己,不能再被那小子迷惑了。

柴若舒不断给自己心理暗示,直到迷迷糊糊间,天微微亮。

(九)

欧阳烨开始备战演唱会,柴若舒陪他找了李伯文做指导,其间,欧阳烨的进步很快,台风也很稳。

李伯文笑说,只有当一个人集中注意力,并发自内心刻苦时,才能取得这么快的进步。欧阳烨去给人当嘉宾,竟比自己去参加比赛还要上心。

陈小华飞来北京的前一日,柴若舒疏通关系,叫了几个公司的员工,一起陪同欧阳烨去奥体中心彩排。

这几天在李伯文那儿长时间的训练,让欧阳烨体力不支,没唱一会儿,他嗓子就哑了,状态也肉眼可见地糟糕。

"你歇一会儿吧。"柴若舒递给他一瓶矿泉水。

欧阳烨蹲下接过,拧开瓶盖,一口气喝了大半瓶后,仍是喘着气道:"其实还行,不累,我要以最好的状态出现在小华老师的舞台上。"

"明天白天他还会和你一起彩排的,你省点儿力气。"柴若舒道。

"彩排时,我的状态就要是最好的。"欧阳烨坚定道。

"我从不知道,你对自己的要求这么高。"柴若舒吐槽道。

欧阳烨也不恼,冲柴若舒一笑,露出一口糯米白牙。他冲不远处的工作人员打了个手势,《慕少年》的伴奏音乐再次响起。

这首歌就是明晚演唱会上,陈小华跟欧阳烨合唱的曲目,也曾经是欧阳烨的选秀比赛曲目。

虽然欧阳烨对这首歌非常熟悉,但演唱会的版本是经过重新编曲的,他的乐感比不上专业歌手,所以需要提前排练多次。

欧阳烨在台上忘我地表演,柴若舒抱着胸,踱到正在看手机的黄桥身边。

"干什么呢?"

柴若舒冷不丁的出现,令黄桥吓出一身冷汗,忙将手机反过来,盖在大腿上。

"没事,看了会儿时尚博主的穿搭视频。"黄桥冷静下来,轻声说道。

黄桥不擅长撒谎,她一撒谎,眼神就飘忽不定。她的眼睛下面一片乌青,舞台的光扫过她时,这片乌青就更加明显。

"你最近睡得不好？有心事?"柴若舒往她身边一坐,佯装关心她。

"没有,可能换季吧,人有点焦躁。"黄桥勉强笑道。

"是换季导致的焦躁,还是做了什么亏心事导致的焦躁?"柴若舒似笑非笑地看着她。

黄桥心底一惊,和柴若舒对视时,眼底充满惊恐,可渐渐地,这股惊恐又被她藏在了故作淡定的神态里。

"若舒姐你在说什么?"

"你以前跟着南嘉时,和大花的关系如何?"柴若舒忽然问。

"还行。"黄桥不假思索道,"她人很好,跟我们关系处得都不错。只是可惜了,她竟做出那样的事。"

"既然觉得可惜,那你又为什么走上她的老路呢?"柴若舒的语气听着迟缓,实则锋利得很。

黄桥瞳孔放大,她现在已经确定,柴若舒并不是试探自己,而是真的知道了些什么,想到这一层,她彻底慌了。

"你也是奶奶病了需要钱?"柴若舒不和她绕关子,开门见山道。

"若舒姐,你到底在说什么——"黄桥仍在做最后的挣扎,可她的语气却软趴趴的,根本支撑不住她的一句辩驳。

第6章 误会重重

"信息。"柴若舒的手指,有一下没一下地叩击水泥台阶,随着韵律加快,她的耐心似乎也消磨得很快,"欧阳烨的私人行程信息,是你泄露出去的。"

黄桥看着柴若舒敲击台阶的惯性动作,始终不敢正面回应她什么。

"卖给过靠明星签名发家的工作室,卖给过私生饭——"

黄桥在她手指一下一下的敲击声和她慢条斯理的话语间,心态终于崩溃,她猛地抬头,情绪有些上头:"哪个明星没有几个私生饭,拿签名卖钱又怎么了,说明欧阳烨受欢迎。我和大花不一样,我没有想过伤害他!我只是为了赚一些钱!"

"你该不会觉得,只有栽赃陷害,才叫伤害吧。"柴若舒讽刺地扯了扯嘴角,"卖签名的工作室都是些什么人组建的,你清楚吗?私生饭又都是些什么人,你清楚吗?就算你不是有心要害小烨,但如果小烨被工作室的人连累声誉,被私生饭伤害了,你就是不杀伯仁,伯仁也是因你而死!所以,你到底为什么要赚这个钱?"

"我不知道这些,我根本没想那么多,我——"

"你还没有告诉我,你到底为什么要赚这个钱!"柴若舒猛地站起来,气势迫人。

正在此时,舞台上,欧阳烨唱完最后一个字,音乐戛然而止,柴若舒说话的声音形成回响,所有人的目光向这边袭来。

"你俩在吵什么?钱什么?你俩在为了钱吵架吗?"欧阳烨不明所以,握着话筒,直接跳下了舞台。

话筒发生刺耳的一声响。

欧阳烨看起来状态很好,柴若舒暂时不准备和他说太多,免得影响他当陈小华演唱会嘉宾的心情。

"没什么,黄桥让我给她涨工资,我没同意呢。"柴若舒开玩笑道。

"你可真小气。"欧阳烨当真了,他转向黄桥,笑道,"没事儿,她不给你涨,我给你涨。你明晚帮我设计一个最帅的造型,我给你发一个大大的红包。"

黄桥强撑起一个笑容,应道:"好。"

翌日,晚上十一点。

陈小华的演唱会在一片"安可"的挽留声中结束。陈小华对欧阳烨这个后辈很是满意,打算宴请欧阳烨及柴若舒以表感谢。宴席时间定在次日晚上,地点就在陈小华下榻的酒店宴会厅内。

欧阳烨团队里的所有人都兴奋不已。当大家都沉浸在喜悦中时,柴若舒却忽然收到了黄桥的辞职报告。

柴若舒并未表现得有多惊讶,甚至,这件事在她意料之中。

以黄桥的业务能力,她去哪儿,都能混口热饭吃。自己已经将话和她说开了,这是摆明了不会再信任她,与其到时候被拿捏或被撵走,不如她自己先提出离职,还能保住颜面。

樱子得知消息后,反应也很淡然,她将自己知道的内幕,告诉了柴若舒。

"她交了个男朋友,似乎是个平面模特。那男的眼高手低的,赚钱不多,但花钱倒是大手大脚惯了。他对黄桥进行精神控制,指责黄桥的长相根本配不上自己,要想留住自己的话,就必须多付出。黄桥虽然收入较高,但那男的真的是个无底洞,所以便有了后来这些事。其实,她醒悟过来后,一度也很后悔,但是,一切都来不及了。"

"沉没成本。"柴若舒叹了口气,"大家有时候舍不得的,倒不是一个人,而是那个曾为对方付出过多的自己。付出越多,就越难割舍。"

樱子虽觉得人走茶凉,但将整件事从头看到尾,也对柴若舒的做法表示赞同。黄桥遇人不淑,值得同情。可是她将歪心思打到工作伙伴身上,就是自作孽了。

可并不是所有人都能理解柴若舒的做法,比如,一直被蒙在鼓里的欧阳烨。

"你为什么要让黄桥离开啊?"欧阳烨一得知消息,就跑来敲柴若舒的房门。

虽然演唱会是在北京举办的,但主办方还是给欧阳烨及他的团队准备了下榻的酒店房间。

"是她自己辞职的,不是我让她离开的。"柴若舒淡淡地回道。

"那她做得好好的,为什么要离开呢?"欧阳烨想到了什么,"是不是真的因为钱?她是跟着我姐的老人,业务能力也一直在线,涨点工资,不过分吧？"

柴若舒看着他一本正经的样子，又好气，又好笑。

"不是因为工资，这件事我以后再和你说，你先去睡觉，明天白天有通告，晚上还要陪陈小华吃饭。"

说完，柴若舒就"啪"一声关上房门。

欧阳烨有些气闷，但也无可奈何，他总不能大半夜的，站在酒店走廊上，一直狂敲女经纪人的房门吧。这要是传出去，又是一桩香艳的坊间笑谈。

这一夜，欧阳烨根本就没睡好。他的大脑一直处于亢奋状态，一会儿幻想自己和偶像陈小华一起吃饭的场景，一会儿又好奇黄桥离职的真正原因。

熬到清晨，他终于憋不住了，给黄桥发了消息，直接问了。

他没想到，黄桥几乎是秒回。她告诉他，自己和柴若舒在工作上存在一些分歧，无法解决，所以自己才选择离职。

欧阳烨继续追问什么分歧时，黄桥却不回了。

第二天白天的通告，是某知名门户网站的明星访谈。欧阳烨在整个过程中，一直显得无精打采。还好，主持人身经百战，能够理解明星的人设是人设，私底下的真实性格是真实性格，只将欧阳烨的不配合当作是性格腼腆。

柴若舒在一旁却看不下去了，直接叫停。

她将欧阳烨叫到一边，低声问他道："你怎么回事儿？主持人问什么，你就答什么？"

欧阳烨皱眉："难道不是她问什么，我答什么？"

"你好歹说些俏皮话，让自己看起来性格可爱一点啊。"柴若舒睁大眼睛，眼神里满是不解。

"你以前不是说，不鼓励艺人立人设吗？哪一天塌房了，反而得不偿失。我就这么不可爱的性格，爱谁谁吧。"欧阳烨不耐烦地晃了晃手，直接往回走，边走还边嘀咕，"大男人，装什么可爱。"

柴若舒自胸腔间生出一股闷气，若不是在别人的地盘上，要维持风度，她早就抓住欧阳烨，好好说一顿了。

每一次,她以为这小子改邪归正,从男孩成长为男人时,他总能杀个回马枪,像是一部被用了好久的手机,不知道按错什么键,一下子还原到出厂设置。

采访结束后,欧阳烨向工作人员一一鞠躬完,就直接往外走。柴若舒主动加了在场所有工作人员的微信,给他们挨个儿发了红包。

"平时他也不这样,可能是前几天演唱会,训练太累了。请多多包涵,多替他美言几句。谢谢了。"柴若舒边说,还边从包里将之前欧阳烨签名的照片拿出来几张,一一分给他们。

流量艺人的签名,就算自己不喜欢,挂在网上卖出去,也有一笔不错的收入。

大厂娱乐版块的工作人员见惯了各路明星和经纪人,两面三刀的有,没礼貌的有,倨傲难相处的也有,像柴若舒这类经纪人,自身资历深厚,又是带当红艺人的,还能如此谦卑地和他们说话,这可就不多见了。

工作人员们拿了好处,自然也乐得卖柴若舒一个面子。

(十)

一转眼,便到了晚上。

柴若舒载欧阳烨去陈小华下榻的酒店。

一路上,欧阳烨不断摆弄自己身上的挂饰,好似这些挂饰烫手一样。

"你怎么坐也没坐相?"柴若舒忍不住说他。

"这个造型师做的什么造型,你确定小华老师会喜欢我这么浮夸的装扮?"欧阳烨语气里有隐约的不安。

柴若舒用余光瞄了他一眼:"她是按照我的要求做的。你没发现,陈小华有些不服老吗?所以看起来有些浮夸的造型,在他眼里是前卫的标志。他的演唱会服装,不都是奇装异服?听说,还都是他自己挑选的。"

"就算是这样,这个骷髅头的挂饰也和我这身衣服太不搭了。"欧阳烨还是很嫌弃。

"怎么,你都能西装搭风衣,就不能骷髅头搭西装?"柴若舒没好气地回他。

欧阳烨将头扭向一边,沉默了一会儿。车窗外,两旁的树木在夜色里飞驰而过。

"这个造型师手脚笨拙,风格我也不喜欢,能不能换黄桥回来?"欧阳烨突然问。

"说到底,这才是你的真心话。"柴若舒叹道,"你先吃饭,吃完了,我告诉你到底发生了什么。"

"好。"欧阳烨就等她这句话。

车子行驶到酒店停车场。两人站在电梯里,对着反光的轿壁整理仪容,随后进入早已清场的宴会厅。

两人在服务员的引领下,坐到靠窗的位置。

四四方方的小餐桌,已经换成了白布圆桌。中间的细长瓷瓶内插着一朵厄瓜多尔蓝玫瑰。冷盘已经一碟一碟被摆上桌。

"脆爽黄瓜,白斩鸡,甜枣,都是粤菜——"柴若舒看了眼,转过头问欧阳烨,"你吃得惯吗?"

"嗯。"欧阳烨自从坐下来,就开始心不在焉。

柴若舒料想,能和偶像在私底下一起吃饭,他应该很紧张,估计不好意思提要求,于是自作主张地叫来服务员,添了两道京帮菜。

等了一会儿,厅外传来动静。

柴若舒一抬头,看到陈小华和他身边的几名工作人员一起入内。陈小华梳了一个脏辫,穿着九分裤配蓝白马甲,虽然年纪大了,但精气神儿十足,在一群人中尤为显眼。

欧阳烨看到偶像,直接站了起来。

陈小华大笑着走向他,拍拍他的肩膀道:"坐下,快坐下,这么客气做什么。等很久了吧?"

"我们也就刚到。"欧阳烨乖巧地回道。

"好,好。"陈小华点头。

紧接着,陈小华开始给身边的兄弟们介绍起欧阳烨和柴若舒,然后又转过头,给欧阳烨和柴若舒介绍起他身边的兄弟们。

一行七八个人,围着桌子坐下来。

大家互相寒暄过后,陈小华叫助理从房间拿来了一瓶红酒。

"1990年的罗曼尼·康帝。"柴若舒低呼出声。

"怎么,柴经纪人不喜欢这酒?"陈小华笑道。

"怎么会,这酒一直都是听说,今天还是第一次见呢。"柴若舒说道。

"再好的酒,也是拿来喝的。招待兄弟,就要用最好的酒。"陈小华说着,将酒交给服务生,命他打开。

"有时候很羡慕男人间的友谊,能出生入死,也能一起为了理想奋斗。"柴若舒望着桌上的男人们,半真诚半恭维地叹道。

"从今天起,欧阳烨,便是我年纪最小的兄弟了。"陈小华沉声宣布道。

说着,他一把揽过一直呆呆不说话的欧阳烨,他的身高才一米七多,所以揽不到欧阳烨的肩,只能揽着后背。

柴若舒在桌下踩了欧阳烨一脚,用眼神示意他坐下。

欧阳烨恍如梦醒,一屁股坐下。坐下来的他,肩膀到陈小华的胸口,这样被他揽着,便不显得违和了。

红酒开启后,服务员给每人都斟上半杯。

大家说笑着,品起酒来。欧阳烨遗传了父亲的好酒量,按理说,一点点红酒对于他而言不算什么。可是今天,他才品咂几口,脑袋就晕晕乎乎了。

眼前,重现起演唱会的场景。

当时,陈小华西装革履,坐在舞台中央弹奏《慕少年》的前奏,自己从升降台上出现,一袭白衬衫,黑色长裤,正是一副翩翩少年的模样。

两人一起合唱这首歌。大屏幕上,仿佛是过去的自己在和未来的自己两两相望。陈小华和自己都十分投入。

这首歌的演出,引起了空前绝后的反响。

一桌子的人吃吃喝喝,气氛融洽。红酒不够喝,陈小华还命人开了洋酒。

席间,陈小华大概是喝多了,开始说胡话,一会儿夸柴若舒长得好看,一会儿要去四楼给欧阳烨找女朋友。

四楼是KTV,专供酒店客人娱乐消费。所以,陈小华口中所谓的给

第6章 误会重重

欧阳烨找女朋友,大约找的都不是什么正经女朋友。

吃饭吃到差不多时,陈小华还主动要了欧阳烨的微信。柴若舒在一边看着,很想劝阻,却找不到合适的借口,只能眼睁睁看着他们俩成为好友。

饭毕。

柴若舒打电话叫来大雄开车,她扶着喝多了的欧阳烨,往汽车后座走。

"你这酒量,可真不像南嘉的亲弟弟。"柴若舒吐槽道。

欧阳烨身形忽东忽西,听到柴若舒的话,眯起眼来看她,脚下不稳,连带着柴若舒,一起摔进座椅内。

"你真的是——"柴若舒恼火地抬起头。

欧阳烨眼底云里雾里,突然像一个奸计得逞的小孩子那样大笑起来。

"若舒姐,要帮忙吗?"大雄回过头来问。

"没事儿,你开你的。"柴若舒应道。

车子往家的方向行驶。

柴若舒看着满面红光、捧着手机傻笑的欧阳烨,告诫道:"以后不要轻易留私人微信给别人,就算别人找你要,你申请个工作号。"

欧阳烨听到这话后,似乎酒醒半分,将手机护在身后,反应极为冷淡地回道:"陈小华你都不让我加?他是我偶像,我这点自由,应该要有的吧。"

他这个下意识的动作,刺到了柴若舒。好像,她要把他的偶像怎么着似的。

"我没有不让你加,而是——"柴若舒话语一顿,她也不知道要不要说实话。其实,她感觉陈小华这个人藏得很深。表面上看,他是娱乐圈常青树,是德艺双馨的老艺术家,对人友善,又不忘提携后辈。但从今晚的饭局上来看,他大约也是个玩咖。她不想让他带坏欧阳烨。

"而是——"柴若舒不想破坏欧阳烨的梦,这对他太残忍了一些,于是,她话锋一转,"娱乐圈很复杂,你尽量不要把自己的私事和私人情绪展露人前。你朋友圈里面,私人的东西太多了。"

谁知，欧阳烨的反应更冷淡了："你是说陈小华会害我？"

"我不是这个意思。"柴若舒头一次觉得语言的表述如此苍白，也头一次真正意识到，陈小华在欧阳烨心中的地位。

车子进入暗巷时，路有些颠簸，欧阳烨撑住脑袋，似乎有些难受。

他一面闭上眼睛，将头靠向车窗，一面嘀咕："你不要多管啦，陈小华对我很好，很好——"

"好，好。"柴若舒不欲多说什么，只想叫醉酒后的他能舒服一些。

她将他的头揽到自己肩上，并低声吩咐大雄道："车开慢一些，稳一些，不然等会儿他该吐了。"

"是。"大雄应道。

终于到家楼下时，欧阳烨已经不省人事。柴若舒估摸着他大概是红酒洋酒混着喝了不少的缘故，要不然，单喝一种酒，不至于醉成这副模样。

大雄帮忙将他背到家里，扶到床上，然后就打算撤："若舒姐，小烨就交给你啦。"

"好，今天辛苦了，你快忙你的去吧。"柴若舒说道。

大雄离开后，柴若舒看着人高马大的他，有些发愁。

醉成烂泥的他，是没法洗澡了。可是妆总得给他卸了吧？带妆睡觉，对皮肤可不好。

柴若舒去卫生间打了一盆水过来，又拿了自己的卸妆油和卸妆棉，坐在床沿，开始给欧阳烨卸妆。

她轻轻柔柔地擦拭着他的脸，没承想还是弄醒了他。他闭着眼睛，皱着眉，像挥苍蝇一样，挥开她的手。

柴若舒有些生气，直接摁住他的手："真是的，喝醉了也不老实啊。"

她又拿了一片棉，沾上卸妆油，凑近他的脸，开始给他卸眼线。凑得近了，柴若舒才发现，欧阳烨的睫毛很长，毫不夸张说，比一般女生的睫毛都要长，且浓密，再配上眼角的泪痣，他这一双眼睛，纵然闭着，也绝对能看出来是五官中的神来之笔。

他喉间溢出的酒气，掀起一股热浪，喷薄在柴若舒脸上。

她的手一顿，忽然想起那一天，他站在房门口，将自己抵在门上的样子。

越是充满禁忌的感情,越是吸引人靠近。靠近之后,蠢蠢欲动的渴望蔓延至四肢百骸,快要吞噬理智了。

柴若舒拼命摇了摇头,清醒过来之后,她胡乱地给他盖上被子,端起水盆,快步离开他房间。

就在这时,柴若舒遗落在欧阳烨房间的手机亮起,有人连发了好几条短信给她。

黑暗之中,欧阳烨慢慢睁开了眼。

(十一)

接下来的几日,一切风平浪静。

叶臻主动联系了柴若舒,说是父亲手上有一些影视项目,想叫她来为欧阳烨挑选一下,再加上之前谈好的献礼剧《我们的荣光》,一起作为欧阳烨进军影视业的触电之作。

柴若舒大概了解了一下,叶总手上的几部剧,既有大 IP 光环加持的偶像剧,也有老戏骨云集的民国大戏,更有电影咖"下凡"的现实题材都市剧,几乎每一部都有爆相。柴若舒对欧阳烨的演戏之路,还没有一个详细的规划,毕竟目前来看,每一种类型的戏剧,都有利有弊。

利自不用说,弊端很明显。

比方说,偶像剧吸粉,但免不了谈恋爱的亲密戏份儿。先不说欧阳烨的女友粉会不会造反,就说与欧阳烨对戏的女明星,恐怕都不乐意和新晋流量对戏,演技没有保障,还要惹得一身骚。再比方说,老戏骨云集的民国戏,虽是正剧,拍得好了,很容易得到一些正剧导演的赏识,将来转型会容易很多。可是戏里老戏骨很多,欧阳烨的演技几斤几两,柴若舒心里明镜似的。拿他的演技来烘托老戏骨,这种傻事最好不要干。

"这样吧,我们约个时间,让小烨自己挑,总得他自己喜欢,才会认真去演。"柴若舒在电话里和叶臻说道。

"我也这么觉得。"叶臻语气里满是欣喜,"我跟我爸说了,不管欧阳烨演什么，我都要进组客串，我要和他一起拍戏。"

"好。"柴若舒倒没什么异议，别人出钱出力，总得允许别人给自己谋点福利。

柴若舒和欧阳烨约定时间，在他空余的档期里挑了下周二去叶氏正式签影视约，顺便挑选剧本，做一下规划。

结果，到了约定的时间，欧阳烨却没有赴约。

柴若舒坐在叶氏集团的会客室内，给欧阳烨打电话，打了三次才接通。

"你现在在哪里？怎么还没来？出了什么事？需要我去接你吗？"

面对柴若舒关切的追问，欧阳烨只是冷冷淡淡地回了句："我不想去了。"

柴若舒大吃一惊："为什么？"

欧阳烨的声音更冷漠了，还掺了一丝不耐烦："不为什么。"

柴若舒还想问，欧阳烨却把电话挂断了。

"柴小姐，叶总现在有空了，让我请您上去。"一位秘书模样的女孩子走过来，对她恭敬地说。

"代我向叶总致歉，小烨可能出了点事，我需要处理一下。"柴若舒说完，拎起包，快步往外走。

她开车直接去了电影学院，却得知欧阳烨已经申请在外居住。

"什么时候的事儿？"柴若舒很诧异地问。

为什么欧阳烨申请离校居住，自己这个经纪人毫不知情？

"就三天前的事儿啊。"老师一脸莫名其妙，她从抽屉里翻出一张申请表，递给柴若舒道，"这上面有地址。"

如果不是这老师也曾带过自己，恐怕不会将学生的私人信息暴露给自己。

柴若舒看了眼，欧阳烨搬去的新房子在北京三环，那一片的小区比较高档，很多艺人的家都在那一片。

"好的，多谢老师。"柴若舒诚恳道谢，将地址记下，随后离开学校。

开往欧阳烨新住址的路上，柴若舒分别给大雄、吴轩，还有其他几个跟欧阳烨关系亲近的人去了电话，旁敲侧击地问他们是否知道欧阳烨私

第6章 误会重重

自搬出去住的事情。结果,根本没一个人知道。

好家伙!他居然连大雄都瞒着。那他怎么搬的家呢?

柴若舒到了小区外,填了访客信息,被保安放进来。她找到楼栋,却因为楼下有密码锁而不得入内,她又打电话给欧阳烨,却怎么都打不通。最后,柴若舒在楼下等了二十多分钟,等到一个业主开了门,她才跟着进来。

"开门,欧阳烨!"她按门铃无果后,就开始大力拍门。

不知过了多久,欧阳烨才把门打开。

柴若舒看到他时,几乎震惊地说不出话。

只见他眼下乌黑一片,整个人既不洗脸,也不洗头,穿了件发皱的蓝色衬衫,憔悴得不成样子。他的身后,酒瓶滚落一地。整间屋子,还有他的身上,都弥散着浓烈的酒气。

"你怎么了?出什么事了?"柴若舒问。

"没什么事。"欧阳烨懒懒地倚在门口,斜眼打量她。

"那你为什么堕落成这样?还放鸽子?知道今天要去叶氏签合同吗?知道这件事有多重要吗?"柴若舒被他的态度激怒,气不打一处来。

"我堕不堕落,关你什么事?管得真宽。"欧阳烨似笑非笑地反驳道。

柴若舒彻彻底底被惹毛,正准备发火时,却听到他重重地咳嗽几声,沉闷的声响,好像有什么在他胸腔中震动一样。

"你病了?"柴若舒很快反应过来。

她不顾欧阳烨的阻拦,从他胳膊下钻入室内,并将门关上。

屋内,比她站在门口时看到的还要乱上百倍。柴若舒没有多说什么,直接帮他打扫起家中卫生。

欧阳烨坐在沙发里,冷眼瞧着她收拾酒瓶儿、扫地拖地,以及整理家里的林林总总,逐渐将整个家恢复成刚搬进来时的干净模样。

这个女人,住在自己家里时,总不爱收拾,今天却有闲情逸致跑到这里来打扫,也是自己认识她以来遇到的一大奇观。

只是,面对她难得一遇的体贴,欧阳烨的脑海里却不自觉浮现出那夜,她的前夫给她发的消息。

——我很开心你能考虑我的提议,这说明,我在你心中,应当有一定分量。

——我们周末见一面吧,在老地方。

她答应过自己,不再见她前夫的。她食言了。否则,她的前夫不会发这么暧昧的短信给她。

在她心里,究竟当自己是什么呢?

欧阳烨将疑惑对自己的偶像陈小华倾诉:"如果,有一个女人,一面对你很好,一面又偷偷跟前任联系,这意味着什么?"

"她将你当作备胎。"陈小华这么回他,语气肯定。

欧阳烨是很信任陈小华的,一方面,他是自己的偶像,另一方面,他感情经历丰富,很了解女人,是一位能在这些事上指引自己的前辈。

听了这话,当下,欧阳烨脸色就铁青了。

"你很喜欢她吗?"陈小华在电话里追问。

"嗯。"也只有面对陈小华,欧阳烨才敢直接承认自己的心声。

"那就晾着她。"陈小华大笑,一副过来人的口吻指点道,"这女人吧,就擅长欲擒故纵,但你要是学会这一套反过来拿捏她们,她们也就知道错了。"

欧阳烨听着这话,有些迷惑。

"看你最近心情也不好,后天你在北京吧,我正好也在,咱们出去唱个歌,喝点酒,缓解一下?"陈小华邀约他。

欧阳烨不想喝酒,他在饭局上已经见识过陈小华和他那帮弟兄的惊人酒量,实在不敢再和他们喝,但他又无法拒绝偶像的邀约,于是,在陈小华重复了一遍邀约后,他硬着头皮应下来。

那天的 KTV 酒局,陈小华向他灌输的观点几乎颠覆了他对一些事物的认知……

"来,张嘴。"柴若舒的声音,将欧阳烨的思绪从回忆中拉出来。

这个女人不知道从哪儿翻出来一根体温计,要往自己嘴里塞。可是欧阳烨从小就厌恶这一套,他看到体温计,就联想到打针吃药,还有医院刺鼻的消毒剂气味。

他撇过头:"你拿走。"

第6章 误会重重

"怎么这么大了,还不听话?"柴若舒不信邪,硬将体温计往他嘴里塞。

欧阳烨不耐烦地一挥手,体温计被甩到地上,碎成一摊玻璃碴儿,里面的水银也流到地毯上。

柴若舒赶忙弯下腰去处理。

她越是这般细致入微,他越是恼火,脑海中总是浮现她跟她前夫深夜在办公室独处的画面,醋意频发。

"听说,公司的新人训练得差不多了。"他开口道。

"嗯,在等一个合适的时机出道。"柴若舒回道。

"恭喜你啊。"欧阳烨因吃醋而生气,因感冒而沙哑的声音听起来,总显得阴阳怪气的,"既然比我更有天资的人都出现了,我这个备胎应该让路了吧。我俩是否可以一拍两散了?"

柴若舒骤然听到这句话,感觉五雷轰顶,手被碎玻璃划破。

欧阳烨没料到她这么不小心,忙站起来,打算找创可贴给她,却被柴若舒一句话浇灭了所有热情。

"你唱歌跳舞演戏学得不快,过河拆桥的本事,无师自通。"

欧阳烨和她对视,看到她眼底拔地而起许多根刺。

这个年纪的男孩子,都不能被激。他被压抑许久的天性,再一次裸露出来。

"我反正在组合内待得不开心,也不喜欢镁光灯下的生活。我一个大男生,天天被当作花瓶,还被人叫老婆,恶心死了。你既然也这么想,那我们找个日子,签解约合同吧。"

"欧阳烨。"柴若舒眼睛发红,"你真心想解约吗?"

她叫他的全名,这副咬牙切齿的样子,让欧阳烨心底起了担忧。可是莫名的,他不想在这场博弈中认输。

"女人是不能惯着的。你惯了一次,就有第二次,难道你要惯她一辈子吗?得让她知道自己错在哪里才行。"陈小华的话不断浮现在耳边。

"是啊,我不想干了,想解约。"他故作轻松,心底却有块石头,一直在下沉。

"你知道解约需要赔多少钱吗?公司的钱,平台的钱——"柴若舒的话还未说完,就被欧阳烨打断。

"我这些日子赚的钱,应该够赔了。"他一副无所谓的样子,耸耸肩膀,"就当,是来娱乐圈玩了一趟。"

"很好。"柴若舒剜了他一眼,再没多说一个字,直接拎包走人。

欧阳烨很想开口留住她,话到嗓子眼儿了,却怎么都说不出口,只能看着她离去,不知道为什么,他很害怕,好像这一次,她离开了,就不会再回来了一样。

——我这么做,是对的吗?

欧阳烨没有指名道姓,却将今日发生的一切,都如实告诉了陈小华,并且死死抱着手机等待着,像抱着一根救命稻草一样。

柴若舒走出小区,疲惫突如其来。往昔遭遇背叛的旧事,一幕一幕,层层叠叠翻涌上来。

她把车开到无人的路边,将脚跷在车窗边上,喝了大半瓶刚从便利店里买来的矿泉水。

这时,周信然打来电话,跟她说工作上的事情,说着说着,周信然发现她老是走神,便问她怎么了,柴若舒对他没什么可隐瞒的,便将今天的事告诉了他。

周信然怔愣了一会儿:"不就是小孩子闹脾气吗?你当真了?"

柴若舒用无比严肃的语气说道:"这句话很严重,你知道吗?解约是跟'离婚''分手'一样严重的话,说出来,我就当真了。"

周信然有些沉默。他压根不信欧阳烨能真的解约,无非就是小孩子遇到了什么不顺心的事儿,和经纪人闹闹别扭,发发脾气。只是,柴若舒心里有疤,对这类词敏感度超过常人。

柴若舒见他不说话,心底的郁气不断上涌:"南嘉在你身边吗?告诉她,她的弟弟,我无能为力了。"

"你确定要让南嘉知道?"提到南嘉,周信然的反应便很迅速。

柴若舒一顿:"算了,别说了。"

电话那头传来窸窸窣窣的响动,好像是周信然那里来了什么人。该聊的工作已经聊得差不多了,柴若舒便直接挂了电话,开车回家。

另一边。

南嘉坐在草地上,眼睛直勾勾地盯着周信然。

"去完洗手间啦?"周信然装作自然地挂断电话,心里却有些七上八下。

他和南嘉来的这座公园,即便是春天,人也很少。南嘉靠自己这么近,不知道——

"你和小舒子的聊天,我都听见了。小烨要解约?为什么?"

果然,越想隐瞒什么,越是隐瞒不了。

"我也不知道,可能受了什么刺激吧。若舒能接受他发脾气、玩消失,但接受不了他说解约。"周信然耸耸肩,一脸无可奈何。

南嘉皱眉:"应该是发生了什么事,小烨是有些冲动,但不会在这件事上冲动。"

"你不要多想了,这件事交给我们,可以不?"周信然伸出手,试图熨平她的眉角。

"嗯。"南嘉嘴上应了,心中的忧愁只增不减。

第7章 一拍两散

（一）

这几日，好几项工作同时找上门来，寻求与欧阳烨的合作。柴若舒都没给出明确答复，只说考虑考虑。

她坐在办公室的落地窗前，看着外头艳阳高照，内心却被阴影笼罩。

其实，欧阳烨要解约，柴若舒有一万种办法可以制服他。但她不想用圈内惯用的手段对付他。比如，设计让他欠下巨债，不得不努力工作还债，又或者威胁封杀他，爆他的黑料，等等。

她是喜欢他的，所以，她永远不会伤害他。

原本，这件事可以缓一缓，但柴若舒却在这一天接到叶臻来电，小姑娘有些恐慌地告诉她，欧阳烨不但拒绝了叶氏的影视资源，还删了自己所有联系方式。不仅如此，他还有退学的打算。

这一下子，不光是叶臻恐慌，柴若舒也彻底坐不住了。

她早就预料到，这场暴风雨不同于以往的任何一次，但没想到，会来得如此猛烈。

"我去找他，这件事，你先不要散播出去。"柴若舒在电话中交代叶臻。

"我知道轻重。"叶臻回道。

挂了电话之后，柴若舒开始给欧阳烨打电话。这一次，她极其有耐

第7章 一拍两散

心,可是反复打,打到手机剩下一格电,欧阳烨也不肯接。

"嘀嘀,嘀嘀——"手机发出两声振动。

柴若舒滑开一看,是欧阳烨发来的两条微信,一条是转账信息,另一条是他发来的一句话。

——这些钱是这些日子以来我赚的,没有乱花,现在全部给你,希望你能放我自由。

柴若舒难以置信地盯着手机,反复看了好几遍,大脑像是被钝器所击打,眩晕感十分强烈。

自由?当初说好了并肩作战,这会儿让她还他自由?

他,这是要来真的。

柴若舒真正感到伤心起来,并且在春意盎然的季节里,浑身一阵恶寒。她不明白,究竟是自己看走了眼,还是欧阳烨本性凉薄。

她坐在椅子上,脑海里又一次走马灯般,回忆起与他相识以来的种种情形。

柴若舒还在念大学时就认识了他。那时候的他,小小的个子,整张脸还没有完全长开,一副稚嫩的模样。他看不惯自己总来他家吃吃喝喝,有时候还醉成烂泥,于是便板着脸,翻着白眼,说话特别不好听。

"你弟弟好像不喜欢我哎。"那时候,柴若舒和南嘉说。

"你别管他,他就这副样子,贱贱的,其实心肠倒不坏。"南嘉回她。

慢慢地,柴若舒发觉,这个和南嘉不同姓氏的弟弟,果真如南嘉所说,虽然看起来不好相处,实则一直照顾着她俩。

做饭的是他,收拾酒瓶子的是他。她跟南嘉醉卧沙发时,也是他拿了毯子,偷偷盖在她俩身上。

所以,就算表面上,柴若舒和欧阳烨的关系再如何剑拔弩张,她也不曾真正厌弃过他。她很早就将欧阳烨和南嘉看作一体了,当作自己亲近的家人,正因为如此,家人的叛离,才让她觉得不可理喻,也不可原谅。

就这么放弃他吗?

一想到与他形同陌路的画面,柴若舒心脏一阵绞痛。她扶住椅子扶手,过了片刻,做出一个决定:她要去找他,就算改变不了结局,总要知道原因。

于是，柴若舒再次驱车去往欧阳烨的住所。

一路上，她将车速飙到了八十迈以上，心中一直劝说自己，一会儿见了他，无论他有多任性，自己都要克制住心魔，不能再让奔涌而出的浪淹没了自己牵住他的最后一根绳。

到了欧阳烨家门口，柴若舒听到里面传来窸窣的响动，说明他人是在家的。

于是，她和上次一样，大力拍门，直把里头的人扰到不得不开门。

欧阳烨穿了一身姜黄色开衫，搭配纯白内里，下巴处满是剃须膏的白色泡沫，他一手拿剃须刀，一手撑在门框上，看见柴若舒时，瞳孔不自觉放大，似乎惊讶于她还能来。

"你这是，打算出门？"柴若舒问。

"嗯。"欧阳烨给她让了一条路，往卫生间的方向走。

柴若舒跟上去："我们聊聊。"

欧阳烨将水龙头打开，水流的"哗哗"声将他的冷漠盖下去一半："我和你，没什么好聊的。"

"你突然要解约，总有原因吧。"柴若舒步步逼近。

"我不是说了，就是在组合内待得不顺心，再加上我觉得娱乐圈不适合我。"欧阳烨将剃须膏洗掉，往脸上抹了一层精华。

他从前是没有护肤的习惯的，还是她和他说，当了男明星，特别是男偶像，可不能再像个糙老爷们儿似的了，他这才开始一点一点养成习惯。他手上的这瓶兰蔻男士小黑瓶，还是她送他的。

"说实话。"柴若舒说道。

"这就是实话。"欧阳烨将精华放回架子上。

"那你为什么不敢和我对视？"柴若舒不断追问，"有人挖你跳槽？还是发生了什么事，你不想和我说，想要自己解决？"

"没有人挖我，也没有发生——"欧阳烨话说到一半，手机忽然响了，他冲出卫生间去接电话。

"好，我马上下楼。"欧阳烨挂了电话，直接摔门而去。

"你去哪里？"柴若舒站在他身后，咆哮着问出的一句话，只换来一声沉闷的关门声。

第 7 章　一拍两散

她走到阳台上,清晰地看见,欧阳烨上了一辆崭新的保姆车。

这车不认识,但这种型号的车,柴若舒却不陌生。GMC SAVANA,这车的车身长度差不多有六米,很多明星都会选择它作为自己的保姆车。

柴若舒觉得很奇怪,毕竟,欧阳烨出道的时日不长,没见他跟哪位明星私交甚笃啊。

她心中觉得不对劲儿,赶紧下楼,开车追了上去。

(二)

柴若舒紧跟保姆车,一直跟到银河湾小区的停车场。

她无比惊讶地看到,有三四个打扮紧跟潮流的中年人上了欧阳烨所在的保姆车,为首的那位,虽然戴着墨镜和渔夫帽,但柴若舒一眼就能辨认出他的身份——陈小华。

陈小华北京的住房竟然在银河湾!他什么时候来北京的?他又是何时和欧阳烨建立起如此亲密的私交的?他们自演唱会上相识,不也才过了个把月吗?

柴若舒心里有一堆问号,这些疑问驱使她紧跟那辆保姆车,要一窥究竟。

保姆车开出小区,往郊区驶去,最后停在一家隐蔽的高档会所前。柴若舒心中有了不好的预感。

她加快脚步,不动声色地跟了上去,却被人拦下。

"有预定?"保安上下几眼,快速打量她。

柴若舒淡定自如:"没有。"

"那你到这里来做什么?"保安的眼神里,已经显现出警惕的神色。

柴若舒反应极快,她略带歉意地笑了笑,小声地问:"这里不是吃私房菜的啊?"

"不是,你搞错了。"保安不耐烦地回道。

柴若舒退后几步,口中叨叨:"不是就不是嘛,我路痴还不行啊,怎么那么凶啊,真的是——"

她回到车上,将车开离保安的视野。

另一边。

欧阳烨一进入会所,就闻到一股令自己不舒服的气味,他下意识想要走,却被陈小华拉住:"小兄弟,你去哪儿?"

"这里,这里味道有点呛,我想出去透透气。"欧阳烨实话实说。

"你还没适应,适应了就好,这味道叫作男人味。"陈小华大笑着揽住他的后背,直把他往电梯带。

其他人听到陈小华的话,也乐得笑起来,纷纷打趣欧阳烨还缺历练。

会所的每一层都有保镖把守,陈小华带欧阳烨去的最顶层,安保最为严格。

"老地方,带路。"陈小华看起来和这间会所的工作人员极为熟稔。

"是。"工作人员对他毕恭毕敬,也对他口中的"老地方"做出迅速反应。

一群人往顶层最里面的包厢走去。不知怎么回事,欧阳烨越是靠近那个包厢,心跳就越快。

据说,动物有趋利避害的本能。欧阳烨料想,自己此时此刻没来由的不舒服,大约便是这种本能在敲警钟。

可是,他已经来不及逃离了。

包厢内,肉眼所见到的一切装修得金碧辉煌。桌上,数瓶红酒、洋酒已经开了,和十几只空杯子放在一处。

光线昏暗,但盛满冰块的玻璃杯和电视屏幕上闪动的亮光,汇成一种奇异的光泽,很是刺眼。

"下酒菜准备好了吗?"陈小华身边的一个矮矮胖胖的男人问服务生。

"早就备下了,大哥们一定喜欢的。"服务生笑着应道。

"光我们喜欢没用啊,今天我们带了个新的小兄弟,你认识他不?"矮胖的男人将欧阳烨推出来,拍拍他的肩,"还得让咱们小兄弟喜欢。"

"这不是当红明星嘛,哪有不认识的道理。今天的种类多着呢,尽着这位挑。"服务生望着欧阳烨,笑得谄媚。

欧阳烨有些害怕,有些尴尬,又觉得受宠若惊,忙摆手道:"我随便吃

第7章 一拍两散

什么都行。"

众人一愣,忽然捧腹大笑起来。

欧阳烨更加诚惶诚恐,因为他根本不知道他们笑什么。

"小兄弟,此下酒菜,非彼下酒菜啊。"一名男人挤眉弄眼道。

陈小华大手一挥:"行了行了,别欺负他。一回生二回熟,以后就知道了。"

欧阳烨跟着陈小华一帮人入内,刚坐下,突然一群衣着大胆的漂亮女孩儿从门外鱼贯而入。

有男人语气兴奋道:"下酒菜来喽。"

欧阳烨如梦初醒,他僵直着身体坐在沙发上,看着这些"下酒菜"排列得整整齐齐,巧笑倩兮地望着他们,甚至有几个胆大的,正含情脉脉地看着自己。

他撇开目光,故意不去看她们。

陈小华却不打算放过他,走过来,坐在他身边问:"小兄弟,开过荤吗?"

欧阳烨好歹是个血气方刚的男孩子,自然听得懂这句话,微微摇头。

陈小华发出一声嗤笑,拍了拍他的背:"那今天试试?"

欧阳烨疯狂摇头。

"是不喜欢这些吗?那告诉哥,你喜欢什么样子的?雏儿?还是清纯的?"陈小华低声问他。

欧阳烨脑海里,蓦地,又出现柴若舒的身影。清纯的,瘦削的,强势的,这些碎片化的特征,林林总总拼凑成他喜欢的模样。

见欧阳烨不说话,陈小华只当他是害羞,便替他做主了:"你们这里是雏儿的举手给我看看。"

有三四个女孩子嬉笑着举手。陈小华朝其中一个相貌清纯的招招手:"你过来。"

女孩子像中了彩一样,高兴地往欧阳烨身边一坐。

有句话怎么说来着,鸨儿爱钞,姐儿爱俏。年轻的姑娘,哪有不喜欢帅哥的。比起陈小华和其他的油腻大叔,姑娘们自然更愿意和欧阳烨亲近。最好,是能有个亲密接触。这样的话,也好到处炫耀一番。

欧阳烨却像躲避瘟疫一般,和女孩子保持距离,尽量不让她触碰到自己。可是他越躲,姑娘就靠他越近。到最后,欧阳烨简直避无可避。

"大K,你去点首《慕少年》,我和我小兄弟一起唱。"陈小华指挥一个男人道。

男人应声去做了。

陈小华将一支话筒递给欧阳烨,欧阳烨像是得到解脱一般站起来,和陈小华一起唱了这首他最喜欢的歌。

曲毕,自然是得到了在场所有人的欢呼和掌声。

欧阳烨为了不坐下来继续被姑娘揩油,主动去点了几首歌,要为陈小华他们助兴。可陈小华却没那么容易放过他。男人们坐在一群莺莺燕燕中推杯换盏,也算了欧阳烨一个。

"小兄弟,别唱了,口不干啊?来喝点。"陈小华喊他。

不知道为什么,欧阳烨如今已经看清,陈小华的私生活并不像表面上那般干净,可是自己对他的崇拜仍旧在。有这层偶像滤镜在,即便陈小华在将自己拉入深渊,欧阳烨似乎也无法抵抗。

不就是喝酒嘛,欧阳烨逼自己放宽心。

男人们坐在一起,聊天的内容荤素不忌。欧阳烨无法适应,便装作听不到,一边喝酒,一边逼自己和姑娘聊起了天。

聊天的过程中得知,姑娘并不是自己想象中的外围女,或者KTV小姐之流,而是一名网红。

"钱很难赚吗?为什么来做这个?"欧阳烨有些好奇。

当下直播带货不是很火吗?很多网红都借此赚得盆满钵满。再不济,谈个经济条件好点的男朋友,让对方接济自己。不管怎么样,都不至于沦落到下海赚这份钱。

姑娘"扑哧"一笑,将新倒满酒的杯子递给他,撩拨道:"我们哪像你啊,一炮而红,有那么好的机会,自然觉得钱不难赚。"

欧阳烨稍稍坐得远了些:"开淘宝店呢?做直播呢?"

对方看着欧阳烨一脸天真的模样,笑得更开怀了:"哪那么容易,我们这行也分大网红小网红的。我们这些小网红的店无人光顾的,做直播也没人看,就算加入公会被推荐到首页,赚了点流量钱,还要跟公会分成,朝不保夕的。"

欧阳烨点点头:"那倒也确实不容易。"

这个包厢,原本只是聊天、唱歌、喝酒,随着陈小华一行人喝大了,包厢内的氛围开始变味。

陈小华喊来服务生,说了句:"来点特饮。"

服务生会意前去,回来时,手上多了几包锡纸。

欧阳烨就算再天真迟钝,也反应过来这些锡纸内包着什么东西。陈小华好色嗜酒,这尚且在他能勉强接受的范围内,但吸食这些锡纸内的东西,可是犯罪!

他喝酒喝得昏昏沉沉的大脑开始敲起警钟。

男人们看见"特饮",纷纷露出比见到美女还兴奋的神色。他们人手一包,拿了特制吸管,就开始吸食,过程中,还不忘分给旁边的美女一根,让美女与自己同乐。

"小兄弟,来一包?"陈小华摇晃着手中的锡纸,冲欧阳烨说道。

欧阳烨疯狂摇头。

"不要?这可是好东西。"陈小华将锡纸硬塞给欧阳烨,"它能让你飘飘欲仙。"

"不,不了,小华哥,我不能——"欧阳烨吓得说不出一句完整的话。

"小兄弟,我都叫你兄弟了。"陈小华的眼神饱含深意,半是劝诱,半是胁迫道,"要加入我们圈子,大家就要有共同的爱好。你这样不行,那样不行,做人这么自私,我们可不喜欢哦。"

欧阳烨推拒着,坚决摇头,害怕得不知所措。

旁边几个男人已经嗨了,他们拉过身旁的姑娘,一把撕开衣服,在包厢内上演真枪实弹的禁忌戏码。

欧阳烨感到一阵恶心,他用力推开陈小华,往包厢外冲去。

当他在卫生间里吐了个底朝天后,刚出来,就察觉会所的气氛不对头。

欧阳烨往包厢的方向走,看到一众穿着制服的警察,正持枪破门而入。

"小烨!"欧阳烨听到熟悉的声音,回头一看,是柴若舒。

柴若舒一脸担忧地走过来,将他从头看到脚:"你没事吧?"

欧阳烨摇摇头,心中突然百感交集。

警察将包厢围得水泄不通,片刻后,拿枪抵着陈小华、他的朋友们和网红姑娘们一一走出。

"欧阳先生,你也得跟我们走一趟。"警察一脸严肃地冲欧阳烨说。

"小烨,别怕,就是配合做个尿检。"柴若舒在他身边,轻声说。

"嗯。"欧阳烨定了定心神,大大方方地跟着警察走了。

因为欧阳烨尿检没有呈阳性,所以折腾了一阵,就被放走,其余人等则被收押了。

(三)

柴若舒和欧阳烨坐在火锅店内,相对无言,终是由欧阳烨缓缓开口说了句"对不起",两人关系由此破冰。

"我如果晚来一步,你知道你的下场是什么吗?"柴若舒虽是责备的语气,态度却很轻柔,她知道,欧阳烨其实也吓坏了。

昏黄的灯光下,他的脸色一直是惨白的。

"我知道,谢谢你。"欧阳烨真诚地望着她,说道。

"其实——"两人异口同声地开口。

"你先说。"柴若舒反应极快地决定了说话次序。

"陈小华说我太听话了,他说在这个行业内,没有自己的思想,不曾叛逆过的艺人,是没有大的出息的。他说,我不能太听经纪人的话。说这个圈子内,经纪人都是吃艺人的肉,喝艺人的血,不顾艺人死活的。"欧阳烨说这句话时,压根不敢抬头看柴若舒。

柴若舒倒是一点也不诧异,静静地听他说。

"房子是他找人帮我搬的。"欧阳烨顿了顿,又道,"他还给我联系了香港那边的影视公司,说带我去香港发展,让我以退圈的名义,断了跟大陆这边的联系,到时候让大师给我重新取个名字,重新出道。他说,选秀出道不好听。"

第7章 一拍两散

柴若舒眉心一皱。没料到,这个陈小华,比她想象中还要离谱。关键是,欧阳烨对他,言听计从,这是更离谱的事。

不过,看惯了欧阳烨粉丝的疯狂行径,柴若舒倒也能理解欧阳烨一二了。这就是偶像的力量吧。

"还有一件事。"欧阳烨头垂得更低,似乎难以启齿,顿了顿,他鼓足勇气,才开口道,"不过,我之前真的有想过退圈。一方面是我始终不适应站在镁光灯下,另一方面,我奶奶生病了,我却没有办法去探望。更重要的原因是,我那天喝醉了酒,你送我回房间,把手机落下了,我后来醒过来时,偷看过你的短信,你前夫发来的。你答应过我,不再和你前夫联系的,你欺骗了我,我很生气!我——"

说到此,欧阳烨忽然抬头,接触到她温柔的眼光,整个人好比落到棉花中那般温柔的眼光。

"小烨,你喜欢我,对吗?"柴若舒忽而开口。

"你,你怎么突然——"她怎么突然这么正经,这么直白,欧阳烨慌了神。

"我也喜欢你。"第一次,柴若舒决定勇敢面对自己的心。

"可是光是喜欢还不够。"她定定地望着他,"首先,我比你大九岁。三岁一个代沟,我和你之间,已经有三个代沟了。我想要的感情,是可以和我互相支撑的、稳定的感情。你这个年龄段想要的感情,是激情。我们俩感情观不一样。其次,你目前处于事业上升期,如果被对家或者粉丝知道了我们俩原来是这样的关系,你猜后果会怎么样?"

"我其实不在乎那些的。"欧阳烨急着表忠心。

"你可以不在乎,但因为你的不在乎,整个公司、整个团队的人就要失业。"柴若舒语气有些重,瞬间像是变了个人。

"我知道,所以我才很痛苦,我一直没有说。"欧阳烨抓着头发,有些暴躁。

"所以说,你喜欢我,我也喜欢你,但当我们在一起后,全是负面,而没有一丝光渗透进来时,这种感情就不应该存在。"柴若舒说出这句时,眼底的一丝光瞬间灭了。

尤显不够,她又添了句:"所以说,我和老林聊些什么,其实你没有立场过问。先前,我答应你,是照顾你的情绪。后来,我联系他,是因为公司缺钱,他愿意以一个普通朋友的身份投资。"

"你很残忍。"欧阳烨轻声道。

"我要是真的残忍,就不会报警去救你了。"柴若舒反驳他。

"你——"

"好了,吃饭。"柴若舒直接打断他,"过去的事儿,就让它过去,我既往不咎,你也别再提了。"

欧阳烨没再说话,只是埋下头,开始大口吃肉。

今天在会所吐了一通,又在警局被吓唬了一通,欧阳烨现在饿得很。不管如何,他发现自己只有在柴若舒身边时,吃饭才最安心。

柴若舒在缭绕的雾气中看着他,不知道他在想什么。但柴若舒觉得,他大概再也不会有什么精神偶像了。

华丽的衣袍下满是虱子,娱乐圈这个地方更是。

(四)

欧阳烨被骗去会所这件事的后劲儿很大。柴若舒方方面面都得打点妥当,才能保证这件事不会被泄露出去。

听说陈小华一直在自己的关系网里找人,试图逃出生天。但这件事非同小可,他是在会所内被抓现行的,根本没有洗白的可能,所以他背后的那些大佬为了自保,根本没人愿意出面。

但陈小华为了日后东山再起,硬生生将自己坐牢的缘由洗成了打架斗殴。

这一面,柴若舒忙着打点。那一面,欧阳烨忙着搬回自家。

接下来的几天里,欧阳烨病了,发起高烧,身体很是虚弱。他在医院打点滴,被人认出来,医院的输液室和走廊差点儿被喜欢欧阳烨的女生们挤爆了。

没办法,柴若舒只能紧急将欧阳烨移居家中,托人找了家庭医生来家里。

第7章 一拍两散

"他的身体没有大碍了,但是恢复工作的话,还是要循序渐进。"家庭医生将听诊器取下,和柴若舒交代道。

柴若舒透过房间门的缝隙,望向欧阳烨:"他的身体是好些了,但是精神状态似乎很消极。"

医生皱皱眉头,有些犹豫地问:"可能我这句话问得有些冒昧,我想问,他的家族有精神方面的遗传病史吗?"

柴若舒如被雷劈中,她声音渐冷:"医生,你有话不妨直说。"

"心理方面,我不是专家,但略通些。他的病来得急,像是受了什么刺激所致,一下子就打击到他了。一般人心理没这么脆弱。我以前接触过的病例就是,一家子都有家族遗传的抑郁史,所以小孩子天生比旁人敏感,容易陷入抑郁。当然,这只是我的猜想,具体的,还是要咨询心理医生。"家庭医生道出自己的看法。

"我知道了,谢谢医生,我送送您。"柴若舒对医生的态度客气,却嘴紧得很,从头至尾都没有回答他关于欧阳烨家族精神遗传病史的事儿。

柴若舒送走医生,折回家中时,刚好看到欧阳烨到客厅来倒水喝。

"医生走啦?"

"嗯。"

"对了,我身体康复了,接下来的工作安排是什么?"

"先不急着工作。"

"嗯?你不是说,一整个团队都等着我工作养活吗?怎么这会儿就不急了?"

柴若舒坐下来,浅笑着望向他:"劳逸结合,你才能更好地工作。我给你放个假,你去东北看奶奶吧,听说你妈也从日本回来照料你奶奶了,正好和家人聚一聚。"

欧阳烨瞳孔一滞,似乎是对柴若舒的决定感到些许意外,但反应过来后,又觉得欣喜和感激。

"若舒,谢谢。"他发自内心地说道。

这是他生病以来,柴若舒第一次见他脸上出现光彩。她在心底庆幸,这一步大约是走对了。

她不确定欧阳烨是否真的和南嘉一样,被激出了遗传性的精神类病征,但她目前不打算告诉他,以免造成他过大的心理压力。她打算在未来陪伴他的日子里,观察他,爱护他。大多精神类和心理类疾病,是可以在温暖中被治愈的。

只是,柴若舒好奇一点。欧阳烨的心理病,若真是家族遗传,究竟遗传的谁的呢?她想起南嘉妈妈的脸,那样慈祥温良的人,会有心理病吗?还是说,南嘉姐弟俩的病遗传自他们的父亲?

柴若舒摇摇头,尽力抑制住满脑子的好奇。

(五)

日本,东京。

周信然站在南嘉宿舍楼下面,不明白为什么南嘉突然间就不理自己了,他不断纠缠南嘉的室友,用日文询问对方南嘉是否有了新的追求者。

除了这个原因,他想不到别的。

室友还没来得及回话,楼上的走廊间就传来一连串惨叫。

"啊——"

出于救人的目的,周信然听到声音,来不及多想,忙跑上楼,看到南嘉正披头散发地拿着剪刀追着一个女生跑,整个人状若疯癫。

"南嘉,南嘉,你怎么了,快放下剪刀!"周信然忙上前抱住南嘉,并用眼神示意那个女生快跑。

"放开我!放开我!"南嘉拼命挣扎。

周信然从来不知道,南嘉的力气竟然这么大,他险些就要抱不住她。

"你放不放?放不放?"南嘉突然给出最后通牒,一转身,将剪刀刺进周信然的肉里。

周信然疼得直冒冷汗,但依然选择不松手。

过了会儿,有学生带着一队保安赶来。在几个虎背熊腰的男人的协作下,南嘉这才被制服。

"小心点,别弄伤了她。"周信然站在一边,用日文朝男人们说道。

即便她伤害了他,他还是用心疼的目光望向她。

第7章 一拍两散

"你的手臂,去一下医务室吧。"有学生见到周信然臂膀在流血,好心提醒道。

"谢谢,我不要紧。"周信然根本不在乎自己手臂伤势如何,他看到南嘉因痛苦而扭曲的面容,当下六神无主起来。

保安们将南嘉强扭送至医院,周信然也跟着去了。

医院对南嘉病情的鉴定结果为重度双向躁郁症,时而抑郁,将自己封闭在一个空间,时而狂躁,能因为别人的一句话就大打出手。

"我们的建议是,她需要休息一阵子,配合心理诊疗,按时吃药。学校那边,如果可以,要做休学处理。"医生在走廊上,对周信然说道。

站在周信然身边的,除了那两个保安,还有学校不放心南嘉的老师和学生。

南嘉精神疾病的事儿,在学校彻彻底底瞒不住了。

"休学?"周信然脑子里霎时炸开了花,退圈进修可是南嘉的理想,让她休学,不就前功尽弃了吗?

"吃了药,可以正常工作和学习的吧?"周信然记得心理诊所的医生提过这件事。

站在一旁的老师开了口:"我认为,南嘉目前的情况,不适合继续上课。她今天狂躁症发作时的样子,很多学生都看见了。如果让她继续上课的话,恐怕会给其他同学造成心理负担。"

周信然张了张嘴,想要说些什么,却最终没说出口,失意的脑袋,像是挂在树上摇摇欲坠的柚子,垂得很低很低。

南嘉被打了一针镇静剂,沉睡过去。周信然坐在外面的椅子上,等她醒来。

老师和其他人都陆陆续续离开,只有南嘉的一个女同学还留在医院,她在陪周信然等待。

"今天究竟发生了什么?"周信然突然问女同学,"我是说,南嘉为什么要拿剪刀捅那个女生?"

就算南嘉有心理疾病,但也不会无缘无故捅人。

女同学的表情变得复杂起来,过了好一会儿,她才吞吞吐吐地说了南嘉发疯的原因。

原来，南嘉的室友妒忌她的成绩，不但偷她的论文，还污蔑她跟导师有一腿。学校的风言风语导致南嘉不堪其扰。那名室友本是始作俑者，不但不避讳，还上赶着拿这些风言风语到南嘉面前羞辱她。

"我有些后悔拦住她了。"周信然听完之后，从椅子上起立，目光有些冷，"就应该让南嘉将她的胸口捅个大窟窿。"

女同学震惊又害怕地望向周信然。她起初对这个长得帅又情深义重的男人抱有好感，想要接近他，却未料到，他冷漠的样子，跟南嘉一样可怕。

周信然进入病房，坐在南嘉的床沿，静静地看着她。

南嘉打了镇静剂，似乎也睡得不踏实，她的眉毛皱成一团，快拧成一个结，仿佛在梦中，也被恶人追赶环绕，不得挣脱。

"好啦，都过去啦。"周信然伸出手指，温柔地去抚平她的眉峰。

谁知，南嘉突然侧过脸，将周信然的手压在脑袋下面，居然就这么安稳地睡过去，不动了。周信然条件反射般地想要抽回手，却最终没这么做。

如果他的手，能给她安全感的话，那他被捅、被压，都心甘情愿。

他的爱，是能治疗一切不安的蜜糖。

北京，星烨公司内。

柴若舒刚处理完叶氏那边的对接事务，这边办公电话就紧接着响起。

"您好！我是柴若舒，请问您哪位？"柴若舒习惯性地问候对方。

电话那头先是沉默，后来发出窸窸窣窣的声响。

"您好！"柴若舒以为是对方信号不好，又问候了一声。

"啊——"电话里突然传来一声女人的尖叫。

柴若舒猝不及防被吓了一跳，慌忙之中丢下电话后又捡起，她蹙起眉头，再次对着电话问候了一句："喂？您是否打错电话了？还是需要帮助？"

"哈哈……"电话那头，一个疯女人的大笑声传来，随即，电话被掐断。

柴若舒觉得莫名其妙，看了一眼来电，确定不认识后，只当是陌生人

第 7 章 一拍两散

的恶作剧,就没放在心上。

结果,临近晚上时,柴若舒都快离开公司了,收到一个快递。

她徒手撕开包装袋,看见一只精美的礼品盒。柴若舒摇了摇盒子,里面发出沉闷的响动,根本猜不出是什么,她再将袋子捋平,发现这个快递居然只填了收件地址,隐藏了寄件地址。

谁给自己的惊喜吗?

柴若舒没多想,直接打开了盒子。打开的那一瞬间,臭气熏天。

她定了定神,看到盒子里躺着一只被斩首的死老鼠,顿时吓得撒手丢了盒子,并发出尖叫,连连后退。

"啊——"

柴若舒是在公司门口打开快递的,她的尖叫引起公司员工的注意。几个靠近窗口的员工纷纷跑出来,原本不知道发生了什么,等看到地上的死老鼠和血迹后,差不多都猜出了个大概。

胆小的女员工吓得跑回公司,男员工则忍着恶心,帮忙处理老鼠尸体。

"若舒姐,咱们报警吧。"新来的男员工说道。

柴若舒深吸一口气:"报警,当然要报警。"

联系起今天下午的那通莫名其妙的骚扰电话,柴若舒确定了,这不是一起恶作剧,而是有人刻意整自己。

警察接到报案,很快到了公司。

做完笔录之后,警察问柴若舒最近有没有得罪什么人。

柴若舒果断摇了摇头,可又突然想起什么,愣在原地:"倒是有一个,不过——"

"是谁?"警察问。

"陈小华。"柴若舒话音刚落,便看到警察有些复杂的神色。

从私人情感来说,警察不大相信柴若舒的话,毕竟,陈小华从前的公众形象良好。但从警察的职业素养出发,柴若舒的猜测不无道理。何况,陈小华前段时间,因为醉酒打人的事情进去了。他形象的坍塌,也从侧面印证了柴若舒猜测的合理性。

"您和陈小华先生之间有什么恩怨呢?"警察又问。

柴若舒愣住,她一时没有想到合适的说辞。不管如何,她不能说真话。

"可以不说吗?"她艰涩地开口。

"这是您的隐私,您当然有不说的权利。只是您说出来的话,会利于我们更快地侦破案件。"警察说道。

"抱歉,我不可以说。"柴若舒回道。

警察表示理解,他走后,柴若舒的精神状态有些不对劲,从害怕到疲惫,乃至于开车回家时,闯了红灯。

十字路口,行人惊恐地避让,交警从后面追赶自己,柴若舒驶过一条街,才猛然惊醒过来。

她主动将车停在路边,下车向交警道歉,主动接受了处罚。

那张白纸黑字、盖着红章的罚单,似乎在警示着柴若舒什么。再往前多走几步,就要坠入万丈深渊了。

(六)

日本,东京。

周信然陪伴南嘉办理了休学手续,然后小心翼翼地呵护着她,一步不离左右。

"我们去上次那个公园转转好吗?"周信然见她闷闷不乐,提议道。

"嗯。"南嘉虽无精打采,但不忍心拂了周信然的好意。

两个人去到公园,没想到今日的公园,人特别多。日本人也和中国人一样喜欢凑热闹,

他们聚集在一处,好像在围观着什么。

"我们往那边走。"周信然指着相反的方向,他知道南嘉恐惧陌生人群。

周信然的话音刚落,身后的人群中就传来一声怪异的吼叫。

人们似乎被吓到,纷纷作鸟兽散。散开的位置露出一块空地,那里站着一名打扮考究的中年男子。

第7章 一拍两散

男子状若疯癫,却在看到南嘉的一刻,表情和动作都静止。南嘉也望向他,看到他的那一刻,一下子记起了他是谁。

"信然,我又看见他了。"南嘉移不开眼神,喃喃说道。

"是,我也看见了。"周信然应道。

这名男子,之前在公园见过,他一直盯着南嘉看,那副模样,好像和南嘉认识一样。这一次,他大力推开众人,往这边跑了过来。

周信然怕他伤害到南嘉,忙挡在了前面。

"干什么!"周信然大声喝止,并护着南嘉,一步步后退。

"你出生在北京吗,孩子?"男人望着周信然背后,张嘴一口标准的中文,略带焦急地询问南嘉。

周信然愣住,南嘉也从他背后慢慢走了出来。

"你是谁?"南嘉警惕地望向他。

"我是,我是——"男人嗫嚅着,却低下头去,不再说话。

"有什么不能说的?你前些日子,也一直跟着她,你是不是认识她?"周信然对旁人都没什么耐心,直接追问道。

"我——"男人忽然抬起头,向南嘉大步走过去。

"喂!"周信然反应极快地要挡在他和南嘉中间,却发现,男人似乎没有要伤害南嘉的意图。

他从口袋里掏出一叠钱,塞进南嘉手中,随后直接离开。

刚刚围着他的一群日本人里,有几个身穿白大褂和护士服,他们只是看了南嘉一眼,随后便撒开腿去追男人。

散开的人群,用一种打探的目光看着南嘉。

南嘉戴上墨镜,又将帽檐压得低了些,浑身上下不自在极了。

"我们离开这里吧。"周信然害怕她被围观群众认出身份,忙护着她离开公园。

两个人找到一家靠街边的咖啡馆,进去点了两杯咖啡,坐了下来。

纸币犹如散开的麦子,一张一张,或几张几张,摊在桌上,一共三十万七千多日元,差不多是一个日本白领的月薪。

"嘉嘉,你真的不认识他?"周信然望着这些钱,有些傻眼,再次向南嘉确认了一遍这个问题。

因为在他看来,除了精神病,没人会随便塞给陌生人一沓钱,说起来,那名男子看起来脑子确实不大正常,可是他在面对南嘉时,那副欲说还休的样子,却清醒得很。

"真的不认识。"南嘉笃定地摇摇头。

"那咱们就当他是个神经病,既然给你钱,你就收着。"周信然决定不多想了,也试图让南嘉不再多想。

南嘉在周信然的陪伴下,再次恢复正常状态。可是,这么一闹,前面的心理治疗,等于前功尽弃,需从头再来。诊所为南嘉制定了全新方案,并且将两周一次的心理咨询,改为一周一次。

这些治疗的花费比较大,南嘉当下的状态不能回国,也无法工作和学习。周信然为了这些诊疗费有些苦恼,他琢磨着将南嘉安顿好之后,回国找机会赚一波快钱。

中国,北京。

"嗯,是,谢谢叶总。他进过组,但以前也只看过他姐演戏,自己没演过,对,到时候小烨还要麻烦您。"柴若舒边爬楼梯,边打电话,边从包内掏钥匙。

走到转角,柴若舒的余光瞥到下一层,有一个陌生的身影跟随自己而上,是个男人。

这栋楼里居住的老人偏多,邻里之间互相都熟悉,根本没见过什么生面孔。

不会是什么来租房子的人,也不是哪位老人的亲戚。不知为什么,柴若舒的直觉这样告诉自己。

她挂了电话,脚步不禁快了起来。可是,她快,他也快。她再快,也快不过一个男人的脚步。

身后伸出一只手,去扯柴若舒的包。

"啊!你干什么!"柴若舒尖着嗓子,本能地叫起来。

那道漆黑的身影,仿佛就是生在黑暗里的,见不得光一样。柴若舒护着包,惊恐万分地往楼上跑。

男人却快一步抢在了她前头,将她的路彻底堵死。

柴若舒这才看清了他的脸。有疤,丑陋,凶神恶煞,气质就像个流氓地痞。

"你要钱吗？我可以给你。"柴若舒说着,就伸出手去掏钱包。

这种时候,花钱消灾是最明智的办法。怕就怕,他不止想要钱。

男人"嘿嘿"笑着,露出一嘴黄牙。他按住柴若舒的手,顺势将她压在扶手后的墙上。斑驳的墙壁因为这突如其来的一击,扑簌着往下掉灰尘,呛得柴若舒咳嗽起来。

"你不怕我叫吗？"柴若舒佯装凶狠,一副豁出去的模样。其实她心里根本没底。

这会儿是下午六点多,下班的人还堵在路上,没回家。老人们也纷纷在这个时刻聚集在楼下的花圃旁下棋、打牌。她这一喊,能喊出几个人,还真不好说。

很显然,柴若舒没能吓住他,反倒激怒了他。

男人一把掐住她的脖子,嘴巴往柴若舒脖子上凑,手往柴若舒包里塞。

正在这时,从楼下蹿出一道矫捷的身影,一脚踹翻男人,并狠狠地踢打了他好几下,力道之重,从男人惨烈的喊声与楼道里回荡着的沉闷声就能听出来。

"小烨!"柴若舒惊喜地喊出声,嗓音是嘶哑的。

"你没事吧。"欧阳烨上去扶她。

躺倒在楼梯上的男人,不管痛不痛,突然从地上爬起来,往下逃窜。

"你给我站住!"欧阳烨大喊,他要送这个男人去警局。

但男人哪里会乖乖在原地听他的话,早就逃得没影了。

"北京城,天子脚下,居然还有这种人。我见他一次,打他一次,下一次他就没这么走运了!"欧阳烨举起拳头,做出要将歹徒打得生活不能自理的姿势。

柴若舒站得比欧阳烨高两个台阶,她忽然双手环抱住他的脖子,整个人倒进他怀里。

欧阳烨抱着这个软软的身体,大脑一片空白。

"谢谢你及时出现,不然后果不堪设想。"她低声啜泣道。

欧阳烨感觉脖颈处滑滑的,热热的,有什么东西正顺势往下流,流到衣服里，听她一说话，他才反应过来，这个坚强独立的大女人居然哭了。

她主动抱自己，还当着自己面哭。

"喂，喂，你该不会喝酒了吧。"欧阳烨嘴巴不饶人，因为在他印象里，她只有喝醉了，才会和自己这样亲密。

他曾经不止一次偷偷想过，她要是能多喝醉几次就好了。

柴若舒从他怀里抬起头，迅速站稳："你怎么这时候回来，不是说明天吗？"

"奶奶看到我，病好得特别快，已经从鬼门关被拉回来啦。现在，小叔帮着去照料了，妈妈也回了日本，我自然也就回北京了。我怕你忙，想着早点回来帮你，结果遇上这么一茬事，还好我早回来了。"欧阳烨啰里巴唆回答了很多，眉梢眼角全是庆幸。

"我们搬家吧。"柴若舒突然开口。

"为什么？"欧阳烨很诧异，这句话脱口而出后，又怕惹她不高兴，忙找补道，"搬家当然可以，只是，我想知道为什么，你这个决定太突然啦。"

柴若舒的脸色阴沉下来："回家再说。"

回到家后，柴若舒将包甩到沙发上，告诉了欧阳烨近些日子自己身上究竟发生过什么事。

"死老鼠？谁的恶作剧？"欧阳烨听到"死老鼠"三个字就反胃，很难想象她当时是什么心情，应该吓坏了，恶心坏了吧。

"小烨，我想告诉你的是，我觉得这不是恶作剧，我觉得这一连串的事情，是有人故意整我，原因就在于，对方觉得是我害得他被抓。"柴若舒严肃地说。

"你是说，陈小华派人干的？"她这话的意思再明显不过，欧阳烨一下子就猜了出来。

"是。"柴若舒一点不掩饰自己的想法，"除了他，我想不到别人。"

欧阳烨的表情复杂，半响，他才说道："那确实不能报警了，万一鱼死网破，陈小华吸食违禁品的消息一传出，我肯定逃不了干系，陈小华一定会拉着我一起死。我的前途被毁，公司怎么办，我姐姐怎么办？"

看来，他已经知道全部利害了。

"所以我们不报警,又想解决人身安全问题,只能搬家。"柴若舒又强调了一遍最终结论。

"那我们搬去哪里呢?"欧阳烨问。

"至少得是个安保严密的高档小区。现找合适的房子,恐怕不好找,先去我朋友的酒店住一段时间再说。"柴若舒已经把什么都想好了。

"这样也好。"欧阳烨点头。

这是欧阳烨和柴若舒待在家里的最后一晚。说来也奇怪,分明是春风拂面的四月,欧阳烨却燥热得整夜睡不着,恍如提前来到夏天。

他一闭眼,柴若舒抱住自己,委屈的模样就一遍又一遍地浮现在眼前。

黑夜够黑,藏住了欧阳烨傻笑的样子。

(七)

翌日。

柴若舒给欧阳烨在公司里举办了一场归来仪式。

这场仪式意义非凡。不光意味着欧阳烨出走后归来,也意味着,他摆脱投射在他人身上的幻想,重生回来。

欧阳烨看着台下坐着的人,除了公司日益增多的员工,还有股东们。他们其实都知道自己的出走,也或多或少知道些内情,但他们的眼底,全是对自己的期望和挂怀,并无怪罪。欧阳烨说心底没有触动,那都是假的。

"谢谢,谢谢大家对我这么宽容。"欧阳烨朝台下鞠了一躬。

"烨哥加油!"台下,偏后的位置有年轻的加油声传来。

欧阳烨顺声望过去,看到了两三张活力四射的脸。他认识他们,这几个男孩儿都是柴若舒刚签下来的练习生,年纪大约十六七岁,都是艺术生。柴若舒为了培养他们,花了不少的钱。之前,柴若舒希望自己能带带他们,自己吃醋于柴若舒对他们的上心程度,想也不想直接拒绝。现在想来,欧阳烨觉得自己太不懂事了。

"师弟也要加油!"欧阳烨笑着回道。

台下的柴若舒眼眸一亮。这可是欧阳烨头一次主动和师弟们打招呼。好像,有什么东西真的不一样了。

在柴若舒的带领下,公司的同事们重新为欧阳烨制定了事业规划,同时也开始和叶氏重新接洽影视合作。

欧阳烨顺利拿到献礼剧《我们的荣光》这块"饼",官宣时,在圈内圈外都引起了不小的争议。

他的对家们纷纷眼红,开始下场发起欧阳烨演技差,不配和一众实力派演员同场飙戏的营销稿。欧阳烨的粉丝们也不是吃素的,他们在营销号下面不断叫骂,或者发起投诉,直逼得营销号不堪压力,删除稿件。

欧阳烨本人心态倒是很稳,他没有受到流言蜚语的干扰,不但顺顺当当把合同签了,还跟导演、编剧等一众主创见了面。公司这边,他也配合度极高,主动"奶"起了新人。

星烨公司呈现一片蒸蒸日上的好兆头。

另一边。

周信然一个人搭乘航班回国,在转盘处拿托运的行李时,他听到有人叫自己的名字。

"信然,信然——"

周信然转头,没找到人,直到声音的源头正步朝自己逼近,他才认出这人来。

"怎么,不认识我啦?"男人因为常年健身而略显壮硕的臂膀,用力撞了周信然一下,"刚刚在飞机上,我就看到你了,没敢认,真的是你啊,我们得有三年没见了。"

"秦晨!"周信然的语气里也满是惊喜。

秦晨是周信然的高中同学兼大学校友。上学时,两人关系好得穿一条裤子。毕业后,两人一个北上当摄影师,一个南下玩起了金融。因为距离远了,大家又都为了工作奔波,渐渐便失去了联系。

"你来北京出差?"周信然问。

"什么出差啊,以后大概就定居北京啦。"秦晨笑道,见他神色有些不解,忙解释道,"我这一年一直在做影视基金,必须扎根在北京嘛。"

第 7 章　一拍两散

听到"影视基金"四个字,周信然内心一动。

"光说我了,你最近在做什么?还在杂志社拍照片吗?"秦晨反问。

周信然一手揽住他的肩,一手拖行李箱,说道:"这么久没见了,我们找个地方,边吃边聊?"

"成,走吧。"秦晨应得干脆。

第8章　风波四起

（一）

周信然和秦晨吃了饭,喝了酒,酒足饭饱之后,两人找了家足疗店,边按脚,边聊天。

秦晨得知周信然是目前业内兴起的"星烨公司"的股东后,表露出极大兴趣。

"星烨目前的业务只是艺人经纪这一块吗?"秦晨问。

"目前是,但是公司规模越来越大,也在拓展别的业务,比如培育艺人,往娱乐圈输送新人,我们跟好几家主力平台都达成了友好合作协议。"周信然答道。

"不做影视这块吗?"秦晨又问。

"谁都想做,但影视制作,从前期到后期,太烧钱了,还是做艺人本身能保本。目前,我们一哥欧阳烨的影视分约,是签出去的。"周信然坦率地答道。

"这样,签了叶氏对吧?"秦晨说,"我看新闻,说是欧阳烨准备进组拍《我们的荣光》了,那部剧不就是叶氏的项目?"

"是,哈哈。"周信然应道。

"我投资你们公司如何?"秦晨顿了顿,迅速给出方案,"你们可以不必用现金来回报我,我以红利形式分企业利润,同时承担管理责任。"

"这——"周信然略皱了皱眉头,"涉及公司权益,我得和老板商量一下。"

"你们老板,是柴若舒吗?"秦晨笑着问。

"你知道的倒挺多。"周信然道。

"那当然了,柴大经纪人的名号在业内还是很响的。"秦晨大笑。

两人就投资这个问题,还有目前行业现状,聊了很久,相谈甚欢。两人晚上十一点多分开,周信然甚至等不到次日早上,就立刻给柴若舒打去电话。

"若舒,我就猜到你肯定没睡。我要告诉你一个好消息。"周信然语气兴奋。

"什么?"柴若舒语气恹恹的。

刚搬完家,柴若舒洗了个澡,差一点就睡着了,偏偏周信然这时候给她来电话。

周信然将自己机场偶遇老同学,老同学打算投资星烨做影视项目的事儿叙述了一遍。柴若舒一听到工作上的事儿,困意立马消了大半。

"你这个同学靠谱吗?"柴若舒问。

"你相信我吗?"周信然语气笃定,"信我的话,就得信他。而且,他已经有过好几个投资成功的案例了,不差咱这一个。"

"那把他约到公司来,咱们详细聊聊。"柴若舒对这样的好事是喜闻乐见的,毕竟,她宁可跟陌生人谈生意,也不想接受前夫的投资。

公平做生意容易,扯上感情,那就复杂了,何况如今的柴若舒,还心有所属。

就这样,周信然将秦晨引荐给柴若舒。大家找了个时间,一起坐在办公室内,边喝茶边聊投资的事儿。

柴若舒对秦晨诚意十足的态度感到满意,她观摩了秦晨先前的投资成功案例,心里有了底。秦晨给出的融资方案也面面俱到,柴若舒没有任何不满的。

"柴总如果觉得合适,我们现在就可以走合同了。"秦晨将合同摆在柴若舒面前。

柴若舒一愣,没想到有生之年,还能碰到个和自己习惯一样的人。

为了避免夜长梦多,柴若舒出去跟人谈判时,合同总是随身携带。

"柴总怎么了?"秦晨还很擅长察言观色。

"没什么,她大概觉得你的习惯和她很像呢,你们都是速战速决型的人。"周信然捧着茶杯大笑。

老友不愧是老友,果然了解她。

柴若舒笑了笑,也没多想,拔下笔套,在合同上签了字。

"直接走流程吧,合作愉快。"

"合作愉快。"

因为确定会有资金流入,柴若舒近日对公司的员工格外大方,不光花了心思,给每个人准备了礼物,还为即将进组拍戏的欧阳烨请了台词老师,为他补习。

一切都是蒸蒸日上的模样,直到一天,法务走进柴若舒的办公室,告诉她,秦晨的投资机构是一家叫"星光闪耀"的公司,大娱乐传播集团是这家公司的控股机构,即实际控制人是大娱乐的老板董军辉。

法务是柴若舒朋友的朋友,对柴若舒原先的遭遇有所耳闻,所以发现了这件事,忙第一时间告知柴若舒。

"什么?"柴若舒大吃一惊。

她忙打电话给周信然,将这件事告诉他。她不认为周信然是故意的,大概率他也被蒙在鼓里。

果然,周信然听完柴若舒的叙述,整个人也无比诧异:"你等等,我去跟秦晨核对一下情况,一会儿回你。"

周信然挂了电话后,又打给秦晨。

秦晨大概是刚睡醒,声音慵懒,而周信然的问题却火烧火燎的。

"哈?"秦晨听完周信然的问题,闷声笑了一声,他连掩饰都不屑,因为这个问题在他看来,没什么大不了,"是啊,我们的大老板就是董军辉。"

周信然有些生气:"我看你对若舒还挺了解的,那就应该知道一些之前发生在她身上的事,我指的是,她和董军辉之间的事。"

"有所耳闻。"秦晨不紧不慢地说。

"你到底是有意的,还是——"周信然下半句话都没说出口,因为他自己都不相信秦晨是无意的,那声闷笑说明了一切。

"确实是董老板安排我来干这件事的。"秦晨承认了。

周信然有些后背发凉:"所以在机场——"

"哥们儿,你这就怀疑过头了哈。我怎么知道你乘坐哪个班次的航班?在机场遇见你,真是巧遇。我回国,其实是想直接拜访星烨的,刚好你是股东,倒是省了我很多事儿。"秦晨顿了顿,又说道,"其实,董老板当初把柴若舒赶出公司后很后悔,一直想找机会弥补遗憾。但柴小姐太倔强了,三番两次拒绝董老板。董老板不是没办法了,这才出此下策吗?"

"他找过柴若舒?"周信然这可就不知道了,不过话说回来,就算董军辉回头找柴若舒,依照若舒的脾气,肯定是想也不想,直接拒绝,也没有和他们商量的必要。

"嗯。董老板不但欣赏柴小姐,也对你的才气颇为欣赏,很期待和你一起共事呢。"秦晨说道。

"大可不必。"周信然声音发冷,"我和这位董老板,有不共戴天之仇。"

"什么不共戴天之仇啊?不就是一个女人嘛。"秦晨再次闷笑,"哪有男人不好色的,你喜欢南嘉,不也是看上人家的长相和身材了?你应该理解董总的啊。"

"不好意思,我和他是人跟动物的区别。"周信然的声音越来越冷,如果对方不是自己的老同学,恐怕自己早就发火了。

"你别生气,我说真的,星烨的财务状况我也算了解了。你这个股东等分红,恐怕还要等一段时间。可是南嘉的病等不了了吧。你需要钱是不是?"秦晨开始正经起来。

周信然沉默,自己的这位老同学如今真是了不得。该知道的,不该知道的,自己没告诉他的,他全知道。

"你就把董总的举动,当作他的赔礼道歉。事情已经发生了,总得给别人一次悔过的机会吧。你就想着,他做错了事情,你没办法报复他,但可以狠狠花他一笔钱,用作南嘉的治疗费,不也很好吗?"秦晨苦口婆心地劝他。

周信然静静地听着,秦晨以为他不说话,是被自己劝动了,便更加来劲儿。谁知,周信然只是听到"报复"二字,心底生出了一些别的念头。

"喂?信然,你有在听吗?"秦晨见他总不出声,不禁问了句。

"嗯。行吧。我答应你,可以出面说服若舒,争取将此事促成。"周信然平淡地答应下来。

"真的?哥们儿,你这个格局,真是做大事的料。"秦晨喜不自胜,毕竟,董老板承诺过他,将这件事促成,会给他一笔不菲的佣金。

周信然挂了电话,走到洗手间,用冷水浇了把脸。

镜子里的自己,瘦了一大圈,脸上写满故事,再也不是过去风流倜傥的少年郎。眼底,更是幽深得看不见底部的色彩。

(二)

周信然将秦晨的意思说给柴若舒听,希望自己能促成柴若舒和董老板冰释前嫌。柴若舒坚决不同意,第一次和周信然产生巨大分歧。

"你胡说些什么?周信然,你清醒一点,你忘记了是谁害得南嘉变成这副样子的吗?我可以原谅董军辉,你都不可以!"柴若舒怒道。

"没忘记,怎么敢忘记。"办公室里,周信然垂下头,愤恨地握紧拳头,可是抬起头来时,神色却平静无波,"但是,你不跟董军辉冰释前嫌,怎么能拿到他的钱去给南嘉看病呢?谁惹的祸,谁就要负起责任!"

柴若舒像看陌生人一样看着周信然:"小烨赚不动钱了,还是你我不行了?什么时候沦落到让杀人凶手给受害者负责了?"

"若舒——"周信然软下语气,还想再劝。

"你不要说了。"柴若舒直接打断,"无论你说什么,我都不会盖章的。光是我一人在合同上签字无效。"

见柴若舒的态度有如铁打一般,周信然也就不再说什么。他是了解柴若舒这人的,认定了一件事,很难有回旋的余地。

由于柴若舒始终拒绝在合同上盖章,此事被彻底搅黄。

周信然告知秦晨,秦晨硬着头皮告知董军辉。董军辉知道后,"砰"

第8章 风波四起

一下砸碎一只杯子,破口大骂柴若舒敬酒不吃吃罚酒。

秦晨站在偌大的办公室中央,动也不敢动。

"你,把这笔资金投给孙佳奇的凯力传媒。"董军辉当场给秦晨下了新的指令。

"啊?"秦晨还没反应过来。

"废什么话,快去做!"董军辉像个教父似的,高高在上地坐在沙发上。他向来不喜欢手下对自己的指令有不同意见,也不喜欢他们反应迟钝,做事拖沓。从前,柴若舒最令他满意的一点就是,做事向来积极干脆。

"是,是。"秦晨额头上冒出冷汗,弓着身子退出办公室。

另一边。

周信然回到家中,就收到日本心理诊疗所发来的账单,他从银行卡上划出一大笔钱去还这笔债务,随后整个人陷入沉思。

他太需要钱了。除了董老板的钱,目前没有能更快进账的渠道和办法。

他回忆着柴若舒拒绝董军辉投资的每一句话、每一个动作和神情,突然觉得自己的劝解没有发挥出百分百的效力,即便柴若舒的态度已经很坚定了。

恰巧这时,秦晨打来电话,告诉他董老板打算将钱投给柴若舒对家的时候,周信然表现出了着急。

"兄弟,你等等,我现在就去公司,我再去找若舒商量一下好吧?"

"我可不能等你太久,就两个小时。"秦晨从私心里更希望能达成和柴若舒的合作,一方面,他看出,这是董老板最初的核心诉求,另一方面,他对柴若舒这个倔强的女人有些感兴趣。

周信然没有提前说,直接去了公司。而柴若舒正在和公司的人开会,商量新人出道的事宜,被周信然突然的造访打断。

"你有什么事,不能提前打个电话给我?"柴若舒暂停了会议,将周信然拉到办公室里,面色不虞。

"董军辉现在打算将钱投给凯力传媒。"周信然开门见山地说了找她的缘由。

柴若舒一愣，随即满脸不在意道："所以呢？那是他的钱，爱投给谁投给谁，和我们有什么关系？"

"若舒，事情没这么简单。"周信然还没说几句话呢，就觉得口干舌燥，"你以前跟过董军辉，知道他做人做事的手段。他现在给了你台阶下，你不但不下，还要反手打他的脸。他投资了咱们的对家，以后对家起来了，就要压着我们打，对小烨有什么好处？对新人的发展又有什么好处？艺人赚不到钱，公司就亏本。公司亏本，南嘉就没钱看病。这些事你到底想过没有啊？"

"我不明白你，我真的不明白你。"柴若舒不断摇头，"你做公司，肯定会有竞争对手，我不明白这和公司的收益，以及南嘉看病的钱，有什么直接关系。"

"当然有直接关系，凯力传媒和咱们的发展路子太像了。"周信然强调。

柴若舒耸耸肩，不屑地一笑："那又如何？"

周信然看了看手机上的时间，再看了看柴若舒，觉得以她的固执，这件事的结果，大约还跟上次一样。

不同的是，这一次，周信然觉得自己已经筋疲力尽。

"我没想到你这人这么自私，假惺惺说不原谅前老板是为了闺密，其实只是在圆你自己的面子。"

"你说谁自私？"

"你啊！"

"周信然，你疯了？"

两人在办公室大吵一架，周信然摔门而去。办公室一片哗然。

柴若舒一声叹息，坐回了座位，揉着太阳穴，觉得劳累极了。一个团队合作，彼此间意见不合是常有的事。但这是第一次，自己和周信然吵得这么凶。差一点两人就口不择言了。以往，不管自己做出什么决定，他都是站在自己这边的。

也许，为了南嘉，他的心态早已发生巨大改变，只是她没察觉而已。

正当柴若舒有些失神时，欧阳烨发来微信，用撒娇的语气，希望柴若舒能到横店看看自己。

她原本想直接回他,自己公务缠身,根本走不开,可是对话框里的话打了一半,又全部删了。

——嗯,我去看你。

——哇,你真好!

柴若舒能想象得到欧阳烨此刻眉飞色舞的模样,她的唇角也泛起愉悦的笑容。

去看看他吧,就当散散心。

(三)

虽然还未正式进入初夏,但横店已是久旱不雨,连天上几片薄薄的云,都快被太阳晒化了,更不要说露天拍戏的演员。

大牌的演员还好,他们可以拒绝在太阳底下待超过三十分钟,或者一拍完戏,就去保姆车上吹空调。

但群演们就很惨了,五月拍十二月的戏,一个个裹着棉袄,在大太阳底下,一站就是一天。

横店这地方,就是社会的一个缩影。贫富差距的显现,在这片土地上,被放大到极致。

欧阳烨虽然人气很高,但柴若舒却没有给他配备保姆车来拍戏。一则,还未到最难耐的酷暑,二则,柴若舒有意让他锻炼锻炼,多贴近群众演员一些,这样的话,被记者拍到,还能落个没架子、亲近底层的好名声。

柴若舒刚从大巴车上下来,往广州街的方向走去,就在被围起来的人群里,一眼看到欧阳烨。

高挑的个子,白皙的肌肤,让他鹤立鸡群。

她看到欧阳烨的同时,欧阳烨也看到了她。

"Hi——"欧阳烨热情地朝她招手。

她弯下腰,翻过绳子,欧阳烨伸出手去拉她,将她带到剧组工作人员面前,介绍道:"我经纪人,柴若舒。"

"呀,柴经纪人。"剧组里,还是有不少人听过柴若舒的大名的。

只是,比起柴若舒如今的新身份"柴总",大家还是更愿意称呼她为"柴经纪人"。

柴若舒落落大方地跟众人一一打了招呼,然后找了张椅子,坐了下来。

"待会儿就到你了吗?台词背得怎么样了?"柴若舒问他。

欧阳烨将剧本递给柴若舒,自信满满:"一共就三句台词,我还能记不住?"

柴若舒低头翻了翻本子,发现欧阳烨虽然戏份儿不多,台词也少,但他还是很用心地给每句台词标了注解。

"来,所有人员请就位!"

"第六场第一镜——action!"

欧阳烨放在身后的手,调皮地朝柴若舒比出一个胜利的手势。镜头转到他身上,他又立刻变得严肃认真起来,满脸写着"家国情怀"四个字。

他的状态真是不错。柴若舒在心底暗叹。

谁能想到,在不久前,欧阳烨还颓废迷惘,差一点要跟自己一刀两断呢。可是,祸事有时候是考验,通过了考验,人就会往好的方向发展。

从前,欧阳烨性格冷淡又毒舌,把谁都不放在眼里。经过这一遭,他性格开朗多了,情商也高多了。

欧阳烨在《我们的荣光》里饰演陈独秀的次子陈乔年。他一袭长衫布鞋,受尽酷刑,战友为他即将被害感到难过,他却乐观地回应:"让我们的子孙后代享受前人披荆斩棘换来的幸福不好吗?"

开拍的这一幕,正是历史上陈乔年英勇就义的一幕。

欧阳烨台词流利,唇角泛起的坚定与乐观,感染了镜头后的一群人。

"好!过!"

欧阳烨从角色中抽离,直接朝柴若舒走去。

"可以啊,一条过!"自己培养出的小孩儿这么优秀,柴若舒自然不吝啬夸奖。

"也没什么,可能你来了,我今天状态不错。"欧阳烨摸摸后脑勺,笑着答了一句。

第8章 风波四起

导演听到两人的对话,背过身来,胡子拉碴、严肃的脸上,也难得出现一丝笑意,朝欧阳烨伸出大拇指:"后生可畏。"

"谢谢导演。"欧阳烨不卑不亢地说。

柴若舒远比欧阳烨看起来兴奋,那是因为欧阳烨的表现远比自己想象得出色。原本,叶氏将他这样的关系户塞进组,柴若舒只是想叫他吃一波献礼剧的红利,在正剧导演、国家一级演员们面前刷个脸熟,没承想,他竟然将陈乔年这个人物演活了。

虽然,陈乔年不是《我们的荣光》这部剧的主角,但欧阳烨亮眼的表现,届时一定会引起大家关注。

柴若舒看多了表演场面,谁能红,谁不能,她总有个七八分把握。

"我们去吃饭吧,我知道后街有一家烤鱼店很好吃。"欧阳烨一边走,一边拿湿巾擦身上的"血"。

欧阳烨的这一点小洁癖,真是到哪儿都没变。

柴若舒失笑,看了眼不远处围观的游客和粉丝,不禁走得远了些,和他隔开了一小段距离:"我们先去跟他们打个招呼,然后跟剧组的车,送你回酒店。那家烤鱼店的地址,你发给我,我买了打包回酒店吃。"

欧阳烨眼底的神色黯淡了几分,脚步迟疑,柴若舒快行了几步,把他落下了。

只听他在身后说:"其实,我就是想带你吃一次我觉得好吃的东西,光明正大地带你去。"

柴若舒停下,刚刚还欢欣的神情,此刻也消融几分,她望了一眼四周,低声道:"现在还不行,或许,以后可以的。"

欧阳烨听了,脚步钝钝地跟了上去,依照柴若舒的话,扮演了一个完美无瑕疵的偶像,直到步入酒店的门,他才卸下伪装。

"生活里演戏,比戏里演戏辛苦多了。"欧阳烨表情有些疲软。

"是啊,戏里演戏还能重来,生活里说错一句台词,就能引发动荡。"柴若舒撑在房门口,"把烤鱼店地址发我。"

欧阳烨一进房间,就迫不及待脱掉长衫,这黏黏糊糊的衣服套在他身上多一秒,他都不乐意。

柴若舒猝不及防撞见他自下而上地脱掉衣服,露出白皙的后背,脸蓦地一红。

这几年男色盛行,娱乐圈内也掀起"八块腹肌""公狗腰"的审美风潮。欧阳烨因为年纪还小,柴若舒为了留住他的少年感,并没有要求他健身。

所以,欧阳烨身上的学生气十足。他裸着上半身的样子,和柴若舒记忆里少女时期暗恋过的某位学长身影重叠。

初夏,篮球场,唇红齿白的少年,挥洒的汗水……

"发给你了,要豆豉味的。"欧阳烨的声音在头顶上方响起。

这人光着身子,不知什么时候又站到了自己跟前,正弯下腰,用探询的目光盯着自己。

"知道了。"柴若舒触电一般反应过来,看也不看他,转身就走。

欧阳烨刚刚还因为她拒绝自己提议而低落的心情,霎时明亮起来。

"要看就光明正大看啊,我又不介意。"他在背后喊。

"不要脸。"柴若舒骂了一句,脚步匆匆地离开。

欧阳烨难得听到她骂人,心里不恼,反而乐得炸开了花,这些花一簇簇、一抹抹地悬浮到了天上。

柴若舒拎着烤鱼回来时,欧阳烨刚洗完澡。不知是有意还是巧合,她敲门,他开门时正好在穿衣服。于是,柴若舒面对面地,将他的胸膛和肚皮也看了个精光。

这下子,自己算是彻底看光他了。

"我白吗?"欧阳烨凑上前问。

沐浴露混合着荷尔蒙的气息直冲脑门,柴若舒突然想到一句话:如果一个人身上没喷香水,你却闻出了他身上的气味,说明你的基因选择了他。

因为想着这句话,柴若舒反应迟钝了好几秒,才又怒骂了他一声"不要脸"。

"女人要温柔,别总是骂人。幸好我能忍,这要换作别的男人,你早被甩八百回了。"欧阳烨笑得眼睛眯成一条直线。

熟悉的味道,熟悉的配方,欧阳烨的毒舌功力从没退步过。只是,配方里掺杂了新的情愫,一分是亲近,一分是自然而然的暧昧。

柴若舒不理他，自顾自拆了打包袋，烤鱼的香气立刻溢满整个房间。

"你还买了啤酒？太好了。"欧阳烨早已饥肠辘辘，已经顾不得鱼味和酒味会侵袭刚洗完澡的自己，直接盘了腿，在食物面前坐下来。

见她还站着，欧阳烨长臂一伸，拉了一张椅子过来，拍了拍："你也坐。"

"你晚上没戏？"柴若舒和他确认了一遍。

"嗯，表上没写。"欧阳烨闷声回了一句，已经开始往嘴里扒饭。

看他这样子，估计早饭、晚饭都没吃。柴若舒在他身边坐下，也吃起饭来。只是，她胃口不好，吃得慢条斯理的。

欧阳烨吃完两碗饭后，开始给柴若舒讲起剧组的八卦。

"就刚才，和我对戏的那个程迩，镜头前对工作人员都客客气气的，其实私底下特别张狂，他的助理都是跪下来给他换鞋子。听说是以前皇帝角色演多了，真的把自己当皇帝了。"

"还有那导演，每天板着一张脸，那都是对男演员。吴知醺每次找他，他都笑得跟什么似的。我亲眼见过，吴知醺坐他大腿上。"

柴若舒放下筷子，有些诧异地望向欧阳烨。虽然她一直都知道，男人八卦起来，根本没女人什么事。可是，欧阳烨以前可是个"事不关己高高挂起"的人哪。怎么才泡在剧组几天，就变成这样了？

剧组果然是个大染坊，欧阳烨也不能免俗。

聊着聊着，欧阳烨突然神秘兮兮地，开始说起自己的八卦。

"你知道吗，吴知醺平日里公众形象不是个贤妻良母吗？你说她坐导演大腿也就算了，有天半夜还来敲我房门，说要跟我对一对剧本。"

柴若舒眉心一蹙："然后呢？"

"我心想，我和她也没什么对手戏啊。但出于对前辈的尊重，我还是把门开了一个小缝儿，你猜我看到了什么？"

"什么？"柴若舒大概猜得到故事形态，但因为故事主角是欧阳烨，她的全部注意力立刻被吸引。

"她穿了件白衬衫，很透明的材质，若隐若现那种。我赶紧吓得把房门关了。然后就装死，一夜睡到天亮。"欧阳烨说到精彩处，还手舞足蹈，生怕柴若舒想象不出来，透明的白衬衫，到底能透明成什么样。

柴若舒唇角微微翘起，心中的石头落了地。

她很担心自己的小男孩儿会在大染坊里面学坏，可当她意识到自己的担忧时，又觉得可笑。小男孩儿可是自己看着长大的，虽然嘴毒，但根红苗正。

"你没跟人家把关系闹掰吧？还有，这件事除了我，你没到处乱讲吧？"柴若舒不放心地问了一声。

"没有，次日早上见着她，我还主动叫了一声'知醺姐'呢。这件事我憋在心里好久了，这不是你来了，才跟你讲的嘛，别人我还不说呢。"欧阳烨一脸傲娇。

"那就好。"柴若舒说道。

"你呢？最近过得好吗？"欧阳烨的语气，从玩世不恭慢慢变得认真，一双细长的眉眼，一动不动盯着柴若舒。

柴若舒不自觉地将掉落到额前的头发捋到耳后，声音有一丝停顿："挺好的。"

"你觉得自己很擅长撒谎是不是？"欧阳烨瞬间戳穿她，"你能骗别人，骗不了我。说说吧，发生什么了？我都把最近发生的事和你分享了。"

"这——"柴若舒淡笑两声，"真的没什么大事，就是和公司的人发生了一点争执。"

"关于什么的？"欧阳烨问。

"工作上面的事。"柴若舒答道。

"好吧。"欧阳烨没有多问。

柴若舒庆幸欧阳烨没多问，要不然，她和周信然之间的矛盾就瞒不住了。她暂时不想让欧阳烨知道他这个准姐夫的"叛变"，也不想让他跟着操心。

"一会儿天完全黑了，我们去游乐场玩好不好？"欧阳烨眼底充满期待。

"一定要今天去？"柴若舒舟车劳顿一天，其实哪里也不想去。

"戏是从后面往前拍的，过几天咱们就不在横店了，要去车墩了。走之前，我想带你转转。"欧阳烨俨然一副主人的姿态。

其实,柴若舒从前带过那么多艺人,横店这地方的每个角落,她几乎都走遍了。只是,柴若舒不想扫他的兴,便点了点头。

(四)

月色溶溶。

柴若舒扎了马尾,戴了超大的平光眼镜来遮挡素颜。欧阳烨戴了一顶帽檐较低的棒球帽,就拉着柴若舒出门了。

两人均打扮低调,若是不仔细辨认,在夜色中看来,不过就是一对普通的小情侣。

"我们走过去吧,酒店离摩天轮不过一公里距离。"欧阳烨看着导航说。

"原来你想坐摩天轮啊,和女孩子似的。"柴若舒笑他。

"我那是陪你坐。"欧阳烨强词夺理,唇角却是笑着的。

柴若舒不辩驳,也只是摇头笑笑。

路边汇聚各种街头表演和小吃,每个摊位前多多少少都聚了一些捧场的人。这些人里,有的是游客,有的则是讨生活的龙套演员。大家用掌声和买卖来互相慰藉。

柴若舒其实很喜欢横店。这一座不大的影视小镇里,混合着理想、欲望和市井。不同的人来这里,能体会到不同形态的生活。这种包容又微妙的气氛,像是北京的缩影,可又比北京多了一丝人情味儿。

走到摩天轮处,刚好没什么人。

欧阳烨买了票,就直接拉着柴若舒坐上去。

半透明的玻璃座舱,镶嵌在巨大的立式圆盘上。从外面看,夜色下的摩天轮像一轮渐渐升高的月亮。真正坐在里面往外看,脚下的烟火,全是围绕月亮旋转的星星。

风景曼妙,人也曼妙。

"你知道吗,我这是第一次和男生坐摩天轮。"柴若舒望着外面的风景,感慨道。

"我是第一次坐摩天轮。"欧阳烨说。

柴若舒微微诧异地看向他。

欧阳烨似乎陷入了回忆:"很小很小的时候,在日本见到,那时候想坐,但是没坐成。长大一些,爸妈总是吵架,我和我姐相依为命,根本没心思闹着坐什么摩天轮。长大后,我一个大男人自己来坐摩天轮,嫌丢脸,所以就一直没坐过。"

柴若舒好奇的倒不是他一直错过摩天轮,而是——

"你小时候去过日本?"她从没听南嘉提过这件事。

"嗯,很小的时候吧。"欧阳烨眼神涣散,似乎记忆变得模糊。

原来姐弟两人小时候就在日本待过,怪不得南嘉退圈后,选择去日本学习。人总是会依赖自己小时候去过的地方、吃过的食物,对这些被锁定在安全区域的记忆,都有极其深厚的感情。

摩天轮渐渐升高,欧阳烨从回忆里抽离,他的耳边听到柴若舒轻轻浅浅的一句:"咱们俩都是第一次,也算有缘分。"

眼前,柴若舒眸底的神色,与窗户外高低错落的座舱相互映照,迸发出一种艳丽夺目的光彩。

一时间,过去看过的所有爱情电影和小说,都在脑海中浮现。

欧阳烨身体里的血液都在躁动,他情不自禁地站起身,俯下腰,向她靠近。

"你身上洒的什么香水?真好闻。"他说。

柴若舒心跳渐快。她身上根本没洒什么香水,只是喷了几下烤鱼店附赠的火锅去味剂。欧阳烨异常的反应,让她又想起那句话:如果一个人身上没喷香水,你却闻出了他身上的气味,说明你的基因选择了他。

"我没有——啊!"

座舱忽然倾斜,柴若舒尖叫出声。

欧阳烨也吓得不轻,他双手分别撑在柴若舒身体两侧,整个人倒向她,却没有完全扑向她。他的脸离她的只有半尺远。他的鼻尖,快要触碰到她的。

两个人对视,双方眼中一闪而过的局促,化成了脸红脖子粗的炙热表现。

第8章 风波四起

欧阳烨喉咙吞咽的声音,在密闭寂静的狭小空间里,显得莫名响亮。

座舱升到最高点,在慢慢下滑的过程里,又恢复了平稳。

"你没事吧?"欧阳烨伸出手,要去扶她。

柴若舒避开那只手,迅速整理了一下乱掉的头发,随后正襟危坐,撇过头,看窗外。那只手的主人,只能退回到自己的座椅上,好像只有两个人都规规矩矩坐在自己应该坐的位置上,世界才能维持平衡。可是欧阳烨心底却格外贪恋那失衡的一瞬间。

两个人一直到摩天轮转完一圈,也没有再说话,甚至,回酒店的路上,彼此之间都显得沉默。最后,还是欧阳烨先开口打破了沉寂。

"要不要再吃些什么?我还知道一家烧烤很好吃。"他说。

"来横店几天,就对吃这么了解?你可是个偶像。"柴若舒斜眼瞧他。

"偶像怎么了?偶像也要活得接地气呀。平日里睡眠不足,脾气还得压着,见人说人话,见鬼说鬼话。要是再吃不好,那人生多憋屈呀。"欧阳烨回她。

这要是在北京,说什么柴若舒都要管住他的嘴。但在横店,她自己都是来散心的,便也放松了对他的要求。

两个人找了一家烧烤摊,点了一些各自爱吃的,正站在路边等待时,却发现身边的人越来越多,还大多是年轻的游客。

欧阳烨习惯性地将帽檐压低,背过身,往远处站了站。

"老板,刚刚的串儿全部打包带走。"柴若舒跟老板说。

"好咧。"老板将串儿撒上一把孜然和辣椒,又刷上自家特制的酱料,用塑料袋捆扎后,塞给她。

"走。"柴若舒朝欧阳烨比了个离开的手势。

两个人抄了条没什么人走的近路回酒店,一路上,烧烤的香气不断从袋子里钻出来,勾得两个人还没等回酒店,就拆了袋子,一边走,一边吃。

"这家的酱料确实好吃。"柴若舒夸道。

"是吧,其实肉烤得一般,还没我们高中巷子口的肉烤得好,但人家的酱料是灵魂。"欧阳烨咬下一大块火腿肠,含混不清地回她。

"哎,你吃过烤鸡腿吗？小时候,我们学校门口的烤鸡腿那才是一绝。先拿酱料腌过,然后烤得外焦里嫩,这么大,我一次能吃好几个。"柴若舒肚子里的馋虫和记忆一道被勾起,兴奋地直拿手比画。

"听起来挺好吃的,哪天你带我去你们那儿吃。"欧阳烨说。

"行啊,就是不知道摊主在不在了。我上中学时,他就好大岁数了。"柴若舒回忆起人生中最轻松的时光,话匣子一下子就打开了。

两个人走得不快,还是很快就到了酒店。

"那个去味剂好像还在你房间,我去拿一下。"柴若舒说。

"成。"欧阳烨从口袋里掏出房卡,自然而然地交给柴若舒,好像他人生中所有需要走进去的门,他都愿意放心地将钥匙交给她。

让柴若舒来掌舵,他从抵触到接受,再到如今的全盘相信。

两个人并肩走回房间,和刚从剧组回来还没来得及卸妆的吴知醺一行人擦肩而过。

"知醺姐,下戏啦？"欧阳烨礼貌地打招呼。

"是啊。"吴知醺对欧阳烨态度亲昵,看到一旁的柴若舒,神色忽而倨傲了起来,"这是——"

"啊,这是我的经纪人柴若舒,下午也在片场。"欧阳烨介绍道。

"哦。"吴知醺拖长尾音,听起来并不是很礼貌,"可能我在车上看剧本,没太留意。"

"你好。"柴若舒友好地打招呼。

"嗯,你好。"吴知醺依旧是态度散漫,眼角却一直往柴若舒脸上瞧。

柴若舒知道她好奇自己,于是一颦一笑都做足姿态,让人挑不出毛病,结果却在她眼里看到了不屑和鄙夷。

吴知醺这种女人,柴若舒身边少,但不代表不知道。她们是女人堆里的大飒蜜、男人怀里的小妖精。妖是真的妖,飒却未必真的飒。一旦和她发生利益冲突,第一个将同性推出去挨枪子儿。

柴若舒也不知道为什么,今天非要跟她较劲儿。

"我的东西还在你那里呢,我们走吧。"柴若舒自然又亲昵地催促欧阳烨。

柴若舒的亲昵,比之吴知醺的,更让欧阳烨受用,这是显而易见的。

两人进了房间后,吴知醺的眼神怨毒得能将房门盯出一个窟窿来。

"他们两个人确定是经纪人和艺人的关系?不是情侣?"吴知醺问身边人。

身边人犹豫了一下,回道:"没听过什么风言风语,但是刚刚瞧欧阳烨的眼神,好像真跟他经纪人有什么似的。"

吴知醺唇角布满嘲讽:"真是没眼光,把一个没根基的女人当个宝。这种人,红不长久,给他杆子,都不知道顺着往上爬。"

说完,她扭头就往自己房间走。

（五）

柴若舒在横店待了四五日,直到剧组转组去车墩,她才动身离开。

欧阳烨请了一天假,特地送她到火车站。

"你说你请这一天假,大张旗鼓的。还得我开车,还得大雄把车开回去。何必呢?"柴若舒拿余光瞟他。

欧阳烨将座椅往后调,以一种极其舒服的姿态躺倒,"就想和你待在一起,不行吗?"

"行。但你以后可不能这么任性了,给人印象不好。在这个圈子里,还没站稳脚跟就先飘了的艺人,通常都红不长久。你看那些演艺圈常青树,哪个不是十年如一日地谦逊。就算是装的,装一天简单,装一年也不难,一直装下去,可就是修养了。"柴若舒边开车边板起脸来教训他。

"好啦好啦,好不容易和你待在一起,你还教训我。"欧阳烨打断她,声音里却带了丝撒娇的意味。

柴若舒扶方向盘的手一软,再也说不出什么教训的话来。

这小子,以前不挺叛逆,挺有个性的吗?现如今,黏人、爱撒娇,真像陷入恋爱里了,和从前判若两人。

柴若舒的心说,不能放任他的感情如此一发不可收拾。但她的身体说,她好享受来自弟弟的温言软语。

而坐在后排的大雄,双目一闭,对自己两位顶头上司之间的暧昧情慷,不敢看,也不敢出声,生怕自己知道太多秘密,会被秘密"处决"。

车子行驶在路上,离火车站还有三公里时,柴若舒接到一个电话,来自自己新招的助理仇瑛。

她没避讳欧阳烨和大雄,直接开了免提。

"若舒姐,你什么时候回来?出事了!Infree打算转签凯力传媒了。"

车子猛地一个急刹车,停在路边。柴若舒将排挡挂入空挡,重新启动发动机。

"什么时候的事?"柴若舒问。

"就是今天,不对,应该前几天就开始了,但是我们是今天才知道的。"仇瑛语无伦次,听起来真的很着急,"若舒姐,我知道你在休假,但是这件事真的很急,否则我也不会打扰你的。"

"没事,我一会儿到车站。你先把大概的前因后果和我讲一讲。"柴若舒强装镇定。

原本半躺着的欧阳烨和后排闭目养神的大雄,此刻都竖起耳朵,精神抖擞起来。

"其实我了解得也不是很详细。这几天,凯力传媒在圈内公开扬言高价收购明星团队和艺人,很多明星团队冲着钱和资源,都主动前往凯力传媒寻求合作。Infree团队里的几个小男孩儿原本还对咱们公司忠心耿耿,但没经得住执行经纪人的挑拨,说要转签凯力了。凯力那边居然也看好他们,说愿意帮他们付违约金,还承诺了一些特别好的资源作为见面礼,现在这件事,八九不离十了。"仇瑛说。

"都没人和我打过半分招呼,就八九不离十了?"柴若舒骤然提高分贝。

仇瑛在电话里,吓得不敢再说话。

柴若舒的脸色阴沉得吓人:"先想办法稳住局面,一切等我回去再说。实在稳不住,找周信然。"

虽然自己和周信然闹了不愉快,但紧要关头,相比吴轩和柳紫,还是周信然更能靠得住一些。

"若舒姐——"仇瑛吞吞吐吐。

第 8 章 风波四起

"说。"柴若舒脸色已经黑得如同压城的乌云了。

"我们第一时间找了信然哥,但是他说,这件事——不要管。"仇瑛最后三个字从嘴边溢出来时,都是颤抖的,因为她也不相信这是周信然的原话。

柴若舒深吸一口气:"行,我知道了,你忙吧,我以最快的速度赶回去,晚点我们开个会。"

电话挂断。

欧阳烨忍不住开口:"Infree?就是你为我举办归来仪式时,那几个冲我喊加油的小男孩儿?"

"嗯。"柴若舒闷声应道。

"这几个小兔崽子!真本事没学多少,见利忘义的本事倒是学得快,哪儿有利益,就往哪儿钻!"欧阳烨骂道。

"公司选拔他们,培养他们,花费了很多心血。凯力现在把人挖走,我们先前的努力就全部作废了。"柴若舒的语气有些低落。

"怕什么,就算他们全走,还有我呢,我一个抵他们十个。"欧阳烨语气激昂。

柴若舒虽然忧愁满面,但欧阳烨的话还是为她注入一管强心剂,给了她不少安慰。

大雄此时此刻也不再装聋作哑,开口宽慰柴若舒道:"若舒姐,就算最后的结果真的不尽如人意,你也别太伤心。公司还有咱们一哥撑着呢。何况,他们要离开,就要赔钱,咱们拿他们赔的钱再培养新人就是了。"

"大雄说得对哎。"欧阳烨附和道,"先前的经验可以直接拿来用,咱们再找一批比他们更年轻、更听话、条件更好的小男孩儿,流水线培养出来后,跟凯力的人对打,抢他们资源,气死他们。"

"你们说的,我都知道。"柴若舒车子开得很慢,说话的语速也慢下来,"只是,那些小男孩儿刚入圈子,对未来有很多美好幻想。他们被眼前的利益蒙蔽,觉得凯力肯花重金替他们赎身,却不知过去之后,这笔账是要十倍算在他们头上的。以后,他们的工作负担会很重,再也没时间学习了,所赚到的每一笔钱,都会被公司抽去大部分,剩下的那一点儿,还要团队平分。男团竞争激烈,红利期也不过就那么几年。凯力耗尽他们的价值后,就不会管他们死活了。如果善良一点,肯放他们走还好。不放人的话,他们就要自己凑赎身费了。"

小男孩们现在觉得凯力的人满面慈善,可是娱乐圈的人做的每一笔"慈善项目",都有利可图,无人做亏本买卖。

柴若舒在圈内浸淫多年,早就看透了。

欧阳烨和大雄纷纷沉默,他们以为柴若舒着急上火的首要原因是公司利益,这个无可厚非,但没料到,她是怕这些自己亲手栽培的小男孩儿所托非人。

两人都有些错愕,错愕之余,全是感动。

"若舒姐,就凭你这一副好心肠,老天爷会保佑你的。"大雄开口道。

"老天爷不保佑,我保佑。"欧阳烨用开玩笑的语气接着说。

柴若舒摇摇头:"将心比心罢了。"

抵达火车站时,因为人流量大,欧阳烨迫不得已留在车上,大雄则将柴若舒一直送到检票口。

柴若舒一边过安检,一边给周信然打电话。

"喂,信然,Infree 的事——"

"你相信我。"

他直接打断柴若舒的话,看来对柴若舒这一通电话的来意了如指掌。

"我相信你什么?公司出了这么大的事,要不是仇瑛告诉我,我都不知道。就因为我不接受董军辉的投资,你就不管公司了?"柴若舒觉得莫名其妙。

电话那头传来嘈杂的声响。

"若舒,我俩的争执和这件事无关。你相信我就好。"说完,周信然直接挂断电话。

柴若舒看着手机,各种糟糕的情绪挤满胸腔,比火车站的进出状况还要混乱。

第 8 章　风波四起

（六）

柴若舒回到北京，发现事态发展远比自己了解的还要严峻。

Infree 的成员开始无故缺席公司培训，星烨公司和腾龙平台敲定的第二届《中国最青春》的承办权也落入凯力传媒囊中，凯力那边声势浩大地开启官宣和预热，仿佛在打星烨的脸。

业内对曾经蒸蒸日上的星烨公司，都抱着唱衰的态度。连公司待签的艺人，也都蠢蠢欲动，开始推迟或者拒绝签约。柴若舒面对四面楚歌的现状，入行以来，第一次真切感受到资金实力相差太大所带来的寒意。

"若舒姐，我们接下来要怎么办？"仇瑛问道。

"我不知道。"柴若舒抱着头，第一次在工作上不知所措，"你把门关起来，让我冷静一下，仔细想想。"

"好，若舒姐你也别太苦恼，我们大家都在的。"仇瑛安慰她。

这名新招来的助理小姐，虽然能力不出众，但胜在温柔体贴和忠心。可当问题来临时，所有情绪上的宽慰，都不及一个能解决问题的办法有用。

柴若舒剥了颗薄荷糖放入口中，随后静静地躺在靠椅上。她现在不想听任何人说话，甚至不想听到手机铃声响。

好几天了，只要是有消息传来，一定是坏消息。但往往这种时候，越不想来什么，就越来什么。

办公室的电话铃声响起，是 Infree 的助理。

"若舒姐，舟舟今天没去学校，我打他电话，始终打不通。"助理的语气听起来很急。

"我知道了。"柴若舒低声道，随后挂断电话。

她没有多问一句，譬如舟舟这几天有没有什么反常，或者舟舟会不会是生病了、出事了之类的话。

Infree 的成员接二连三出走，现在最后一名还算乖巧的成员，也受不住诱惑，打算以沉默的姿态抵抗星烨。

柴若舒内心，被最后一根稻草压垮。

她看着落地窗投射出的影子,那个人茕茕孑立,形影相吊。

忽然,柴若舒不知从哪里生出的一股冲动,她拎起桌上的包,直接冲出公司,开着车,往凯力传媒而去。

凯力有了投资,便搬去了某靠票务平台起家、领跑国内院线电影的影视公司楼上,和它当起邻居。在外人眼里,这意味着两家公司关系暧昧,少不了后续影视方面的合作。

柴若舒到了楼下,前台小姐见她气势汹汹,急忙拦她。

"请问,您找哪位?"

"找谁?找凯力的孙总。"

"见孙总需要预约的,您预约了吗?哎,您不可以硬闯,再硬闯,我要叫保安了。"

"我见你们孙总还需要预约吗?我们可是老熟人。"

柴若舒咬牙切齿,眼底的杀气瞬间高涨,令前台小姐不敢再拦她。

"她在几楼?"

"七,七楼。"

柴若舒脚踩高跟鞋,犹如奔赴战场的女将军,势如破竹地步入电梯。前台小姐慌忙回到前台打电话去总裁办公室,将楼下的情形通报一遍,并请示是否需要叫保安上楼。

"柴经纪人,别来无恙。"孙佳奇坐在办公室里,望着突然出现的柴若舒,一点也不惊讶,似乎早做好了迎接她的准备。

桌上,刚泡好的热茶和咖啡,氤氲的雾气,朝着柴若舒出现的方向直飘。

柴若舒不客气地一屁股坐下,抬眼扫了办公室一圈,装修风格似曾相识。从前,董军辉的办公室就是这般模样。

博古架、梨花木桌椅,还有各式古董瓷瓶儿、茶具,装点满整间屋子。与其说,这是中式古典装修风格,不如说,是人民币砌出的风格。

"孙副总,如今是孙总了。咱别总这么假惺惺的。我是没想到,这么些年过去了,你挖别人墙脚的本事又长进了。"柴若舒眼角眉梢全是讽刺。

孙佳奇倒是不生气,她淡淡地笑了笑,语气平平地来了一句:"我也没想到这么久了,乔橘的事儿你还耿耿于怀。"

"受害者不能喊冤,凶手不就乐得逍遥自在了?"柴若舒郁积在眼底的不满,全化作了语言上的刀子。

"弱肉强食,谁抢到就是谁的。柴经纪人,你怎么老喜欢讲道理呢,跟小孩子一样。"孙佳奇又是一笑,一点没被激怒。

她左一句"柴经纪人",右一句"柴经纪人",丝毫没把柴若舒放在与自己相同的位置上平等交谈。

柴若舒被她的厚脸皮彻底惹恼,却不发作,只是站起身,冷笑一声:"道理是讲给听得懂人话的人听的,至于你,不要脸有不要脸的打法。我可以告你恶意竞争,咱们法庭见。"

说完,柴若舒将桌子上的茶一饮而尽,空杯朝外:"茶不错,感谢招待。希望我下一次见你时,你还笑得出来。"

柴若舒转身要离开,却听到背后,孙佳奇得意地来了一句:"我们下一步的计划是打算收购星烨公司,柴经纪人,我很看重你的能力,之前没能聘请到你,以后总有机会的,到时候再请你喝茶。"

仿佛一声闷雷在耳边炸响。

柴若舒见识过董军辉的狠戾,如若没有董老板撑腰,孙佳奇万万没有这么狂妄。

该来的总会来,其实,她在拒绝董军辉的那一天就该想到后果了。

当所有的恶意,像恶犬一般,集体向自己扑来时,柴若舒反倒不怕了。无非就是被打落谷底,无非就是众叛亲离,无非就是重新来过。

柴若舒并没有钢铁般的心脏,但她却有着钢铁般的意志。

第9章 一场闹剧

（一）

初夏的热烈，有别于艳阳春。所有生物的生命力，不再遮遮掩掩，以最蓬勃的姿态向外延展。

马路上绿化带里的植物，层层叠叠，一派万类竞自由的模样。

周信然坐在咖啡屋的窗边，看着外面的绿化带发愣。室内空调打得很低，室外却是炼丹炉般滚烫，行走的人脚步匆匆，都烦躁得恨不能将这炉子捅个窟窿。

"不好意思，我来晚了。"孙佳奇将包放下，人在周信然对面落座，坐下来后的第一件事，便是将桌上免费提供的冰水喝了个干净。

"没事，我也刚到。"周信然礼貌地回道。

他仔细打量了两眼孙佳奇，这个女人留齐耳短发，烫成波浪卷，眼睛不大，眉毛稀疏，脸颊两侧还有些粉底都遮不住的雀斑。

这不是一个能让人记住外貌的女人。可就是这样一个外表普通的女人，名字却在圈内响亮，虽然，并不是什么好名声。

不过，圈内人追逐名利，如蝇逐臭，谁管她名声好不好呢，有利可图就好了。

"周先生，我很忙，我料想你也不闲，我就有话直说了。"孙佳奇点了一杯冰美式后，直接开口，"我听说周先生很缺钱，正巧，我有钱。我想通过溢价的方式,邀请你来我们公司开工作室,这个工作室由你全权负责。"

"听起来很不错。"周信然抿了口拿铁,不动声色地一笑。

"周先生不开个价?"孙佳奇问道。

"我好奇,你花这么大成本挖我,为了什么?"周信然避开她的问题,却提出了自己想知道的问题。

"自然是看中你的能力,另一方面也是为了打击柴经纪人。"孙佳奇耸耸肩,表现得很坦诚,"没办法,我上头也有老板。"

这件事周信然从头到尾都知道怎么回事儿,自然没有再问。

"那么,你凭什么觉得我会答应你?以及,你挖我过去,要求应该不止我好好工作就行了吧?"周信然继续喝咖啡,眼眸都没有再抬一下。

"把欧阳烨一并带过来。"孙佳奇说道。

周信然并不意外,他只是微微皱了下眉,望向她道:"孙总不会觉得这个要求很容易达成吧。"

孙佳奇笑得自信满满:"周先生看一下微信。"

周信然打开手机,看到孙佳奇给自己转了一笔数额庞大的资金。

"这只是定金,事成之后,还有70%。"孙佳奇起身,拎包打算离开,"这也是,我给你刚刚提出的第一个问题的回答。凭什么?就凭这个。"

"我还有事,先走了。"孙佳奇喊来服务生买单,然后离开咖啡屋。

周信然盯着微信页面好久,忽地眼眸一暗,他默默收下了这笔钱,也起身离开。

车墩影视基地。

周信然毫不费力地找到欧阳烨。因为柴若舒并没有将她与周信然的纷争告知欧阳烨,表面上看起来,周信然一直是柴若舒事业上的好伙伴,再加上他又一直在日本照顾姐姐,所以欧阳烨对他的态度亲近友善了许多,甚至愿意开口叫他一声"哥"。

而周信然在听到欧阳烨这一声主动热情的"哥"之后,怔愣了好一会儿,谁也不知道他在想什么。

"若舒没和你一起来?"欧阳烨确定他是一个人之后,脸上掩不住一阵失落。

"嗯,我一个人来的,有些话想和你说,你什么时候有空?"周信然问他。

"你等我一下,我拍完这一场就结束了,咱们回酒店聊。"欧阳烨捏着剧本,飞奔向场景,甚至都没有多问一句"聊什么"。

欧阳烨全不掩饰的信任,令周信然眉头皱了皱。可仅仅片刻后,周信然的神色又恢复如常。

他在摄像后面的石头上坐下,因为欧阳烨这场戏拍得并不顺利,等了约一个小时,导演才喊过。

随后,欧阳烨领着他回酒店房间,第一件事便是自顾自洗了个澡,接着从冰柜里取出橙汁,递了一瓶给周信然,坐下道:"你说吧。"

这么久的时间,已经足够让周信然整理好话术,可真正开口时,他还是觉得百般为难。

"到底什么话啊?和若舒有关?"欧阳烨敏感地觉察到他的不对劲儿,擦头发的动作慢了下来。

"小烨,我即将跳槽去凯力了。我希望你能和我一起。"周信然硬着头皮说。

"你说什么?"欧阳烨觉得自己的听力出现了问题,他不敢相信地盯着周信然。

周信然知道这句话说出来很突兀,于是,他又解释道:"我和若舒因为工作上的事,起了一些分歧。凯力挖我过去,你也知道的,你姐和你妈在日本的吃喝住行,包括看病都需要钱,你姐当惯了女明星,这个消费是没办法降级的。凯力很大方,你要是过来的话,能赚更多。"

"你少拿我姐当挡箭牌!"欧阳烨直接揭穿周信然,毫不留情面,"原来若舒上上周来找我散心,是因为跟你吵了架。我现在才知道,她为什么心情那么不好。"

"小烨,你冷静一些,你是个成年人了。"周信然皱眉。

"成年人又如何?"欧阳烨将未开封的橙汁往桌上用力一放,整间房间仿佛地动山摇,承载不住少年的怒意一般,"成年人就要跟你一样无耻,成年人就要跟你一样没有任何价值观可言?若舒她从来不在乎事情多难做,也从来不在乎路多难走,但她在乎身边的人能否陪她一起走这

第9章 一场闹剧

条路,她需要陪伴,需要支持。周信然,你这个叛徒!"

周信然多次握拳,想要开口辩驳些什么,又在心里拼了命劝自己忍耐。

"我要打电话给我姐,告诉她你干的事!"欧阳烨气急,直接拿起手机。

周信然再也忍耐不了,一把拍掉他的手机,大声吼道:"你希望你姐抑郁症复发吗?你是希望看到她自残,还是自杀?!"

欧阳烨愣在原地,他肯定不希望看到周信然描述的场景。可是,这股气他也绝不可能憋在心里。

他捡起掉落的手机,当着周信然的面,给柴若舒打了一个电话,并开了免提。

电话里,欧阳烨先是告诉柴若舒,周信然来车墩找自己的事情,接着,又将周信然狠狠嘲讽了一顿。

"我当时就说这人不靠谱吧,贼眉鼠眼的,一看就不是什么好东西。还追我姐?就凭他也配?如果不是我姐生病了,哪里轮得到他上赶着献殷勤?"

"若舒,你放心吧。哪怕全天下的人都背叛了你,我也不会背叛你。别说一个破凯力,就是叶氏要来挖我,我都不走!你在哪里,我就在哪里!"

周信然站在窗边,将这些难听的话悉数听在耳里,表情严峻。

电话里,柴若舒久久没有出声。

"喂?若舒?你在听吗?"欧阳烨斜眼瞪着周信然,声音却极其温柔地问候柴若舒。

"我知道了,谢谢你。"柴若舒的声音有些颤抖,像是刚刚哭泣过又竭力压抑的表现,"你也别对信然发脾气了,每个人都有自己的选择。天下无不散之宴席。作为朋友,能一起走一段路,也是缘分,他也曾经付出过。"

周信然低着头,听到这句话的一瞬间,心底涌出无穷无尽的复杂感受,感动与无奈无限交织,最终,他暗暗下了一个决定。

"你真傻,真的很傻。"欧阳烨对柴若舒的心疼溢于言表,直到挂断

303

电话,他一直在重复这一句。

"你听见了吗?难道你都不愧疚的吗?"欧阳烨冲着周信然喊道。

周信然咬牙,沉静地望着他道:"你平静下来,我们聊聊,有些事,我本来不打算告诉你的。"

"你还有什么事瞒着我们?你说吧,你现在说什么,我都不惊讶。"欧阳烨抱胸,眼底全是对周信然的抵触情绪。

"你不要用这种眼神看着我,不要将我当作敌人。"周信然有些受伤,他不想好不容易与未来小舅子建立起的亲密关系,就这样毁于一旦。

欧阳烨冷笑,他觉得周信然的请求,仿佛一个笑话。

世上怎么会有这么不要脸的人?

"如果我告诉你,这一切都是我设的局,你怎么看?"周信然突然慢声道。

"什么?"欧阳烨不解,心跳却渐快。

原本认定的一切,猝不及防转弯时,带来的冲击,在预告时就已然威震三军。

周信然直勾勾盯着他,一字一顿道:"我那么喜欢你姐姐,怎么会跟害了她的人同流合污?"

一整个下午,周信然将自己的所有计划全盘托出,根本顾及不了欧阳烨惊诧的神色。

"你连若舒都没说?"欧阳烨听完整个计划后,像半截木头般愣愣地杵在那儿,过了好半天,他又狐疑了起来,"你不会是骗我的吧?"

"我要是骗你,天打雷劈,叫南嘉永远不理我,我爱而不得!"周信然的表情太真诚了,发的誓也太毒了,让人不得不信。

"可是你连若舒也骗,她真的会很伤心哪。"欧阳烨谁也不在乎,只关心柴若舒在这件事中的受伤程度。

"她是最重要的一环,只有她当真了,凯力那边才会当真。"周信然低声道,说这句话时,他的表情闪过一丝不忍,"等事情结束后,我向她负荆请罪。"

"不过——"周信然的语气急促了起来,望向欧阳烨道,"在这之前,还请你配合我演完这场戏。"

第9章 一场闹剧

"你有多少分的把握?"欧阳烨严肃地问他。

"不知道。"周信然摇头,眼底神色晦暗复杂,"但就算拼上我这个人,我也不会让罪魁祸首好过。我在日本,每看到南嘉发疯一次,我就对那人的憎恨更深一层。过去是没机会,这一次,是他送上门的。"

"如果,这一切没发生多好啊。她依然是万众瞩目的女明星——"周信然的目光透过虚空,似乎穿梭回了过去某个瞬间,他爱上她的瞬间。

欧阳烨毫不留情地打击他:"如果那样,我姐根本看不上你,追她的有钱人,从这里排到法国了。"

周信然的目光从遥远的过去摸索回来,轻声一笑道:"我宁愿永远够不着她,也希望她健康快乐。"

欧阳烨眉梢一抬,周信然的想法倒是叫他有些意外。

他忽然想起柴若舒曾经说过的话:你喜欢我,我也喜欢你,但当我们在一起后,全是负面,而没有一丝光渗透进来时,这种感情就不应该存在。

喜欢,应该是成全对方,让对方成为更好的人,而不是成全自己的私心吧。欧阳烨在这一刻,瞬间顿悟。

"我想要的感情,是可以和我互相支撑的、稳定的感情。你这个年龄段想要的感情,是激情。我们俩感情观不一样。"柴若舒的这句话,再次回响在耳畔。

欧阳烨有一点点不甘心,她怎么就那么确信,自己给不了她细水长流的爱情?

"说了这么多,你愿意配合我吗?"周信然发问。

"我可以配合你,只是——"欧阳烨还是担忧柴若舒的心理承受能力,"你要悠着点儿来。"

"嗯,如果若舒真的反应很大,咱们就立刻停止。"周信然做出承诺。

这个下午,欧阳烨和周信然之间达成共识。

欧阳烨也想不到,居然有一天,自己和周信然在游戏之外,能成为战友。

（二）

周信然高调地背离星烨,同时放出欧阳烨也可能转投凯力门下的风声。业内纷纷感慨,星烨这一次可能真要鸡飞蛋打了。

星烨内部则骂声一片,大家无不斥责周信然不仁不义,必遭天谴。

柴若舒则是将自己关在家中,不愿面见任何人。

这处房子,是当初自己受到疑似陈小华的"死亡威胁"时,匆忙之下和欧阳烨搬来的地方,离当时短暂租住过的酒店不远,地方有些偏僻,安保却还算严格。

房子不大,两室一厅,但因为只是临时居所,欧阳烨又不常在家里住,柴若舒便没有添置太多东西。

肉眼看过去,每个角落都空空荡荡,可是柴若舒的耳边却嗡嗡作响。

"哪怕全天下的人都背叛了你,我也不会背叛你。别说一个破凯力,就是叶氏要来挖我,我都不走!你在哪里,我就在哪里!"

柴若舒因为电话里的这句话,感动得一塌糊涂。可终归,她没有斟酌事态突变,是等闲变却,或是人心易变。她高估了对方的定性,也高估了自己的吸引力,以为人性的劣根性已被扼杀在亲密无间的关系里。

"若舒姐,小烨要投奔凯力?这真的假的?"叶臻在电话里连连发问,语气里满是不可思议。

"我不知道。"柴若舒斗志软弱到在合作方的千金面前都不想敷衍一句的地步。

"你怎么能不知道呢?"叶臻急了,"我可不想跟凯力的人打交道,我太讨厌他们的行事风格了。高中时,我追他们家艺人,他们对我态度特别差。后来知道我身份后,又跟狗一样巴巴地凑上来。"

"你该不会听信了外头的谣言,以为是真的,然后连问都没勇气问清楚,就一蹶不振了吧?"叶臻窥破她的心思,直接点了出来,"有没有搞错啊?小烨把你这个经纪人看得重要得跟什么似的,连我这么优秀的女孩子都爱搭不理的。他怎么可能背叛你啊?"

叶臻的话,浇醒柴若舒。

第9章 一场闹剧

即便如此，柴若舒还是没勇气去问。

叶臻颇有些哀其不幸、怒其不争的感受，她在电话里嚷嚷道："我替你去问啦！"

柴若舒拦不住叶臻，且她也无法得知叶臻究竟和欧阳烨说了什么，欧阳烨的电话在半小时之后打来。

"听说你绝食？还把自己关在家里？有自杀倾向？"欧阳烨那边很嘈杂，可他的声音大到能覆盖一切的嘈杂，将自己的担忧展露得明明白白。

"我——"柴若舒想要辩驳。

关在家里不想见人是真，绝食和自杀是绝对没可能的。叶臻这个小姑娘到底和他胡说八道了些什么。

不等柴若舒解释，欧阳烨就噼里啪啦一顿输出，语气又急又粗鲁，和他往常的形象大相径庭。

"我不管了，我受不了了，我不帮周信然这个忙了！"他的语气突然变得很煎熬，还带着喘息。

他似乎跑到了一处僻静地儿，因为电话那头的嘈杂声消失了。

"你听我说，这从头到尾就是一场局，周信然设的局。他想要打进凯力内部，先骗一大笔钱，再获得他们的信任，搜集他们犯法的证据，将他们一网打尽。周信然在做间谍，他没有背叛你，我也没有！"欧阳烨压低声音，急切地，不带停顿地说完这一切。

"你说什么？"柴若舒大脑瞬间空白，她不自觉起身，却因为蹲的时间久了，小腿一阵抽筋儿，"啊——"

"你怎么了？"欧阳烨咋咋呼呼的，关心着柴若舒的每一个反应。

"没事，脚麻了。"柴若舒瘸着腿，走到最近的椅子上坐下，开始认真地反问他，"你说，你在配合周信然演戏，是为了把凯力一举打败？我理解得对吗？"

"嗯，周信然那天特地来车墩，想要说服我跟他出走凯力，我把他骂了一顿，他受不住，才跟我说了实话。"欧阳烨回道。

柴若舒的反应不快，她慢慢地思考着其中的逻辑，觉得不可思议。

"你们不告诉我，是为了让我演得真情实感一些，好让孙佳奇和董军辉觉得,我是真的败了完了?"柴若舒不敢相信地又反问了一句。

"嗯。"欧阳烨应道。

"胡闹!"柴若舒斥了一声,"你们还真是'明知山有虎,偏向虎山行'啊。先不说孙佳奇花招有多少,就说董军辉,他是个教主级别的老江湖了,十个你们都不是他的对手。"

"但是,周信然想为姐姐报仇,我除了我姐之外,也想为你争一口气。"欧阳烨在这一刻遇强则弱,柴若舒态度强势,他的语气反而软了下来。

"你们——"柴若舒一时词穷。

"你就让周信然试一次吧。赢了,咱们大仇得报。输了,我们陪你东山再起。"欧阳烨极真诚地说。

空气里充斥寂静,所有情绪里的疏密浓淡,都像颜料一样,挤进了柴若舒与自我割裂的画像里。

"我是,我是真的没想到这件事是这样的——"柴若舒说不清楚自己此刻究竟是怎样的心情,毕竟,这件事从欧阳烨嘴里说出来,给了自己好大的意外。

"你知不知道,我这两天——"一股委屈涌了上来,柴若舒抑制不住眼泪往下掉。

她把自己关在家里,每日从早到晚发呆。她不跟任何人见面,是害怕他们嘲笑自己。

看啊,你掏心掏肺对待的人,最后都会离开你。

柴若舒似乎不是害怕自己事业失败,而是恐惧被抛弃。就像小时候在自由市场,爸妈在前面走得很快,她跟着跟着就丢了,如果不是有好心人将自己捡到,送还给父母,她恐怕就成了被拐儿童中的一员了。

她的父母并非有意抛弃她,可那种被抛弃的恐惧感,一直遗留在记忆深处。

这种感觉很不好。明明,你只是按照既定轨迹行走在这路途中,你却越看重什么,越失去什么。一直热忱待人,最后被人辜负。

这样的噩梦她经历过好几次,再也不想重来一次了。

如果再来一次,柴若舒怕自己对人的信任会全然崩塌。

第 9 章 一场闹剧

"我知道,我知道。"欧阳烨温柔地哄着她,有些手足无措,"都是我的错,我应该再早些告诉你的,不应该听周信然那家伙的,一直瞒着你。"

柴若舒仰起头,想把眼泪逼回去。她现在的样子,幸好欧阳烨没瞧见,否则一定会笑话她。

她狼狈不堪,又哭又笑又恼怒:"不是应该早点告诉我,而是不该背着我去计划什么。我是你的经纪人,你在答应别人做什么前,一定一定要先和我商量,知道吗?"

"知道了。"欧阳烨从前最不耐烦听她训话,现在听到她恢复如常,训再多的话,他也甘之如饴。

"若舒,你非常在乎我,对吗?"欧阳烨忽然问了一句。

"你说呢?"柴若舒强势地反问回去。

欧阳烨得到自己想要的答案,在电话里笑得酣畅淋漓。

(三)

圈内前脚传出凯力想收购星烨股份的消息,后脚周信然抛售手中股份的事儿就甚嚣尘上。

事到如今,大家不得不承认,孙佳奇确实是个狠角色,撬了人家的左膀右臂不说,还要将人家的躯体也蚕食干净。

至于周信然,大家则对他颇为不屑。虽然娱乐圈是个名利场,大家利聚则来,利尽则散。但周信然在和柴若舒一起创业前,不过就是个不得志的摄影师罢了,如今贵为星烨股东,却吃里爬外,吃相未免太难看。

一时间,周信然不光被星烨内部人骂。在整个圈内,他的名声都臭到家了。

柴若舒在公司撞到周信然,两人之间言语交谈不过尔尔,她却从他乌青的眼下,看出他的疲累。

"你待会儿去哪儿?"

"去凯力。"

"和孙佳奇商谈卖股份的事儿吗?"

"嗯。"

"吃个便餐再走吧。"

"不了,他们没点我的。"

周信然像阵风似的,只是来公司拿了点东西,就迅速离开。柴若舒不知他是真忙,还是仅仅不想看见昔日同事们对他落下的白眼。

她伫立窗前,看周信然匆忙远走的背影。灯火作祟,他的身影被拉得老长,看起来既瘦削又单薄。

马路上。

车全部簇拥在一起,堵在高架桥上。

周信然松开方向盘,一直在想医生的话。

"这种立体定向手术是最新一代的技术,创伤小,出现后遗症的概率非常小,但是治疗效果却很好,基本可以根治一些成因较为复杂的抑郁症。"

"我们认为南嘉小姐的精神病,可能来自家族遗传,单靠心理咨询以及药物治疗,恐怕效果不稳定,且过程漫长。"

"如果你同意这项治疗方案的话,我可以为你联系美国那边顶尖的专家来为南嘉小姐做手术。"

"我们不能保证手术百分百成功。但可以肯定的是,如果不做手术,单靠保守手段治疗,这个病,大概会跟随她一辈子。你要做好心理准备。"

做手术,会有风险。可是不做手术,病情的反复,根本无法预测。也许,今天治好了她的病,明天,她又会因为什么,病情复发。

精神类的疾病,就是如此缠人且讨厌。

周信然想到出神,直到耳边响起震天的汽车鸣笛,他才反应过来。

孙佳奇约他在凯力的会谈室碰面,行为上,似乎已将他当作自己人。可是,在周信然提出自己要一千万时,孙佳奇立马脸色大变。

"周先生,你家是今天才通上网吗?你看看星烨的股价都跌成什么样了,你还好意思找我要一千万?狮子大开口啊。"

"目前,星烨的收益还是很稳的。我觉得不管外界如何看待,至少我觉得一千万是一个合理收购价位。"周信然自信地说。

孙佳奇冷笑:"有价无市啊周先生。五百万,这是我能给出的最高价位。你要是觉得合适,咱们今天就可以签合同。"

不愧是女人,砍价砍一半。真的够狠。

周信然眼眸一暗,根本不打算退让:"那咱们就没什么可聊的了。"

孙佳奇吃惊于他坚决的态度,开口道:"你为什么非要执着于这笔钱,上次——"

"上次的钱,不是孙总给我跳槽的奖金吗?如果我能将欧阳烨带来,又是一笔钱。和股权转让有什么关系?"周信然抢白道。

孙佳奇往座椅上一靠,上下打量周信然道:"周先生现在这副态度,我会怀疑你合作的诚意。"

周信然淡笑,目光毫不闪躲地迎上去:"我只需要钱。"

说完,周信然起身。

孙佳奇不甘心地在他背后喊道:"周先生,希望你好好考虑,这个价位,真的很高了。过了这个村,就没这个店了。"

周信然头也没回,走得决绝。

深夜,大多数人打算入睡之时,柴若舒居然接到周信然的电话。电话里,他并没有过多的寒暄,或者顾左右而言他,直接问:"我和孙佳奇没谈拢,我手里的股份,你要不要?"

柴若舒的睡意立马消失,她坐直身体,反问他:"你打算怎么卖?"

当初,星烨的股份由自己、周信然、柳紫和吴轩平分,各占25%。柳紫出钱最多,是法人代表,但公司的实际主事人却一直是自己。

过去的这段日子,星烨的业务和体量以肉眼可见的速度上升,周信然入股时投的五十万,现在已经翻了好几番了。

"一百万。"周信然语气干脆。

柴若舒有些震惊,心中再次肯定了他的"间谍"计划是真的,而不是真的要叛离星烨。毕竟,一百万对于此时如日中天的凯力来说,就是洒洒水。周信然和孙佳奇就股份问题没谈拢,一定是周信然开的价太高,绝对不是他说的区区一百万。

"行。"柴若舒应得更干脆。

周信然不打算和柴若舒多谈,柴若舒也并不戳破什么,只是在他挂电话前,问了一声:"南嘉那边的情况如何?我这两天联系她,觉得她的情绪一直很平稳。"

"需要做手术治疗。"周信然简单回道,顿了顿,又低声补了一句,"这一百万,刚好够手术费和后续疗养费用。"

"辛苦你了。"柴若舒轻声道。

"嗯。"周信然挂断电话。

次日,柴若舒放出风声,说自己以高价买下周信然手中股份。但这个高价具体是多少,无人知晓。

孙佳奇那边很快得到消息,她一面好奇,柴若舒哪里来的那么多钱,能买下周信然手中股份,一面又觉得,周信然果真如他自己所说,为了钱,将股份卖给谁都可以,并没什么原则可言。

"孙总,需不需要我去打听一下内幕,看看柴若舒手中的钱,究竟从哪里来的?"手下主动请缨。

"哎,别别,这不重要。她的钱从哪里来,跟我们有什么相关。"孙佳奇眼眸一暗,"你抓紧去联系一下周信然,让他尽快带欧阳烨过来面谈,我们可以出更多的钱。只有把欧阳烨拉拢过来,才能给柴若舒造成致命一击。"

"孙总高啊。"手下伸出大拇指,"我马上去联系。"

只是,手下联系周信然,却怎么也联系不上。

而另一边,周信然早早就拿了钱,飞去了台湾。

(四)

"小周,这个手术是必须做的吗?会不会有什么风险啊?"南嘉妈妈站在住宅楼下,有些担忧地问。

"阿姨,手术都有风险。但这是个一劳永逸的办法,值得我们去试试。"周信然冷静且笃定地回道。

生命攸关的事情上,似乎男人总比女人胆子大些。

"行,我相信你。"南嘉妈妈同意了。

"阿姨,关于手术的风险,我想请你帮忙瞒着南嘉,我怕她有心理负担,到时候反而会——"

第9章 一场闹剧

"反而会什么?你也把我想得太胆小了。手术室,我进进出出很多次了。"南嘉从两人身后走出,笑得从容,似乎已经在原地站了很久,将两人的对话都听进去了。

南嘉虽天生丽质,但身为女明星,为了更上镜,做些医美手术,修修补补也很正常。

"嘉嘉,你怎么下来了?"南嘉妈妈瞟向周信然,有些慌张。

周信然倒是落落大方:"本来想瞒着你的,怕你紧张。既然你听到了,那我只能和你实话实说了。这个手术用的技术是世界最先进的,医生也是全球最好的。手术的后遗症发生概率极低,但是有,你要做好心理准备。最严重的症状是神经感觉机制紊乱。不过你放心,即便万一你有了后遗症,我也会——"

"没关系,做吧。我不信我这么倒霉。"南嘉潋滟一笑,"总不能你和妈妈为我付出这么多,到头来我当逃兵吧。"

南嘉妈妈的手机,在此时不合时宜地响起,她看了一眼来电人,忙走远了一段距离,才捂着嘴,背对着南嘉和周信然接起。

"我知道我这段时间以来,给你添了太多太多麻烦,是我让你受苦了。"南嘉盯着周信然,眼角眉梢袅袅,唇角的弧度令他总想起少时见过的月牙,很多年里,他都没有再见过这样的景色,没想到,今日猝不及防地见着了。

周信然的鼻子有些酸,眼睛为了遮掩情绪,只能望向一边。

那一边,是南嘉妈妈捂着嘴,和人交谈的声音。她说话的声音极低,但周信然还是断断续续听到了一些关键词——精神病,发疯。

看南嘉妈妈的神情,这些词似乎不像是在形容南嘉。

"手术什么时候?"南嘉的询问,将周信然飘散的思绪拉扯回来。

"下周末。"周信然答道。

"你会陪着我吧?"南嘉这句询问,其实带了笃定的成分,"我希望,我睁开眼看见的人,是你。那样,我才会觉得是安全的。"

"嗯。"周信然应道。

她完完全全将他当作倚靠,她不知道,这对周信然来说,是最有效的,最能安抚他内心的。

北京，超级秀场。

欧阳烨在《我们的荣光》里的戏份儿结束之后，就马不停蹄回京，举办了档期里早已敲定的粉丝见面会。

超级秀场占地一千四百平方米，可以容纳一千人。见面会门票仅有八百张，分了VIP区、互动区和普通区三个等级。票才在票务平台抛出，一分钟之内被抢光。

因为抢票的速度过于夸张，这件事还上了微博热搜，媒体就此事点评为"新生代力量"，换句话来说，这是顶流才具备的号召力。

柴若舒因为要去外地出席一个商务会议，只能缺席欧阳烨的见面会，这反而给了别人机会——孙佳奇带着助理，早早地赶到超级秀场。

他们坐在吧台，点了两杯饮料，全程看着这场格外喧闹的见面会，从开始到现在，会场几乎都被此起彼伏的尖叫声掩盖。

"有时候不得不承认柴若舒的眼光，挑出来的，个个都是好苗子。"孙佳奇咬着吸管，自言自语了一句。

"很快，这棵好苗子，就是孙总您的了。"助理拍马屁道。

在他的眼里，艺人比商人还现实，重利轻别离。只要老板肯出钱，欧阳烨自然会乖乖投入凯力门下。

"是啊。"孙佳奇信心满满，她挖过太多人的墙脚了，从没失败过，所以自然也就觉得，在欧阳烨这儿，也不会失败。

"你看，挖一棵好苗子过来，要比我们自己去栽培，轻松得多。虽然前期付出的代价大，但是很快就赚回来了。"孙佳奇将饮料一口气喝完，见面会也快结束了。

助理看老板的动作，就知道老板接下来准备干什么。

整个秀场的工作人员，上上下下的，全被孙佳奇的人买通了。所以当孙佳奇的助理出现在后台时，没有一个人拦着。

"欧阳烨，我们老板想找你聊聊。"助理开门见山。

欧阳烨将刚拧开的矿泉水放下，皱眉道："你们老板是谁？"

"凯力传媒孙佳奇。"助理答道。

欧阳烨下意识想要拒绝，还想叫来保安将他赶走，可他想起自己和周信然的约定，于是忍下反感的情绪，不动声色地问道："找我有什么事?"

助理见有戏,忙用殷勤的语调说道:"自然是好事,你跟我走不就知道了?"

这时,大雄从外面进来,原本是来告诉欧阳烨,车已经开到门外了,人员也疏散开来了,他可以走了。可是大雄一眼看到陌生人杵在那里,立刻生起戒备心,站到欧阳烨面前,习惯性地要保护他。

"大雄,你和外面的人说一句,让他们等一下,我有点事儿和这位先生聊一下。"欧阳烨吩咐道。

"好。"大雄嘴上应了,看向助理的眼神还是充满防备。

大雄离开后,欧阳烨朝助理做出一个"请带路"的姿势,助理便将他带到了水吧。

水吧被清过场,除了一名服务生,便只有孙佳奇一人坐在那里了。

"小烨,想喝什么?水?果汁?还是来点酒?"孙佳奇起身,语气亲昵。

很多人在第一次见到欧阳烨时,都会称呼他"小烨",以示亲密。欧阳烨每次都不习惯这种来自陌生人口中的亲密称谓,但没有哪一次像今天这般反感。

"矿泉水就行。"欧阳烨面无表情地坐下。

"服务生,来一瓶依云。"孙佳奇招手道。

"孙总找我有什么事?"欧阳烨直接问。

"你是个干脆人,那我也就干脆地说了。我想邀请你来凯力。"孙佳奇笑着说。

"孙总为什么这么自信我能去?"欧阳烨挑眉。

矿泉水被端上来,还附送了一只玻璃杯。欧阳烨也没跟她客气,拧开瓶盖儿,直接喝掉大半瓶,连杯子都没用。

"你能坐在这里和我聊,这是我自信的原因之一。还有就是,如果你能来凯力,条件随你开。"孙佳奇望着欧阳烨,她眼底射出的光,似乎能洞悉并拿捏住所有人的心思。

但是,令她沮丧的是,欧阳烨的反应并不如自己想象中积极。

他不慌不忙地将整瓶水喝完,才开口道:"我考虑一下。"

"好,那我们加个微信,你回头考虑好了,直接找我聊。"孙佳奇主动将自己的微信二维码举到欧阳烨面前。

做戏做全套,欧阳烨只能加了她。

在欧阳烨加她的那一刻,他一定没料到,这位孙总每隔几天,就会以各种方式来试探自己"是否考虑好了",而欧阳烨为了这出戏不穿帮,只能和她斗智斗勇,以各种理由呈现自己"目前还不方便离开星烨"的事实。不过,他并未把话说死,总留有一丝余地。

这么几番回合斗下来,欧阳烨觉得疲累不已,可是一想到柴若舒受过的委屈,他马上又神采奕奕,打定主意,要跟孙佳奇斗争到底。

(五)

南嘉的手术很成功。

她睁开眼,第一个看到的人便是周信然。周信然抱了束百合,放到她的枕边,轻声说:"你真的很勇敢。"

南嘉笑了笑,没有力气回应,却半抬起胳膊。周信然瞬间领会她的意图,低下身子,轻柔地抱住她。

她的头发轻扫过他的脖子,有些痒痒的。周信然贪婪地将她头发上的香气,吸入自己的肺腑。

他从未有一刻,如此时这般满足。他惦念了这么久的人,终于属于他了。

"我还有些棘手的事情要回去处理,你一个人可以吗?"周信然温柔地问。

南嘉又是一笑,伸出手,指了指不远处站着的妈妈,似乎在告诉周信然,让他放心离开,有妈妈照料自己。

"好,那我下次回来时,带你去吃你想吃的任何东西。"周信然摸摸她的头顶,用哄小孩儿的语气说道。

因为生病,因为要保持身材,南嘉几乎每天都不好好吃饭。

其实,现实中看南嘉,五官艳丽,身材火辣,是挑不出错处的女神,偏偏现在的镜头将人拉宽,南嘉的丰腴在镜头里便显得过壮了。以前,因

第9章 一场闹剧

为这,没少被对家黑过,说她是"P图女神",活在精修图里的女明星。

如今,她不当女明星了。周信然自然不舍得她再吃这种苦。

尤其是,她的病彻底治愈后,更是想吃什么吃什么。能看着她大快朵颐地好好吃饭,对周信然来说,也是一种幸福。

周信然回去后的两周,南嘉做了个全身检查,因为各项机能都显示指标正常,被通知可以出院。

妈妈来替她简单收拾了下行李,母女两人一起走出医院。

南嘉站在台阶上,仰望天空。

夏日的天空,蓝得像被精心擦拭过的蓝宝石。几片薄薄的白云,东一团,西一团,随风缓缓浮游着。

"妈,我从没觉得台北的夏天这样好看过。"南嘉笑着说。

"以后都会这样好看的。"妈妈将手放在她的肩头,由衷地为她感到高兴。

两人正要离开医院,里头的护士追了出来,塞给妈妈一沓宣传册。南嘉无意间扫了一眼,看到册子上居然是抑郁症治疗手术的宣传内容。

"妈,你要这些册子干什么?"南嘉觉得有些奇怪。

"啊?"妈妈有些慌张,把册子塞进包内后,回道,"有个朋友和你病状相似,我想着你手术很成功,看看他能不能也做这个手术治疗看看。"

"什么朋友?大陆的,还是台湾的?"南嘉没听说过妈妈有什么朋友患抑郁症啊,便多问了一句。

"大陆的,大陆的。"妈妈回道。

南嘉皱眉:"北京、上海都有很好的治疗抑郁症的医院和机构,不一定非要来台湾的。何况,给我做手术的医生也不是台湾人,他是美国人。"

"他现在人在台湾。"妈妈又道。

自从抑郁症治好以后,南嘉的记忆力慢慢就恢复了。她突然想起了什么:"我一直没有问过,之前我和周信然去奈良,妈妈你也是在的吧?我看你发Ins了。什么样子的朋友,妈妈你要背着我去见?"

南嘉的妈妈表情有些慌乱,因为不知道怎么合理解释,干脆生起气来:"你怎么管这么多?我每天照顾你,这么辛苦,还不能有一点交友自由吗？"

"妈妈你反应太大了，我也只是问问。"南嘉盯着妈妈的脸，平静地回道。

本来，南嘉并没有把这件事放在心上，可是妈妈的反常，令她狐疑。

不知道为什么，南嘉总是想起那个两次在公园遇见的陌生男人。他绅士的模样，他盯着自己看的模样……

南嘉摇摇头，努力让自己不要再做联想。

她的病彻底痊愈后，南嘉有意识让自己不要多想从前发生过的事，无论好坏。医生说过，太执着于过去，就是放弃了将来。

对于南嘉来说，将来，是艳阳高照的将来，是充满希望的将来。

周末，南嘉兴致勃勃要开车带妈妈去海边的度假村玩儿。

南嘉妈妈对看海的兴致一般，但不忍心扫女儿的兴致。何况，女儿从前都是避开人群，这一次，她主动去拥抱大海，拥抱人群，这是一个非常好的信号。

两个人并没有做什么攻略，顺着导航，一路听着歌，就来到了澎湖县。

因为没有提前预订，也没有预料到此刻来海边度假的人这么多，所以南嘉母女走了好远，才找到一处有空闲客房的旅社。

旅社外观看起来很陈旧，里面却被老板夫妻装饰得很温馨，很有家的感觉。

"一间客房，最好是双床。"南嘉和老板交流。

"问一下老板，有没有热水壶。"南嘉妈妈小声叮嘱道。

南嘉知道妈妈到哪里，都习惯喝热水，所以就向老板提出了请求。老板去拿热水壶的时候，南嘉母女身后出现一道沉稳的男声："你们是大陆来的？来旅游的？"

两人回头，看到一名打扮讲究、戴着金丝框眼镜的中年男人，正用温和的目光注视着她们。

南嘉微微点头致意，回道："是，您也是来旅游的吗？"

他的行李还堆在身边，说明没进过房间。身边没别人，只有他自己。一般人来海边度假，都会带着家人。所以南嘉不确定对方究竟是来度假的,还是公务出差。

毕竟,他的打扮,很像商务人士。

谁知,对方竟然轻轻点头:"嗯,我也是来旅游的。据说这边风景很好,所以来看看,咳咳……"

"抱歉。"男人背过身去,似乎要将肺咳出来。

"虽然是夏天,但海边风凉,您多保重。"南嘉说道。

这时,老板将热水壶找了出来,一脸为难道:"这位先生也要热水壶,可只剩这一个了,怎么办?"

南嘉毫不犹豫地说:"给这位先生吧,我想他比我们需要。"

"妈,我们喝矿泉水。"南嘉回过身,对妈妈道。

男人看向南嘉的目光里,充满感谢。

南嘉母女两人拿着钥匙,回到客房,打算睡个午觉,等黄昏时再去海边。

她们的客房虽小,设施也不全,但胜在干净舒适。床上的被子柔软,是老板娘刚从天台抱回来的,还残留些许太阳光的味道。南嘉之前读书的宿舍和租住的房子,都没有海边这样好的光线。所以,南嘉在冷气打得很足的房间里,窝进被子,很快睡着。

不知有多久没有过这样惬意的睡眠了,梦里没有恶魔,没有流言纷扰,只有阳光、沙滩、海水和一直爱护自己的人。

南嘉自然醒来时,透过窗帘的缝隙,看到太阳已经落下去大半,于是慢慢起身,却发现妈妈不知哪儿去了。

正当她要喊妈妈时,却听到卫生间传来妈妈的声音。

虽然妈妈刻意压低声音,但因为房间足够安静,南嘉将妈妈说的每一句话都听得一清二楚。

"她很好,手术很成功,说明这个手术是很有用的。你也试试。"

"钱的话,我会想办法的。这一年,嘉嘉一直在花钱,没有赚钱,我手头也很紧,跟以前不好比了。"

"你的儿子女儿都不管你吗?唉,造了什么孽哦。"

"先不说了,你好好配合治疗。嗯嗯,再见。"

南嘉妈妈挂了电话,从卫生间走出来,一抬眼,看到南嘉坐在床上,正眼神复杂地盯着自己。

"嘉嘉,你醒啦?收拾收拾,我们去海边吧。"南嘉妈妈笑得很不自然。

"妈,刚才你是在跟你那个得抑郁症的大陆朋友打电话吗?"南嘉问道。

"是的啊,打个电话问候一下。"南嘉妈妈背过身去,开始整理去海边的物品。

但物品整理来整理去,不过就是防晒霜、墨镜、草帽和钱包这些。南嘉妈妈将简单的动作不断重复,更显示出她的慌乱。

南嘉忽然想起一些往事,这些细枝末节的旧事,南嘉不计较,但不代表她不知道。

"妈,我的钱,一直是你管。有一次咱俩在意大利逛街,我看上个包,结果你说没现钱,后来我刷的信用卡。我就觉得奇怪,就算你把钱拿去存了,或者拿去理财了,卡里总会放个几十万吧。那一次,你卡里的钱到底去哪里了?"

南嘉妈妈讪笑着,底气不足:"不就是一时没周转好嘛,拿去借给了个熟人。"

"妈,你熟人真多。是哪个熟人?患抑郁症的这个吗?"南嘉步步进逼,"我真的很好奇,究竟是什么样的熟人,让妈妈你一次又一次送钱送资源,还特地瞒着我,跑去见他?"

"嘉嘉,我觉得你过于敏感了,不是这么回事——"南嘉妈妈倒吸一口气,想要辩驳什么,却越来越有气无力。

"妈——"南嘉心中的疑问,逐渐拧成一股绳,真相呼之欲出。

就在这时,南嘉的手机弹出一条消息。

她习惯性要关了手机,打算继续和妈妈将这个问题说清楚,却在看到标题的一刻,整个人沉默下来。

——中国地震台网测定:八月十八日下午五点二十三分,在澎湖县附近将发生八级地震,地震可能会引发海啸,请海边居民尽快撤离。

南嘉刚看完消息,房间上空垂着的油灯和窗边系着的晴天娃娃就开始发生剧烈晃荡。

第9章 一场闹剧

"这是怎么了?"南嘉妈妈盯着油灯,察觉到反常。

"妈,快走,地震了!"南嘉喊了一声,快速抓住妈妈的胳膊,只拿了手机和车钥匙就往外跑。

走到外面,地面也开始震动。

南嘉妈妈扶着额头,开始感到头昏耳鸣。

"大家快跑!地震了!快跑!"南嘉站在走廊上,大声叫道。

住在隔壁房间的男人摇摇晃晃地扶着墙走出来,南嘉于混乱中和他相视,认出他是今天中午在大堂见过的先生。

挂在墙上的一幅画脱落,砸到男人身上,将男人的脸划出一道血印。

可能同是在异乡,让南嘉生出团结之心。也可能因南嘉从小没有父亲疼爱,对这般年纪的男人容易生出怜悯。南嘉下意识一把抓住男人并不强壮的胳膊,也不知哪里来的力气,拖着他和妈妈两人跑出旅店。

幸好,车子就停在旅店外的空地上。

南嘉打开车门,将男人和妈妈塞进车内,急迫地掉转车头,往大海的相反方向驶去。

汽车被她飙到极速。

空中如巨雷轰鸣,世界在她身后剥落。

海上巨浪滔天,以摧枯拉朽之势,吞没了整个海岸线。

饶是见惯了地震的当地人,也被这样的场景吓得魂飞魄散。多数人哭喊一片,时间仿佛定格在这世界末日般灾难的瞬间。

南嘉大脑空白,此时此刻的她,除了疯狂踩油门外,什么也做不了。

就这样不知疲惫地开出去数十公里,周围的一切才似乎慢慢平和下来。南嘉的车子也早已没油,亮起了警报灯。

她靠边停车,妈妈打开车门的一瞬间,就弯下呕吐起来。坐在后座的中年男人也满脸惨白,他的身体似乎本来就不好,地震、海啸给他的冲击,以及车速太快导致的不适,都叫他难受,需要好一会儿才能缓过来。

南嘉喘着气,从路边便利店买了三瓶矿泉水,递给男人和妈妈各一瓶。

身边路过的人,都在议论刚刚的那场灾难。街上,不断有穿着橘色制服的救援队往澎湖县赶。

"姑娘,谢谢你,你救了我一命。"男人缓过来后,郑重地向南嘉道谢。

"应该的,哪有见死不救的道理呢?"南嘉回道。

男人平静地打量她,半晌后,又开口道:"姑娘,你不是一般人吧?"

南嘉一愣。

她的妈妈站在旁边,习惯性地要阻拦,唯恐男人的这句话会造成南嘉的困扰。可南嘉只是淡淡一笑,摘了平光眼镜,大大方方站在男人面前,自我介绍道:"我以前是个演员,您可能没看过我演的电视剧,但应该看我有些眼熟。只是,我因为自己的身体原因,已经退出娱乐圈很久了。"

南嘉的妈妈微微诧异地望向女儿,片刻后,又欣慰地退到一旁。

"原来是这样,那你打算定居台湾吗?"男人似乎对她很好奇。

他的语气出于关切,并不是单纯要探寻南嘉的隐私,所以南嘉也便实话实说。

"并不是,我之前是回归校园念书的,只是因为病情,暂缓了学业。不过我刚做完手术没多久,病已经彻底痊愈了。"

"这样。你学的什么?"男人继续问。

"金融。"南嘉回道。

男人眼前一亮:"是因为兴趣学一学,还是打算转行到金融业?"

"都有。"南嘉说,"我一直对这一行感兴趣,也是打算以后从事这行,不管薪资多少,总归能养活自己,过普通人的生活就行。"

"只不过,我学业中断了一段时间,再次返校,可能要重修了,不然拿不到学位证。"南嘉想到一些不愉快的往事,表情微愣,但很快又恢复坦然。

"其实,实操经验会比学历更重要。"男人微微笑道。

"可是,这一行很看重学历不是吗?尤其我这种半路出家的,已经很受歧视了,毕竟大家都认为女明星没大脑。"南嘉自嘲道。

男人从内侧的衬衣口袋里掏出一沓烫金名片,递给南嘉一张,说道:"一直没能自我介绍,我是投资机构MDG的董事长于国雄,很高兴认识南小姐和南小姐的母亲。"

第9章 一场闹剧

南嘉一愣,学金融的学生,不可能不知道于国雄的大名。

MDG投资机构同时管理美元基金和人民币基金,重点关注互联网、新型消费和医疗领域。总部在北京,但它在上海、纽约、伦敦等地均设有办事处。MDG算是投资机构里金字塔顶端的存在。

南嘉一面惊讶,一面终于明白为什么这名老先生看上去温文儒雅、气质不凡,倒确实是个身份不一般的。

接着,于国雄说出的话,更令南嘉惊讶:"你有没有兴趣来MDG上班?"

南嘉和南嘉妈妈都愣住,妈妈抢先开了口:"于先生,我女儿还没毕业——"

"我刚刚不是说过了吗?我觉得经验和能力大于学历,现在再加一点,人品。南小姐乐于助人,同时也是我的救命恩人,我想,我给南小姐一份工作,还不是什么难事吧?"于国雄刻满皱纹的脸上满是笑容。

"我觉得万分荣幸,只怕自己的能力不行,给MDG拖后腿。"南嘉受宠若惊过后,提出自己的疑虑。

"哈哈……"没想到于国雄大笑起来,"南小姐面对灾难,反应迅速果断,心理素质也够强大,这种能力并不是每个人都有的。我们做风投的,很需要你这样的人加入。"

她,心理素质够强大吗?

已经很久没有人这么评价自己了。当初,如果自己不是心理素质差,也不至于遇事就爆发,造成不可挽回的损失。

不过,因为周信然的不放弃、妈妈一直的陪伴,还有医生精心的诊治,南嘉深刻地察觉,确实有什么东西,已经全然改变了。

见南嘉不说话,于国雄怕她的顾虑没有尽数消除,又说道:"你可以先来从助理的职位做起,熟悉一下机构,转正后,可以直接签投资经理的岗位。薪资的话,底薪三万,奖金、跟投收益另算。可能这个薪水,和你以前当明星没法比——"

"已经是很好的待遇了,谢谢于总。"这一次,南嘉应得很干脆。

虽然,这份薪水确实没有当明星来得多,但能做回一个普通人,安安稳稳过日子,对于南嘉来说,已是投胎重生了。

她会努力工作,偿还这些日子以来,所有爱护自己的人对自己的付出。

(六)

北京,凯力传媒。

当周信然将欧阳烨带到孙佳奇面前时,孙佳奇不可避免露出胜利的笑容。这么些天,她一直在想方设法攻克欧阳烨,可是成效都不大。欧阳烨的态度越是暧昧,孙佳奇的好胜心就越强。

现下,他虽然是被周信然说服的,但总归是投入她的怀抱了。只要目的达成,都值得庆祝,不论过程如何。

"周先生,说话算话,剩下的钱,已经打到你的账户上了,请查收。"孙佳奇朝周信然使了一个眼色后,又将目光投向欧阳烨,"合同已经打印好了,你直接签就可以了。"

欧阳烨看看她,再看看堆在自己面前的一沓厚厚的合同,又看看周信然,签也不是,不签也不是。

"小烨,有什么问题吗?"孙佳奇察觉到欧阳烨的左顾右盼,开口问道。

"哦,没事,合同太厚,我有点文字阅读障碍,能回家再签吗?"欧阳烨笑得虚假。

"当然可以,你三天内记得给我就行。"孙佳奇看上去很好说话。

三人就"未来的合作计划"达成统一协议后,孙佳奇热情地将欧阳烨与周信然送到电梯口。

电梯内。

"合同给我看看。"周信然向欧阳烨伸手。

欧阳烨递给他,周信然翻了几页,骂道:"这女的长得不美,想得倒是挺美!看看这条例,条条都是对她有利。"

欧阳烨一愣,随即笑起来,觉得周信然讽刺起人来,是真的毒,不过——孙佳奇长得是很一般,同样是老板,柴若舒就比她好看多了。

弱柳扶风,英姿飒爽,这两个相悖的形容词,是可以共存在一个女人身上的。

"这份合同别签。"周信然说道。

"那咱们还怎么演戏?"欧阳烨不解。

电梯到达一楼,门打开,周信然率先跨了出去,转头低声说了四个字:"以假乱真。"

以假乱真?

欧阳烨还在思索这四个字,旁边突然三两成群走过来几名年轻女生,欧阳烨条件反射般低头,将帽檐压低。在低头的一瞬间,他悟到了"以假乱真"要如何做。

他将合同带回家,直接摔进垃圾桶,然后在网上下载了一份劳务合同模板,将最后一页改得和原合同一模一样,接着用打印机打印出来,再在上面签了名字。

孙佳奇几乎每隔几小时就会发微信问欧阳烨合同的事儿,欧阳烨故意过好久才回她,说自己忙。等到晾够了她,欧阳烨才将自己签过字的"合同",拍了个视频,发过去。

"孙总,我这几天一直在路上,合同这么重要的东西,我也不放心让员工寄,还是等我回来时,亲自带给您。"

"好,好,你好好休息,我不急。"

孙佳奇以为自己胜券在握,于是加大力度,发动对星烨传媒的恶性竞争。因为凯力背后的靠山是董军辉,所以即便柴若舒告了凯力,官司也被人为地拖延,始终没个定论。

柴若舒在家中的垃圾桶内发现了被欧阳烨扔掉的合同,心中早已落下的大石又稳固了些。

不过,孙佳奇的攻击,使得星烨公司的业务量下降50%,现金流直接紧张了起来。

柴若舒为了公司的发展,为了自己的心血在危难中能够支撑下去,不得不再次四处筹钱。只是,为了尊严,也为了让合伙人看到自己的能力,她没有选择找熟人借钱,而是在与财务总监一番努力之后,把贷款所需资料递交给中间公司,希望能贷到一笔钱解困。

中间公司承诺柴若舒,这个项目加急办,一周内保管放款。

柴若舒怎么也料想不到,这个贷款资料居然会流到刚回北京的南嘉手里。

南嘉带着妈妈悄然回北京,谁也没告诉。已经洗尽铅华的她,在MDG工作了一段时间,乍然看到星烨传媒的申请资料,心中一动——

凯力针对星烨的事,她有所耳闻。过去,柴若舒一直护着自己,若不是因为自己,她也不至于要靠卖房子和申请贷款来自救。

这一次,老天爷给了机会,那就让自己来做这个知恩图报的人吧,帮助对自己曾有大恩的老同学渡过难关。

南嘉在晚上悄悄回过家一次,拿钥匙开了门,风卷起一股灰尘的热气,噎得南嘉差点吸不上来气。

"这屋子,很久没人住了啊。幸好没让妈妈回来。"南嘉庆幸地想。

"若舒,我是南嘉,你现在在哪儿?"南嘉走到楼下,打过去一个电话。

"在公司忙着呢,怎么啦?"柴若舒那头传来一阵阵嘈杂声,像是键盘敲击和翻文件发出的组合声响。

听得出来,她最近真的焦头烂额。

"我回北京啦,要不要见个面?"南嘉压低声音,故作淡定。

那一头,柴若舒发出欣喜的叫声:"真的吗?怎么回北京都一声不吭的啊?你定地方,我马上到。"

"我们大学时常去的那家日式小酒馆怎么样?现在暑假,应该没什么人。"南嘉说道。

"成啊,我还留着老板联系方式呢,我来预约。"柴若舒应得十脆。

一个小时后,这对许久没见的闺密,在电影学院附近的日式酒馆相见。因为她俩都是名人,以前也常来,老板有印象,所以提前给打扫出一个包厢。

"我的妈呀,多久没见了。"柴若舒跪坐在榻榻米上,将南嘉从头打量到脚,"真可恶,人瘦了,怎么胸不瘦啊,怎么保养的?教教我呗。"

"你跟你的员工说话也这么贫吗?"南嘉笑道。

柴若舒脸上因久别重逢而生的笑容逐渐减淡,取而代之的是郑重:"你的病都治好了吗?手术没留下什么后遗症吧?"

第9章 一场闹剧

"你看我像有后遗症的样子吗？古人说，塞翁失马焉知非福。我经历了这么多事儿，现在得到久违的平静，真是好得不得了。"南嘉将脸凑到柴若舒眼前，笑得含俏含妖。

"对了，我回家去了一趟，很久没人住了，你和小烨怎么搬出去住了啊？"南嘉问她。

"遇到一些事儿，行迹被暴露了——"

柴若舒说着，老板推开手拉门，亲自给她们送来了餐食和酒水。

"谢谢老板。"两人齐声道谢。

"慢用，有事叫我。"老板笑眯眯的，又替她们拉上门。

"哎呀，就是遇到一些事儿，你家不方便再住了。"柴若舒不敢将真相如实道出，怕她担心，于是就说得模模糊糊，让她以为是欧阳烨的私生饭曝光了他们的家庭住址，所以才不住的。

果然，南嘉就往这方面想了。

"倒也是，我们家老小区，是不太安全。我是个女艺人，粉丝没那么疯。但男偶像的粉丝，还是要防备些。"

"不提这个了，来，喝酒。"柴若舒先给南嘉斟满一杯。

太久太久没和南嘉喝酒了，这一喝起，地点又是这个熟悉的小酒馆，不免叫柴若舒一下子想起大学的时候。

那时候总是发愁将来的工作与发展，为即将到来的离别而伤感，殊不知，那时候的美好岁月一去不复返。

喝过一轮后，两人都有些微醺。

"说说你，以后打算干什么？"柴若舒开口道。

"打算帮你。"南嘉笑道。

"帮我？"喝了酒的柴若舒，反应比较迟钝，愣了一小会儿后，突然大笑起来，"你要来给我打工啊？可是我付不起你的工资啊——"

说完，她还打了个酒嗝儿。

"你没钱嘛，我就是来帮你这个的。"南嘉从一旁的包内，拿出一叠文件递给她。

柴若舒定睛一看，竟是自己前日提交到中间公司的审批贷款资料。

她的酒立刻醒了一半："这怎么，怎么——"

南嘉笑得一脸神秘,她托着腮,将柴若舒的胃口吊到最高后,才慢慢将自己在台湾海边的奇遇一一说给柴若舒听。

"你度个假,都能顺手解救MDG的董事长,行啊你,否极泰来了。"柴若舒听故事一样,既觉得不可思议,又为南嘉感到高兴。

"可能,冥冥之中天注定吧。"南嘉应道。

"也是,你要是不善良,反应不快,这个贵人可就擦身而过了。"柴若舒说道。

"我想跟你说的是,这件事我私下给你办妥,别从我们机构贷。虽然下贷快,但是利息也高,实在没必要。"南嘉说。

"私下?"柴若舒表示不解。

南嘉心中早有定数,却不打算和柴若舒说明:"反正,你等着就好。以前你不顾一切帮我,今天我帮你,你可别不给我这个机会。"

"怎么会?求之不得。"柴若舒见南嘉不欲多说,便也不打算追着问。

两个人食物都吃得很少,对着酒水,又是一顿干喝。最后,两个人都头重脚轻地趴在桌上休息。

柴若舒的手机响起,她醉眼惺忪地看到"欧阳烨"三个字,忙接起。

"我回北京了,看你不在家,你还在公司吗?"欧阳烨的声音充满关怀。

"我和你姐在喝酒呢。"柴若舒瞟了一眼对面的南嘉。

"啊?她回来了?"欧阳烨有些诧异。

南嘉一把夺过手机,嚷嚷道:"对,我回来了,怎么了?我们在喝酒,你来不来?"

欧阳烨回道:"姐,你回来都不告诉我一声的吗?你把地址给我,我马上过去。"

南嘉头昏眼花,给欧阳烨编辑的信息里,一个简简单单的地址,却夹杂了三个错别字。幸而,欧阳烨是认识这个酒馆的。南嘉大学的时候,经常和柴若舒跑这里来喝酒,每一次,都是自己来将她们俩拖回家。

有次,因为这事儿,还闹出一个笑话。酒馆的老板是个热心人,见欧阳烨拖着两名貌美如花又烂醉如泥的女孩子,以为他是心怀不轨的不良少年，拦下他，斥责他，说出的话也不大好听。

那时候，欧阳烨年少气盛，其实出示一下学生证，说明一下自己和南嘉的关系，就能解决问题，他偏偏不好好说话，与老板发生争执，还差点打起架来，惊动警察。

所以，当欧阳烨推开酒馆的门，与前台记账的老板一对视，老板便知他来意。

"来接你姐姐的吧，来来，这边的包厢。"老板停下手中的事情，亲自送他过去。

欧阳烨温和知礼，与老板不打不相识。老板常年在电影学院旁做生意，见过无数大大小小的明星，所以即便欧阳烨爆红成知名偶像，也待他平常，这让欧阳烨觉得安心。

欧阳烨拉开包厢的门，见到姐姐和柴若舒在划拳，房间充斥着浓烈的酒气。

他先扫了墙上的二维码结账，然后一手拉一个，将两人拖出酒馆。酒馆的人不多，且大多在聊天喝酒，没什么人往这边瞧。这样的"奇观"也就没什么人关注。

"需要帮你打车吗？"老板追到门口问。

"助理开车在巷子口等着呢，多谢老板，下次见。"欧阳烨礼貌地同老板道别。

有了大雄的帮忙，欧阳烨将这两个女人带回家，也就轻松了不少。

大雄走后，欧阳烨将姐姐搬到自己的房间，将柴若舒搬到她的房间，为两个女人开空调，替她俩脱鞋、擦脸、盖被子。

在做这些事的过程中，欧阳烨总有种时光倒流的感觉，他置身于时间里，感觉温暖从容。原来，过去的每一个清晨日暮，都是静谧安稳的，是最好的日子。

他无比珍惜和这两个女人同居一个屋檐下的时光。

（七）

翌日。

南嘉先醒,映入眼帘的是工业风装饰,还有蓝白色的床单,这个房间看起来陌生,感觉却很熟悉。

她下床,来到客厅,看到欧阳烨蜷缩在沙发里,还未苏醒,立马反应过来,自己睡的是弟弟的房间。这个房子,应该就是昨晚柴若舒说的为了避免粉丝骚扰而搬来的住所。

南嘉的头有些隐隐作痛,昨夜喝醉后的片段,一幕一幕重现。

好久没有和柴若舒一起喝到不省人事了,也好久没有被弟弟这样照顾了,南嘉心中的满足感突如其来。这种满足感和周信然给的不同,他给的,需要还。弟弟给的,她总是心安理得地接受。

南嘉去厨房倒水时,柴若舒和欧阳烨都醒了。

几个人梳洗打扮后,一致决定去接南嘉妈妈,一起寻个茶楼吃早茶。

南嘉回北京后,本想着先将工作稳定下来,再和众人联系,慢慢叙述自己这段日子以来发生的故事,也因为她不想打扰弟弟和柴若舒"发展感情",所以拦着妈妈不回家,而是在机构附近找了个酒店式公寓先住着。

一路上,柴若舒开车,欧阳烨和南嘉坐在后座上,小时闲聊。

"去吃冶春茶社吧,扬州的早茶,比北京当地的好吃多了。"欧阳烨在网上搜到这家店,举着手机,伸到柴若舒旁边。

"我都行,嘉嘉和你妈吃得惯就行。"柴若舒看也不看,直接说道。

"她们肯定吃得惯。"欧阳烨回道。

南嘉看看柴若舒,再看看欧阳烨,抬手拧住他的耳朵:"就算我吃得惯,你要不要问一下我的意见?我是你姐!"

"你怎么还跟以前一样暴力!温柔一点好不好!若舒现在可比你温柔太多了!"欧阳烨嘴上叫嚣,动作上却不反抗,任由姐姐欺负自己。

"哦——"南嘉松开他,突然发出意味深长的一声笑,"我不在的日子里,你俩发展得很快嘛。果然同居的男女感情就是好,现在小烨都把我这个亲姐姐忘到九霄云外去了。"

"哪有啊。"两人异口同声否认,却在出声的那一刻,两人都显得不自然起来,一个脸红,一个低声干咳。

南嘉见状,确认了自己之前的猜测大概率成真,不过她没有拆穿什

第9章 一场闹剧

么,叫自己的弟弟和柴若舒陷入难堪,反而换了个话题。

三个人聊了聊最近圈内发生的新闻,很快便到了公寓楼下,南嘉发消息让妈妈下楼。

整车四个人,往冶春茶社行驶而去。

到了目的地,柴若舒开始找地方停车,南嘉妈妈先下车,进去茶楼,和老板沟通要一间单独包厢,南嘉姐弟则低调地走在最后。

"喂,发展到哪一步啦?"南嘉好奇地贴近弟弟耳边,悄悄问他。

"什么哪一步?"欧阳烨装作听不懂。

"就是和小舒子呀,发展到哪一步啦?单身男女同居,总不至于什么都没发生过吧。"南嘉一脸八卦。

欧阳烨耳根一红,脑海里出现诸多画面。

她喝醉酒时,揉过他的头发,亲过他;她遭人跟踪,被解救时,抱过他;她与他坐在摩天轮里,坐厢倾倒,他们差一些——

"咳咳,亲亲抱抱吧。"欧阳烨低声回道。

其实,事实根本不是欧阳烨说的这么回事,但男孩子的好胜心和自尊心在此刻莫名作祟。

"都亲亲抱抱了,也没发展下别的啊?"南嘉摩挲着下巴,一脸鄙夷,"你该不会不行吧。"

这一句,可是正中风暴中心。男生最不能容忍的一句话就是:你不行。

"你才不行。"欧阳烨涨红了脸,怒而反击。

南嘉见弟弟这副模样,不禁捂嘴笑。

"那你和周信然发展到哪一步了?他这么献殷勤,你也不是个石头心肠的人,总会被打动吧?"欧阳烨反问姐姐。

"我俩?"南嘉指着自己,"我俩可是革命友谊。再说了,我当时生着病,他要是做什么,岂非乘人之危?"

只一句话,南嘉就把欧阳烨的嘴堵住。听起来,她和周信然的关系霁月清风似的。自己和柴若舒就成了不明不白,偏偏,他心中有鬼,什么都反驳不了。

几人到齐,一起在包厢内坐下。

北京是美食荒漠，尤其是早点，更是乏善可陈。所以，大家难得聚在一起，吃了江南的早茶，说说笑笑，氛围轻松。

吃完后，大雄来接欧阳烨去赶通告，柴若舒也赶回公司去处理事务。南嘉则陪着妈妈回了一趟家。

谁也没留意到，在他们隔壁的包厢，周信然正坐在里面，一人喝着茶，神情严肃，眉梢透着焦虑，正想什么想得出神。

他的正对面，早已摆了另一份茶具。很显然，他是在等什么重要的人。

南嘉和妈妈打车到巷子口，然后沿着这条熟悉的小路往家走。

夏日的阳光，在早上九点多时，已经炙热得不可一世。路边树梢上的叶子像风烛残年的老人，生命已经枯萎，却还是无私地为生活在这片区域的人们遮挡烈日。

于是，闷热潮湿的暑气，在记忆里，好像并不难熬。再次走在这条路上，南嘉只感到熟悉的平静。

"妈，原先也是想着不打扰小舒子和小烨，既然他俩都不在这儿住了，那咱俩就搬回来吧。"南嘉和她妈妈说。

"行。那我一会儿下楼买点清洁用品。"南嘉妈妈回道。

到家里时，南嘉妈妈将包放下，就要下楼——

"哎哎，找个保洁阿姨吧，妈，你腰不好，坐着休息会儿，我也正好有事要和你说。"南嘉将妈妈拉到沙发上，一副要和妈妈谈心的架势。

妈妈面对这样独处的环境，忽然有些发怵。她的眼神躲闪，似乎隐瞒着一些事，怕被人戳穿，怕被人逼问。

从台湾回来，妈妈就一直这样。南嘉都看在眼里。

她叹了一口气，开门见山道："妈，小舒子也算是你看着长大的。她是因为我才无家可归，落得今日的下场的。今天，她需要钱来渡难关，咱们该不该帮？"

妈妈听到女儿只是要跟自己聊柴若舒的事儿，顿时集中了精神，眼神不再躲闪："当然要帮了。妈从小就和你说过，别人帮你一次，你还回去一次，下次就还有得帮。她需要多少钱？"

"妈，你把基金里的钱都取出来，其余的，我来想办法。"南嘉没说具体数目,只是提了解决方案。

妈妈想也没想,直接答应道:"行,我过会儿就去取。"

南嘉在心中算了算,基金里的钱,加上董事长借的钱,刚好一千万,已经抵得上柴若舒贷款的数目了。

妈妈外出办事时,南嘉叫来的保洁阿姨上楼,手套一套,便开始麻利地干起活儿。

南嘉则一直坐在客厅的沙发上,和柴若舒发微信,说服她接受自己的资金。

"几个房间也要打扫吗?"保洁问道。

"嗯,辛苦您了。"南嘉头也不抬,直接回道。

保洁阿姨拎着清洗工具进房间,房门大敞,吸尘器的声音和清洁液喷洒的气味交杂,南嘉下意识地离得远了些。

南嘉自己的房间和欧阳烨的房间因为之前一直有人住,所以打扫起来还算快,倒是妈妈的房间,累积的灰尘够让阿姨忙上一阵儿了。

"美女,这个东西还有用吗?"阿姨拎着一块破旧的、早已掉了漆的木牌走出来,问南嘉道。

南嘉转身看到那块木牌的一刻,全身的血液凝固。

这块木牌,她小时候见过,在妈妈的衣橱里。那时候,她和弟弟玩捉迷藏,无意间发现了这个,与它拴在一起的,还有一只金色的小铃铛。

这些东西,都刻着浓厚的闽南地区的宗教符号。

"美女?美女?"保洁阿姨见南嘉脸色不对,又试探地喊了她两声。

"你在哪里找到的?"南嘉反应过来后问。

"从床底下扫出来的。"保洁阿姨回道。

床底下?

这个东西为什么会时隔多年,出现在妈妈的床底下,南嘉不去管。但是,这个东西的出现,将南嘉在台湾时被打断的好奇心再次勾起。而且这一次,这种好奇刺穿尘封的时空,再也压不下去了。

"给我吧。"南嘉伸手。

保洁阿姨将木牌递给她,又继续打扫去了。

木牌年久老化,拂去上面一层薄灰,南嘉看到牌子上写着的一些字:

愿吾妻阿杉、吾女小嘉、吾子小烨皆能平安顺遂。

字的最后一行,是一个名字,但因为字迹斑驳,已经很难辨认。

南嘉小时候不曾留意,看不懂木牌上的字,也不知道这块木牌是做什么的。如今,她一眼认出这种木牌,是台湾人用来许愿的绘马,从日本传过来的东西。南嘉在台南的寺庙曾见过。

妈妈的名字叫南杉,自己自打有记忆以来,就是跟妈妈姓,取名南嘉,弟弟小烨跟爸爸姓,取名欧阳烨。

所以,牌子上的名字,分明就是指的他们一家人,那么,这个字迹斑驳的名字又是谁?

她联想到妈妈一连串的失常表现,以及所有对自己的隐瞒,一个大胆的猜测正在她脑海里形成。

这时,妈妈用钥匙打开门,见她发怔,还觉得奇怪,再仔细一看,看到她手中的绘马,脸色大变。

"嘉嘉——"

保洁阿姨摘了口罩,从房间走出来:"你们家我打扫好了,你检查一下,然后确认订单吧。"

"嗯。"南嘉随意四下走走,然后便确认了订单,将保洁阿姨送走。

房子内,安静得仿佛空气都凝结了一样。

"嘉嘉——"妈妈感觉口干舌燥。

"妈,你当年和爸爸离婚的原因是什么?我和小烨的亲生父亲……到底是谁?"南嘉一步步走向妈妈,将手中的绘马伸到妈妈眼前。

这一块褪色的旧物,仿佛符咒,妈妈站在原地,动弹不得。她的眼睛,透过虚空,看到了很久很久以前的事。

"你们的爸爸是个好人,当年为了给你和小烨上户口,我才和他结婚的。"南嘉妈妈坐到沙发上,捂着脸,一副深陷过去、快要哭的样子。

这故事开了个头,就覆水难收了。

"我后来,因为还跟你们的亲生父亲有联系,被你们的爸爸知晓,他就同我吵架,导致离婚。小烨跟了你爸爸,你跟了我。再后来,你爸爸再婚,小烨就又跟回了我。"南嘉妈妈缓缓叙述道。

"所以,我和小烨的亲生父亲到底是谁?是一个台湾人吗?"南嘉又问了一遍。

"嗯。"妈妈点头。

南嘉一时间似乎很难接受这样的事,可不知为何,心中的一块大石头又瞬间落了地。就好像,在妈妈的坦诚下,自己终于认祖归宗。

"这也没什么,你为什么要一直瞒着我和小烨呢?"南嘉不解。

"是没什么,本来也不想瞒着。"南嘉妈妈有些为难地皱了眉头,那张和南嘉六七成相似的面孔上,似乎有些难言之隐,"只不过——"

"只不过什么啊?"南嘉觉得妈妈说话吞吞吐吐,很是着急。

"只不过不想让你和小烨有心理负担,希望你们能活得快乐。"南嘉妈妈说道。

"父亲是台湾人,这有什么好有心理负担的?不都是同胞吗?时隔这么久,我只是很惊讶而已。"南嘉说道。

南嘉妈妈憋着一口气,半晌后,似乎是觉得话都说到这里了,其余的,再隐瞒也没什么意思,干脆将最大的包袱抖搂出来。

"我年轻时在台湾读书,认识的他。他有家族遗传的精神类疾病,我和他在一起,怀了身孕后才知道的这件事。我本来想把胎打了,可是不忍心,又不舍得,便存了侥幸心理。后来,不但有了你,又有了小烨。"南嘉妈妈将这个秘密说出来,终于松了口气。

南嘉瞳孔骤然放大,原本深陷迷雾中,现在一下子找到出口。

怪不得医生说自己的病可能是遗传性的,但记忆里,爸爸和妈妈都没有类似的病征。

"所以,你去奈良见的是他,拿我的钱去接济的也是他?"南嘉脑海中模模糊糊出现了一个人影。

"是,毕竟他是我的初恋,我不想看到他落魄无助的样子。"南嘉妈妈承认道,她苍老的泪腺里仿若住了磁铁,吸引了所有的哀痛。

这些哀痛里,包括了她对女儿的歉意,以及对过往的追忆。

南嘉脑海中那个模模糊糊的影子,忽然明晰,竟是两次在公园里遇见的男子。南嘉这才发觉,他有一张和自己相似轮廓的面庞。

"妈,那个男人,他是不是脸有点长,鬓角的头发略微秃一点,眉毛浓,眼睛大,眼梢有些上挑,下巴有胡楂?"南嘉能精准描述出他的长相,甚至,男人看向自己的眼神,她都能说出来,那里原是想见又不敢见的渴望。

"你见过他?"南嘉妈妈惊得从沙发上站起来。

"还真的是他啊。"南嘉喃喃自语。

上天竟然安排这样的方式,让自己和亲生父亲相遇,简直不可思议。

他在奈良偶遇自己,盯着自己时,就已经察觉出自己是他的亲骨肉了吗?凭什么呢?直觉吗?后来在东京,他被医护带走前,硬塞了一把钱给自己,那是来自一个亲生父亲的补偿心理吧?

所有的一切,谜底终于被揭晓。

(八)

南嘉将自己在日本两次疑似遇见亲生父亲的事情,慢慢说给妈妈听,妈妈越听,脸色越黯淡。

"妈妈也不是故意的,你不要怪妈妈。"南嘉妈妈端看女儿的脸色,有些惴惴不安。

南嘉想到了一些事,她眉头一皱:"如此说来,小烨也可能患有遗传性的精神病?有可能不发作,也可能随时发作那种?"

南嘉妈妈认命又隐忍般地点了点头。

"其实当初,你半路跑去考电影学院,要当明星,我就很担心。娱乐圈压力大,我很怕你受到打击后,就变得像你亲生父亲一样,但你执意要考,我也只能尊重你的意愿。一开始,你的演艺生涯走得很顺,我也就放了心,没想到会发生后来的事。后来,小烨为了赚钱养咱们这个家,也要进娱乐圈,我心里也犹豫过,纠结过,害怕过,我想阻拦,但抵不过你和若舒的热情,再加上小烨那孩子没什么其他本事,念书也念不好,当明星,也是条适合他的路子,我就再次存了侥幸心理。"

南嘉细细密密地打量妈妈,她发现,自己已经许久没有认认真真看过妈妈了。

妈妈身材丰腴,皮肤很白,五官平淡了些。论长相,其实弟弟长得更像妈妈,自己应该更像亲生父亲一些。

印象里,妈妈是一个主意不多的小女人,总是与人为善。

自己有时候还觉得奇怪,妈妈这样好脾气的女人,为什么会跟爸爸吵架吵得那样厉害?她这般良善,上天为何对她不公?

原来,她的不忍,她的侥幸,她的左右摇摆,都是症结所在。不过,自己不愿过多责备她。

"妈妈,这件事,先不要和小烨讲,不要弄巧成拙。"南嘉突然郑重地说道。

"当然,当然,我不会给他压力的。"妈妈小鸡啄米似的点头,"其实,你要是不问我,我根本不打算说的,毕竟事情都过去这么多年了。"

"那就让它悄无声息地过去吧,或许——"南嘉的目光从妈妈身上转开,整个人渐渐平静下来。

或许,小烨一辈子都不会知道真相,不会因为自己有个精神病的父亲而整日惶惶不安。或许,他星途璀璨,一辈子也遇不到大的挫折,不至于受了刺激,就引发疾病。他会在家人、若舒、团队和粉丝的支持下,永远活得诚挚而热烈。

事情告一段落,迟来的真相却在南嘉心里扎了根。午夜梦回时,她总能想起那个孤身在日本的男人,想起他看自己的眼神。

他一定也很渴望亲情吧?

血缘关系是世间最特别的牵绊,纵然相隔万里,也有感应。

(九)

柴若舒接受了南嘉的资金,却将自己手里的一大半,即40%的股权给了她,并邀请她以特派股东的身份来星烨传媒做管理。

"你这个人哪,别人欠你的,你不当回事。你欠别人的,就一定要还。你这样肯定要吃亏的。你就不适合做管理,还得我来。"南嘉嘴上嫌弃她,行为上却欣然接受了柴若舒的提议。

只是,星烨传媒的股东,除了柳紫和吴轩属于纯资金型股东,柴若舒和周信然之前都要做事儿,所以既享有每个季度的分红,也拿月薪。当柴若舒打算给南嘉定月薪时,南嘉断然拒绝。

"南嘉,你不要倔强。我知道你是想报恩,但公司有公司的制度,干活儿就要拿钱,你又不是来当志愿者的。"柴若舒劝说南嘉。

南嘉爽朗一笑:"公司有公司的制度,我有我的脾气。你要是非给我钱,我就不来了。"

柴若舒拗不过南嘉,最后只能依了她。

虽然公司形势危在旦夕,有一堆事儿要处理。但柴若舒还是忙里偷闲,聚集众人,给南嘉举办了一个小小的欢迎仪式。

柴若舒先前将风声瞒得很紧,大家虽然知道公司要来新的管理人员,却没承想是南嘉。

当南嘉一身黑色职业装,像职场剧里的女主角一样出现在众人面前时,所有人俱是一愣,随即欢呼的欢呼,惊诧的惊诧。

前知名女明星南嘉出了丑闻之后,便急流勇退。她人虽不在江湖,江湖可从来没少了她的传说。

有人说她嫁人去了,有人说她移民去了海外。

总之,当这样一位话题中心人物,活生生站在他们面前,还成了他们的上司时,众人莫名感觉自己见证了一段"江湖隐秘",从而与有荣焉。

"大家好,我是南嘉,大家可以称呼我的新名字Wendy,以后我来负责星烨的内部结构调整,以及一些影视项目的参投计划等。"南嘉望向众人,大大方方地介绍自己。

南嘉一笑,倾城倾国。

她说完之后,往柴若舒的方向看了一眼,柴若舒便站出来唱黑脸。

"南嘉刚从台湾回来,现在加入我们星烨,这是个重磅新闻,所以我理解大家的激动心情。但是,我希望大家能严守这个秘密,不可以走漏一丝风声,一会儿,人事会进来和大家重新签订一份保密协议。"

人心不可尽信,只能以合同加以管制。

合同上的内容有部分干涉员工的个人隐私,例如,开会时不允许带手机,离开公司之前需要将手机、电脑交由人事检查,看是否有人偷拍了南嘉的照片,用以爆料等。制定这些合同细则时,柴若舒自己都觉得不合理,可若是不这么制定,便会出现隐患。

令柴若舒和南嘉感到意外的是,公司的所有人都没有流露出一丝抗拒的情绪,纷纷表示理解,痛快地签了合同。

南嘉在星烨感受到被理解,被尊重,她一下子就喜欢上了这个充满安全感的地方。

其实,在决定跳槽去星烨之前,MDG的于国雄郑重向南嘉承诺过,机构里投资经理的位置,永远有南嘉一席。

南嘉受宠若惊,感恩于总的知遇之恩和雪中送炭的情谊,于总却笑说,救命之恩可以全面收购这些所谓的情谊。

南嘉时常想,虽然命运给予自己坎坷,所幸所遇之人大多仗义良善。

她带着妈妈从银行取出的基金和向于总借来的钱来到星烨,公司的资金危机因她的介入短时间内彻底得到解决。

(十)

一日。

柴若舒和南嘉面对面坐在办公室的落地窗前,边煮咖啡,边聊工作。

"我看过了,其实星烨目前在新人培养这块,更偏向于韩国的练习生模式。"南嘉翻了翻柴若舒之前写的策划案和一些私密资料,得出这个结论。

"对,内娱发展比较快,偶像的素质一定要跟上。我们在这一块上,直接借鉴韩国的模式,会简单些。"柴若舒说。

"其实,有更简单的。"南嘉忽然说。

柴若舒一愣:"怎么说?"

南嘉将资料合上,丢回桌上,认真地看着柴若舒说道:"练习生模式不是不好,但更适合财力雄厚的大公司玩儿,太烧钱了,你看韩国玩来玩去也就几家巨头在搞。国内的话,RJ boys他们的公司原先就是个小作坊,这几个男孩儿自身条件优越,又赶上互联网行业发展的好时候,才一炮而红的。"

"你说的这些,其实我也考虑过,研究过,所以我对练习生们的培训,也只是短时间的培训,选的都是艺术生,有基础的。如果不是凯力夺了我们和平台合作的选秀承办权,我们是能通过操控选秀比赛,培养几个新苗子出来的。"柴若舒解释道。

"是能,但这些小孩儿成名后,对公司的认可度并不高,归属感也不强,很容易被人挖走,你以前——"南嘉快要脱口而出的话,及时刹住,她怕伤到柴若舒。

柴若舒倒是不以为意,耸肩一笑道:"我以前老被人挖墙脚对吧?没事儿,那你说说,怎么才能避开这个恶性循环呢?"

南嘉见摩卡壶内的咖啡煮好了,忙上手提起来,另一只手打开桌上的糖罐,往柴若舒面前的杯子里放了好几勺糖。她是南方人,比自己嗜甜。

将浓郁的咖啡液倒入杯子的过程中,南嘉也考虑了一个周全的说法。

"你应该了解日本的偶像选拔培养模式吧,日本的娱乐偶像产业完全建立在养成模式之上,但日本是将人选出来后,给他们提供打工机会,让他们给大牌偶像当配角、当背景板,在片场给前辈演员当群众演员。日本的公司不认为这些人都能红,所以招募时基数很大,总能挑到好的。"

"这不就相当于招一大批实习生,最后挑优秀的转正嘛。实习生便宜,干活儿还认真仔细。"柴若舒打了个比方。

"是的,这种老带新的模式,可以让实习生们积累经验,观众粉丝也会在这个过程里看到新人,慢慢粉上他们。实习生在努力转正的过程中,对公司和经纪人的信任,也会超出韩国模式下的练习生。"南嘉继续说道。

"徐徐为之,也不刻意。"柴若舒喝了两口咖啡,笃定道,"这样很好。"

"那咱们试试?"南嘉问道。

"试试就试试。"柴若舒果断道。

两人的谈话十分高效,你来我往之间,就重新定义了星烨的造星模式。

接下来的三个月,南嘉凭借其过硬的投资能力及专业眼光,代表星烨,参投了两个小型影视项目,这两个项目都以黑马之姿,受到瞩目。而柴若舒听从南嘉的想法，参照日本娱乐公司的模式，重新打造星烨内部结构。星烨传媒不但起死回生，还以良性生长姿态吸引了香港老牌娱乐公司环宇传媒的注意，对方竟然派了人上门来寻求合作。

业内无人知晓昔日大明星南嘉坐镇星烨后方，都以为这一切是柴若舒的本事，于是纷纷夸她、佩服她，都说她是响当当的一粒金豆子，纵然你将它踩在脚底下，任意揉捏、锤打，它都还是原来的形状，不但不会烂，还会蹦得更高。

得知这个结果后，董军辉表面不动声色，私底下气急败坏，在办公室又是砸杯子，又是掀桌子的，叫一众手下瑟瑟发抖，谁也不敢开口劝他。

"这个孙佳奇到底在干什么？没用的东西！没弄死她，还让她蹦跶起来了！"

"我要弄死她！不惜一切代价弄死她！彻底摧垮她的公司！"

董军辉用力将面前的一把椅子踢翻在地，转身朝离得近的手下吼道："周信然呢?！怎么一出事就不见他的影子了？叫他过来！"

"是，是，是，我马上去找他。"手下赶紧溜之大吉。

第 10 章　地震中心

（一）

董军辉连夜喊来周信然，想出一系列损招，命令他和孙佳奇联手，务必将星烨传媒彻底摧垮。

只是，还没来得及出手，娱乐圈就发生了"大地震"。

事情始末是这样的。

业内著名作家兼编剧孙鹏和知名导演马上山是好友。两人经常一起喝酒，一起到处找乐子，后来便一起做生意。

孙鹏这人甚为精明，在生意上摆了马上山一道。马上山气不过，便将孙鹏的剧本盗为己用，还拍成了电影。孙鹏十分生气，立马在微博上揭露马上山的行为，却没有证据。一时间，公众分为两派，有支持孙鹏的，也有支持马上山的。

马上山这人阴招频出，不动声色利用舆论为新电影吆喝，赚了个盆满钵满，还开启了第二部，并在电影里专门为孙鹏设立了一个角色，该角色的形象龌龊猥琐，颇具喜剧效果。

电影上映，观众看了一乐呵，电影火了。孙鹏也被大家在茶余饭后调侃，恼羞成怒的孙鹏和马上山，因为该电影彻底掰了。

孙鹏在微博上大骂马上山不是东西。马上山用一首打油诗讽刺了他。两个名人打起嘴仗，一发不可收拾。

第10章 地震中心

孙鹏堂堂一个作家,居然骂不过马上山,干脆将他身上的遮羞布扯了——攻击起马上山的获奖电影《杧果》和《杧果》男主角方伏阴阳合同、偷税漏税的事儿。

这一下子,可就捅了马蜂窝了。

谁也没想到,两个冤家吵架,竟然掀起了整个娱乐行业的税务风波。上头派人下来查,一时之间,全娱乐行业上市公司股票一片绿油油,所有公司的市值都几倍、几十倍往下跌。

从前些日子停止选秀节目,禁止打榜类活动开始,到如今的税务风波,上头顺藤摸瓜、整顿娱乐圈的决心,有目共睹。

一时间,老百姓纷纷叫好,但潘多拉的盒子打开了,娱乐圈便人人自危。

董军辉的大娱乐集团首当其冲,不到一个月时间,由原来的一百多亿市值下跌到五亿,加上其本身有几个偷税、避税的项目已经被税局专案组入驻调查,消息一传出,大娱乐集团股票价格几乎跌破发行价,季度财报十分不理想,竟下滑了六十个百分点。一时间,业界唱衰大娱乐集团的声音不绝于耳。

董军辉在办公室踱来踱去,满是肥肠的肚子里,仿佛装了一个地雷,一拉引线就会立刻爆炸的那种。

饶是他诡计多端,面对这样的"地震",也束手无策。

孙佳奇和周信然被叫来他的办公室,又一次被骂得狗血淋头。

周信然沉默地站着,目光停留在地面上,面无表情。而孙佳奇看看老板,再看看周信然,有些六神无主。

最近,老板的脾气越来越差,骂人的频率越来越高。孙佳奇压力很大,整个人都仿佛被挫伤。

"平时吃我的,穿我的,关键时刻连句话都不敢说了吗?!"

"老子养你们这些狗到底有什么用!只会摇尾巴吗?说话啊!"

周信然仍然脸色平静,像是没听到董军辉的辱骂似的。孙佳奇却扛不住这样的高压,先开了口:"老板,这娄子这么大,我站在这里,能想出什么办法来啊?"

"站在这里想不出来,坐着躺着就想出来了?真不知道你脑子里装的什么,都是屎吗?!"董军辉指着孙佳奇的鼻子骂,越骂越上头,"你好歹也是个业务能手了,没想到这么单纯,欧阳烨一个刚冒出尖儿的毛头小子都能把你骗得团团转!"

一提到这事儿,孙佳奇就觉得羞恼异常。

她原本胜券在握,以为欧阳烨一定会签入自己门下,谁承想,那小子竟神不知鬼不觉调包合同,用一纸假合同将自己骗过去。他跟着柴若舒冲锋陷阵,自己捏着一纸假合同,自然没办法让他就范。

孙佳奇认定自己被柴若舒和欧阳烨联合起来摆了一道,成了笑柄,她憎恨对方的同时,也憎恨自己,若不是麻痹大意,也不会造成这样的疏漏。

孙佳奇再看看站在一旁的周信然,心生后悔。自己其实真不应该去接老板的话茬儿,如果不说话,老板的火气也不会单单冲着自己来了,好歹有个人一同承担。

"叮——"

手机弹出一条热搜消息。

孙佳奇慌忙掏出放在裤子口袋的手机,想调成静音模式,却在看到消息标题的一刹那,整个人愣在原地。

"老,老板——"孙佳奇的语气慌乱起来。

"又怎么了?"董军辉两条眉毛倒竖,烦不胜烦。

"老板,你看热搜第一条——"孙佳奇将手机递过去。

董军辉还没点进去,只看到标题——《网红潘潘爆言姜潜规则多名女生,含未成年》,就气血上涌。

欧阳烨和言姜是队友,欧阳烨是柴若舒捧起来的人,董军辉得知言姜同欧阳烨不睦,便顺势将他签下,作为公司力捧对象。

言姜虽然没有欧阳烨形象好、人气高,但自出道以来,也积累了一大批死忠粉,他在大娱乐集团旗下,也算是赚钱势头最盛的艺人之一了。

董军辉知道言姜私底下放荡不羁,所以丝毫没怀疑这则新闻的真假。只是,税务风波加上公司旗下艺人私生活不检点,只会让原本就下跌的股票形势雪上加霜。他得雷厉风行,挑好处理的处理。

"去联系这名网红,给一笔钱,封住她的嘴。再去联系一下平台,将热搜撤了。"董军辉从门口喊人进来,吩咐手下去处理这件事,越快越好。

"老板,您这不是打地鼠吗?哪里冒头就打哪里。"孙佳奇大着胆子,对董军辉的处理方式提出疑问。

"那你说怎么办!"董军辉黑着脸,怒吼道。

"其实,言姜的形象一直都是贵公子,贵公子和网红谈个恋爱不是很正常吗?咱们一开始也没立单身人设不是?咱们咬死是女生想红,倒打一耙,然后买个其他明星比这严重的黑料来挡一挡,这事儿就过去了。老板就能腾出精力,去处理税务的事儿了。"孙佳奇自以为聪明地道出办法,也以为自己的办法一定能将功赎罪。

董军辉还没说话,一旁一直没开口的周信然突然凉凉地开口:"重点是谈恋爱吗?重点是未成年。道德层面的事儿,以圈内人的底线来说,什么时候算事儿了?最主要的是,他要是沦为法制咖,这影响就很大了。"

周信然一语惊醒梦中人。

董军辉冷静下来,眸色一暗:"说得对。"

他拉开门,再次叫来手下的人:"去,把言姜工作室的人都叫来公司,连夜开会。"

工作室的人一定比自己更了解言姜私底下的行径有多乖张,董军辉觉得,自己一定要先搞清楚言姜到底有多少把柄在人家手上。

此外——

"还有,去查一下那个女网红背后的人是谁。没人撑腰,我不信一个小小的网红,敢跟当红流量明星叫板。"

"是,是,马上去。"手下领命前去。

"等一下,回来。"董军辉又想到什么,喊回手下,"去,把法务的人叫进来。"

大多圈内人都通过开个人工作室进行税务筹划,避开企业所得税。但眼下这个关头,这些挂在公司名下的艺人工作室,都需要连夜注销。

将能销毁的证据全部销毁,上面找上门来,也容易应对一些。

手忙脚乱安排完眼前的事情,董军辉就让周信然和孙佳奇滚了。

两人走到电梯里,孙佳奇见周信然一脸淡然,不禁开口问道:"你一点都不急吗？"

"急什么？这才上了前菜，正餐还没开始呢。"周信然一张冰块脸，冷冷地盯着电梯里一直下坠的数字，"养养精神吧。"

电梯门打开，周信然头也不回地走在前面。

孙佳奇看着他的背影，觉得自己好像从没了解过这个男人。这场娱乐圈的大地震，大家都深陷泥沼里，他也是其中一员，不知为何事不关己，高高挂起。

（二）

"潘潘这小丫头够刚啊，前脚言姜的经纪人给她打钱，她后脚晒转账记录。"南嘉看着手机，啧啧赞叹。

柴若舒看了她一眼，没承想这个昔日的女明星，如今一脸素颜、头发蓬乱地窝在沙发里，边啃苹果，边当起吃瓜群众。

她是真正从身到心，都脱离了那个圈子，所以才这般自在的吧。

"听说，言姜的对家联系了潘潘，正给她出谋划策呢。你别光看转账记录，你看看那个拿钱闭嘴的协议，通篇都是文字游戏。潘潘只要一签，立马就会被对方起诉诈骗，被送进去。一个才十八岁的姑娘能有这般头脑、这般魄力，拒绝得了诱惑，又识破得了对方的奸计？明眼人一看就知道怎么回事。"柴若舒将积攒了好几天的衣服都丢进洗衣机后，探出身子来和南嘉搭话。

"我早看啦，怕就怕，人家以为的对家是你呢，毕竟 Star T9 名存实亡，就差队员各自宣布单飞了，欧阳烨和言姜的粉丝打得最凶。"南嘉将啃完的苹果核，"嗖"一条抛物线丢进垃圾桶内。

"清者自清。"柴若舒走回客厅。

"最近的微博可真是热闹，人人都像一只猹，在瓜田里上蹿下跳。"南嘉手指飞速地刷着手机屏幕，看网友的评论看得不亦乐乎。

柴若舒看她的样子，觉得她的病是真的全好了。先前，她根本不敢刷微博，害怕和陌生人接触，现在，是全不怕了。

"跟我们没多大关系，反正我一直是奉公守法的好市民。"柴若舒用粤语调侃了自己一句。

"怎么没关系？"南嘉神秘一笑，脚踩进拖鞋里，人往卫生间走，边走边说，"乱世才能出英雄，别告诉我，你不想当英雄。"

"当什么英雄？"柴若舒追到卫生间，似乎预知到了什么。

她看到南嘉在梳洗打扮，下意识问了一句："你要出门？"

"嗯，约了一位重要的男士。"南嘉回道。

"周信然？"柴若舒扬眉。

"我想，我的魅力，不止能吸引到他一个男人吧。"南嘉笑得越来越诡秘。

梳洗打扮过后，南嘉戴上帽子和墨镜，挎上包，又将柴若舒的车钥匙顺到包里："车借我。"

离开家的最后一刻，南嘉转身冲柴若舒比了一个大大的"yeah"的手势，心情十分愉悦道："乱世里没有规则，我们有冤的报冤，有仇的报仇。"

柴若舒预感到，她似乎要被命运裹挟的洪流推动往前了。

另一边。

董军辉的所有计划都被打乱，公司的状况一日不如一日，以肉眼可见的速度迅速坍塌下去。

众人见他起高楼，众人见他楼塌了，为了偿还银行贷款，他只能被迫接受市场收购。

此时，MDG投资公司的董事长于国雄出面，五亿打包收购大娱乐集团，并把"大娱乐"注入"星烨"，合并后的新公司命名为"星烨大娱乐传播集团"，柴若舒出任该集团CEO，董军辉成了其中一名董事。

世事变幻突然，任谁也没料到，董军辉和柴若舒之间的恩怨情仇，会有一天被这样子改写。

"这事儿可以载入贵圈历史了。"

"何止是贵圈，管理经济学领域，这大概也是可以列为经典收购案例的。"

"以前董军辉老针对柴若舒，现在柴若舒趁他病，要他命了，真是干得太漂亮了。"

圈内人议论起此事时,大约都是这样的内容。

星烨大娱乐传播集团的第一次董事会,在中秋节这天举行。

柴若舒再一次踏进国贸三期68层,有种恍如隔世的错觉。彼时,她是大娱乐旗下的经纪人,董军辉是她的老板。此时,她是董事长,董军辉却成了坐在底下的一名董事。

办公室还是昔日景象,只是门头早已焕然一新。

"今天召集大家来,一是认识一下大家,毕竟在座的各位,有原先我们星烨的旧人,也有大娱乐的旧人。二是希望大家针对我们星烨大娱乐集团未来的发展方向谈一谈各自的想法。"

柴若舒头发高高绾起,穿一件黑白条纹衬衫,搭黑色西装外套,那股高高在上的优雅,仿佛刻在骨子里,她似乎天生就属于这样的位置。

她说话语气平和,但话语里的"我们星烨大娱乐集团",还是刺伤了董军辉。

他坐在台下,旁人有意无意瞟过来的目光,都叫他自尊心受挫。但他不能表露出来,只能极力忍耐。

会议的气氛虽然微妙,但整体还算融洽。

大家畅所欲言,提出了不少看法,柴若舒居然自己带了台笔记本电脑,边听边记录。她这般没有架子,赢得不少人心。

会议过半,柴若舒站起身,扫视一周后开口道:"大家既然没什么想说的了,现在我来说几句。咱们星烨大娱乐集团能走到现在,不光是我一个人的功劳,除了在座各位的付出,还有没有到场的幕后英雄的奉献——"

在这之前,柴若舒将自身的股权稀释了一部分给南嘉。工商局的登记,却是用的南嘉鲜为人知的曾用名,所以这件事并未引起人关注。

"我们有一位同事,虽然之前出走,但他曾作为我们的一分子,为星烨的最初创立立下汗马功劳,如今,他选择回归,让我们掌声欢迎他的归来。"柴若舒率先鼓起掌来。

会议室的大门被推开,大家目光所及之处,是一名西装革履、戴了副金丝边框眼镜的年轻男人。

原来大娱乐集团的人不熟悉他,但坐在底下的吴轩和柳紫可是对他熟悉得很。

"姐,周信然怎么这时候回来了?"吴轩小声地问坐在身旁的柳紫。

"识时务者为俊杰,有什么可奇怪的。"柳紫这种事儿见多了,丝毫不惊讶。

吴轩唇角一撇,颇为不屑。他还年轻,想不到那么复杂。他起初听到周信然背叛星烨,投靠对家凯力时,和星烨大多同事的心理活动相同,很是瞧不上这样见利忘义的人。

"我给大家介绍一下,这是周信然,原先是星烨传媒的股东之一,在推动收购大娱乐集团的计划里,他是主要推手。以后,他也是我们星烨大娱乐集团的董事,与诸位共事,共话星烨大娱乐集团的辉煌未来。"柴若舒开口介绍道。

稀稀拉拉的掌声里,她眼角的余光掠过董军辉,她看到董军辉满脸错愕,紧接着是灰败,随后是震怒,似乎已经坐不住了。

她是故意的。她就是要看到董军辉灰头土脸的模样。

在这局里,柴若舒终于在最后腹黑了一把,甚是爽快。

(三)

三个小时前。

周信然坐在柴若舒面前,将这些日子以来,他身上发生的所有事情,以及他的心路历程全部吐了个干净。

柴若舒化着精致的妆容,一脸微笑地听他说完,随后淡淡一句:"我早知道了。"

周信然倒也没有太过惊讶,他早料到欧阳烨那小子靠不住,一定会忍不住把计划透露给柴若舒听。但是,他没料到南嘉会偷偷回北京,还搭上 MDG 老总,独自策划收购大娱乐集团的案例。

他的女神,只是病了。病好了,生龙活虎,野性十足,超乎他所料。他越来越喜欢了。

"我心里对董军辉一直充满怨恨,他当初逼得南嘉生病又退圈,还差点侵犯她。我不把这个仇报回来,怎么咽得下这口气?"周信然眸色暗沉,提到往事,仍然不能心平气和。

"你去当了卧底,收集了大娱乐集团的税务漏洞,又把这些问题举报上去。董军辉如今受到重创,这个惩罚已经够了。"柴若舒轻声道。

周信然长吁一口气,从前,这口气是憋着的,如今,终于能长吁出胸腔了。

"算是天助我也,我根本没料到孙鹏和马上山能杠起来,杠出了娱乐圈的税务风波,上头要重查,我这是顺坡下驴罢了。董军辉这人作恶多端,早晚有人收拾。"

"你以后打算怎么办?"柴若舒问他。

"我想回星烨——"周信然说到这里,突然不自信了起来,"只是不知道,星烨还肯不肯接受我这个叛徒。"

"你不是叛徒,你是卧底。港片里,卧底归来,不都是要举办隆重的庆功宴吗?"柴若舒笑笑道。

"就怕大家不接受我,毕竟,这个内幕,也不是谁都知道。"周信然低下头。

星烨也是他一手创办的,他对星烨投入的感情,亦是浓烈。如果星烨的员工不接受他,他恐怕会真的难过。

柴若舒看穿他的心思,又是一笑:"待会儿四点开董事会,你会出席的吧?"

"我?"周信然指着自己,"我可以出席吗?"

"当然可以,只是,我需要重新介绍一遍你,给大家认识。"柴若舒语气笃定,她低头看一眼手表,抬手拍了拍周信然肩上的灰,"还有两个多小时,你赶紧去梳洗一下,穿得正式一点。"

"好咧。"周信然起身。

他的身后,窗户外边,是一轮刚刚升至高空的烈日,正无比耀眼地回望人间。

(四)

董事会结束,大家陆陆续续散场。

第10章 地震中心

董军辉走得不快不慢，面色阴沉。他之前虽心有疑虑，但一直到刚刚才知道前因后果，知道周信然是如何跟柴若舒唱双簧，将自己耍得团团转的。

不只是这些，他的助理发现了新集团的股东里，出现了一位叫南真真的生面孔。出于对"南"这个少见姓氏的警惕，助理对此人做了一番调查。不调查不知道，一调查吓一跳。这个南真真居然是南嘉的曾用名。

助理将调查结果发给董军辉时，董军辉阴沉的面色，立马变得铁青。

"这个臭婊子！说是退圈，原来一直猫在暗处，和那两个东西一起暗算老子！"

一时间，董军辉对柴若舒、南嘉和周信然这几个人恨得牙痒痒，开始思虑如何采取行动展开报复。

只是，有了前车之鉴，董军辉也失去昔日光彩，这一次的发作并没有以权势压人，或者来得又快又急，从气势上就给对方造成压迫感。

今时不同往日，董军辉这一次的报复行动，打算徐徐为之，命中对方的要害。

他下了一番功夫才了解到，原来南嘉这个小贱人，和周信然不知道何时勾搭在了一起。周信然肯为了这个贱人出钱出力，不惜背上背叛朋友的名声，无非中了美人计。

既然她南嘉会这一招，那么他董军辉也能有样学样。

董军辉原来旗下有个艺人名吴莉莉，业务能力一般，又好吃懒做，但长相美艳。这个女人为了满足自己的虚荣心和物欲，主动爬上董军辉的床，后来成了董军辉身边"指哪儿打哪儿"的公关利器。

这小妮子有不少把柄在董军辉手里，所以现下董军辉出现颓势，她也不敢轻举妄动，依然对董军辉言听计从。

"李克然的戏，缺个女三号，我帮你争取到了试镜机会，接下来，看你自己的了。"董军辉将吴莉莉叫来，朝她使眼色。

"多谢老板，我明白。"吴莉莉将媚眼儿抛回去。

李克然是圈内著名制片人，他手里的电视剧，都是将女性形象塑造得极为经典的宫廷剧，开播之后，可谓经久不衰。剧里的角色，哪怕是配角,也一向引得圈内女艺人争破头。李克然对待工作认真苛刻,但私生活上却极为混乱,也极为好色。

吴莉莉明白老板的意思,无非就是让自己去"睡服"他呗。

在这一件事上,吴莉莉可是身经百战,自信得很。

"你恐怕要多睡一个人。"董军辉朝她招手,贴在她耳边道出"周信然"的名字。

吴莉莉虽然不明白老板的意图,但她并没有多问。

"记得,多拍些照片和视频,留下证据。"董军辉再三嘱咐她。

"是,我知道了。"吴莉莉应道。

吴莉莉不负老板所托,三天拿下李克然。李克然对她魅惑人的技术、哄人的情商,以及桌上的酒量都十分满意。所以这些天,李克然去哪儿,都将吴莉莉带在身边,她俨然成了李克然身边最得宠的女伴。

周末这一天,吴莉莉陪着李克然,终于见到了老板口中的周信然。

和想象中不同,她本以为周信然是个又老又油腻的大叔,没承想是个高瘦且打扮时尚的帅哥。于是,她的假意里顿时勾兑了几分真情。

周信然是来和李克然谈星烨艺人的合作事宜,他想将旗下的新人,安排到李克然的剧里当群演。

他言辞谦卑,要的价钱又不高。李克然和他聊得很投机,聊到饭点,一行人便找了个饭店的包厢吃饭,席间还喝了不少酒。

最后起身时,周信然明显喝醉,脚步都不稳了。

"信然哥,您慢点儿。"吴莉莉忙扶上去,趁机将身体贴近他。

周信然大概是酒精上头,反应便慢了半拍,竟然没有推开吴莉莉,给了她靠近自己的可乘之机。

李克然看在眼里,只是乐呵一笑。

对于他来说,这些女人都是可以互相赠来赠去的"玩物",吴莉莉又不是他老婆,既然对周信然感兴趣,那不妨让她去伺候,伺候好了,说不定到时候这个演员的价格,还能谈得更低。怎么都是他李克然占便宜。

于是,吴莉莉扶着周信然,往酒店的方向走,嘴里还贴心地说着:"哥,您慢点儿,我送您回家。"

"好,谢谢你。"周信然属实喝多了,连家的方向也辨别不清了。

路过酒店楼下的便利店,吴莉莉将心一横,朝周信然媚笑道:"哥,口渴了吧,您等我会儿,我给您买瓶水。"

周信然确实口中灼烧得厉害,很需要一瓶水来浇灭这团火气。他根本来不及多想,接过吴莉莉手中早已拧开瓶盖的矿泉水,一饮而尽,随后便失去神志。

再次醒来时,已是日上三竿。

周信然从一团乱糟糟的被子中爬起,找到自己的眼镜,这才看清眼前的一切。

这不是自己的家,这是某个酒店的房间。椅子上、地上,散乱着衣服。自己的身旁,躺着一个赤裸的女人。

他这才想起昨晚发生了什么。

"我真是该死,真是该死!"周信然懊恼地拍打自己的头。

这一刻,他觉得颜面扫地,不知该以何面目面对身旁的这个女人。自己竟然酒后乱性,睡了李制片的女人!

他又想起南嘉,心中觉得特别对不起她。

慌乱之下,他捡起地上的衣服,口中不断喃喃"对不起"后,匆匆而逃。

(五)

横店。

欧阳烨的戏份儿提前结束,剧组为他举行庆祝宴,柴若舒特地从北京赶来参加。

他上一部戏是在正剧里给老戏骨作配,这一部戏,叶氏给他推了个由热门小说改编的古偶剧。恰好,欧阳烨之前在组合新歌 MV 里的古装造型备受好评,大家都认为他眉目清淡,很适合古装。叶氏给他接的第二部戏,也算顺应大家的意愿了。

这部剧的女主角是个实力小花,一直踏踏实实拍戏,从不出什么幺蛾子,团队对欧阳烨和她的合作很是放心。

"小烨——"

酒店门口,柴若舒一眼看到卸了妆,戴着个鸭舌帽,正准备回房间休息的欧阳烨,忙远远地叫住他。

欧阳烨听到声音,以为自己在做梦。等到日思夜想的人走近,他才敢相信,这个惊喜竟是真的。

眼见四下无人,他一下子抱住她。

"你怎么来了?"他唇角上扬,细长的眉眼弯成月牙。

"听说你在剧组很受欢迎,怕你被拐跑了,所以来看看你。"柴若舒人逢喜事精神爽,连带着和欧阳烨说话,都比以往俏皮。

欧阳烨见心上人如此诙谐活泼,心下一喜,忙伸手拉她:"你来得正好,我的戏结束了,今晚跟我们一起去吃农家菜吧。"

柴若舒任由欧阳烨拉着自己,两人脚步轻快,边走边聊天。

"你们庆祝宴怎么吃农家菜?"

"好像是导演的侄子的老婆的弟弟开的农家菜餐馆,导演为了照顾亲戚生意嘛,还说要来个大合影,挂餐馆墙上,给餐馆招生意。"

柴若舒心中顿时了然。横店的关系户很多,这种事屡见不鲜。

到了晚上,欧阳烨将柴若舒领到餐馆,和大家一起吃饭。剧组的所有人看到柴若舒,都热情地上前和她打招呼,将她奉为座上宾。

柴若舒望着满堂同行,忽然想到业内一名影帝接受采访时说的一句话:你不红时,什么人都能碰到;当你红了,遇见的,便都是好人。

这一句朴实的大实话,正是柴若舒如今见到的景象。当柴经纪人一跃成为星烨大娱乐集团的老总时,似乎每个人都对她和顺恭敬了起来。

"柴总想吃什么,随便点。"导演将菜单递给她。

"柴总这么瘦,能吃多少呀,导儿,让你侄媳妇儿一家上点狠货呗。"摄影在一旁起哄道。

听说柴总来店里,老板亲自过来记菜单,说是店里新到了一只六斤的人工养殖花鲢,他赶紧让厨师给柴总做当地特色的砂锅鱼头,并细心询问她有没有什么忌口的。

"少放点胡椒粉,她喜欢原汁原味儿的。"柴若舒还没开口,欧阳烨替她说道。

"好咧,放心,咱的鱼头汤特别鲜美,保证柴总一喝就爱。"老板乐呵呵地下去盯着厨房准备了。

柴若舒笑着低声提醒欧阳烨："你也得问问别人的口味,桌上又不是只有咱俩。"

"没事儿,都自己人。"欧阳烨亲昵地拱了下她的肩膀。

导演将欧阳烨和柴若舒之间的亲密看在眼里,但不点破,只是一笑。

这位人精似的导演生怕店里的酒水不正宗,让助理从自己车里取了两瓶五粮液过来,并贴心地嘱咐大家,不得向在场的女性灌酒,除非她们自愿喝。

柴若舒虽觉得这位导演看上去油腻,但他的此番作为,还是让她生出不少好感。

席间,一行人吃饭喝酒,说说笑笑,好不热闹。很快,两瓶五粮液便见了底。

欧阳烨大约因为柴若舒来看自己了,心里高兴,又是真的和剧组的同事们相处融洽,不知不觉就喝多了。

然而,他愈是醉,便愈是贪杯。谁也劝不住。

柴若舒摇头淡笑,她能理解他。人总是在极度高兴或极度失意的时候,喜欢靠醉酒来表达情绪。年轻的时候,更是如此。似乎满身的活力,要靠酒气,才能发散出去一些。

庆祝宴结束,众人告别。

柴若舒让助理小张开车,自己则坐在后座上,照顾醉酒的欧阳烨。

俗话说,男人三分醉,演戏演到你流泪。柴若舒不知道欧阳烨这算几分醉,他整个人犹如一摊软泥,抱着柴若舒,直往她怀里蹭。

"什么香水啊,真好闻。"他像一只小狗,凑着鼻子,贪婪地吸着柴若舒身上的味道。

柴若舒感觉脖子痒痒的,想要离他远些,他却环住她的腰,一点不依。

"你要乖一点,待会儿,我给你热一袋牛奶,你睡醒了,胃不会那么难受。"柴若舒温柔地哄他。

"我不想喝牛奶。"欧阳烨居然撒起娇来。

柴若舒浑身像触电似的,噌地坐直身体,眼睛警惕地望向驾驶位置。

小张是新招进来的男助理,柴若舒平时出差会带着他。这个小男孩儿虽说工作能力没问题,但毕竟相处时间短,柴若舒对他还存有戒心。

柴若舒怀中之人半眯着的眼睛忽然睁开,见她注意力不在自己身上,霎时不满了起来。他借着酒力,借着幽暗的夜色,忽然想做一件想了很久,却一直没有做成功的事。

"若舒——"他喊她,随后嘟哝一句。

她没听清,下意识低头:"什么?"

欧阳烨凑上前,一只手掌托住柴若舒的后脑勺,嘴唇覆上去,辗转厮磨间,将不满与炙热的情感全部输送给她。

柴若舒怔愣住了,唇齿之间,皆是酒气和淡淡的木质清香。

她手足无措,脸颊和胸口都热得滚烫。

似乎是过了好久,她在他换气的一瞬间,才用力地推开他。

柴若舒不敢说话,用眼睛快速瞄了一眼前方,不知道小张有没有透过后视镜看到他们刚刚抱在一起的情形,心中局促不安。

欧阳烨歪倒在后座上,因为完成了心愿,忽然笑得开怀。

小张将两人送到酒店的电梯口,一直低垂着头,柴若舒也不好问他刚刚在车上,究竟有没有留意到车后座的动静。

欧阳烨还是像一只黏人的小狗一般,靠在自己身上。

柴若舒故意不和他说话,从他身上找到房卡,刷开房门后,将他推进门,就要走。

"你舍得走吗?"欧阳烨开口的一瞬间,已经将她拉入房内。

身后的门,"啪"一声关上。

他将她压在门上,她整个人被困在他的高大身躯内,动弹不得。

"你不是喝醉了吗?"柴若舒有些慌张。

"嗯。"欧阳烨似醉如痴,"只有喝醉了,才能做平时不敢做的事。"

他低下头,又想亲她,却在最关键的一刻,柴若舒将脸撇开,弯下膝盖,从他的胳膊下逃出桎梏。

她拉开房门,想要走,脚下却像生了根似的,频频回望。

所有缱绻的情意,均在两人的对视里。正如他所说,她舍不得。

柴若舒转过身,踮起脚,在欧阳烨的唇上啄了一下。做完这件事后,她心虚不已,下意识就要逃走,欧阳烨却再也不给她机会了。

他圈住她,比刚刚更用力。她的不舍,她的慌乱,都融化在了酒味浓烈的吻里。

柴若舒甚至来不及闭上眼睛。欧阳烨眼角那颗妖娆的泪痣,不断在她眼底放大,她快要溺毙在此时。

"你说,我们现在是什么关系?"

"你希望是什么,就是什么。"

"我希望,我们不仅仅是一段恋爱关系,而是共生。你在哪儿,我在哪儿。"

他任何为人称道的优点,都比不上此时此刻他给她的情意。

两人好不容易分开,柴若舒脸红着说了一句:"你早点睡,晚安。"

说完,她就慌不择路地离开房间。

(六)

走廊上。

柴若舒捂着脸,心里不知在想些什么,竟然走错了方向,结果正面撞上导演。

"哎?柴总还没睡呢?"导演手里不知提着一塑料袋什么东西,热情地和柴若舒打招呼道。

"啊?"柴若舒神思恍惚,看见导演,定了定神,才回道,"嗯,出来溜达溜达。"

她脸上不自然的一抹潮红,导演早就留意到了,心中略琢磨几下,就明白是怎么一回事,却当作没看到。

"柴总来一起吃点儿夜宵?我看你刚刚在饭桌上都没吃几口。"导演将手中的塑料袋打开,烧烤的香气一下子飘散开来,擒住柴若舒确实没吃饱的胃。

"导儿,我能看看今天的片子吗?"柴若舒顿了顿,又问,"方便吗?"

导演一愣,估计是没料到她会提出这种要求,反应过来后,忙道:"当然可以,我们这就去找老吴。"

老吴是这部剧的摄影,导演拎着的夜宵,估计本来就有他一份。

导演将柴若舒带到老吴的房间,剪辑师也在。柴若舒这才知道,他们一般在戏还没完全拍完时,就会剪个初片出来。有些片段,如果连差强人意都达不到,他们就会选择重拍。

此刻,他们正在看今天拍的片段。

看到柴若舒来了,大家都将电脑前最舒服的座椅让出来,几个大男人站在一边,或搬来凳子,坐在旁边。

柴若舒倒也没和他们客气,直接坐下了。

塑料袋打开,柴若舒见导演打包了不少小吃,除了烧烤,还有别的,她有些不好意思,看身边几个大男人都有熬夜的意思,干脆点了几杯咖啡,让外卖送过来。

"柴总,你看,这就是今儿小烨拍的,他今天一共十三场戏,咱们从头开始看。"摄影点开第一个视频,对柴若舒说。

这是一场感情戏。

欧阳烨演的质子归国,公主偷穿侍女衣裳,跑出城门与他一别,结果遭到追杀。对方人数较多,质子不敌,为保护公主,被剑刺伤。两人情急之下,躲进山洞。公主为质子包扎伤口,用自己的体温为他保暖。

女演员属于实力派,将动情的小公主演得入木三分。欧阳烨演得中规中矩,倒也不出戏。只是,坐在电脑前的柴若舒却有些出戏。

她看到女演员和欧阳烨搂搂抱抱,就想起刚刚自己被他圈在怀里的情景。他的体温,他身上的气味,似乎经久不散。

男人们随手拿起烤串儿,边吃边看。柴若舒便也抓起一串烤肉,往嘴里塞。

咬了一口,味道似曾相识。柴若舒顿住,问导演:"导儿,这烤串儿是在咱们酒店后面巷子口买的吗?"

导演点头:"柴总也知道那家烧烤?"

知道,怎么不知道?

柴若舒满脑子的回忆,都是关于上次来横店,自己和欧阳烨在巷子口买烧烤的情景。这家烧烤的技艺一般,但是酱料却很入味,所以很受欢迎。不但游客爱吃,就连在这儿驻扎的剧组里的导演、演员们,也纷纷打发助理去买。

那时候,她扎了个马尾,素面朝天。欧阳烨则戴了一顶帽檐很低的棒球帽,穿着普通。两人像是一对普通的小情侣,在夜色中交谈、嬉闹。

他还带她去坐摩天轮,那晚的摩天轮似乎特别懂得欧阳烨的心思,竟发生倾倒的意外,让他理由充足地倒向她。

他那时候应该就想做这件事了吧。只是,那时他没有喝醉,在一贯强势的她面前,终归怯弱。

今天,他借着酒胆,将那次在摩天轮上没做的事情做了。

"柴总?柴总?"导演的声音将她的思绪拉回。

柴若舒尴尬地一笑,低头咬了一口肉:"以前吃过,觉得酱料很好吃。"

"导儿问您这一出戏怎么样,有没有什么意见?这个场地咱们租了两天,如果不满意,趁着明天小烨还没走,咱们还可以补拍。"摄影笑着说。

"戏?挺好的,就照这样剪吧。专业的人做专业的事儿,我哪里能提出什么意见。"柴若舒回道。

"话也不是这么说的,柴总这么成功,肯定看人看戏的眼光,有过人之处,咱们都需要听一听,学习一下。再说了,这部戏能这么快开机,也有柴总一份功劳呀,后头这部戏上星,还得靠柴总多多出力呢。"导演这番话是恭维,说的倒也是实情。

"小烨是我的艺人,他的戏,我出力是应该的。"柴若舒淡然一笑。

几个人将初剪片段全部看完,柴若舒心中也对这部剧的品相有了一个初步印象。

"导儿,咱们这部剧赶寒假档对吧。那明年的国剧盛典,您觉得咱们这部剧能拿个奖不?"

"这两年出圈的国产剧可不多,有也都是现实题材的。古偶剧方面,上一部能打的,还是五年前的《宫妃斗》。所以,应该可以拿奖。"导演客观评估道。

柴若舒点点头,心中对欧阳烨在转型之路上的发展,有了些想法。

他还年轻,爆红也不过是这两年的事儿。若是放在别的公司,肯定都想着让他在偶像的位置上多待几年,毕竟钱来得轻松且快。可是柴若舒从一开始就知道这不是长久之计,早早地就预备着让他转型。她想让他成为演艺圈的常青树,而非昙花一现的赚钱机器,过气后沦落到可悲的境地。

这是柴若舒对欧阳烨情意付出的最大体现,也是她身为一名经纪人出身的老板,所能持有的良心。

(七)

柴若舒和欧阳烨一起乘坐回北京的航班,在登机前,柴若舒收到下属发来的第三季度财务报表。

星烨大娱乐传播集团各业务线发展势头良好,第三季度财报披露之后,股票市场反响极好,股票连续四个涨停板。

趁着这股势头,柴若舒与南嘉还有周信然在微信群里商量,想要开个星烨大娱乐集团的庆功宴。

"咱们这么做,是不是太高调了?这可不像你的做事风格啊,柴总。"周信然发送了这样一条语音,语带调侃之意。

"就是说啊,一般是出让股权套现,成功离场才会开庆功宴,那其实就是退休宴。柴总,你不是打算干完一票大的,就急流勇退吧。"南嘉也跟着调侃她。

柴若舒唇角微微上扬,发送语音反击道:"你俩这夫唱妇随的,现在开始抱团攻击我了吗?"

还未等这两人回话,柴若舒又正经地说道:"我这表面上是开庆功宴,其实是找个由头,邀请各股东及业内的朋友来聚会。让股东们看看我们强大的合作伙伴,让合作伙伴看看我们背后的强大支撑,变相振奋人心,这才是我的目的。"

"若舒,登机了。"欧阳烨轻拍她的肩膀,很快又收回手。

休息室内,到处是人。虽有工作人员陪同,但还是要刻意保持一些和她的距离。欧阳烨从队友言姜倒台的事件更加深刻地认识到,身为一个偶像明星要时刻注意自己的言行,否则凭借自己的喜好做了什么,落到粉丝和大众眼里，都会被放大成新闻，乃至丑闻。

水能载舟，亦能覆舟。欧阳烨可不想自己的偏爱，反而成了她的负担。他年纪尚轻，还想和她细水长流呢。

"哎，好。"柴若舒收起手机，温柔地应道。

横店醉酒的那夜过后，柴若舒在欧阳烨面前，似乎变了一个人，强势不起来了，唠叨不起来了，甚至，对视超过三秒就会脸红。

柴若舒将这种反应取了个名字，叫作"欧阳烨综合征"。发病时间不详，发病原因不可说。

两人回了北京之后，欧阳烨特意空出两周的假期，来帮助柴若舒策划庆功宴的事宜。

于国雄从南嘉口中听说了这件事，大方地将自己京郊的私人别墅献出来，用作举办庆功宴的场地。

寄到宾客手中的请柬，是透明亚克力材质，每一份都是特意镶了金边，打造成镂空式样的私人定制。

于总的别墅带有一个四四方方的下沉式庭院，庭院四周种满意大利柏树，鳞状的树叶层层叠叠地卷上去，托出一个隐蔽空间，足以叫人放松。

树下摆了七八张木质长桌，桌上放着用来冰镇葡萄酒的圆木桶，桶边的白瓷盘内，堆满刚出炉的羊角面包和法式长棍。各种新鲜海鲜和水果，也在不断被端上来。

泳池边，柴若舒请来的乐手正在吹萨克斯和弹手风琴。角落里的香薰蜡烛，与树梢上挂着的灯火互相辉映。

宾客们陆陆续续到场。男人们西装革履，聚在一起推杯换盏，交流生意场上的见闻。女人们衣香鬓影，坐在一角，谈论珠宝首饰和八卦。

欧阳烨到来时，吸引了不少人的关注，特别是女人。这些贵妇小姐或者女高层通通聚到他身边，忙着跟他合影。叶臻是其中最活跃的一个。

"你们让他去休息会儿嘛，他刚拍完戏，可累了。对，就是我们家的新戏，到时候一定要看呀。"

"我想去演，还不是分分钟的事情。但我不喜欢拍古装剧，太辛苦了。环境不好,吃得又差。"

欧阳烨对叶臻向来无奈。她占有欲强,有些公主病,但没什么坏心眼儿,还帮过自己许多忙,又是自己的同学。再怎么烦人,他也只能受着。好在,最近系里有个富二代对叶臻穷追不舍,她对自己的心思便也淡了许多。

柴若舒出场时,庭院的灯光骤然提高了亮度,泳池边的演奏也换成悠扬轻浅的音乐。

欧阳烨一回头,看到她的那一刻,目光就离不开了。

她一袭纯白露肩礼服裙,裙子的设计前短后长,上紧下宽,刚刚好将她身材的优点尽数烘托出来:锁骨分明,腰盈盈一握,修长的双腿似初雪般美好。

不是欧阳烨一人觉得此刻的她迷人,打眼一望,几乎所有的男人都盯着她瞧,欧阳烨心中不快,生出些醋意。

"尊敬的各位嘉宾和朋友,晚上好。很高兴大家能够赏脸来到这儿。回顾走过的路,我总是百感交集。当初,我不过是一个从大娱乐集团出走的小小经纪人,不知道路在何方。后来,我的好朋友周信然鼓励我,说既然我们有梦想,干脆成立一家我们自己的娱乐公司,感谢当时他在背后推了我一把——"柴若舒望向台下周信然站的位置。

灯光和大多数人的目光也都适时聚集在周信然身上,他穿一身浅色西装,高举酒杯,敬向台上,看起来低调而简朴,一副深藏功与名的样子。

"还有紫姐和小轩,我们初期创业,哪儿都很艰难。紫姐出了很多力,小轩也帮了很多忙。"

灯光和大家的目光又转向柳紫和吴轩。柳紫一贯雍容华贵,正和其他贵妇人寒暄,听到柴若舒提到自己,微笑着朝台上招手。吴轩正坐在角落,和女孩们玩塔罗牌,见自己突然成为焦点,有些茫然。

"还有叶总、吴总、于总——到场的各位,都是星烨大娱乐集团的贵人。还有一个人,当初,我从大娱乐集团出走,两手空空,是他相信我,给予我机会去包装他,让他成为艺人——"

欧阳烨心跳渐快,他知道柴若舒说的是自己。人群之中,两人互相看到对方。周遭喧嚣的一切都沉寂了下来,仿佛是命中注定要经历千重羁绊的两个人,无须大费周章地排演,只需看对方一眼,故事便已然在冥冥之中续写。

他甚至没有听清柴若舒如何介绍自己,他只是安静地看着台上闪闪发光的她,直到掌声鸣动,他才醒过来。

"总之,星烨大娱乐集团现在和未来的发展,离不开大家的帮助。今日的晚宴,大家请尽情尽兴,再次感谢大家。"

人群之中,再次掌声不息。

柴若舒从台上下来,乐手上台,整个晚宴在热烈的音乐之中变成一场盛大的派对。

欧阳烨拿了一杯酒,悄悄靠近柴若舒。

她正在拿手机拍宴会视频,察觉欧阳烨走近,吓了一跳。

"打算发给我姐吗?"欧阳烨笑着问。

"是啊。"柴若舒边答,边转圈圈,想将整个场景都拍下来。

"也是,这么热闹的派对,她作为幕后功臣,可惜不能来。"欧阳烨颇为惋惜。

柴若舒将视频一键发送完,抬起头来看他,他端酒杯的姿势娴熟,似乎已经和这样的场景融为一体,她颇觉得有趣。

"谁说的?"柴若舒扬眉,指着楼上。

欧阳烨顺着抬头望去,别墅二楼的窗边有人影晃动,看身材模样,似乎是个女人。他心头一动——

"姐?"欧阳烨觉得不敢相信。

柴若舒将食指放到唇边,做了个噤声的动作:"嘘——"

"她不方便现身,但也想来看看她一手打的天下。"

"除了我俩,没人知道了吗?"欧阳烨低声问。

"于总知道,还有一个人——"柴若舒目光落到人群中,"哎,人呢?"

(八)

周信然悄无声息推开那扇虚掩着的门。

这是一间小而隐秘的书房,深蓝色的绒质窗帘遮住大半窗户,昏黄的灯盏将那个令自己心动的身影无限拉长。

她今天穿了件露背的红色拼接长裙，虽然不露面，似乎也要有些参与的仪式感。这让他想起记忆中的一次颁奖典礼的红毯仪式，她也是一身类似装扮的红裙，直接艳压群芳，成了国内外所有娱记争相拍的对象。

别的女明星要靠"艳压"上热搜，得花钱买。只有她，得花钱压热搜，免得得罪太多同行，以后的日子不好混。

"猜猜我是谁。"周信然走到她身后，轻轻捂住了她的双眼。

"是那位鼓励柴总，在背后推了柴总一把的梦想少年吧。"南嘉笑得活泼，将他的手拿开，转身过来，和他对视。

他看着她，她微微上翘的嘴唇，只是牵动了那么一下子，就妩媚天成。晚来风急，他差点就把持不住了。

定了定神，周信然牵起南嘉的手："我带你去一个地方。"

"哎，去哪里啊？"南嘉嘴上不放心地问他，脚下却随他走出信任的步子。

"去一个没人的地方。"周信然回答她。

他带她去了天台，一个早已被他秘密布置好的地方。

南嘉看到粉色气球和玫瑰花瓣，铺满整个天台。一串一串的灯珠挂在护栏上，将天台照映得如同白昼。

这些装扮看起来粗糙，却是花了一番心思的。南嘉有些触动，她想起从前，她还是风光无限的女明星时，那些富商为了追求她，浪漫的心思没少用，有的甚至买了烟花到剧组放，一放就是一整个晚上。可是自从她退出娱乐圈，这些浪漫心思和那些追求者，也随着她的退出一同消散了。说到底，他们爱她女明星的身份，不是她这个人。

"嘉嘉，没几天就是你的生日了，我也不知道你到时候打算怎么过，我，我做这些，就是希望你生日快乐。"周信然紧张不已，额头开始流汗，他干脆将西装外套脱了，挂在护栏上。

"祝我生日快乐，也没蛋糕的吗？"南嘉故意左顾右盼，逗弄周信然，实则是希望他不要那么紧张。

他紧张的样子，让她生出怀疑，他不只想要祝自己生日快乐。

"有，有，但是蛋糕我怕化了，我明天给你买。"周信然当真了，认认真真地解释道。

"没事儿,逗你玩呢。"南嘉笑着,见他依旧伫立在原地,问道,"还有别的话吗?"

"有,有。"周信然有些着急,可是越着急,就越是说不出口,最后眼睛一闭,手一握,从裤子的口袋里掏出一个粉蓝色的装饰盒。

南嘉刚刚的直觉越来越近,她似乎已经预料到了什么。

"信然,我觉得我们还是,先完善恋爱步骤会比较好。"

"什么恋爱步骤?"周信然问她。

"我的意思是,我很感激你的付出,也想回报你。在和你相处的日子里,我也喜欢上了你,但是能不能别突然来求婚这一套,我接受不了,我们可以先恋爱吗?"南嘉真诚地望向他。

渐渐地,她从周信然的双眼中看出了戏谑,顿觉大事不妙。

"我们当然可以先恋爱,只是,我没有要向你求婚啊。"他一脸无辜,随后望向手中的装饰盒,打开它,"我只是给你买了一条蒂芙尼的吊坠,祝你生日快乐,怕你不喜欢,有点紧张而已。"

南嘉面色通红,她刚刚一番话,在这条吊坠面前,显得自作多情了。人家并没有要向自己求婚的意思——

可是,这个装饰盒明明就是戒指的盒子。他居然用装戒指的盒子装吊坠,这不是故意让自己误会的吗?偏偏,她说出去的话,犹如泼出去的水,根本无法收回,只能犹自尴尬。

"还是说,你心里,其实期待我向你求婚啊?"周信然慢慢靠近她,眼里戏谑的笑蔓延至脸上。

"才没有呢。"南嘉羞恼不已,转身要离开天台。

周信然拉住她,将盒子塞进她掌心:"礼物不要啦?"

南嘉拿着礼物,还是要走,周信然在身后喊道:"不仔细看看这条吊坠吗?"

不就一条吊坠吗?有什么稀奇的。可是他既然这么喊了,倒是让南嘉忍不住好奇,于是停下脚步,将吊坠从盒子中挑起,细细端详,可左看右看,不过就是一条花瓣钥匙的吊坠而已,哪里有什么奇特的地方?

等等——

盒子的下方似乎还垫了什么东西，自己将吊坠拿起后，就显得凹凸不平。

南嘉掀开那层软垫，惊讶地看到下面居然藏了一枚小巧的钻戒。

"嘉嘉，我知道你现在可能还不想结婚生子，但是没关系，我先预定。你收了我的戒指，什么时候想戴了，就来找我。在排队要娶你的人里，我排第一个。"周信然将自己的姿态放得很低很低，眼神和说话的语气都格外真诚。

这一波三折的表白，最终还是落到了求婚的点上。

"你别这么卑微，其实你一直都很好，现在更好了，你其实可以有很多选择的。"南嘉见他这么真诚，倒有些不知所措了，或者说，有些退缩。

周信然及时抓住她："我第一次见你时，就喜欢你了。如果不是为了靠近你，我就不会这么拼命。我花费无数精力和心机，就是为了缩短和你的距离。其实若不是遇见你，我也不知道我现在在哪里，做着什么，成了什么样的人。准确地说，是你塑造了我。"

南嘉久久说不出话，她一直知道周信然对自己的感情，却不知他将自己奉若神明，摆在了高台之上。

周信然也没有说话，只是静静地看着她。

楼下的人们似乎玩起了游戏，他们吵闹欢笑的声音传到天上去，能惊动星辰。眼前的人却如书上的一页插画，美得无声无息。

两人回顾往昔，他们之间的感情，从迷恋与被迷恋，到追随与被追随，再到依赖与被依赖，最后深深将对方烙进了自己的生命里。

这一路走得艰辛，这才博得眼前的光景。

"行！"南嘉打破安静，将戒指大大咧咧地戴到左手的中指上，"等我想结婚了，我再换个手指戴。"

"等你想结婚了，我再给你买新的。"周信然笑得宠溺。

"砰——"

楼下放起了烟火，火星直指天空，又消失于天上。

他和她并肩而立，唇角都露出温暖从容的笑容。

"明年也一起看烟花吧。"南嘉轻声说。

"不止明年。"周信然郑重承诺道。

南嘉唇角的线条越来越柔软,快要弯成天上的明月。周信然转过脸看着她,觉得不是烟花的火光照亮了她,而是她一笑,整个世界才有了亮点。

第 11 章　尾声

（一）

南嘉晚上回到家，想起还有一些工作没处理完，于是打开电脑，却突然收到一封匿名邮件。

邮件没有文字，内容仅仅是一张照片，一张周信然和一名女子赤身裸体搂抱在床上的艳照。

南嘉瞬间觉得五雷轰顶，整个人愣在电脑前，久久回不过神来。

她没有去追查邮件的来历，只是想起刚刚周信然在天台跟自己求婚时的情真意切，一幕一幕，不断放大重现。

这个男人，怎么可以，怎么可以——

她愈来愈感到心悸，最后眼前一黑，直挺挺地栽倒在地。

在卫生间梳洗的南嘉妈妈听到动静，出来看到女儿昏倒在地，吓得忙拨打120。救护人员赶到之后，将南嘉架上救护车。南嘉妈妈在车上心绪紊乱，一时没了主意，只能给周信然、欧阳烨还有柴若舒发消息，告诉他们南嘉在家昏倒的消息，并将医院的地址发了过去。

此时，欧阳烨喝多了酒，早早睡下了。柴若舒和周信然因为还在处理工作，收到了信息，均大吃一惊，连忙放下手中的事务，赶往医院。

夜色如同一块浓稠的墨，越来越沉，沉得化不开。

柴若舒开着车，心中总有种不好的预感。

第 11 章 尾声

因为道路前方发生车祸,柴若舒在路上堵了一小会儿,到医院病房时,正看到南嘉对着周信然拳打脚踢。

周信然眼镜被打掉了,衣服也被扯得变了形,一副狼狈至极的模样,却始终不还手。南嘉妈妈和护士都试图拉架,却无济于事。

柴若舒想起从前的事儿,她对着董军辉时,也是这般悖逆疯狂。

医生从外面走进来,手里拿着一支针管,由两名护士和护工压住南嘉的四肢,给她打了一管镇静剂,她才平静下来。

柴若舒和南嘉妈妈打过招呼,就将周信然拉到楼道里,问他:"怎么回事儿?"

周信然抬头,脸上被指甲挠出的血印触目惊心,他一脸沮丧地回道:"如果我说我也不知道呢?"

柴若舒眉头一皱:"不是说,她的病已经痊愈了吗?再说,她的病就算要犯,也总有个起因吧。"

周信然回忆片刻,随后摇摇头道:"真的不知道,我收到伯母的信息,说她生病了,我就赶忙到医院。嘉嘉她,一看到我,就像看到仇人一样,拼命对我拳打脚踢,根本听不进去任何人的劝。"

他的模样看起来很痛苦,并伴随困惑。

柴若舒明白他不会撒谎,却也觉得南嘉发病,一定有诱因。可这个诱因是什么,大约只能等南嘉醒过来自己说了。

两人回到病房,医生正在和南嘉妈妈交代注意事项。周信然坐到床边,神情复杂地看着昏睡过去的南嘉。柴若舒看了看时间,已经凌晨三点多,干脆也在一边的椅子上坐下,打算熬到天明。

今天一天的行程,已经消耗了柴若舒所有的精力,所以这会儿能有个坐下的地方,哪怕椅子再硬,灯光再亮,环境再不舒服,她也低垂着头,慢慢熟睡过去。

再次醒来,柴若舒是被手机的铃声吵醒的。

她看到窗外浮起毛毛白雾,一缕破晓的晨光从窗帘的缝隙照射进来,人间的黎明又一次到来。

手机上有七八个未接来电,全是欧阳烨打来的。

柴若舒起身走到门外,给欧阳烨回了个电话。电话一接通,欧阳烨焦急的声音立刻填满柴若舒的耳蜗,她立刻清醒了。

"你姐姐她现在睡了,昨晚,她发病发得急,目前很安稳,我们都在呢,你别太担心。一会儿有什么情况,我会发微信告诉你的。"她低声说道。

"有你在我就放心了。"欧阳烨语气舒缓下来。

"哦对了,有件事需要你去做。"柴若舒想起了什么,"你联系一下樱子,让她旁敲侧击地询问一下各大媒体以及狗仔那边,看看有没有谁收到你姐发病入院的消息,咱们要在这件事曝光之前,将它扼杀在摇篮里。"

欧阳烨和星烨大娱乐集团都处在风口浪尖,被太多人盯着了。一旦这件事曝光,一定会有人拿来大做文章。

樱子工作能力出众,现在已经被自己提拔成公关部总监。自己不在公司,她来处理这件事儿,柴若舒很放心。

"好,你放心,我现在就来联系。"欧阳烨回道。

"嗯。"柴若舒揉揉眉心,打算挂电话,却听到电话那头,欧阳烨忽然软到极致的声音,她就愣住了——

"你还在医院吧,我给你点了早餐,待会儿记得吃。我爱你。"

他自然而然的表白,像是念剧中台词一般,极具仪式感。若非他不是演戏演多了,柴若舒简直不相信"我爱你"三个字,是这个曾经莽撞到视死如归的少年会脱口而出的话。

生活像一出戏,戏剧里的情节又不断在生活中上演。

"嗯,我也是。"柴若舒脸一红,挂断电话。

她回到病房时,南嘉已经醒了。这一次,南嘉没有大闹,她只是红着一双眼,用看仇人似的目光看着周信然,这种对峙所产生的肃杀之气,连距离他们好几米的柴若舒都能感觉得到。

"南嘉,你醒啦。"柴若舒尽量让自己看起来轻松,以便于当个劝和的老好人,虽然,她根本不知道南嘉和周信然之间发生了何事。

周信然坐在椅子上,表情失落且难堪,一字未言。

"南嘉,你这突然发作,把我们都吓了一跳。特别是信然,他昨天一夜没睡,就守着你,你——"

第 11 章 尾声

"若舒,你不要被他的虚情假意骗了。"南嘉冷冷地打断她。

柴若舒不明所以:"怎么会是虚情假意呢?我不知道你们之间发生了什么,可能信然他自己也不知道。但我能看到,你生病之后,他为你付出了多少。"

"正是如此,所以才显得更加可恨。"南嘉几近咬牙切齿道。

"若舒,是我做错了,但我不是有意的。"周信然开口道。

柴若舒看看他,又看看南嘉:"不是,你做错什么了?你不是说你也不知道的吗?"

南嘉将手机举到半空中,一副要将"罪证"上交给柴若舒的样子。柴若舒接过手机,看到南嘉邮箱里的第一封邮件,顿时脸色大变。

"这是谁?"柴若舒指甲划过屏幕,看起来比南嘉还要激动。

"吴莉莉。"周信然低声回道。

吴莉莉?名字有些耳熟。

柴若舒想了半天,才想起来这么号人物。一个艳星,靠露肉和各种绯闻博出位,因为特别擅长应酬,平时各项资源倒也不缺。不过,演艺圈里,但凡爱惜点自己羽毛的艺人和工作团队都离她远远的。

"你怎么会跟她扯上关系?"柴若舒感到难以置信。

周信然表情痛苦,他抓着自己的头发,将自己和李克然谈合作前后发生的事,全部叙述了一遍。

"我当时真的喝得不省人事了,我根本不记得发生了什么,反正醒来后就那样了。"

"每个控制不住自己欲望的男人,都会拿醉酒说事。周信然,我是三岁小孩儿吗,以至于你连编谎话,都编得这么敷衍。"南嘉语气愤恨,她的手攥住被子,青筋突起,可她的手还在挂着点滴。

"是,是我混蛋,你不要乱动好不好,护士刚给你换过药水。"周信然站起来,试图安抚南嘉,"你要不要吃点什么?我去买。"

"滚,你给我滚!我不想看见你!"南嘉越来越激动,眼睛也越来越红,指着大门,冲他吼道。

"好,好,你别激动,我滚。你好好休养。"周信然在南嘉面前,一点尊严也顾不上。即便他现在很委屈,但他更关心南嘉的身体。如果她的身体出现一丝闪失，他根本不会放过自己。

柴若舒朝周信然抛出一记眼神，示意他先离开。

周信然离去后，柴若舒坐到南嘉床边，替她调整了靠背的高度，柔声细语道："你也确实该吃点东西了，咱们不吃周信然买的，一会儿你弟弟买的早餐要送到了，我们吃他买的好不好？"

南嘉没有说话。

"你这一病，小烨也很担心，还有你妈，她年纪大了，被你这么一吓，血压升高，我让她休息去了。"柴若舒露出担忧的神情。

南嘉想到妈妈和弟弟，情绪逐渐平复一些。

"嘉嘉，其实我觉得这件事没这么简单。就算不看周信然平日对你多上心，也看看他做事的谨慎程度。就算他真的忍不住，想要偷腥，怎么也不注意一点，还被人拍下照片，又那么巧发给你了呢。"

柴若舒见南嘉没有流露出抵触的情绪，又说道："你的邮箱也不是人人都知道的吧？这封邮件到底是谁发的，我们还没查。我怀疑——"

话说一半，柴若舒的手机响了，是外卖电话。

"我出去一下，你自己冷静下来，仔细想想。"

柴若舒到电梯口，取了外卖，转身便撞上在走廊上踱来踱去的周信然。

"怎么样？人劝得怎么样？"周信然焦急地拉住她问道。

"至少不闹了。我先进去给她送点吃的。"柴若舒将手中的外卖打开，顺手掏出两个包子和一杯豆浆，塞给周信然，"你也吃点，吃饱了，我们还有仗要打呢。"

两人的手机同时发出一声微博弹出消息的声音，柴若舒惯性打开手机，瞄了一眼，这一瞄，手中的外卖惊得尽数落地，豆浆洒得到处都是。

手机上传来的，是一条微博实时热搜——欧阳烨秘密女友曝光，竟是相识多年离异经纪人。

柴若舒被"离异"二字刺到，她扶住墙壁，稳住心神，却没勇气点开热搜，看看具体内容。

周信然也看到了热搜，他的神色从惊讶到复杂，再到晦暗。

"若舒，看来是有人要将我们一网打尽。"

第 11 章 尾声

（二）

"信然，你把包子拿进去，我一个人冷静会儿。"柴若舒蹲下身，将包子从地上捡起来，递给周信然道。

"要不然，你先回家吧，医院有我和伯母，也够了。"周信然担忧地看着柴若舒。

柴若舒脸色苍白，却是摇摇头，一个人径直往楼道的方向走，走了几步又回头："有烟吗？"

周信然快步上前，将烟盒和打火机都翻出来给她："少抽点儿，事情都可以解决，别太为难自己。"

是啊，那么多的大风大浪都过来了。柴若舒自己也不信这一次的风浪能淹没了他们。

早上的楼道里，是没什么人的。

清洁工已经将这里打扫过了。柴若舒站在锃亮的地上，背靠着墙，颤抖着手，点燃一根香烟。

说起来，这个行业的男男女女不论公众形象是什么样的，私下几乎都是老烟枪。没办法，日夜颠倒的工作，总要来点东西提提神，咖啡不如香烟方便。压力太大，也总要来点东西解解压。

这么多年以来，柴若舒坚持不碰烟，就像她一贯坚持，黑就是黑，白就是白。可有时候，她也会坚持不下来。

柴若舒对着烟嘴，深深呷了一口，烟雾在她喉间绕了个圈儿，又被她缓缓吐了出来。烟雾袅袅间，柴若舒觉得自己比之刚刚，已经平静些许，可看到烟头的灰烬时，又觉得，自己的人生好像也在这明明灭灭中燃尽了。

疲惫感突如其来，如果身后是一张床，她会毫不犹豫地睡下去。

柴若舒回到病房时，南嘉和周信然还在冷战对峙当中，准确地说，是南嘉单方面地对周信然冷战，周信然则一直低声下气地哄着她吃东西。

"嘉嘉，我有急事要回公司处理。你配合医生治疗。"

"信然，医院的上上下下还麻烦你打点一下，让他们嘴紧一点，不要泄露出去风声。"

柴若舒望着病房内的两人,一一嘱咐,半晌,她又想起来什么:"哦,对了,还有嘉嘉的妈妈,她——"

"我都会处理好的,你快去吧。"周信然直接打断回道。

他向柴若舒投以一个鼓励的眼神,柴若舒接收到的一瞬间,倍感欣慰,仿佛是身处湍急河水之中,又在身体极度疲累之下,总算是抱到了一株救命稻草。

柴若舒走到卫生间,用冷水狠狠冲了把脸,在前头尼古丁和此刻的冷水的双重刺激下,她总算是将疲累削减一部分,以确保自己在路上开车,不会因为困倦而出事。

一路上,她一边开车,一边用语音通知公司各部门准备开会。中途,手机又插进来一个电话,来自欧阳烨。

"若舒,你看到新闻头条了吗?我们在横店被拍了。"他语气很急。

"嗯,我看到了。"柴若舒尽量让自己的声音平淡如常。

一起上头条的两个人,总要有一个人保持平静。

"那么接下来,你打算如何处理?"欧阳烨询问她的意见。

"当然是想办法公关掉。"柴若舒直接说,"不过,最重要的是查清楚照片是谁拍的。有人要害我们,我们总得知道对方是谁,才好还手。"

"会不会是剧组的人?又或者是,一路跟着我们的狗仔?"欧阳烨猜测道。

"不会。"柴若舒几乎不假思索地否定。

剧组的人不会那么没眼力见儿。按照星烨如今在圈内的地位,一般的狗仔就算拍到什么照片,也一定会提前知会一声。

这么突然地发出来,还以最快的速度上了热搜,很明显是故意的,就是不想让自己有处理的时间。再加上周信然的事儿,柴若舒心中大概有了八成的把握,知道躲在暗处的敌人是谁。

只是,她需要将那人的左膀右臂找出来。一想到自己的身边有内鬼,她就一阵恶寒。

"是董军辉吗?还是孙佳奇?反正就是他们那一伙人,一路货色!"欧阳烨不傻,也从柴若舒的反应中猜到了七八分。

第 11 章 尾声

柴若舒没有从正面回答他的猜疑，而是嘱咐他道："你下午有通告吧？记者不会放过你。在具体的公关方案拟定之前，你尽量避开这类问题。"

"我知道怎么和他们斡旋，你放心。只是，若舒，你尽量别看微博下面的评论。"欧阳烨声音低下来，温柔相劝。

"嗯，我快到公司了。回头再说。"柴若舒匆忙之下，挂了电话。

到公司楼下时，她心中一阵瑟缩。根本不用看微博热搜下面的评论，柴若舒都能猜到大家如何议论自己。

身为曾经的公众人物，柴若舒并不惧怕立足于人前。只是，情感是她最私密的部分，乍然之下被揭露，她有些不知如何是好。

她也会害怕，也会退却，也想被一方天地包裹住身体，抵抗流言蜚语的攻击。

可是她不能停留在车内，她要走出去，面对她该面对的一切。如果说，情感是她最薄弱的部分，她要做的事情不是消除薄弱，而是将自己的躯壳磨砺得更加坚硬，来保护这部分薄弱。

柴若舒从包内掏出化妆镜，花十分钟时间化了个妆，抿抿嘴唇，然后发狠似的看了眼镜中的自己，随后下车。

来到公司，同事们已经到了大半。柴若舒强压下难堪，面色镇定地通知各部门主管及公关部所有员工到会议室开会。

"樱子，联系各大门户网站，花钱删帖！"

"小张，联系一下欧阳烨的后援会，让他们将欧阳烨的作品顶上去，呼吁大家关注艺人作品，而不是私生活，并奉劝大家理性吃瓜，等待最终结论。"

"猫猫，通过渠道查一下，这些照片出自哪位狗仔的手笔。"

…………

交代完一切事宜，柴若舒将自己一个人关在办公室内。

她很困，但是睡不着。从前，星烨传媒的办公室在一楼，落地窗外就是草坪，柴若舒每每心情欠佳时，总喜欢盯着外面看，看阳光落下来时在草坪上折射出的各种光影。可现在，星烨大娱乐集团的总裁办公室在高楼之上，往外看，是北京永远阴沉沉的天空，往下看，是车水马龙。

柴若舒打开手机,自己和欧阳烨的绯闻闹得尽人皆知。虽然樱子已经在联系人删帖了,可各个平台的讨论帖与不知真假的爆料帖,仍然冒个不停。

她不用上微博,随便点开一个网页链接,都能看到自己的名字,以及网友的讨论。

——"这个老女人真的不要脸啊,敢情培养小鲜肉是为了自己啊,她是梅超风吗?"

——"她和她前夫为什么离婚啊,我听说是因为她出轨圈内人,名字我就不说了,姓氏是Y开头,你们猜,嘻嘻嘻。"

——"楼上的,是杨石吗?"

——"要真的是,她还真是比潘金莲还不知羞耻啊,有妈生没妈教啊。"

柴若舒被架于烈火之上,所有的难堪都对准了她一人。粉丝们将柴若舒所有的历史都扒了出来,放大她每一个举动。她说过的每一句无心之言,都能配上八百个语气。对她,粉丝们极尽恶毒之言辞。

她一一翻着粉丝们攻击自己的话,心如刀绞。

柴若舒一直以为,面对网络暴力,自己的心理承受能力一定好过南嘉。可当洪水猛兽席卷而来时,她发觉自己的抵抗能力也不过如此。

她从早上坐到下午,再到晚上,一整天没有吃饭,也没有睡觉。她不敢出门,她害怕见到别人的眼光,那些眼光里似乎都盛满了对自己的嘲笑。

柴若舒像一块木头,正在原地慢慢腐烂。她在自己与众人之间,架起一道悬崖,任何人的慰问或意见,都无法弥补这道裂痕了,直到欧阳烨打来电话。

"我的采访结束了,他们果然问了我一堆问题,我都按照你说的,要么四两拨千斤,要么沉默以对,都敷衍过去了。"

"嗯。"

"我们吃点东西吧?我好饿。我点面包蟹,再点些皮皮虾回去吃?"

"都行。"

"若舒,实在不行,我可以公布我俩的恋情的。不过你一定不许,这

第 11 章 尾声

样影响巨大。以前出了什么事,我总是站在你身后。这一次,你站在我身后吧。反正我要和你在一起,不管发生什么,我只和你在一起。"

他的声音低缓却有力量,柴若舒仿佛在一场大雨中找到可靠厚实的肩膀。

"嗯。"她这一声应答委委屈屈,带着丝哭腔。

谁也没有空去关注天气预报,所以北京的这一场大雨来得猝不及防。滂沱大雨将整个北京城淹没,这一刻,所有的喧嚣都被遮掩下去。在雨中,北京和别的地方,没有不同。

柴若舒到家时,欧阳烨已经在家了。

他应该是刚洗完澡,头发湿漉漉的,穿着条白色背心,就这么穿过客厅。

"你回来啦,有没有淋到雨?你要不也先洗个澡吧,我把海鲜热一热。"他说道。

"我没事,没淋到雨。"柴若舒从他身上移开目光,轻声回道。

"嗯,那你休息一下,我去热吃的。"欧阳烨轻声一笑。

于是,柴若舒百无聊赖地坐在餐桌前,等着欧阳烨将热好的海鲜和酒拿来,与他一起饱餐一顿。

欧阳烨回到餐桌前时,手上拿的,除了海鲜与酒,还有一份热气腾腾的小米粥。

"出了这么大的事,我猜你肯定一天没怎么吃东西,先喝点小米粥暖暖胃,别回头胃疼了。"他将粥端到她面前。

柴若舒一声不吭,却在咽下第一口粥时,瞬间流出眼泪。

小米粥里居然放了糖!他真是时时刻刻记得自己嗜甜。

"怎么啦,怎么哭啦?"欧阳烨从桌上揪了两张纸巾,走到她面前,蹲着为她擦眼泪。

柴若舒搂住他的脖子,先前的隐忍在此刻决堤。

"好啦好啦,哭完了就没事啦。"欧阳烨一直温柔地哄着她。

他身上熟悉的气味与温柔的话语便是最好的安慰剂。柴若舒吸了吸鼻子,从欧阳烨的怀中起身,开始大口大口喝粥。

甜丝丝的小米粥打开柴若舒的胃口,一大盘的螃蟹和皮皮虾尽数进了她的肚子,连欧阳烨都没吃几口。

不过,欧阳烨很高兴见到她狼吞虎咽的模样。一个人恢复了食欲,证明离她恢复生机不远了。

(三)

柴若舒吃过饭,又洗了澡,刚准备躺下,便接到樱子的电话。

电话中,樱子的声音充满愤怒。

"若舒姐,叛徒找到了,居然是小张!"

柴若舒一愣,自己居然一点也不惊讶。其实,不管樱子说谁,她都不会感到惊讶。人来人往,名利富贵,投诚与背叛,她都见得多了。

一颗炽热的心,或多或少冷了。

"他鬼鬼祟祟要辞职,我觉得奇怪,找师傅修复了他电脑上被删除的痕迹,居然找到他给南嘉姐发艳照,以及给各大媒体散播你和小烨亲密照的证据。"

柴若舒静静地听着,她想起在横店的时候,一直是小张负责开车,负责跟这跟那。身为助理,他对自己和欧阳烨的亲密举动全程看在眼里,趁自己不备,偷拍下照片,并不是什么难事。

"人扣下了吗?"柴若舒淡淡地问。

"早扣下了,说是为了钱。呸,真是不要脸,跟姐你亏待他了似的。"樱子回道。

"好,该报警报警,该通报通报。这件事就交给你处理了。"柴若舒又是淡淡道。

被背叛多了,她已经不想再给别人机会了。

到了夜里,柴若舒依然睡不着,她忍不住翻看手机,逼自己去直面现实。粉丝们依旧对她冷嘲热讽,甚至,由一个欧阳烨的粉头发起"联名上书要求罢免柴若舒经纪人"的运动。她的煽动力惊人,已经有好几百人签了这个所谓的联名书。

——"这些粉丝太把自己当回事了吧。"

——"现在的小孩儿主人翁意识很强,不知天高地厚的,觉得自己花

第11章 尾声

了钱,花了精力,就能主导世界了。"

——"我刚才扒了一下这个小孩儿,居然是个初中生,装得跟社会老大姐一样。看我不把她曝出来,让她自顾不暇。"

公司的主管群很热闹,大家都没睡,还在议论柴若舒和欧阳烨的事儿。

因为平日里柴若舒对他们很不错,所以关键时刻,他们总是心向着老板的。

柴若舒静静地看着他们聊天,一个字也没回复,心中却蓦地又注入一股力量。她起身,从床头柜里翻出褪黑素,吞下两粒,然后闭眼,强迫自己入眠。

次日。

柴若舒赶在北京上班高峰期前到了公司,没承想,有一个不速之客来得比她还早。

"孙佳奇?"

柴若舒将她带到自己的办公室,关上门,面色淡淡地问她:"你来做什么?现在可以说了吧?"

孙佳奇倒也不见外,估摸着没吃早饭,见柴若舒桌上有一袋饼干,自己就拆了吃了,还跑到饮水机前,倒了一杯水,就着喝。

"来帮你的。"她含混不清地说。

"帮我?"柴若舒觉得好笑。

孙佳奇吃饱喝足,望着柴若舒说:"你被曝光的那些照片我都看了,因为是偷拍,偷拍的人器械又很不专业,所以像素很糊。照片里面的女的,也只有背影看着像你。"

"所以呢?"柴若舒双手抱胸,倚靠在桌边,静静等待下文。

"你完全可以向大家表明,照片里的女人是欧阳烨的妈妈。欧阳烨在横店拍戏,你人一直在北京,只要横店和北京两头的工作人员站出来给你做证就行。我想,剧组的人和你公司的人,都很乐意配合你演出。"孙佳奇说完,露出一个真诚的笑容。

不过,这个笑容落在柴若舒眼中,却有些古怪。

"孙总,你又想玩什么?"柴若舒冷冷开口,眼底全是戒备。

她越是戒备，孙佳奇露出的笑容就越是纯良。

"坦白说吧。我以前充当董军辉的打手，目的就是摧垮你。现在，董军辉早没了往日的气势，上头现在严打娱乐圈不良分子，怕是他再有本事，也翻不起身了。这次的事情，是他对你展开的报复，是想拖着你一起死呢。不过，我看得很清楚。这事儿有机会反转，只是柴总你是局中人，所以才乱了阵脚，到现在都没有给出强有力的反击罢了。良禽择木而栖，我自己没有背景，董军辉一垮，圈内我树敌太多，根本没人要帮我。凯力就要垮了，我打算关掉公司。我找不到好的东家可以投靠，所以希望用自己的投诚，换你的不计前嫌。"

孙佳奇话说到这个份儿上，确实够真诚，毕竟她说的，都是实话。只是，面对昔日的对手，柴若舒根本不可能轻信她。

见柴若舒不说话，孙佳奇将手机打开，从微信聊天记录里翻出一个什么东西，递给柴若舒道："这是我之前买的乔橘的黑料，一线女明星隐婚，又婚内出轨比自己小八岁的流量男明星，够劲爆吧，够不够顶包你和欧阳烨之间的那点事儿？"

柴若舒颇为惊讶地看着她。

"你别这么看我。乔橘先前背叛过你，后来也背叛了我。这个女人，哪里有腥味，就往哪里跑，特别唯利是图，我买她一点黑料，以备不时之需，没什么错吧？"孙佳奇说道。

"那这件事，就交给你吧。"柴若舒眼底透露出一束探询的光。

孙佳奇心知柴若舒是在考验自己，她没有任何不满，反而是松了口气："行，你等着看结果吧。"

柴若舒自然是不可能因为孙佳奇的几句话，就完全信任她。

公司内部，所有的公关方案依旧如火如荼地进行中。

可几天之后，当乔橘的黑料被顶上热搜之后，瞬间转移了吃瓜群众所有的注意力。毕竟，一线已婚女明星出轨的新闻，可比经纪人和自己的艺人偷偷摸摸恋爱的新闻好看多了。

剩下还在一线战斗的欧阳烨的粉丝们，也被公关稿洗得晕头转向。一部分人认为，那个和欧阳烨搂搂抱抱的身影，并不是柴若舒，而是欧阳烨的妈妈。另一部分人则将机枪对准出事的言姜，认为是这个社会败类在陷害队友。少数几个毅力超群的大粉,不是被扒出自己追星的黑料,自顾不暇,就是账号被封,再也说不出什么具有煽动性的话。

总之,比起艺人犯法和触及道德底线,一点点花边绯闻,根本影响不了欧阳烨什么。如今这个时代,艺人的绯闻,早已不能成为"偶像失格"的规范标准了。

柴若舒自己也没料到,看似狂风大雨的阵仗,一下子就雨过天晴起来。

(四)

医院。

南嘉的情绪始终不能平复,她趁着周信然打瞌睡之际,竟自己偷偷办理出院,连夜买了机票去了台湾。

周信然从南嘉妈妈口中得知她去了台湾的消息,大受打击。

"孩子,你先别着急,她就是一时想不开。"南嘉妈妈宽慰他道。

"我没事,我就是怕她一个人受苦。"周信然苦笑道。

"我那边其实也有熟人,我托了熟人照顾她了,过几天,我也过去。"南嘉妈妈又道。

"我可以和您一起过去吗?"周信然问她,忽然又想到什么,摇摇头道,"不行,伯母,您先过去,我还有事,我要给她一个交代。"

周信然虽然内心很着急,但他明白南嘉的心结在哪里,除非他能给她一个明明白白的澄清,否则,即便去了台湾,也于事无补。

他向派出所报警,民警突击传唤吴莉莉,面对公安的严肃审问,吴莉莉三两下,就将自己受董军辉指使,陷害周信然的经过交代了个彻底。民警连夜到酒店拿到监控录像,吴莉莉被拘留,民警又连夜将董军辉抓获,面对人证、物证,董军辉明白自己真的大势已去,于是低下头,承认自己是主使,请求从宽处理。

而董军辉身上的罪行,又远远不止这一条。税务上的不明不白,性贿赂各级官员等,林林总总,数罪并罚。

人民检察院将此事通报,人人都说,曾经的娱乐圈教父,这一次是真的完蛋了。

做完这一切,周信然才飞去台湾,寻南嘉去了。

北京。

欧阳烨和柴若舒闹出的绯闻余波,渐渐消弭。柴若舒借此清理门户,整顿了公司,以雷霆手段将公司的小人一并收拾。

同时,这起绯闻事件能够处理得如此之快,孙佳奇功不可没。柴若舒认为她确有才能,于是破格将她录为公司的宣传总监。

(五)

又一年秋天。

阳明山的仰德大道已经进入一年中最美的季节,峡谷深峻间,所有的湖光山色被满目枫叶遮掩。

周信然搭乘小缆车,走上观景台时,看到熟悉的身影,正缓缓从台上下来。

他站在原地,不自觉举起手中的相机,找到角度,为她拍下照片,就像他第一次见她时那样。

女孩儿听到响动,朝这边望过来,一眼就望到他。

两人相视一笑。

周信然很瘦,全身都没几两肉,似乎只剩骨头架子披着皮一般,稍微多走几步,就会停下来大喘。

而女孩儿倒是唇红齿白,往哪儿一站,都是袅袅婷婷的一幅风景画。

一年前,周信然找到南嘉,向她解释清楚误会,再次求了婚。

"我可以等你的,没关系。我说这个,只是想告诉你,我的心依然坚定,永远不变。"周信然目光诚恳。

南嘉将周信然曾经送给自己的戒指,自顾自套在了无名指上,算作回应。

晚上,国剧盛典后台。

"一会儿打光打到他脸上,皮肤会显黄,再补点儿粉。"柴若舒向身后喊道。

第 11 章　尾声

可这帮徒子徒孙不知去哪里忙了,竟都不在。时间来不及了,柴若舒自个儿抓起粉扑,亲自给欧阳烨补粉。

他这一张脸,眉目清秀如远山秋水,戴了一副金丝框眼镜,竟活生生将斯文败类演绎为褒义词。

她补着补着,就看怔住了。

"好看吗?"欧阳烨一下子捉住她纤细的手腕。

"啊?"柴若舒感觉浑身发烫。

她都未来得及反应,他便含着笑意,凑近她。

"这里人来人往,别在这里——"她向他求饶。

"人在哪里?"欧阳烨往四处一望。

"你快上场了,人马上就来了。"柴若舒小声道。

她的样子,在欧阳烨看来便是欲拒还迎。

"怕什么。"他将她拉向自己。

好一会儿后,欧阳烨像是没事人儿一样,被女伴挽着,两人一齐出现在舞台上。

他通过叶氏的古偶剧获得新人奖,成功从偶像蜕变成演员。这会儿,既要当嘉宾,给别人颁奖,还要领奖。

柴若舒在卫生间补了口红,这才匆忙进入演播厅,找到自己的位置。

"小烨才出道两年多,就拿到新人奖,有什么想对大家说的吗?"主持人笑着问他。

所有的灯光,全部聚焦到他身上。

"当然是感谢主办方,感谢导演,感谢剧组的所有工作人员,还有我的粉丝们。没有你们的支持与帮助,我也走不到这里。其实,我的出道是一场意外。那时候我只是个浑浑噩噩的高中生,成绩不好,不知道自己能做什么。我的经纪人柴若舒小姐,她发掘了我,签下我当艺人。我以前的脾气倔强,很不成熟,让她受了很多委屈。如果不是她的不放弃,其实我也成不了现在的我。所以,也谢谢她,她是货真价实的金牌经纪人。"

他的一番话说完,掌声和欢呼声雷动。

欧阳烨站在台上光芒万丈,柴若舒双手抱臂坐在台下,望着台上的他,两人的目光越过人群聚到一处时,默契地相视一笑。

路还很长,只要有你在身旁,天就会亮。